La manipulatrice

JASMINE CRESSWELL

La manipulatrice

BEST SELLERS

éditions Harlequin

Si vous achetez ce livre privé de tout ou partie de sa couverture, nous vous signalons qu'il est en vente irrégulière. Il est considéré comme « invendu » et l'éditeur comme l'auteur n'ont reçu aucun paiement pour ce livre « détérioré ».

Cet ouvrage a été publié en langue anglaise
sous le titre :
NO SIN TOO GREAT

Traduction française de
FRANÇOIS DELPEUCH

Ce roman a déjà été publié dans la collection
BEST-SELLERS N°55
sous le titre :
LA CORRUPTRICE
en mars 1997 et septembre 2001

HARLEQUIN®

est une marque déposée du Groupe Harlequin
et Best-Sellers® est une marque déposée d'Harlequin S.A.

Photo de couverture
Yeux : © NICK DOLDING / GETTY IMAGES

83-85, boulevard Vincent-Auriol, 75013 PARIS — Tél. : 01 42 16 63 63
Service Lectrices — Tél. : 01 45 82 47 47
ISBN 978-2-2808-3806-1 — ISSN 1248-511X

1.

Avant même de le toucher, Caroline sut que Dayton Ames était mort. Ses traits d'ordinaire avenants étaient crispés en un rictus de douleur, et de la salive avait séché à la commissure de ses lèvres. L'un de ses yeux, révulsé et aveugle, fixait le plafond, tandis que l'autre, ayant roulé sur son orbite, semblait l'épier derrière sa paupière mi-close. Seigneur Dieu ! se dit-elle, affreusement mal à l'aise. Comment avait-il pu agoniser dans de telles convulsions sans la réveiller ?

Elle avait habituellement le sommeil léger — son mode de vie actuel l'exigeait ; pourtant, elle n'avait entendu ni senti le moindre mouvement. Et dire que Dayton avait peut-être essayé de réclamer son assistance tandis qu'elle demeurait endormie, inconsciente de son état…

Tétanisée par l'effroi, Caroline dut attendre quelques secondes avant d'avoir la force de se pencher sur le corps de Dayton. Elle lui referma les yeux, écarta doucement de son front quelques mèches de cheveux, la gorge soudain serrée. Pauvre Dayton ! Malgré une légère déficience cardiaque, il s'enorgueillissait de sa forme physique et, à quarante-huit ans, était assurément trop jeune pour mourir. Il pouvait se montrer gentil dans certaines circonstances de la vie, encore qu'il fût aussi sans conteste un homme d'affaires dénué de scrupules, un être amoral. Caroline essuya une larme tenace. Dayton incarnait en outre le type même de ces hommes fortunés et phallocrates qu'elle connaissait si bien. Pour lui, la fidélité conjugale se résumait à un seul et unique principe : ne jamais emmener ses conquêtes dans le même lit que sa femme.

Caroline s'écarta de lui en frissonnant sous le souffle glacé de l'air conditionné. Pour quelqu'un qui s'était toujours vanté de ne jamais perdre son sang-froid, elle éprouvait une panique et une détresse inacceptables. D'autant que la situation, extrêmement délicate, requérait toute son énergie.

Elle voyait d'ici la une des journaux : « Un capitaine d'industrie meurt dans le lit de sa maîtresse. » Curieusement, alors que ses rapports avec Dayton avaient été entièrement placés sous le signe du calcul, elle n'était pas certaine de lire ces gros titres avec indifférence.

Une terrible migraine lui tenaillait les tempes. Elle avait la bouche sèche comme cendre et ses pensées se fondaient en un magma confus. Mais surtout, son cœur lui semblait par moments s'emballer pour s'arrêter ensuite brutalement dans un râle. Cela étant, elle ne pouvait se laisser dépasser par les événements. La soumission indolente à la fatalité appartenait à une époque révolue de son existence. Durant toute l'année précédente, elle avait appris à encaisser les coups et à se relever aussitôt pour esquiver les suivants.

Luttant contre son apathie, elle s'extirpa du lit et chercha sa robe. Malheureusement, elle ne put retrouver que son caraco de satin et un escarpin esseulé, qu'elle avait tous deux semés sur le trajet menant de la salle à manger au lit. La chemise de Dayton reposait sur le plancher à côté du caraco. Cette même chemise que son amant avait déboutonnée peu avant, en la gratifiant de baisers passionnés. La scène lui revint brusquement à la mémoire. Elle l'avait taquiné en riant, presque détendue. D'abord il avait arboré un air crispé et grave, comme souvent, quand ses instincts agressifs le poussaient à subjuguer sa partenaire par une démonstration éblouissante de ses capacités sexuelles. Puis il s'était détendu à son tour et s'était mis à la taquiner aussi. A la fin, ils avaient beaucoup ri. Paradoxalement, malgré le ressentiment qu'elle éprouvait envers tout ce qu'il représentait à ses yeux, Caroline était heureuse que les derniers moments de Dayton eussent été aussi joyeux. Si elle avait cru à l'enfer, elle se serait affligée qu'il n'eût désormais plus l'occasion de prendre du bon temps.

Submergée par une émotion qu'elle préférait ne pas approfondir, elle enfila la chemise de Dayton, dont elle noua étroitement les pans autour de sa taille. Elle s'aperçut alors avec stupeur que, depuis quelques instants, elle émettait des sanglots secs et déchirants qui lui meurtrissaient la gorge et lui faisaient couler le nez.

Saisie d'une brusque nausée, elle s'affala sur le lit. Que diable lui arrivait-il ? se demanda-t-elle. Ce ne pouvait être une gueule de bois. Elle avait pour règle de ne jamais s'accorder plus d'un verre de vin durant le travail, et elle était certaine de ne pas l'avoir enfreinte au cours de la nuit précédente. Alors d'où venait ce malaise ?

Perplexe et déroutée, elle ne comprit pas tout de suite qu'une tierce personne venait de pénétrer dans l'appartement. Et soudain, elle entendit claquer des talons aiguilles sur le marbre du couloir menant à la chambre. Avant qu'elle eût le temps d'esquisser un geste, Felicity Van Haas, alias Mme Dayton Ames, apparut dans l'encadrement de la porte.

Elle était vêtue d'un ensemble de lin beige d'une élégance imposante, dont le col était juste assez ample pour ne pas paraître démodé. Un sac Gucci et une paire de boucles d'oreilles complétaient sa tenue. Figée sur le seuil, elle cilla un instant avant de poser sur Caroline un regard méprisant. Puis ses yeux se troublèrent et parurent fixer un point dans le lointain. Une légère rougeur assombrit le teint encore frais de sa peau satinée, seul symptôme visible de la gêne ou de la colère qu'elle ressentait à rencontrer inopinément la maîtresse de son époux. Dans *son* lit.

— Je crois que vous feriez mieux de partir, déclara-t-elle d'une voix basse et parfaitement modulée. Dayton, je t'attends dans la bibliothèque.

Caroline s'aperçut alors que Felicity, d'où elle se tenait, ne pouvait voir le visage de son mari : elle ignorait donc qu'il était mort. Il eût été facile de simplement se lever et quitter les lieux en laissant à la digne Mme Ames le soin de découvrir par elle-même que son mari n'était pas près de la rejoindre dans la bibliothèque ni ailleurs. Oui, cela eût été facile. D'autant que, songea Caroline, elle n'avait aucune raison de ménager Felicity. Au vrai, elle avait même de bonnes raisons de la malmener. Pourtant, elle ne pouvait se résoudre à une telle cruauté. Pas maintenant. Pas alors que Dayton était mort.

S'agrippant discrètement aux draps et à un montant du lit, Caroline se redressa d'un coup pour dissimuler à Felicity le tremblement de ses genoux.

« Ne révèle jamais tes faiblesses à un ennemi », lui avait recommandé Phillip. Sur ce point, au moins, son ex-époux n'avait pas tort.

— Madame Ames, je suis navrée…

— Sortez, un point c'est tout. Vos excuses sont offensantes.

Caroline prit une profonde inspiration.

— Vous ne comprenez pas, madame Ames. Je suis navrée, mais Dayton… votre mari… est mort.

Felicity demeura immobile un long moment. Enfin, elle tourna légèrement la tête et daigna rencontrer le regard de la jeune femme. Elle n'entra cependant pas dans la chambre.

— Mort ? répéta-t-elle d'une voix sourde. Comment ça, *mort* ? Mais c'est impossible ! Nous avons déjeuné ensemble jeudi.

Caroline s'éclaircit la gorge. Elle luttait contre l'envie insensée de prendre Felicity Ames par les épaules.

— Je suis désolée, dit-elle d'une voix posée tout en faisant un pas de côté pour lui cacher le visage de Dayton. Je crois qu'il a eu une crise cardiaque. Ou une attaque d'apoplexie.

Felicity jeta un bref coup d'œil en direction du lit. Elle blêmit, puis ses lèvres se contractèrent et Caroline crut lire dans ses pensées. Elle se demandait sans doute si son quadragénaire de mari n'était pas mort d'épuisement en voulant prouver à sa maîtresse de vingt-neuf ans ses capacités viriles. Caroline refoula un désagréable sentiment de culpabilité. Bon sang, elle n'avait aucune raison d'éprouver des remords ! Leurs étreintes de la nuit précédente avaient été fougueuses, comme il fallait s'y attendre, mais Dayton s'était ensuite assoupi paisiblement.

Il lui était néanmoins impossible de consoler Felicity, impossible de faire disparaître le dégoût qu'avait un instant trahi son regard. Toute explication ne servirait qu'à rendre la situation plus pénible encore. Caroline haussa donc les épaules et se tint coite. Ces derniers mois, elle avait ainsi passé beaucoup de temps à tenir sa langue.

De son côté, Felicity gardait le silence. Le visage impassible, elle contourna le lit d'une démarche hésitante et considéra son mari sans le toucher. Caroline se dit qu'il aurait été facile de la croire indifférente, n'eût été la veine qui battait à son cou, ainsi que ses doigts qui serraient convulsivement la bride dorée de son sac à main.

Le regard de Felicity revint se poser sur elle — plus précisément sur quelque point situé à gauche de son oreille.

— Avez-vous alerté quelqu'un ? s'enquit-elle. Les secours ? Un médecin ?

— Non, je n'ai découvert le…

La voix de Caroline mourut. Elle se raidit et essaya de donner à sa réponse un tour moins clinique.

— Je viens juste de me réveiller. Dayton a dû mourir pendant la nuit. Je suis vraiment désolée, mais je n'ai rien senti quand… c'est arrivé… Je ne puis honnêtement vous en dire plus.

— Peu importe, repartit Felicity. Tout bien pesé, je préfère ne pas entendre le récit des derniers moments de mon époux dans les bras d'une putain.

Caroline ne cilla même pas. Elle avait été soumise à rude école et, sur son échelle des insultes, celle-ci était à peine blessante.

— Je vais me rhabiller, marmonna-t-elle en se penchant pour récupérer son caraco et sa chaussure.

— Allez faire ça dans une des salles de bains réservées aux invités, lui ordonna Felicity.

Caroline hésita, puis, désignant la pièce attenante à la chambre :

— C'est là que j'ai laissé mon maquillage et ma brosse à dents, dit-elle.

— Ramassez-les et sortez d'ici.

Caroline s'exécuta, non sans opérer un large cercle prudent autour de la maîtresse de maison. Une fois réfugiée dans la salle de bains, elle évita de fixer les miroirs qui la tapissaient du sol au plafond et, sans égard pour la fragilité de son maquillage et de ses affaires, enfourna le tout dans la mallette Louis Vuitton que Dayton lui avait offerte.

Felicity se tenait toujours près du lit quand elle revint dans la chambre, mais aucune des deux n'accorda à l'autre plus qu'un battement de paupières.

Une vague de chaleur envahit Caroline. Etait-ce de la colère à l'encontre de Felicity ? De la honte ? Sans doute les deux à la fois, pensa-t-elle amèrement. Avec le recul, elle commençait à admettre qu'elle avait beaucoup à se reprocher. Et, pour ne rien arranger, elle se sentait encore sonnée. Sa tête lui lançait, sans compter la fugace et désagréable intuition que Felicity était à deux doigts d'exploser de rage, à moins qu'elle ne passe devant elle à pas comptés et la tête droite.

Tout anxieuse qu'elle fût de s'éloigner de l'appartement de Dayton, et plus particulièrement de sa veuve, Caroline prit néanmoins le temps de se doucher, de se rhabiller et de retoucher prestement son maquillage. Par bonheur, cette toilette rapide la ragaillardit un peu. Felicity Ames l'intimidait ; quoiqu'une secrète épouvante la poussât à filer sans plus attendre, elle avait besoin de lui opposer une apparence plus ou moins convenable. Naturellement, malgré tous ses efforts, elle n'avait aucun espoir de rivaliser avec l'élégance raffinée de Felicity et ses manières d'une correction irréprochable.

Mauvais sang ne saurait mentir, se plaisait à lui seriner son père adoptif. Or le lignage bâtard de la jeune femme laissait effectivement à désirer. Maintenant, quitte à être traitée de putain, autant essayer de passer pour une putain de haute volée.

En femme avisée, elle avait songé à emporter avec elle une tenue moins apprêtée que le fourreau de soie noire qu'elle portait la veille au soir. Prévoyant une chaleur digne d'une journée d'été de Chicago, elle avait prévu une robe de mousseline à jupe longue, serrée à la taille par une ceinture tissée en coton mexicain de couleur vive. Ne portant pas de slip, elle savait que la fine étoffe, en contre-jour, ne cacherait rien de sa silhouette. Cet effet de transparence était évidemment tout l'intérêt de cette robe. Elle avait de superbes jambes et avait appris à les mettre en valeur, tout comme ses charmes en général. Hélas, elle craignait que sa tenue apparût ce matin moins sensuelle que vulgaire.

Elle haussa les épaules. Où il n'y avait pas de remède, songea-t-elle, il fallait se résigner. C'était là le précepte favori d'une de ses nombreuses nourrices et elle l'avait intégré à sa philosophie personnelle dès l'adolescence. Il était étrange que ce souvenir eût survécu dans son esprit alors que la nourrice elle-même avait disparu de sa mémoire. Entre ses parents, son ex-mari et ses nourrices, elle avait acquis une somme encyclopédique de maximes et de proverbes douteux.

Posant sa mallette sur la table du séjour, elle alla replier soigneusement la chemise de Dayton pour la rapporter dans la chambre principale. La porte en était close. Elle y frappa doucement.

Elle dut attendre près d'une demi-minute avant que Felicity lui répondît.

— Qui est-ce ?

Le ton cassant la piqua au vif, révélant en elle des points sensibles qu'elle ne soupçonnait pas. Sachant que son interlocutrice ne connaissait que trop la réponse à sa question, elle lui répliqua avec une cruauté instinctive :

— C'est la maîtresse de Dayton. Et probablement la dernière d'une longue et coûteuse liste.

Le battant s'ouvrit avec une violence telle qu'il alla percuter le mur de la pièce. Le calme de Felicity n'était visiblement qu'une mince et précaire façade.

— Allez-vous-en, grommela-t-elle d'un ton rageur. Allez-vous-en immédiatement.

Caroline lui tendit la chemise de Dayton.

— Je pensais que vous désireriez la récupérer.

— Gardez-la donc. Brûlez-la, si ça vous chante.

Et, détournant la tête, Felicity ferma les paupières. Caroline se sentit prise de compassion pour elle.

Sa colère retomba tandis qu'elle déposait la chemise sur un guéridon.

— J'en suis navrée, madame Ames, mais je doute de pouvoir quitter cette maison sur-le-champ. Préférez-vous que j'attende dans la cuisine ? L'équipe de secours aura à l'évidence des questions à me poser. Et la police sera certainement désireuse de recueillir mon témoignage.

— Tout ce que je veux, c'est que vous partiez, reprit Felicity. *Maintenant.*

— Mais que direz-vous aux policiers ? Au médecin ?

— Ne vous inquiétez pas pour ça, je m'en charge. Et soyez assurée que je ne rapporterai pas votre présence en ces lieux. Vous ne risquez donc pas d'être compromise. Adieu, Caroline.

La jeune femme releva les yeux, étonnée.

— Vous connaissez mon nom ?

Pour la deuxième fois, Felicity parut perdre tout contrôle d'elle-même. Ses joues s'empourprèrent et la fureur assombrit son regard.

— Oui, répondit-elle, je connais votre nom.

Puis elle recula dans la chambre et en claqua violemment la porte au nez de Caroline. Le coup résonna longuement dans l'appartement silencieux.

L'espace d'un moment, Caroline craignit de vomir sur place, dans le couloir, au beau milieu du précieux tapis persan de Dayton. Puis ses haut-le-cœur s'apaisèrent. Après tout, se dit-elle, ce n'était pas la première fois qu'elle subissait un tel rejet. Loin s'en faut.

Haussant les épaules avec désinvolture, elle prit sa mallette et sortit de l'appartement de Dayton.

2.

Caroline était à bout en arrivant chez elle. Tous ses nerfs frémissaient sous les effets conjugués de l'affolement et de la terreur. Le décès inopiné de Dayton avait devancé ses prévisions de plus d'une quinzaine de jours. Il n'était plus question de suivre le plan de fuite qu'elle avait si laborieusement préparé.

Désormais, elle était pressée par le temps. Certes, l'improvisation serait risquée face à un adversaire comme Joe, mais la mort subite de son amant ne lui laissait pas d'autre choix. En dépit de son malaise persistant, elle était sûre d'une chose : il lui fallait impérativement quitter le pays avant le lendemain matin, avant que soient examinés les comptes personnels de Dayton et que les journaux commencent à évoquer ses récentes transactions financières. Le Dayton Fund était assez important pour que le *Wall Street Journal* et le *New York Times* veillent à rapporter tout détail suspect repéré dans ses livres de comptes. Et Caroline savait que, sitôt les faits connus à New York, elle serait en danger. Car non seulement Joe habitait dans le New Jersey, mais en plus il épluchait quotidiennement le *Times*.

Un frisson de peur la parcourut, qu'elle réprima aussitôt. Par un heureux hasard, la mort de Dayton était survenue tard dans la nuit de vendredi. Elle avait donc tout le week-end pour s'évanouir dans la nature. Il était probable qu'aucun des proches de Dayton n'irait étudier ses papiers à son bureau avant au moins vingt-quatre heures — pas même Christopher Van Haas, le père de Felicity, qui était à la fois l'associé du défunt et son exécuteur testamentaire.

Cela dit, dès que les experts-comptables se seraient plongés dans les dossiers de Dayton, elle devrait être hors de portée. Joe savait très certainement qu'elle était la maîtresse de ce dernier — le contraire était impensable — et, apprenant sa mort, il veillerait aussitôt personnellement à retrouver sa trace. Joe mettait un point d'honneur à s'occuper lui-même de localiser ses victimes. Surtout si, en l'occurrence, il la soupçonnait de détenir les sommes manquantes.

Caroline se sentit de nouveau glacée d'effroi. Elle se retint à grand-peine de jeter quelques affaires dans sa mallette avant de se précipiter à l'aéroport. Du calme, s'adjura-t-elle. Tout son plan tomberait à l'eau si elle ne gardait pas un minimum de sang-froid.

Après avoir pris une deuxième douche, elle se démaquilla, enfila un jean et téléphona aux compagnies aériennes. Son mariage avec Phillip lui avait beaucoup appris : depuis le jour où elle avait finalement trouvé le courage de le quitter, elle réservait ses places d'avion auprès des compagnies sans passer par une agence. Cela lui permettait de se servir facilement d'une carte de crédit portant un nom d'emprunt.

Elle avait découvert, juste après le divorce, alors qu'elle s'ingéniait à échapper à son beau-père, combien il était aisé de se procurer de nouvelles cartes de crédit. Etant donné la ferveur avec laquelle, dans tout le pays, on incitait les consommateurs à vivre au-dessus de leurs moyens, leur obtention était une pure formalité. Et, moyennant une certaine régularité dans le remboursement des achats, une fois délivrées, elles n'étaient jamais retirées. Celle qu'elle utilisait en ce moment portait le nom de Jeanne Matalin, secrétaire de son état — pur fantôme dont elle avait inventé le patronyme quatre mois auparavant. Il n'y avait donc aucune chance pour que Joe eût jamais entendu parler de cette personne ni, *a fortiori*, qu'il relevât son nom dans les registres des voyagistes.

Caroline aurait voulu se rendre directement d'O'Hare aux îles Caïmans, mais toutes les agences étaient contraintes de vérifier les passeports de leurs clients avant de leur réserver une place sur un vol international. Or, outre sa carte de crédit, la jeune femme ne disposait d'aucune autre preuve de son identité d'emprunt ; elle ne pouvait donc prendre cet avion sous le pseudonyme de Mlle Matalin.

Tout n'était pas perdu, cependant. Elle avait prévu avec Lionel de se munir d'un faux passeport établi sous un autre nom. Elle réserva donc un billet pour Miami en tant que Jeanne Matalin, puis appela une autre compagnie afin de retenir une place pour Sally Decker, infirmière, sur la navette reliant Miami à Grande Caïman. Elle s'abstint toutefois de louer une chambre d'hôtel par téléphone pour ne pas multiplier les traces informatiques susceptibles de la trahir.

Quand elle eut raccroché, elle estima avoir résolu le problème du voyage *aller* vers Grande Caïman. Le maillon faible de son entreprise demeurait le retour. En théorie, un des responsables de la douane de Grande Caïman aurait dû être soudoyé pour prévenir toute inspection de son bagage à main, mais Lionel n'avait pas encore réglé ce détail et elle n'allait certes pas prendre le risque de le recontacter avant d'avoir récupéré l'argent. Dieu savait pourtant que le réseau d'amis dealers entretenu par Lionel couvrait tout l'hémisphère Nord de la planète et que payer un insignifiant petit douanier pour qu'il regarde ailleurs au bon moment était pour lui une broutille.

Tant pis. Elle aurait voulu aussi expliquer à Lionel pourquoi elle était obligée de précipiter leur plan, mais cela était également exclu. D'ailleurs, ainsi que sa chère bonne vieille nourrice numéro six ou sept le lui aurait rappelé, à quoi bon demander la lune ? Le décès prématuré de Dayton impliquait son départ de la ville avant que toutes les étapes du projet fussent correctement préparées. Elle résolut donc de se rendre d'abord à Grande Caïman et de chercher ensuite sur place le moyen de rapporter discrètement aux Etats-Unis les titres au porteur subtilisés.

Son initiative était risquée, Caroline en avait parfaitement conscience, mais c'était encore la meilleure solution dans les circonstances présentes. Dayton mort, elle devait s'éclipser de Chicago avant que Joe se mette à espionner ses allées et venues.

Elle n'ignorait pas que son plan pour masquer son escapade était rudimentaire et qu'il ne saurait empêcher un enquêteur expérimenté de la retrouver, mais il pourrait au moins dérouter les limiers de Joe pendant une semaine. Et une semaine était tout ce qu'il lui fallait. En tout cas, elle l'espérait. Ainsi, dès qu'elle aurait empoché l'argent de Dayton, elle se terrerait dans une cachette si reculée que Joe lui-même serait incapable de l'y débusquer. Et elle y demeurerait jusqu'à ce que tout fût dit.

Ayant passé ces trois derniers mois à peaufiner sa tactique, elle fut étonnée de ne pas se sentir complètement soulagée à l'idée d'être bientôt récompensée de ses efforts. D'autant que la disparition de Dayton, en un sens, lui facilitait grandement la tâche. Il aurait représenté pour elle un poursuivant de plus. Pourtant, si d'un côté elle éprouvait un formidable sentiment d'exaltation qui lui donnait envie de hurler sa joie, de l'autre elle doutait de ramasser le pactole avant Joe.

« Allons, se dit-elle, oublie cet argent pour l'instant. » Elle devait avant tout négocier sa sortie de Chicago. Pour se donner du courage, elle se versa un peu d'eau fraîche et appliqua le verre contre son front.

L'exécution de son plan serait un brin plus facile si elle n'avait l'estomac nauséeux, le cœur affolé et la tête migraineuse. En outre, elle ne pouvait s'empêcher d'éprouver une certaine pitié à l'égard de Felicity, qui serait publiquement humiliée lorsque serait révélée la nature exacte des « affaires » de son mari. Curieusement, elle n'était pas tout à fait indifférente aux malheurs de cette femme, estimant que la veuve de Dayton ne méritait pas de payer aussi chèrement le double péché d'avoir épousé l'homme qu'il ne fallait pas et d'être la fille d'un père qui ne valait pas mieux.

En fin de compte, Felicity et elle étaient sœurs dans l'adversité, songea-t-elle avec une ironie amère. Ni l'une ni l'autre n'avaient été assez futées pour s'apercevoir qu'elles s'étaient choisi pour maris des salauds patentés.

Mais ce n'était pas l'heure de s'appesantir sur la mort de Dayton et les problèmes de sa veuve. Des problèmes, elle en avait déjà assez. Et il lui restait encore beaucoup de détails à régler. Elle entreprit déjà de détruire méthodiquement tout indice de sa vie et de ses activités au cours du semestre précédent. A côté du sac poubelle qui résulta de ce nettoyage, elle disposa dans l'entrée une valisette contenant son faux passeport, neuf mille dollars en traveller's chèques, mille dollars en espèces et un permis de conduire datant de l'époque où elle habitait New York. Ce dernier étant par chance encore valide, elle déchira celui qu'elle s'était fait établir dans l'Illinois et le jeta dans le sac poubelle.

Puis elle fouilla dans ses deux valises à la recherche de vêtements discrets — ce qui se révéla une tâche malaisée, la majeure partie de sa garde-robe ayant précisément été achetée dans l'intention de séduire Dayton Ames.

Comme elle s'était déjà rendue dans les îles Caïmans cinq ans auparavant, avec son mari, elle savait que le lieu n'était pas exactement la perle du tourisme caraïbe. A l'époque de leur séjour, alors qu'elle était encore une jeune fille naïve et infatuée de ses charmes, elle s'était demandé pourquoi Phillip avait choisi pour villégiature une île ceinte d'une barrière de lave, qui n'offrait que sept kilomètres de plage et, pour toute vie nocturne, des parties de bridge entre Anglais expatriés. Plus tard, après leur mariage, elle avait compris que Phillip ne s'était pas rendu aux îles Caïmans pour y visiter les élevages de tortues ou arpenter les bords de mer étriqués. Comme la plupart des touristes, il désirait avant tout y profiter des facilités bancaires.

Les îles étaient un protectorat britannique où les autorités coloniales avaient adopté une attitude singulièrement pragmatique à l'égard des fonds qui transitaient par leur juridiction : ils empochaient leurs prébendes et posaient aussi peu de questions que possible — ce qui chagrinait le fisc et les douanes des Etats-Unis, mais réjouissait nombre de leurs ressortissants. Dayton Ames faisait partie de ces Américains heureux, ainsi que Caroline avait fini par l'apprendre au cours de leur relation.

Ses bagages faits, elle acheva de gommer toute trace de son passage, avec l'aisance de quelqu'un qui n'en est pas à son premier déménagement. De fait, elle avait appris à s'assurer un cadre de vie susceptible d'être abandonné à tout moment. Elle ne possédait ni animal domestique, ni plantes vertes, ni provisions superflues. Elle avait jadis abrité un poisson rouge, une créature affublée d'une longue queue prétentieuse et qu'elle avait baptisée Humperdink. Elle s'en était débarrassée du jour où elle s'était aperçue qu'elle se dirigeait tout droit vers son bocal en rentrant chez elle, et qu'elle avait de plus contracté la manie de lui parler. Son regret même de ce stupide compagnon confirmait le bien-fondé de sa décision : elle se défiait de tout attachement, même à l'égard d'un simple poisson rouge.

A 15 h 30, l'appartement était aussi net que le jour où elle y était venue pour la première fois. Elle avait passé l'aspirateur partout, et jeté le sac de poussière dans la poubelle contenant les papiers. Quiconque pénétrerait ici — que ce fût Joe ou la police — aurait bien de la peine à deviner qu'elle y avait séjourné.

Cette nuit-là, en dépit de sa fatigue, elle eut un sommeil agité et se leva tôt le lendemain pour avoir le temps de lire les journaux avant de partir pour l'aéroport. Ayant demandé à un taxi de venir la chercher à 9 h 30, elle descendit jusqu'à l'angle de Fullerton et Clark pour se procurer un exemplaire du *Chicago Tribune*.

L'annonce de la mort de Dayton occupait la première page de la rubrique économique. Caroline la parcourut tout en buvant le fond d'une bouteille de jus d'orange dans un verre jetable. Le titre s'étalait en grands caractères gras : « Dayton Ames, fondateur et P.-D.G. du Dayton Fund, décédé à l'âge de 48 ans. »

La suite de l'article ne faisait pas la moindre allusion à quelque scandale qui aurait entouré la mort de Dayton. Felicity ne s'était donc pas vantée en prétendant qu'elle se chargerait de tout. Pour la rédaction du *Tribune*, Dayton

Ames, pilier de la bonne société et financier de talent, s'était éteint paisiblement dans son sommeil. Seul.

Le journal rapportait des faits simples et objectifs : Mme Ames avait passé la soirée avec sa fille Lucy et quelques amis dans la résidence secondaire des Ames à Winnekta. Elle était revenue en ville comme prévu, dans la matinée de samedi, et avait trouvé son mari mort dans son lit.

Le *Tribune* rappelait par ailleurs à ses lecteurs que Dayton Ames présidait avec efficacité l'antenne locale de l'United Way ; sa mort était donc une perte cruelle pour le mouvement caritatif de Chicago. Le journal révélait aussi que sa société, le Dayton Fund, gérait plus de trois cents millions de dollars en investissements divers, et annonçait enfin que ses funérailles se dérouleraient dans la plus stricte intimité. Il était prévu une messe du souvenir dont la date serait communiquée ultérieurement.

Ce compte rendu laconique était exactement celui que Caroline espérait lire. L'intention qu'avait exprimée Felicity de taire l'infidélité de son époux ne s'était pas démentie : aucun détail n'avait encore filtré dans la presse, qui aurait pu attirer l'attention des médias nationaux. Evidemment, une fois que les irrégularités comptables entachant les registres de la société seraient connues, il en irait tout autrement. Mais d'ici là, Caroline avait le temps de disparaître.

Elle roula son gobelet en boule et le jeta dans le vide-ordures. Oui, l'espoir était permis. Elle allait sans doute disposer de ce délai de quarante-huit heures dont elle avait tant besoin.

L'Interphone émit un bourdonnement. Elle décrocha l'écouteur avec angoisse, et s'exhorta aussitôt au calme : elle devait arrêter d'interpréter toute sonnerie comme le présage d'une mauvaise nouvelle.

— Oui ?

— Votre taxi, madame.

— Le temps de prendre mes bagages, et je descends.

— Bien, madame. Je vous attends.

Caroline consulta sa montre. Le chauffeur était en avance de trois minutes, il parlait parfaitement anglais et l'avait appelée « madame ». Deux fois. Chacun de ces détails était en soi surprenant, mais leur combinaison était proprement stupéfiante. Décidément, songea-t-elle, l'aventure commençait sous d'heureux auspices. Son visage, crispé depuis les dernières vingt-quatre heures, s'éclaira d'un sourire. Peut-être, si elle avait *vraiment* de la chance, l'air conditionné fonctionnerait-il dans le taxi. Il arrivait parfois des miracles, se dit-elle, même dans un taxi de Chicago.

Le moteur au ralenti, ce dernier l'attendait garé contre le trottoir, juste en face de la porte d'entrée. La vitre côté conducteur était baissée — ce qui laissait peu d'espoir pour l'air conditionné —, mais au moins le chauffeur avait-il déjà ouvert son coffre et lui souriait-il avec amabilité, prêt à lui prendre ses bagages.

— Merci, dit Caroline en lui tendant ses valises. Je garde cette mallette avec moi.

— C'est en effet plus prudent, madame, convint le chauffeur.

Et, claquant le hayon du coffre, il saisit fermement la jeune femme par le coude.

— Par ici, madame.

Caroline sentit son estomac se contracter et, sans chercher à dissimuler sa contrariété, voulut immédiatement se dégager. Loin de la relâcher, le chauffeur resserra son étreinte.

— Mais laissez-moi donc, murmura-t-elle, soudain mal à l'aise.

Elle avait horreur d'être ainsi bousculée.

— Désolé, madame, mais c'est impossible.

Son sourire affable s'évanouit tandis qu'il ouvrait la portière arrière. Il souleva la jeune femme du trottoir pour la propulser sur la banquette.

En un instant, Caroline fut la proie de la plus vive terreur. Joe ! comprit-elle. Seigneur Dieu, comment avait-il fait pour la retrouver si vite ? La réponse s'imposa aussitôt : le téléphone. Il avait installé une écoute sur son combiné. Et le taxi était un faux, ce qui expliquait son avance.

Elle se débattit avec l'énergie du désespoir, mais le chauffeur était grand, fort et visiblement expert dans les techniques du rapt urbain. C'était un spécialiste, elle aurait dû s'en douter. Joe n'employait que des professionnels.

Apercevant un couple de badauds qui se rapprochaient du taxi, elle voulut hurler, mais son ravisseur lui plaqua une main sur la bouche et prévint son cri avant même qu'elle eût inspiré.

Elle lui mordit sauvagement la paume. Il ne grimaça même pas, et lui permit encore moins de s'enfuir. Elle parvint à lui décocher une ruade en direction des parties, mais il sauta de côté et le talon de la jeune femme ne rencontra que le vide.

— Arrête ça, roulure, maugréa-t-il en lui enfonçant brutalement un genou dans le creux du dos.

Caroline n'eut d'autre choix que de se laisser pousser dans la voiture. Elle ne doutait pas que le chauffeur l'assommerait ou lui briserait les reins si nécessaire. Joe savait se faire obéir au doigt et à l'œil.

Un complice qu'elle ne reconnut pas était déjà assis à l'arrière de la voiture. Il lui agrippa les mains et la tira à l'intérieur. Elle s'effondra sur lui, la face contre ses cuisses, cependant que le chauffeur claquait la portière derrière elle, sautait sur le siège avant et lançait la voiture à plus de soixante km/h — le tout se passa en dix secondes à peine.

Caroline se débattit pour retrouver son assise, avant de se rencogner à l'autre bout de la banquette. L'homme à côté d'elle la reluquait d'un air égrillard. Elle tira sur l'ourlet de sa jupe tout en essayant de recouvrer son sang-froid. Comment avait-elle pu s'imaginer que son escapade serait aisée ? Quelle naïveté de supposer qu'elle échapperait à la vigilance de Joe ! Selon toute vraisemblance, se dit-elle avec désespoir, il ne l'avait pas lâchée d'une semelle depuis l'enterrement de Phillip.

Le complice du chauffeur lui tapota la cuisse.

— Tu devrais laisser ta jupe comme elle était, poupée, lui lança-t-il avec un sourire mauvais. T'as de si belles jambes.

Elle lui répondit par un silence et un regard méprisants. Le malfrat gloussa.

— M'est avis que le Dayton Ames s'en est payé une bonne tranche avec ces guiboles-là. Hein, Steve, t'es pas d'accord ? Tu crois pas que M. Ames s'est bien amusé avec ce petit canon ?

— Ce que je crois, c'est qu'il vaudrait mieux que tu la boucles, rétorqua l'interpellé. Un peu plus de respect pour la famille de notre employeur.

Ainsi donc, pensa Caroline, ils savaient non seulement qui elle était, mais aussi qu'elle avait été la maîtresse de Dayton. Elle n'en fut guère étonnée. Si, comme elle le pressentait, Joe l'avait soumise à une étroite surveillance, il ne devait pas ignorer avec qui elle avait passé la plupart de ses nuits.

— Où m'emmenez-vous ? s'enquit-elle.

Ce fut tout ce qu'elle réussit à articuler avant que sa voix se brise sous l'effet de la frayeur.

— Faire une jolie balade, répondit le chauffeur. Hein, Gerry ?

— Sûr, renchérit l'autre. Une super jolie balade. Dans les quartiers chic et tout.

Caroline détourna la tête vers la vitre. En effet, ils roulaient en direction de la Gold Coast, et non vers quelque secteur interlope du South Side.

— Et à quoi rime cette « balade » ? leur demanda-t-elle lorsqu'elle eut recouvré le contrôle de sa voix. Que signifie tout ceci, à la fin ?

— Tu le sais mieux que nous, lui déclara Gerry. Le patron nous a pas mis au parfum, vois-tu.

Elle refoula le rire hystérique qui lui montait à la gorge. Si elle laissait libre cours à son émotion, elle ne pourrait plus s'arrêter de hurler.

— Depuis quand Joe est-il en ville ? articula-t-elle en affichant à grand-peine un air détaché.

Les deux hommes gardèrent le silence. Caroline posa ses mains à plat sur le cuir craquelé de la banquette. Elle pouvait sentir la sueur lui poisser le creux des paumes. Elle déglutit avec peine et se força à respirer calmement.

Le dénommé Steve lui jeta un coup d'œil dans le rétroviseur. Il avait les lèvres déformées par un horrible rictus.

— On est bientôt arrivés, ma belle. Prête à montrer ton plus beau sourire ?

Pour toute réponse, Caroline regarda par la vitre en serrant les poings.

— On joue sa pimbêche, hein ? reprit Steve. Eh, il en reste quelque chose quand on a épousé un gars de la haute…

Gerry ricana.

— Ouais, ajouta-t-il, mais elle n'a pas aussi bien réussi après son divorce, hein ?

Oh non, songea Caroline avec tristesse. Elle avait même complètement échoué.

Le taxi s'engagea dans une pente bétonnée jouxtant Bloomingdale's, sur la North Michigan Avenue. Steve sortit une carte magnétique commandant l'ouverture d'une porte de parking souterrain et gara la voiture sur l'emplacement réservé aux handicapés, juste à côté des ascenseurs. Apparemment, Joe s'était procuré un pied-à-terre dans un des immeubles les plus cossus de Chicago, ce qui ne laissa pas d'inquiéter Caroline. Les activités de son ex-beau-père étant localisées dans le New Jersey, elle ne voyait aucune raison qui eût pu inciter Joe à passer autant de temps dans cette ville — sinon elle.

Avec une nonchalance lourde de menace, Steve écarta un des pans de sa veste pour lui montrer le 9 mm qu'il portait à la ceinture.

— Moi et Gerry, on a chacun un joujou sur nous, la prévint-il, alors tu montes les escaliers sans broncher et nous n'aurons pas à nous en servir, compris ? Comme ça, toi tu restes en vie, et nous on n'a pas à supporter les cris du boss, entendu ?

Il sourit avant d'ajouter :

— Tu voudrais pas qu'on se fâche, mon cœur ?

— Je serais la première à le regretter, repartit Caroline. Et puis j'aime que tout le monde soit heureux autour de moi.

— Alors, en avant, ma poule. Le patron nous attend. Et il n'aime vraiment pas qu'on soit en retard. Mais je ne t'apprends rien, n'est-ce pas ? Toi et Joe vous devez être de vieux copains, depuis le temps.

Caroline se tint coite. De toute façon, elle n'aurait pas

eu la force de répliquer. Déjà Steve sortait une clé spéciale pour appeler l'ascenseur, lequel les hissa directement jusqu'à l'appartement situé sur le toit de l'immeuble. Les portes de la cabine s'ouvrirent sur un vestibule richement décoré, semblable à ceux qu'utilisent certains avocats pour dissuader les clients sans le sou : les goûts de Joe n'avaient jamais été très raffinés, encore moins modestes.

Deux portes coulissantes en acajou ouvraient sur le séjour. Steve poussa Caroline en avant, et elle atterrit sans délicatesse sur un tapis chinois provenant de quelque résidence impériale.

En pénétrant dans la pièce, la jeune femme s'aperçut soudain combien elle redoutait cette confrontation. Une silhouette familière couronnée d'une chevelure argentée était tournée vers la baie panoramique. L'homme semblait perdu dans la contemplation du lac Michigan. Il ne se retourna pas au bruit de leurs pas, mais attendit en silence que Caroline et son escorte eussent traversé le séjour. Alors seulement il pivota sur lui-même. Et sourit.

Au prix d'une tension qui lui couvrit le front de sueur, Caroline opposa à Joe un visage impassible et soutint son regard. Elle espérait qu'il ne remarquerait pas son tremblement. Parler, en revanche, était au-dessus de ses forces.

Hélas, elle savait que, malgré tous ses efforts, il devinait exactement la terreur qu'il lui inspirait. Et, comme pour confirmer ses craintes, son sourire s'élargit encore. Il tendit les bras vers elle avec une feinte bonhomie.

— Caroline, mon petit. Comme il est bon de te revoir après tout ce temps.

Raide comme un piquet, la jeune femme se força du moins à desserrer les dents.

— Ça ne fait qu'un an, Joe. Juste un an.

— Oui, depuis les funérailles de mon fils…

La voix de Joe se brisa. Son chagrin semblait aussi vif que le jour où le corps inanimé de Phillip avait été découvert, criblé de balles, dans Brooklyn Street.

— Et depuis, pas un mot de toi.

— Vous oubliez notre rencontre au tribunal, lui rappela Caroline d'une voix tendue.

Il ignora la remarque.

— Je suppose que je devrais t'être reconnaissant d'avoir daigné te montrer à l'enterrement de ton propre mari, n'est-ce pas ?

— Ex-mari, corrigea-t-elle. Phillip et moi avions divorcé un an avant son décès.

Le teint basané de Joe s'empourpra sous l'effet d'une rage soudaine.

— Je ne reconnais pas ce divorce ! tonna-t-il. Notre famille est catholique, et toi aussi. Tu t'es convertie avant ton mariage.

— Oui, c'est vrai.

Elle avait accepté ce compromis parmi d'autres, avant son mariage avec Phillip, et les avait tous regrettés depuis.

— Ecoutez, Joe, je suis désolée…

— Tu n'avais pas le droit de quitter mon fils comme tu l'as fait, l'interrompit-il.

Les sourcils froncés, il la toisait avec une fureur que les deux années écoulées depuis le divorce n'avaient en rien émoussée.

— Que pouvais-tu exiger de plus ? Mon garçon ne te refusait rien.

— Sauf son respect et sa confiance…

— Balivernes ! Mon fils était fou amoureux de toi.

Les mains sur les hanches, Caroline tenta d'arrêter la discussion.

— Joe, nous avons déjà parlé de tout ça. Et plus d'une fois…

Il balaya ses protestations d'un geste violent.

— Mon garçon avait de l'instruction ; il sortait d'une grande école comme toi, et avec un meilleur diplôme encore. Il a subvenu à tous tes besoins, il t'a acheté une belle maison, il a veillé à ce que tu aies de jolies toilettes. Il n'a même pas voulu poser les yeux sur toutes les autres femmes qui le désiraient — et pendant ce temps-là, toi, tu le snobais. Il m'a pourtant juré sur la tombe de ma mère qu'il n'avait jamais connu d'autre femme que toi après votre mariage.

Caroline s'abstint de répliquer. Elle avait été assez idiote pour croire, au cours des six derniers mois, qu'il était facile de se débarrasser de Joe Rossi, mais elle ne le serait pas au point de rétorquer à cet homme que son fils unique — son fils assassiné — était un menteur impénitent.

Joe se renfrogna, blessé par son silence, puis il claqua des mains à l'adresse de Steve et de Gerry.

— Attendez dehors, leur dit-il. Allez. Je vous appellerai quand j'aurai besoin de vous.

Les deux hommes sortirent. Une fois seul avec Caroline, Joe parut se détendre — un peu. Il savait se montrer bienveillant dès lors que sa volonté ne rencontrait aucun obstacle et, à l'évidence, la facilité avec laquelle il avait obtenu qu'on lui amenât la jeune femme le ravissait. Il lui sourit de nouveau, mais cette fois-ci avec une admiration sincère.

— Causons de sujets plus agréables, hein, *cara* ? Tu m'as l'air en pleine forme, Caroline. Ces cheveux blonds te vont très bien. Ils mettent en valeur le gris de tes yeux.

Tu en imposes, vraiment. J'aime les femmes qui prennent soin d'elles-mêmes.

— Je n'ai pas le choix, répondit-elle sèchement, résolue à ne pas se sentir avilie par sa façon appuyée de détailler son corps et de s'attarder sur ses jambes. Mon visage et ma silhouette sont désormais mes seuls biens.

Le ton de sa repartie dut sonner faux, car Joe lui lança un coup d'œil acéré et pénétrant. Il était vrai, aussi, qu'il ne devait pas sa position au seul hasard, et Caroline ne le savait que trop bien. Elle retint sa respiration, mais, pour quelque obscure raison, Joe s'abstint de la contredire.

— Tu veux un verre ? lui proposa-t-il en désignant le bar garni de bouteilles alignées. Je peux aussi demander à la bonne de t'apporter un thé glacé ou un Pepsi, si tu préfères.

— Non, merci. Il va vraiment falloir que je reparte si je veux encore attraper mon avion.

Elle consulta sa montre d'un regard insistant, comme s'ils ignoraient tous deux qu'elle n'avait plus la moindre chance de gagner Miami. Ni encore moins Grande Caïman.

— Je suis plutôt pressée, Joe, reprit-elle. Désiriez-vous m'entretenir d'un point précis ?

— Non, pas exactement. Comme je te le disais à l'instant, *cara*, tu es de la famille. Et comme dans toute famille, il faut bien que nous bavardions de temps en temps, que nous passions quelques moments ensemble.

Il la gratifia d'un sourire radieux. Il était l'image même du beau-père affable et débonnaire, soucieux de mettre sa bru à l'aise.

Caroline le haït aussitôt, d'une haine féroce dont elle ne se serait jamais crue capable. Mais elle n'allait pas rentrer dans son jeu et lui poser la question qu'il espérait entendre.

— Votre attention me touche, Joe, répondit-elle.

Sa voix vibrait sous l'effort qu'elle s'imposait pour ne pas évoquer le seul sujet qu'elle brûlait d'aborder. Du diable si elle trahirait devant lui son inquiétude. Ou quelque émotion sincère que ce fût. Elle esquissa un sourire pincé.

— Comme vous pouvez le constater par vous-même, Joe, je vais bien. Et je suis occupée.

Les traits de Joe se durcirent.

— Occupée à réchauffer le lit de ce salaud de Dayton Ames, oui.

Sa voix était empreinte d'une authentique colère. Caroline se demandait à qui, de Dayton ou d'elle, il en voulait le plus. Connaissant Joe, elle devina qu'elle était également visée : aux yeux de son ex-beau-père, la veuve de son fils aurait dû rester chaste et ressasser sa douleur quarante années durant. Caroline comprit alors, en un sursaut de lucidité, que si elle était devenue la maîtresse de Dayton, ç'avait été en partie à cause du désir inconscient et puéril de défier Joe de la manière la plus blessante pour lui.

— Dayton payait bien, dit-elle sur un ton intentionnellement neutre, comme si la générosité de son ex-amant suffisait à justifier sa conduite.

Puis elle redressa la tête et, sur un ton poli :

— Mais j'ignorais que vous le connaissiez, Joe, ajouta-t-elle.

— Alors, c'est que tu es franchement moins maligne que je le croyais, répliqua-t-il, irrité par son assurance. Et pourquoi diable avais-tu besoin de l'argent de Dayton ? Quelle idée poursuis-tu donc dans ta petite tête trop bien faite, Caroline ?

La jeune femme sentit son estomac se crisper d'appréhension. Les soupçons de Joe, quels qu'ils fussent, mettaient ses projets en péril. Elle parvint cependant à hausser les épaules avec une désinvolture étudiée. Désormais, nul ne pouvait aisément déchiffrer ses pensées, pas même un fin psychologue comme Joe. Elle avait si longtemps réprimé ses émotions que, si elle essayait jamais de retrouver un certain naturel dans ses réactions — et dans ses sentiments —, elle s'en découvrirait probablement incapable.

— Et pourquoi croyez-vous que cet argent m'était nécessaire ? demanda-t-elle à son tour, en regardant Joe droit dans les yeux. Auriez-vous oublié la somme dérisoire que m'a octroyée l'ordonnance de divorce ? Je vous le rappelle, alors : mille dollars et une voiture. Avec un aussi maigre viatique, une femme ne peut pas aller bien loin de nos jours.

Joe émit un grognement dubitatif.

— Tu avais ton diplôme, non ?

La riposte était franche. Et pas entièrement ironique, Caroline le savait. Comme nombre d'Américains de sa génération, Joe avait une foi naïve dans les vertus de l'instruction supérieure. Le diplôme de droit de son fils lui avait été une source d'indicible fierté.

— Pourquoi ne t'es-tu pas cherché un emploi décent ? Si mes souvenirs sont bons, tu ne cessais de vanter à Phillip les mérites du travail et de l'honnêteté.

Caroline esquissa un léger sourire moqueur.

— Eh bien, Joe, disons que Phillip m'a convertie à ses valeurs avant que je le persuade du bien-fondé des miennes. Et puis après tout, je vous le répète, une jeune fille doit bien vivre et le salaire d'une analyste financière peut difficilement rivaliser avec les émoluments d'une courtisane professionnelle. Ce n'est tout de même pas vous qui allez me reprocher de courir après l'argent, non ?

— Sous les habits d'une putain ? Tu penses vraiment

qu'il me plaît d'entendre que la veuve de mon fils gagne sa croûte en se couchant sur le dos ?

— Je ne savais pas que vous en étiez chagriné, Joe.

Ce dernier ignora la pique.

— Bien sûr que si, rétorqua-t-il. La veuve de mon fils… Je m'attendais à ce que tu témoignes plus de respect envers sa mémoire.

— Vous avez été le premier à proclamer que je n'avais aucune morale. Vous n'auriez pas dû me donner de si mauvaises idées. D'ailleurs, j'avais des frais à assumer et ce n'étaient pas mes parents qui m'auraient aidée.

A sa grande surprise, Caroline s'aperçut que Joe était enclin à la croire. L'évocation de ses parents avait été l'argument décisif. Il n'ignorait pas que M. et Mme George V. Hogarth IV étaient peu disposés à entretenir leur fille dévoyée.

— Tu aurais dû venir me voir, déclara-t-il d'une voix lasse. Malgré nos différends, si tu l'avais joué réglo avec moi, je t'aurais accordé tout ce dont tu avais besoin après la mort de mon fils.

— Ah oui ? s'écria Caroline, sans pouvoir contenir sa rage. D'après moi, Joe, vous ne m'avez jamais accordé ce dont j'avais précisément le plus besoin.

Sa voix s'éteignit. Elle se ressaisit aussitôt, furieuse de cet emportement passager.

— Parlons franc, voulez-vous ? Vous ne m'avez pas amenée ici pour discuter du bon vieux temps, je suppose. Alors qu'attendez-vous exactement de moi ?

Joe s'approcha de la fenêtre et l'invita du geste à venir admirer le panorama. Elle lui obéit tout en s'efforçant de dissimuler sa répugnance. Et sa peur. Le lac Michigan étincelait sous le soleil comme un miroir d'argent. Cette splendeur attrista la jeune femme. Il y avait bien longtemps qu'elle n'avait eu le loisir de contempler les jeux de lumière sur l'eau.

Joe brisa le silence.

— Pourquoi as-tu réservé une place pour les îles Caïmans ? s'enquit-il avec une feinte innocence. Que voulais-tu faire là-bas ?

Ainsi donc elle avait vu juste, pensa Caroline avec tristesse. Joe avait bel et bien placé son téléphone sur écoute. Autrement, jamais il n'aurait pu être au courant de ses réservations. Elle inspectait pourtant régulièrement son appartement et aurait pu jurer qu'il ne recelait aucun micro, ni autre système d'espionnage miniaturisé — ce qui démontrait à l'évidence qu'un amateur comme elle n'avait pas l'ombre d'une chance contre un professionnel de l'envergure de Joe. Autant pour Jeanne Matalin et sa fausse carte de crédit, songea-t-elle tout en cherchant une réponse plausible à son ex-beau-père.

Elle doutait fort de pouvoir le persuader qu'elle filait à Grande Caïman dans la seule intention de bronzer et faire du surf.

— J'y ai ouvert un compte personnel, prétendit-elle. Dayton payait bien, mais il m'avait lessivée durant ces six derniers mois. Je n'avais aucune envie de convier en plus le fisc à la curée.

Joe demeura impassible.

— Tu n'es pas la seule à avoir souffert de la gourmandise de Dayton, marmonna-t-il enfin.

Caroline sentit sa bouche se dessécher.

— Que voulez-vous dire ?

— Qu'il m'a également baisé. Ce salaud me rinçait dans les règles de l'art.

Caroline savait que Joe ne se livrait jamais étourdiment.

Alors que signifiaient ces confidences ? Quel renseignement espérait-il lui soutirer ?

— Je n'arrive pas à y croire, dit-elle sur un ton faussement stupéfait. Comment a-t-il pu vous rouler ?

— Il carottait en sous-main sa satanée société. Je lui avais confié une sacrée somme, dont j'attendais un bon rapport, et pendant ce temps ce gredin raflait une partie des bénéfices.

Comment diable Joe avait-il découvert le pot aux roses ? s'interrogea Caroline. Dayton se vantait d'avoir mis au point des techniques aussi discrètes qu'infaillibles pour détourner les profits de ses clients.

— J'ignorais tout des affaires de Dayton, repartit-elle, étonnée par la fermeté de sa propre voix. J'étais sa maîtresse, pas son associée.

Tandis qu'il la sondait longuement du regard, Caroline pria pour que les préjugés de Joe jouent cette fois en sa faveur. Au fin fond de lui-même, son ex-beau-père estimait qu'une femme était incapable de débrouiller les arcanes d'une société de placement brassant des millions de dollars. Il lui était même proprement impensable que Dayton Ames eût été assez stupide pour confier à une simple call-girl la nature exacte de ses transactions financières. Cependant, il savait aussi, avec toute l'intuition du paysan madré, détecter le moment où il était roulé dans la farine, même si le détail de la manœuvre lui échappait ; aussi Caroline le soupçonnait-elle de deviner qu'elle était en train de lui mentir. Il devait seulement ignorer encore sur quel point exactement.

— Lionel est mort, lui annonça-t-il avec une brusquerie destinée à ébranler ses défenses. Il est décédé il y a deux semaines de cela. Il a eu droit à un très beau service funèbre à Brooklin, samedi dernier.

Le coup porta, ainsi qu'il l'escomptait. L'espace d'un instant, le cœur de Caroline cessa de battre. « Lionel est mort. » Ces quelques mots résonnèrent douloureusement dans les profondeurs de son âme. Elle fut envahie par un sentiment de détresse si intense qu'elle eut envie de hurler la ruine de ses dernières espérances. Un cri monta à sa gorge. Elle le refoula de justesse et tenta frénétiquement de reprendre une contenance. Le cri mourut finalement sur ses lèvres en un gémissement pitoyable.

Elle déglutit péniblement avant de reprendre la parole.

— C'est affreux, dit-elle. Comment… comment est-ce arrivé ?

— Un accident.

Elle s'humecta les lèvres. Bien sûr, pensa-t-elle. Et Elvis était caissier dans un supermarché de Las Vegas.

— Quel genre d'accident ?

— Une tragédie, vraiment.

Joe avait l'air affligé et, ironie cruelle, l'était probablement.

— Il est tombé d'une fenêtre de l'appartement de sa mère. Le pauvre diable s'est rompu le cou, et sa colonne vertébrale a été littéralement pulvérisée sous le…

— Assez ! s'écria Caroline. Je ne veux pas en entendre davantage.

Elle porta un poing à ses lèvres, la bouche pleine de bile.

— Désolé, je n'avais pas l'intention de te bouleverser, repartit Joe sur un ton peiné en lui tendant un verre d'eau gazeuse. Allons, *cara*, avale ça. Je sais bien que Lionel et toi étiez très liés et tout, mais si j'avais pu deviner que ça te toucherait autant, je t'aurais annoncé la chose en y mettant les formes.

Caroline but une gorgée d'eau. Ses dents claquaient contre le rebord du verre.

— Peu importe, répliqua-t-elle d'une voix morne.

Elle s'avisa alors que, en effet, cela lui importait peu.

Si l'un des employés de Joe avait été défenestré, il y avait fort à parier qu'on l'y avait aidé. Elle était sûre que Joe n'avait pas encore découvert jusqu'à quel point Lionel l'avait trahi au cours de l'année écoulée, sinon elle serait déjà morte aussi. Mais, par ailleurs, si Joe avait ainsi commandité le meurtre de Lionel, c'était qu'il avait appris ce que ce dernier allait faire avec elle des sommes détournées par Dayton. Restait à savoir pourquoi il l'avait informée du décès de son complice. Souhaitait-il par là l'avertir de la stérilité de ses efforts ? Ou la menacer d'un châtiment semblable ?

Finalement, elle se moquait bien de la réponse. Pour l'essentiel, elle se sentait d'ores et déjà comme morte. Ses projets ayant tous avorté, il ne lui restait plus aucune planche de salut à laquelle se raccrocher.

Tandis que l'eau pétillante suivait son chemin jusqu'à son estomac, elle eut la curieuse sensation que son corps s'était vidé de l'intérieur. Sa peau ne lui semblait plus délimiter les contours d'une personne réelle. Ce n'était plus qu'une coque refermée sur le néant douloureux où s'était anéantie toute sa personnalité.

— Reviens sur terre, Caroline, lui chuchota Joe avec une tendresse qui la surprit. Arrête de me défier. Tu ne peux pas gagner, nous le savons tous les deux.

Oui, elle le savait, mais l'assurance avec laquelle il l'avait vaincue la glaçait. Elle n'était pas totalement prête à se rendre. Pas encore. Enfin, bon sang, elle vivait toujours ! Et puis une petite voix obstinée lui chuchotait qu'une somme de plus de cinq millions de dollars l'attendait sur le compte de Dayton à Grande Caïman — et qu'elle était la seule personne sur terre à savoir comment la récolter. Avec ce butin, tout redevenait possible, car en dernier ressort, tout pouvait s'acheter, y compris la justice. Joe lui avait lui-même enseigné cette amère vérité.

Elle se redressa et toisa son ex-beau-père avec toute la morgue d'une privilégiée de la haute bourgeoisie. Il y avait quand même certains avantages à avoir été élevée dans une famille riche et respectable, songea-t-elle avec amertume. Même en tant qu'enfant adoptée.

— Allez donc au diable, dit-elle à Joe avec une parfaite distinction.

Puis elle pivota sur ses talons et marcha vers la porte sans attendre sa réaction. S'il sortait de ses gonds, il était parfaitement capable de lui tirer dans le dos. Mais en cet instant, elle n'en avait cure.

Gerry et Steve étaient en faction près de l'entrée, une expression d'intense curiosité sur le visage. Sans doute avaient-ils écouté la conversation par le trou de la serrure. Caroline trouvait la situation vaguement comique, mais était trop éreintée pour savoir exactement en quoi.

— Le spectacle est terminé, les gars, déclara-t-elle. Veuillez m'excuser à présent, il est temps pour moi de regagner mes pénates.

Steve la considéra avec stupeur avant de se tourner vers Joe.

— Patron ?... Vous voulez qu'on la dépose quelque part ?

Caroline, pour sa part, n'y tenait pas du tout. Elle avait surtout envie d'être seule.

— Je saurai bien me débrouiller…

— Ramenez-la chez elle ! hurla Joe. Laissez-la au milieu de Michigan Avenue. Conduisez-la où elle voudra, je m'en balance, mais collez-lui au train. Je ne veux pas qu'elle vous échappe une seule seconde.

Et il claqua la porte si violemment que le Lalique de l'autre côté du couloir chancela sur son socle.

Caroline se demanda les raisons d'une telle fureur. Joe n'avait pas à se sentir irrité par le résultat de leur entretien. Pour l'essentiel, il avait gagné.

La porte fut rouverte à la volée.

— Caroline !

Le ton sur lequel il avait crié son nom incita la jeune femme à se retourner.

— Oui ?

Les magnifiques yeux sombres de son ex-beau-père — si semblables à ceux de Phillip — brillaient d'une flamme retorse.

— Andrew t'embrasse, dit-il.

Elle le dévisagea, muette de douleur. Il referma alors la porte, mais cette fois-ci avec une infinie douceur, et ne répondit même pas aux coups de poing frénétiques dont elle martela les battants d'acajou. Pas plus qu'il ne parut entendre ses sanglots pathétiques.

Joe aimait à savourer seul ses victoires.

3.

Si Gerry et Steve lui parlèrent sur le chemin du retour vers Lincoln Park West, Caroline ne les entendit pas. Prostrée sur la banquette arrière, elle écoutait résonner en son cœur l'écho du nom d'Andrew.

Quand ils furent parvenus à destination, Steve demeura assis derrière le volant tandis que Gerry raccompagnait la jeune femme devant la porte de son immeuble.

— Vous avez vos clés ? s'enquit-il.

Toujours plongée dans ses pensées, Caroline hocha la tête sans comprendre. Mais l'homme, apparemment satisfait de sa mimique, la salua d'un grognement et rejoignit sans mot dire la voiture.

Steve fit aussitôt marche arrière vers l'autre côté de la rue, où il s'engagea dans une allée de service. Il se gara de biais, de manière à surveiller l'entrée de l'immeuble depuis l'intérieur du véhicule. Caroline le regarda faire, sans éprouver ni crainte ni désir de fuir. Elle était encore inaccessible à toute pensée logique comme à toute émotion.

Après cinq minutes passées à contempler la voiture d'un air vague, elle prit conscience que la chaleur du soleil la mettait en nage, et se retourna pour s'abriter dans l'entrée de l'immeuble. Pur réflexe. Comme elle pivotait sur elle-même, son pied heurta un obstacle qui manqua la faire trébucher. C'étaient ses bagages. Gerry avait dû les abandonner à côté d'elle.

Elle considéra dans un état de semi-conscience les deux valises tapissées de tweed rose et gris, comme s'il s'agissait d'objets étranges tombés du ciel. Elle se rendait compte qu'elle devait en faire quelque chose mais ne savait trop quoi. Elle les contourna, puis les tira à l'intérieur de l'immeuble. Elles étaient très lourdes. Trop lourdes pour être portées où que ce soit, songea-t-elle. D'ailleurs, pourquoi aurait-elle besoin de valises ? Elle n'irait plus aux îles Caïmans avant longtemps. Pas tant que Joe épierait le moindre de ses gestes — Joe, Gerry, Steve et Dieu savaient quels autres gorilles qui, tous, la guettaient nuit et jour. Elle était prise au piège, incapable aussi bien de toucher l'argent de Dayton que de partir sans cet argent.

Une brusque marée de désespoir finit par la submerger. Six mois de labeur ingrat auprès de Dayton étaient réduits à néant. Il lui était interdit de toucher la récompense de ses efforts et, pire encore, Lionel était mort. Non seulement cette perte lui pesait lourdement sur la conscience, mais elle ne voyait pas le moyen d'y remédier. Maintenant qu'elle n'était plus en contact quotidien avec l'organisation de Joe, comment saurait-elle trouver de nouveau une personne disposée à y œuvrer pour elle de l'intérieur ? Surtout, comment oserait-elle entraîner un autre homme vers une mort quasi certaine ?

De l'entrée où elle se tenait, elle considérait sans les voir les portes de verre étincelantes de lumière. « Andrew t'embrasse. »

Elle ferma les paupières sur ses larmes. Il ne fallait pas qu'elle se relâche. Elle ne pouvait se permettre de pleurer sur Andrew, pas plus que de repenser à son passé. Elle s'était juré l'année précédente, à Noël, de ne plus jamais s'abandonner aux tourments du souvenir.

Elle contempla ses bagages. Incapable de leur imaginer désormais une quelconque utilité, elle les laissa au beau milieu de l'entrée.

Comme il ne lui servait à rien de rester sur place, elle sortit du bâtiment et marcha sans but jusqu'au plus proche carrefour. Steve et Gerry déboîtèrent de l'allée pour la suivre. Elle attendit sous le feu qui par trois fois passa au rouge, ne sachant où porter ses pas. Loin de chercher quelque stratagème astucieux pour échapper à la filature, elle demeurait tétanisée sur le trottoir. Toute décision se révélait pratiquement au-dessus de ses forces.

Devait-elle tourner à gauche ? A droite ? Aller tout droit ? Le choix était trop ardu. Tant de chemins s'offraient à elle, aussi vides les uns quc les autres. Finalement, elle traversa Fullerton et se dirigea vers le nord, toujours sans intention précise, sinon celle de ne pas passer la nuit dans son appartement. La simple idée de retourner en ce lieu, qu'elle croyait naguère si sûr, la révulsait. Une fouille méthodique de son logis révélerait certainement nombre de micros-espions, mais jamais elle ne pourrait avoir la certitude de les avoir tous enlevés et sentirait encore la présence de Joe lui coller à la peau. Cette pensée lui donna la chair de poule.

Maintenant qu'elle avait opté pour une direction déterminée, elle marchait d'un pas vif, son regard se portant de part et d'autre, ses yeux enregistrant activement des informations sur son environnement, sans que son esprit, cependant, se résolve à les traiter pour l'instant. La rue demeurait une brume confuse qui mêlait indistinctement badauds, véhicules et devantures, mais l'ensemble ne formait pas un tout reconnaissable. Elle sentait constamment, à la périphérie de son champ de vision, la présence de ses deux suiveurs, mais ne se rappelait guère en quoi elle aurait dû en être gênée.

Puis son esprit émergea de la confusion et recouvra un semblant de cohérence, se rétractant soudain de répulsion à l'idée que pendant des semaines, des mois peut-être, Joe n'avait pas arrêté de l'épier à son insu. Seigneur, se dit-elle, qu'il était humiliant de songer qu'elle avait cru si fort dominer la situation alors qu'en réalité c'était Joe qui tirait toutes les ficelles, tapi au fond de sa tanière, riant de sa pitoyable agitation !

Elle déambulait maintenant d'un pas lourd, indifférente à la touffeur du soleil de midi, les jambes chancelantes, le cou moite d'une sueur qui gouttait entre ses seins avec un chatouillement obsédant. Malgré sa fatigue, cependant, elle ne s'arrêta que lorsque deux adolescents en *roller-blades* se déportèrent dangereusement vers elle. Un passant eut le réflexe de retenir sa chute avant qu'elle tombât sur la route, en plein milieu de la circulation. Juste devant Gerry et Steve.

Etourdie, mais nullement choquée d'avoir ainsi frôlé l'accident, Caroline remercia son sauveur, ainsi que les curieux venus s'assurer de son état. Elle eut confusément conscience que la voiture de Steve tournait au feu suivant pour revenir sur elle par la voie opposée. Un bus se rangea à cet instant contre le trottoir. Elle y grimpa, puis en sortit au dernier moment, indécise et perplexe. Les deux adolescents la dépassèrent de nouveau en coup de vent pour venir parader devant trois jeunes filles qui descendaient du véhicule.

Caroline se sentit emportée par le groupe des patineurs virevoltants et des adolescentes prises de fous rires. Quand ces dernières s'engagèrent dans un petit square en laissant les adolescents continuer leur chemin, elle se retrouva dans une ruelle humide et jonchée d'ordures. Au moins, se dit-elle, elle avait semé Steve et Gerry. C'était l'occasion ou jamais de se dénicher une cachette pour réviser ses plans.

Indifférente à la crasse environnante, elle reprit son chemin d'une démarche lourde et ne s'arrêta que lorsqu'une vieille femme vint se planter devant elle. Caroline s'aperçut qu'elle n'aurait pas la force de contourner cet obstacle imprévu.

— Tu m'as l'air dans les vap', ma grande. Tu te sens bien ?

Se sentait-elle bien ? se demanda Caroline en clignant des yeux. Elle réfléchit laborieusement à la question. Après tout, elle était toujours debout, non ? Donc, elle allait bien.

— Ça va, répondit-elle d'une voix rauque. Merci.

Hélas, quand elle voulut repartir, elle se rendit compte que ses jambes demeuraient clouées au sol. Elle chancela en avant et se rattrapa au bras de la vieille femme.

— On dirait que t'as besoin de repos, mon cœur, repartit l'autre. Tiens, y a un banc juste devant le square, là-bas. T'as pas envie de t'asseoir un peu ?

Caroline fronça les sourcils. Ce n'était pas un siège qu'il lui fallait, mais un verre.

— J'ai soif, marmonna-t-elle d'un ton sec. Donnez-moi à boire.

Puis, consciente de sa froideur, elle ajouta :

— S'il vous plaît.

— A mon avis, tu devrais plutôt rentrer chez toi dormir un brin avant que tu te mettes véritablement dans la panade.

Et en quoi un somme saurait-il la désaltérer ? songea Caroline en oscillant sur ses jambes. Elle comprit qu'elle était près de s'évanouir.

— A boire, répéta-t-elle. Je vous en prie.

La vieille femme haussa les épaules.

— Chacun sa route, ma poule, mais moi j'ai déjà dégringolé la pente que tu es en train de prendre et elle ne te mènera à rien de bon, crois-moi.

— Un Coke, murmura Caroline. Juste un Coke.

La vieille femme détourna la tête d'un air dégoûté.

— Mais c'est un vrai poison, ce truc-là ! Allons plutôt nous jeter un gorgeon dans ce rade-là, tu veux ?

Caroline se força à bouger. Elle tituba sur le côté de la chaussée dans la direction que la vieille femme lui indiquait du doigt. Puis elle se heurta contre le mur du bâtiment latéral et, les yeux écarquillés, contempla la devanture du bar. Un néon clignotant y dessinait la silhouette d'une chope à bière.

Tout assoiffée qu'elle était, Caroline n'avait aucune envie d'une bière. La bière lui faisait mal à l'estomac. Elle parvint néanmoins à se ressaisir et s'avisa que cet établissement devait servir autre chose que de l'alcool. En y pénétrant, elle pourrait donc se commander un Coke. Cet effort pour articuler une pensée logique épuisa ses dernières ressources. Elle trébucha jusqu'à la porte du bar et s'y appuya de tout son poids. Le battant s'ouvrit ; elle chavira à l'intérieur.

Des remugles de tabac froid et de bière rance la prirent à la gorge. Tant pis, elle avait trop soif. Elle s'accrocha au plateau poisseux d'une table pour s'empêcher de tomber et sentit avec délices un courant d'air conditionné sécher la sueur sur son front et sa poitrine. Seigneur, songea-t-elle, comme c'était bon ! Elle se redressa vivement et traversa la salle pour aller s'affaler sur un tabouret près du comptoir. Puis elle se pencha en avant et reposa sa tête sur ses bras. Seigneur, elle n'avait jamais été aussi éreintée !

Quelque peu ragaillardie par la fraîcheur de l'air, elle recouvra bientôt sa lucidité et s'aperçut qu'elle avait dangereusement frôlé la syncope en se déshydratant sous le soleil. Elle se demanda combien de kilomètres elle avait ainsi parcourus et dans quel quartier elle avait échoué.

Elle releva la tête. Le patron, un maigrichon à T-shirt rouge, la toisa avec circonspection.

— Ouais ? Vous voulez quoi ?

— Un Coke Light, lâcha-t-elle d'une voix éraillée. Un grand. Avec plein de glace.

Il la servit en silence, lui poussant un verre sous le nez avant de ficher une paille en plastique au milieu des glaçons. Caroline engloutit avidement le breuvage. Peu à peu, le battement dans ses oreilles s'atténua et sa vue redevint nette.

Elle regarda autour d'elle tout en croquant des glaçons. Sa première impression avait été la bonne, pensa-t-elle lugubrement. Pour reprendre des forces, elle s'était choisi un véritable bouge. La salle était empuantie par des fumées aux origines plus ou moins licites et, à en juger par l'état général de décrépitude, sa dernière remise à neuf remontait au début des années soixante-dix. Quant à la seule autre femme présente dans le bar, non seulement elle exhibait des tatouages sur ses avant-bras musclés, mais elle portait également un justaucorps qui lui moulait les seins et révélait des morceaux de peau blanche comme de la craie. La douzaine d'hommes rassemblés autour du billard arboraient pour leur part des mines patibulaires, des jeans crasseux et des poignets de force. Tous avaient les cheveux plus longs que ceux de Caroline. Des motards, se dit-elle sombrement — et pas du genre à collecter des jouets pour les enfants démunis pendant les vacances.

Remarquant un antique téléphone à pièces près de la porte, elle songea un instant à appeler un taxi, puis se ravisa. Elle ne souhaitait pas s'attarder en ce lieu — quel que fût exactement ce lieu — une minute de plus. Il serait tout de même absurde que, ayant survécu de justesse à sa dernière confrontation avec Joe, elle succombât à la violence erratique d'une bande de motards.

Tout en vidant le fond de son verre, elle essaya de retracer mentalement le parcours de son errance. Elle se souvint d'avoir pris la direction du nord en quittant Lincoln Park. En conséquence, ce bar devait certainement être situé dans la partie résidentielle de la ville. Or cette partie-là était un assemblage de quartiers hétéroclites allant des coins les moins recommandables aux lotissements cossus pour jeunes cadres dynamiques. Manifestement, ce n'était pas dans ce dernier secteur qu'elle avait échoué.

Le bus E1 passait non loin de là, mais elle ne se sentait pas encore à même d'affronter les transports en commun. En revanche, si elle parvenait à rejoindre Ashland, elle y dénicherait certainement un café où il lui serait loisible d'attendre son taxi en toute sécurité. Resterait ensuite à savoir où elle pourrait bien demander au chauffeur de la conduire. Quelque motel reculé serait sans doute la solution la moins risquée.

Enfin, se dit-elle, chaque chose en son temps. Quelles que fussent les modifications qu'elle devait apporter à ses plans, elle ne saurait les mettre au point en continuant ainsi à suçoter des glaçons dans un bar pouilleux. Elle descendit du tabouret et s'aperçut avec consternation qu'elle avait les jambes encore plus faibles qu'à son arrivée, et que d'énormes ampoules lui meurtrissaient les talons. Marcher jusqu'à Ashland ne promettait guère d'être une promenade de santé. Voilà qui lui apprendrait à se comporter comme une idiote. Jamais elle n'aurait dû se laisser démoraliser à ce point par une simple entrevue avec Joe. La réapparition soudaine de cet homme dans son existence lui avait causé un choc, mais elle s'en remettrait, comme d'habitude.

S'avisant qu'elle était sur le point de partir, le patron donna sur son comptoir un coup de torchon sale et tendit le bras vers son verre.

— Ça fera deux dollars, lança-t-il.

Elle avait complètement oublié qu'elle devait régler sa consommation. Bon sang, avait-elle au moins de l'argent ? Elle porta une main à son côté. Son sac était toujours pendu à son épaule, sa fermeture Eclair soigneusement remontée. Dieu soit loué pour ses moindres bienfaits ! Dans l'état d'égarement où elle se trouvait après que Steve et Gerry l'avaient déposée devant son immeuble, elle aurait été parfaitement capable d'abandonner son sac à main auprès de ses valises et de s'éloigner sans un sou vaillant en poche. Il était déjà regrettable qu'elle dût faire son deuil de ses bagages qui contenaient la plupart de ses vêtements préférés, mais il eût été proprement désastreux pour elle de perdre ses espèces, ses cartes de crédit et son faux passeport.

Le patron du bar attendait toujours. Elle ouvrit son sac et en sortit son portefeuille avant de se rappeler, mais un peu tard, que celui-ci ne contenait que des billets de cinquante dollars en guise de petites coupures.

Ce n'était vraiment pas l'endroit rêvé pour faire étalage de sa fortune, mais elle n'avait pas le choix. Elle extirpa discrètement un billet de la liasse.

— Vous avez la monnaie ? s'enquit-elle d'une voix détachée.

A son grand soulagement, le patron n'émit aucun

commentaire. Il prit le billet, ouvrit sa caisse et lui rendit quarante-cinq dollars.

— C'est tout ce que j'ai, grommela-t-il.

— Ça ira.

Caroline ne le croyait pas, mais savait qu'elle s'en tirait à bon compte. A très bon compte, même. Cinq dollars le Coke n'était pas cher payé pour ressortir indemne de ce bar. Elle fourra la monnaie dans son sac, en remonta la fermeture Eclair et s'éclipsa de l'établissement, soulagée d'avoir évité le pire. Elle était cependant consciente d'avoir agi comme une imbécile. L'épreuve des dernières vingt-quatre heures n'excusait en rien ce genre d'erreurs. Ne s'était-elle pas justement préparée à de telles situations durant les mois précédents ?

« Andrew t'embrasse. »

Etait-ce vrai ? se demanda-t-elle en quittant le bar. Andrew avait-il parlé d'elle ? Avait-il vraiment dit qu'il l'embrassait ? Ou bien Joe avait-il inventé ce mensonge dans le seul but de la tourmenter ? Si tel était le cas, il avait réussi. Brillamment réussi.

« Arrête donc d'y penser, se sermonna-t-elle. Ne concède pas à Joe une telle victoire. Tu contreviens à tous tes principes. »

Elle chassa de son esprit les images importunes d'Andrew et de Joe et se dirigea vers le carrefour. Elle s'efforçait d'ignorer aussi la douleur qui lui cisaillait les talons et prenait soin de rester à l'ombre des auvents, tout en essayant d'imaginer différents moyens de récupérer l'argent de Dayton. Malheureusement, tous se révélaient par trop transparents. Sans doute pourrait-elle échapper à la surveillance de Joe assez longtemps pour quitter Chicago, mais elle n'avait absolument aucune chance d'atterrir sur les îles Caïmans à son insu. L'un de ses sbires la rattraperait avant même qu'elle eût la possibilité de récupérer ses bagages et de franchir les portes du service de l'immigration.

L'ampoule de son pied gauche avait enflé en une cloque palpitante et douloureuse. Elle s'accroupit pour délacer d'un cran la bride de sa chaussure. Dans le brusque silence qui s'ensuivit, elle perçut un bruit de pas qui se rapprochaient d'elle à vive allure. Elle se retourna d'un bond, reconnut deux des clients du bar et sut aussitôt qu'elle était dans de sales draps. Elle ne se risqua à aucun acte téméraire, mais hurla de toute la puissance de ses poumons et prit ses jambes à son cou. Elle n'avait pas fait deux pas qu'un de ses agresseurs, l'agrippant par le cou, lui plaquait une main sur la bouche et l'entraînait dans une ruelle déserte.

Pas encore ! se dit-elle avec désespoir. Pas deux fois dans la même journée !

Elle donna des coups de pied, mordit, se débattit — en vain. L'homme qui la tenait resserra son étreinte et elle en eut le souffle coupé. Elle était au bord de la syncope.

Dans un dernier moment de lucidité, elle comprit que le second voyou lui avait arraché son sac et avait mis la main sur son portefeuille.

Elle l'entendit pousser un sifflement.

— Nom de Dieu !

— Combien elle a ?

— Bordel ! Y a près de mille dollars là-dedans. Où est-ce qu'elle a dégoté tout ce fric ?

— On s'en fout, répliqua l'autre tout en la faisant pivoter pour lui assener un méchant uppercut au menton. C'est une bourge ! Une sale garce de fille à papa ! On s'en contrefout d'où elle l'a eu, son pèze.

Il repoussa Caroline qui, prise de haut-le-cœur, hoquetante, percuta rudement le mur. Elle n'eut pas vraiment conscience de l'impact contre les briques, mais perçut un craquement sinistre à l'intérieur de son crâne.

Des taches rouges envahirent son champ de vision. Elle secoua la tête. Les taches rouges sautillèrent et le monde autour d'elle se mit à danser. De quelque point situé à l'aplomb de son corps, elle se vit glisser le long du mur et s'écrouler en un tas informe sur le pavé brûlant. Elle aurait voulu hurler, mais aucun son ne retentit à ses oreilles.

Des voix continuaient à parler juste au-dessus d'elle.

— Y a quelqu'un qui se pointe. Bouge-toi de là !

— Hé ! tu me prends pour un idiot ? File-moi d'abord ma part !

Les nauséeuses vagues de ténèbres qui submergeaient Caroline s'écartèrent un instant. Elle distingua la pointe d'une botte qui se précipitait vers elle. Elle resta étendue, impuissante, sachant exactement ce qui allait arriver. La botte s'enfonça dans son ventre tandis que ses côtes explosaient en une déflagration de souffrance.

Elle ferma les paupières. Un autre coup l'atteignit à la poitrine, mais il fut décoché dans la précipitation et elle le sentit à peine. Loin, très loin d'elle, elle distingua des cris et les échos d'une course.

Ces diverses rumeurs se fondirent dans l'obscurité, la laissant dans un silence bienheureux, à l'abri de toute nouvelle atteinte. Elle sombra avec soulagement dans le néant.

Les doigts qui lui palpaient le front étaient frais. L'homme qui lui parlait avait une voix chaleureuse, presque douce.

— J'ai envoyé chercher des secours. Ils vont bientôt arriver.

Elle sentit les doigts écarter délicatement une mèche de cheveux de son visage.

— Ça va aller, faites-moi confiance. On va vous requinquer en un rien de temps.

Lui faire confiance ? Elle ne se faisait déjà pas confiance à elle-même ; que dire d'un parfait inconnu. Elle en aurait ri si sa gorge n'avait été aussi douloureuse. Elle garda donc le silence et ne tenta même pas d'ouvrir les yeux. Moins elle parlerait, moins elle serait portée aux confidences.

Les confidences étaient toujours dangereuses.

— Pouvez-vous me dire où vous avez mal ?

Les doigts se posèrent une nouvelle fois sur son visage. Leur contact était singulièrement apaisant. Elle ne put se retenir de tourner sa joue contre la main de l'homme. Un pouce effleura ses lèvres, très légèrement.

— J'ai pensé que vous deviez avoir soif, reprit la voix. J'ai demandé à Marcus de vous rapporter un peu d'eau fraîche. Il sera là d'un instant à l'autre. Une gorgée ou deux vous aideront à tenir le choc, vous verrez.

Pourtant impatiente de boire, Caroline se retint encore de desserrer les dents et procéda en silence à l'inventaire de ses maux : une migraine qui manquait lui éclater le crâne, des côtes aussi craquelées qu'un vieux ballon de football et des pieds qui auraient nécessité un pansement de la taille d'une pastèque avant de pouvoir la soutenir de nouveau.

Hors ça, elle était dans une forme surprenante. Les voleurs, apparemment effrayés, avaient préféré s'enfuir avant de lui occasionner des blessures plus sérieuses. Elle ne pouvait qu'en remercier l'homme à la voix mâle et chaleureuse. Plus tard, quand elle serait certaine de ne pas avoir à le regretter, elle pourrait sans doute lui exprimer toute sa reconnaissance.

— Je crois que vous pouvez m'entendre, reprit-il. Etes-vous capable d'ouvrir un œil, de plier les doigts ? De parler ?

Elle était suffisamment curieuse de connaître son sauveur pour se forcer à soulever une de ses paupières. La clarté du jour jaillit douloureusement dans son cerveau. Elle referma précipitamment son œil. Seigneur Dieu, comme le soleil était éclatant !

— Hé, super ! s'exclama l'homme sur un ton que Caroline jugea exagérément enthousiaste.

Cet idiot avait-il seulement noté qu'elle l'avait à peine ouverte, cette maudite paupière ? Il lui caressa une nouvelle fois la joue du bout des doigts, soucieux de lui manifester sa présence.

— Etes-vous en mesure de me dire où ça vous lance le plus ?

Elle rouvrit son œil, prudemment cette fois-ci, et cilla un moment sous la lumière.

— Partout, répondit-elle.

Son sauveur eut le toupet de glousser.

— Eh bien, murmura-t-il, voilà qui n'est guère précis.

— Mais exact.

Caroline sentit son propre souffle râper contre sa gorge desséchée. Ayant recouvré un semblant de force, elle ouvrit l'autre œil et cligna des paupières jusqu'à ce que sa vision se fût clarifiée.

L'homme, qui avait presque la quarantaine, était assis à côté d'elle et la considérait avec sollicitude. Malgré son état encore semi-comateux, Caroline vit immédiatement qu'il était d'une beauté ahurissante. Ses yeux avaient une couleur exceptionnelle hésitant entre le bleu et le vert absinthe. Ses cheveux étaient brun sombre, luisants de santé et suffisamment longs pour présenter de légères ondulations. Son nez droit était harmonieusement proportionné, étroit à la racine et plus épaté au niveau des narines. Son menton rude et carré conférait à son visage juste ce qu'il fallait d'agressivité virile. Enfin, ce vivant catalogue des perfections masculines s'enluminait d'un sourire au charme juvénile pour lequel Brad Pitt en personne se serait damné.

Tout bien pesé, décida Caroline, il était quasiment le plus bel homme qu'elle eût jamais vu dans sa vie.

Ce qui ne plaidait pas forcément en faveur de cet inconnu, étant donné que le plus beau de tous avait été Phillip.

L'homme lui adressa un adorable petit sourire en coin.

— J'ai deux nouvelles à vous annoncer, lui dit-il. La bonne, c'est que vous n'êtes restée inconsciente que deux minutes au plus. La mauvaise, c'est que vos agresseurs ont réussi à s'enfuir.

Dans le chaos absolu qu'était devenue son existence, Caroline estima que les deux voyous du bar ne constituaient qu'un problème mineur.

— Ma tête…, murmura-t-elle. J'ai mal.

— A première vue, vous n'avez rien de cassé à cet endroit-là, mais ne bougez pas si cela vous est douloureux.

Il prit sa main et la serra doucement.

— Au fait, poursuivit-il, je m'appelle Jack Fletcher. Content de vous revoir parmi les vivants.

Elle ne se présenta pas à son tour. Jamais elle ne livrait d'information sur sa vie privée avant d'être sûre de ne pas s'en repentir par la suite. Et les individus qui ressemblaient à son ex-mari n'étaient franchement pas en tête de la liste de ses confidents potentiels.

— Mes côtes…, bredouilla-t-elle, jugeant plus prudent de simuler une confusion mentale due à la douleur. Elles me font… un mal… de chien.

— L'un des types qui vous ont attaquée vous a envoyé deux bons shoots dans la poitrine avant que j'arrive auprès de vous.

Il lui tâta la cage thoracique avec une précision clinique.

— Hum… je ne sens rien de cassé, mais je manque d'expérience. Je me suis arrêté au milieu de mes études de médecine.

Caroline marmotta quelques vagues paroles. Elle était certaine pour sa part d'avoir au moins les côtes fêlées. Phillip lui en avait cassé trois, un jour, et elle se souvenait encore de la souffrance ainsi que des difficultés respiratoires qu'elle avait alors endurées. Or c'était peu ou prou les mêmes symptômes qu'elle ressentait actuellement.

— Il doit me rester des analgésiques, reprit Jack Fletcher, mais il serait mal avisé de vous en administrer au cas où vous seriez atteinte d'une commotion cérébrale.

Jugeant au contraire qu'un peu d'aspirine serait la bienvenue, Caroline décida sans plus tarder de reprendre ses esprits.

— Je suis sûre de ne pas avoir de commotion cérébrale, décréta-t-elle en se haussant sur un coude. Et puis, tenez, n'ai-je pas des propos on ne peut plus cohérents ?

— Mouais… Combien de doigts ? s'enquit-il en lui présentant sa main ouverte.

— Quatre. Plus le pouce. Et votre T-shirt prétend que vous avez couru le marathon de New York en 1994.

— Il ment. Et à votre place, j'attendrais l'arrivée des secours avant de…

— Pensez-vous. J'arriverai très bien à remuer toute seule.

Elle s'exprimait d'un ton cassant, irritée par sa propre

vulnérabilité. Elle détestait être surprise en position défavorable — et elle n'en imaginait pas de plus défavorable que d'être ainsi étendue sur le pavé, les membres à moitié brisés, tandis qu'un bel homme lui offrait avec condescendance son aide.

Elle essaya de se relever. Jack l'empêcha juste à temps de retomber la tête la première sur le trottoir. Elle se raccrocha si brutalement à lui qu'ils trébuchèrent ensemble contre le mur. Caroline acheva sa chute sur son sauveur, la tête calée contre son épaule. Ce qui était nettement plus agréable que de reposer sur le ciment, mais pire que tout par ailleurs : elle abhorrait tout contact physique dont elle n'avait pas eu au départ l'initiative.

A sa grande surprise, Jack Fletcher n'en profita pas pour lui tapoter le dos ou se permettre quelques caresses censées apaiser sa douleur. Il se dégagea légèrement de sorte que, quoique toujours pelotonnée dans ses bras, Caroline reposât désormais essentiellement contre le mur. Etrange, songea-t-elle. A sa connaissance, les hommes dotés d'une telle beauté ne se privaient jamais d'abuser de la gent féminine dès qu'ils en avaient l'occasion — sauf s'ils étaient homos, bien entendu.

— Je crois que nous ferions mieux d'attendre l'arrivée des secours avant que vous tentiez de marcher, déclara-t-il d'une voix toujours aussi amicale et chaleureuse qu'impersonnelle. Il n'est pas certain que je puisse vous rattraper à tous les coups.

Donc il était homo, en conclut Caroline. Certaines femmes se seraient affligées de ce gaspillage d'attraits et de charmes masculins. A ses yeux, cependant, c'était une garantie appréciable.

— Je peux tenir debout si vous m'aidez, dit-elle sur un

ton légèrement plus détendu. Vous devez être aussi las que moi de rester ainsi en plein soleil.

— Patientons plutôt jusqu'au retour de Marcus, voulez-vous ? Il doit bientôt revenir avec l'eau fraîche que je l'ai envoyé chercher pour vous. Il m'aidera à vous redresser sans heurt. J'aimerais autant ne pas avoir à subir les récriminations des médecins, dans le cas où vous souffririez de commotion cérébrale.

— Nous sommes déjà convenus que tel n'était pas mon cas.

— Vous en êtes convenue toute seule. Pour ma part, je préfère ne pas m'avancer.

Caroline le considéra d'un air renfrogné, mais il ignora son regard, les yeux soudain fixés sur l'autre bout de la rue.

— Ah, parfait ! s'exclama-t-il. Voilà Marcus.

Un jeune Noir, d'une quinzaine d'années environ, surgit dans son champ de vision et s'arrêta à côté d'elle. Il tendit à Jack Fletcher un énorme gobelet en plastique ainsi qu'un paquet de charpie blanche.

— Tenez, Père, j'ai déchiré une vieille chemise.

— Merci, Marcus. Je n'ai distingué aucun signe d'hémorragie, pour l'instant, nous n'aurons donc pas besoin des bandages. Les secours ne sont toujours pas arrivés ?

« Père » ? s'étonna Caroline. Mais le garçon était noir et Jack Fletcher blanc ! Elle les dévisagea tour à tour.

— C'est… c'est votre fils ? bafouilla-t-elle.

Les deux hommes eurent un grand sourire.

— En quelque sorte, répondit Jack Fletcher. Je suis prêtre et Marcus vit sous mon toit depuis quelques mois.

Apparemment indifférent à la stupeur avec laquelle Caroline accueillit cette révélation, il lui tendit le verre d'eau.

— Buvez un peu, ajouta-t-il. Vous vous sentirez mieux.

— Vous êtes prêtre ?

— Oui, je suis prêtre.

Caroline le considéra avec autant de répugnance que s'il venait de lui pousser des crocs, une paire de cornes et des pieds fourchus. Elle s'écarta de lui et s'appuya contre le mur de briques pour avaler une gorgée d'eau.

Bon Dieu, songea-t-elle, un prêtre ! Voilà qui couronnait en beauté l'un des plus effroyables week-ends de toute son existence. Après les vicissitudes qu'elle avait dû endurer pour échapper à Joe et à Phillip, le clergé était tombé plus bas dans son estime que les dealers et les charlatans.

— Dans ce cas, pourquoi ne portez-vous pas votre uniforme ? demanda-t-elle sans chercher à dissimuler son hostilité.

— Quelquefois on nous relâche pour bonne conduite, répondit-il avec humour sans paraître remarquer son aigreur. Au vrai, je revenais d'un match de basket.

— Je vous remercie pour votre assistance, reprit Caroline avec acrimonie, mais comme on m'a dépouillée à l'instant de tout mon argent, je crains que vous deviez vous adresser au ciel pour obtenir la récompense de cette bonne action.

Son mépris transparaissait dans ses moindres paroles. Elle vit son interlocuteur accuser le choc en silence.

— A franchement parler, murmura-t-il enfin sur un ton amène, je pense que les récompenses venant du ciel sont les meilleures — pas vous ?

— Oh non, certainement pas.

Il la contemplait à présent avec une compassion que la jeune femme trouvait humiliante, comme s'il la savait profondément blessée par la vie. Elle détourna vivement la tête pour esquiver son regard. Maintenant qu'elle connaissait l'identité de son sauveur, la présence de celui-ci la mettait terriblement mal à l'aise.

— En ce qui me concerne, je suis une fervente partisane des versements en liquide, répliqua-t-elle.

— L'argent peut effectivement se révéler utile en certaines occasions, reconnut-il de bonne grâce.

— J'ignorais que vous autres prêtres étiez autorisés à vous intéresser aux biens de ce monde.

Il eut un rire las.

— Ils savent se rappeler à notre attention, parfois — sinon toujours. Avez-vous seulement idée de ce que coûte l'entretien d'une vieille bâtisse en pierre du siècle dernier dont le système de chauffage remonte aux années vingt ?

— Avez-vous assez d'eau, Père ? intervint Marcus. Il faut que je rentre. Certains des gamins sont agités aujourd'hui.

— Oui, ça ira. Merci, Marcus.

Du coin de l'œil, Caroline vit Jack Fletcher toper dans la main de l'adolescent. « Le bon pasteur et la brebis égarée... », pensa-t-elle avec un sourire moqueur.

— Merci encore, répéta le prêtre au garçon. Et préviens les autres que je serai là dans dix minutes pour les aider à finir leurs devoirs, d'accord ?

— O.K., Père, répondit Marcus.

Puis, se tournant poliment vers Caroline :

— Je suis heureux que vous soyez entière, mademoiselle, lui dit-il. On a eu sacrément peur que ces sales types vous aient rétamée pour le compte. Le Père Jack a essayé de leur courir après, mais ils avaient une bonne longueur d'avance.

Il semblait si franc, si désireux de lui plaire, que Caroline sentit se réveiller en elle un sentiment dont elle ne se serait plus jamais crue capable : la gratitude. Elle changea de position pour soulager l'un de ses pieds et gratifia l'adolescent d'un sourire presque sincère.

— Merci pour ton aide, Marcus. Crois bien que j'y suis sensible. J'aurais eu du mal à m'en sortir sans toi.

— A votre service, mademoiselle, mais je n'y suis pas pour grand-chose. C'est le Père Jack qui a fait fuir les voleurs. A bientôt, mademoiselle.

Sur ce, le garçon bondit jusqu'à l'autre extrémité de la rue : Caroline remarqua alors l'église dont la silhouette massive se dressait sur le côté ouest du carrefour.

Le Père Jack — nom qu'elle jugeait grotesque — suivit son regard et poussa un soupir de résignation.

— Les secours tardent toujours à venir jusqu'ici. Je pense qu'ils se sont encore une fois rendus à la St. Luke's Catholic Church.

Caroline le dévisagea avec perplexité.

— N'est-ce pas l'église St. Luc que je vois là-bas ?

— Si, mais l'épiscopale. La catholique est à dix pâtés de maisons d'ici, ce qui entraîne de perpétuelles confusions.

— Vous pourriez changer de nom ou les catholiques rebaptiser leur église.

— Nous en avons déjà envisagé la possibilité, mais la plupart de mes paroissiens, comme des leurs, sont attachés à ces antiques appellations et répugnent à y renoncer.

Il lui adressa un sourire amical auquel la jeune femme ne crut pas un seul instant. Pourquoi diable serait-il bien disposé à son égard alors qu'elle s'acharnait à lui signifier son antipathie ?

— Ainsi donc, vous êtes un prêtre épiscopal ? s'enquit-elle. Enfin, je veux dire : pas catholique ?

— Oui, répondit-il en la scrutant d'un œil amusé. Cela vous chagrine-t-il ?

— Je ne sais pas. Je ne suis pas sûre de bien saisir la différence entre les deux confessions.

— Eh bien, il y en a plusieurs, mais je pense qu'elles pourraient se résumer en un seul chiffre : quatre cent quarante millions environ, à un million et des poussières près.

Caroline demeura interdite.

— Quatre cent quarante millions de quoi ? De dollars ?

— Non. De personnes. L'Eglise catholique romaine compte presque un demi-milliard de fidèles répartis dans le monde entier, l'Eglise épiscopale soixante millions seulement. Si du moins on compte certains d'entre eux deux fois, précisa-t-il avec un grand sourire.

Caroline faillit lui sourire en retour. Puis elle s'aperçut qu'elle ne lui posait toutes ces questions que pour le seul plaisir d'entendre sa voix. Elle se rembrunit aussitôt.

Comme elle se tenait coite, Jack Fletcher lui lança un coup d'œil intrigué, mais dut finalement se résoudre à la plus grande discrétion.

— Si vous êtes certaine de pouvoir marcher, suggéra-t-il en désignant un bâtiment accolé à l'église, nous ferions sans doute mieux de gagner la maison paroissiale pour rappeler l'équipe de secours.

— Je peux marcher et je n'ai absolument pas besoin d'être secourue. Tout ce qu'il me faut, c'est une bonne douche chaude et des vêtements propres.

— En ce cas, je vais annuler mon premier appel. Il n'est pas utile de rameuter les urgences si vous n'en ressentez pas la nécessité.

— Je vais bien, lui assura-t-elle.

— Désirez-vous vous appuyer sur mon bras ?

— Non, merci, ça ira.

Il accorda son pas au sien et surveilla des yeux sa progression chancelante sur la centaine de mètres qui les séparaient de l'église. Bien que ses ampoules lui fissent souffrir le martyre, Caroline se félicita d'avoir refusé son aide. Il la précéda sur le perron de la maison paroissiale pour lui tenir la porte. Tout compte fait, pensa la jeune femme, il n'était pas le plus bel homme après Phillip qu'elle eût jamais rencontré — mais le plus beau tout court. Il parvenait à allier sincérité et causticité de manière bien plus séduisante encore que son ex-mari. Et les rides qui étoilaient ses yeux ajoutaient encore à son charme.

Caroline détourna les siens en frémissant.

— Si vous voulez vous rafraîchir, la prévint le Père Jack d'un air affable, les commodités de la maison sont à votre disposition. Vous pourrez par ailleurs vous servir du téléphone de mon bureau si vous désirez appeler un taxi. En tout cas, je vous déconseille de vous risquer dans les transports en commun avant d'avoir pris du repos.

Quoique ses manières fussent demeurées courtoises, sa voix avait perdu cette chaleur que Caroline trouvait si réconfortante. Elle riva un moment ses yeux sur les siens, puis les reporta sur la façade de pierres grises de l'église. La cruelle réalité de sa situation la frappa alors comme un coup de poing et elle mesura soudain la profondeur de sa détresse. En résumé, elle était sans argent, sans travail, et serait très certainement sans domicile fixe sous peu.

Elle avait abandonné ses valises dans l'entrée de son immeuble, à la merci des voleurs, et sa mallette se trouvait sans doute encore dans l'appartement de Joe. Elle ne se souvenait pas de l'avoir sur elle dans la voiture qui l'avait raccompagnée sur Lincoln Park. Quant à son sac à main, il venait de lui être subtilisé avec ses traveller's chèques et son argent liquide. La veille au soir, elle avait pris soin de détruire tous les documents prouvant qu'elle était bien Caroline Hogarth. Bref, elle n'avait ni argent, ni cartes de crédit, ni chéquier, et son passeport comme son permis de conduire avaient probablement été jetés dans une poubelle par ses agresseurs. Même si elle empruntait de l'argent au Père Jack et revenait à son appartement, elle ne pourrait s'y introduire, faute de clé, ni s'y nourrir, faute de provisions dans son réfrigérateur. Le bail mensuel arrivait à échéance dans six jours et, sans chéquier ni carte de crédit, il lui serait impossible de retirer les quelques misérables centaines de dollars qu'elle avait laissées sur son compte.

Pendant ce temps, elle le sentait, Jack Fletcher la contemplait en silence. Il devait avoir l'habitude de s'occuper des clochards, des mendiants et des prostitués dans la mouise, se dit-elle avec amertume. Il était sans doute capable de flairer les quémandeurs à distance, quand bien même on eût bandé ses satanés yeux bleus pleins de malice.

Plus elle hésitait, plus elle exécrait la simple idée de devoir demander la charité pour survivre. Mais elle n'avait pas le choix.

Ce fut le prêtre qui, le premier, rompit le silence.

— Vous me paraissez soucieuse. Etes-vous certaine que je ne puis en rien vous être utile ?

Depuis longtemps, Caroline n'avait que son orgueil pour toute dignité, et cet ultime soutien était près de voler en morceaux. Elle déglutit avec peine l'énorme nœud qui lui obstruait la gorge.

— J'ai besoin d'argent, marmonna-t-elle.

— Pour le taxi ? Bien sûr. J'aurais dû le deviner. Rentrez

donc, je vais vous chercher de quoi vous dépanner. Vingt dollars vous suffiront-ils jusqu'à lundi ?

Sitôt qu'elle s'avança sur le linoléum de l'entrée, Caroline reconnut cette odeur particulière des institutions où, aux relents de désinfectants, se mêlaient des remugles de café rance et le parfum de l'encaustique. Elle entendit au loin la sonnerie d'un téléphone et la rumeur de voix d'enfants qui se disputaient en riant un dictionnaire. Elle prit une profonde inspiration et dit :

— Ce n'est pas pour le taxi que j'ai besoin d'argent.

— Pour quoi, alors ?

— Pour tout.

Ses joues lui brûlèrent d'un coup et son estomac se contracta de honte. Elle s'obligea néanmoins à soutenir le regard de Jack Fletcher.

— Je n'ai plus de foyer, plus d'argent. Plus rien.

La réponse du prêtre la surprit.

— Comment vous appelez-vous ? lui demanda-t-il. Vous ne m'avez pas encore confié votre nom.

— Caroline, répondit-elle, étonnée par sa propre franchise. Caroline Hogarth.

Il lui tendit la main, qu'elle serra avec réticence.

— Eh bien, bonjour, Caroline, ravi de vous connaître. Venez-vous d'arriver en ville ?

— Pas exactement.

— Et vous n'avez nulle part où aller ?

— Le bail de mon appartement s'achève dans six jours, mais je ne peux pas y retourner.

Puis, ravalant ce qui lui restait de fierté :

— J'ai *peur* d'y retourner, précisa-t-elle.

Jack Fletcher s'adossa contre le mur, les mains négligemment enfoncées dans les poches de son jean.

— J'habite à deux pas d'ici et je dispose d'un canapé-lit dans mon séjour. Vous pouvez passer le week-end avec Marcus et moi. Je crains cependant que les ressorts du sommier soient bien fatigués.

Caroline aurait accepté de passer le week-end avec King-Kong s'il l'avait fallu — sauf que là, ce n'était pas King-Kong qui l'invitait, mais Jack Fletcher. Elle serra les poings jusqu'à sentir ses ongles s'enfoncer dans sa paume.

— Merci, grommela-t-elle. Votre gentillesse me touche.

Il s'esclaffa.

— Non, j'en doute. Je vois bien que vous préféreriez me la faire rentrer dans la gorge.

Elle releva la tête.

— Pourquoi alors êtes-vous prêt à m'accueillir chez vous ?

— Par obligation professionnelle : plus vous vous comportez comme une emmerdeuse, plus je dois m'efforcer de me montrer charitable envers vous.

Caroline cilla. L'avait-il réellement traitée *d'emmerdeuse* ? Voilà qui détonnait avec le langage qu'on aurait pu attendre d'un prêtre !

Les rumeurs de conversation en provenance de la salle du fond furent brusquement couvertes par un hurlement indigné suivi de protestations véhémentes.

— Holà ! s'écria Jack. J'ai l'impression que ma présence est requise. Les toilettes sont au bout du couloir, Caroline, deuxième porte sur votre droite. Quand vous en aurez fini, peut-être pourriez-vous venir m'aider à inculquer les règles de la prononciation à quelques-uns de ces gamins. Ils ont tous besoin de la présence la plus attentive qui soit.

Il poussa une porte battante et les cris cessèrent comme par magie.

Caroline le regarda avec incrédulité disparaître dans la salle. Espérait-il donc qu'elle allait passer son après-midi à corriger les fautes d'accentuation d'une bande de gamins mal élevés ? Il plaisantait, sans doute. Sans compter qu'elle avait besoin de repos et que la migraine n'avait toujours pas levé le siège de son crâne.

Elle se dirigea lentement vers les toilettes, songeant que cette situation aussi humiliante qu'absurde avait au moins un avantage : Joe n'aurait jamais l'idée de la chercher dans le bastion d'un prêtre épiscopal au grand cœur.

En d'autres termes, elle avait près de vingt-quatre heures devant elle pour se remettre de ses émotions, trouver un moyen de se rendre à Grande Caïman… et empocher cinq millions de dollars.

4.

Les gamins aux prises avec leurs devoirs étaient indubitablement la race la moins attrayante de l'espèce humaine, se dit Caroline en écartant de son front une mèche de cheveux rebelles avant de frotter ses yeux fatigués. Surtout ceux-là, qui semblaient connaître seulement par ouï-dire les règles fondamentales de l'arithmétique et méconnaître absolument les bases de la grammaire et de la prononciation. Néanmoins, c'était avec une confiance touchante qu'ils acceptaient sa présence et sollicitaient son aide.

Caroline Hogarth dans la peau de celle qui résout tous les problèmes… Il y avait là de quoi faire rire n'importe qui, même une vagabonde au crâne en capilotade.

La jeune femme déambulait au milieu des groupes de tables, secourant tout enfant qui avait l'air découragé — à l'exception d'un bambin accompagné de sa mère, une presque adolescente fluette et émotive. C'était un amour d'enfant aux adorables yeux bruns, qui n'avait que six dents… et un sourire irrésistible. Caroline avait du mal à se désintéresser de la mère et de l'enfant mais, chaque fois qu'il faisait mine de trottiner dans sa direction, elle s'écartait du petit garçon qui, ainsi qu'elle se jurait sans cesse de l'oublier, se prénommait Ramon.

Jack Fletcher ne lui accordait aucune attention, ce dont elle n'avait pas à se plaindre, bien évidemment. Jamais il ne paraissait aider moins de trois enfants à la fois et avait toujours l'air de se plaire à la tâche. Il partait de temps à autre d'un rire grave et paisible auxquels les plus jeunes répondaient par d'immenses sourires et les plus vieux par des reparties malicieuses. Quand Caroline se rendit compte qu'elle le regardait avec tendresse, elle sursauta et se retourna si vivement qu'elle renversa du coude une pile de manuels.

Jack se précipita pour l'aider avant même qu'elle eût le temps de remettre un seul des manuels sur la table.

— Ça va ? s'enquit-il à mi-voix. Je n'aurais peut-être pas dû vous forcer ainsi la main, mais j'ai pensé que c'était le meilleur moyen pour vous maintenir éveillée.

Il était vraiment parfait dans le rôle du protecteur attentionné, pensa Caroline avec cynisme. Si les autorités de l'Eglise épiscopale avaient un brin de jugeote, elles le nommeraient évêque chargé des collectes. Avec lui, les dons augmenteraient de manière exponentielle.

— J'ai toujours la migraine, répondit-elle. Et ma cage thoracique ne sait encore lequel, de son côté droit ou gauche, est le plus douloureux.

Pourquoi se livrait-elle à ce point ? se demanda-t-elle avec effarement. Confesser ses faiblesses était toujours imprudent, et plus encore lorsqu'on ignorait presque tout de son confident.

— Il faut vous reposer, décréta Jack sur un ton chaleureux. Marcus va vous accompagner à la maison. Désolé de ne pouvoir venir moi-même, mais Kathleen Williams, notre secrétaire, est en congé et je suis en train de réapprendre depuis le début comment elle arrive à nous épargner les pires catastrophes.

— Je peux attendre que vous soyez disponible…

— J'ai promis à toute la bande une pizza après l'étude. J'en ai encore pour deux à trois heures. Vous, en revanche, vous avez besoin de calme et de repos. Si vous désirez vous étendre, le canapé-lit du séjour est tout à vous.

Il sortit de sa poche un flacon d'analgésiques sans marque.

— Tenez, dit-il, ça ne vous fera pas de mal d'en reprendre.

— Merci.

La jeune femme avala deux comprimés avec une gorgée d'eau. Elle était consciente de sa froideur et de son ingratitude, mais elle n'accordait à Jack aucune confiance. Il avait certes la voix douce et se montrait généreux. Cependant elle avait développé un sixième sens l'avertissant de toute surveillance dont elle pouvait être l'objet, et le Père Jack la soumettait à un examen si attentif que son estomac se crispait de nervosité. Elle se demanda s'il l'avait observée alors qu'elle travaillait avec les enfants. Qu'il eût pu ainsi l'épier sans qu'elle s'en aperçût ne laissait pas de l'inquiéter. Où un prêtre avait-il pu acquérir une telle faculté ? Et, surtout, dans quel but ?

Avant d'épouser Phillip Rossi. elle était une naïve ingénue, prête à croire le premier venu. Désormais elle se défiait de tout le monde — hormis des gens comme son ex-beau-père qui, eux, au moins, étaient d'une immoralité aussi systématique que prévisible. L'année précédente, constatant que ses parents accordaient foi aux allégations soutenues par Joe devant la cour, elle s'était finalement résignée à ne plus jamais espérer d'appui indéfectible de la part de qui que ce fût. Et à ses yeux, que Jack Fletcher fût un ministre du culte ne garantissait en rien la constance de son soutien. L'expérience lui avait d'ailleurs appris que du prêtre à l'ange s'étendait souvent un abîme.

Elle reposa son verre d'eau sans relever les yeux vers lui.

— Voilà, dit-elle, je suis prête.

Elle s'attendait à ce que Jack lui fît son numéro de confesseur compréhensif et tentât de l'amadouer avec un flot sirupeux de paroles insignifiantes. Mais ce ne fut pas le cas.

— Je vais chercher Marcus, la prévint-il seulement.

Puis il sortit à pas nonchalants, laissant Caroline décontenancée. Bon sang, songea-t-elle en contemplant la silhouette du prêtre qui s'éloignait, elle était totalement incapable de prévoir les réactions de Jack Fletcher ! Voilà des années qu'aucun homme n'était parvenu à la surprendre ainsi.

Enfin, elle ne devait fréquenter le Père Jack que l'espace d'un week-end et n'avait nul besoin de s'inquiéter de la nature réelle de ses motivations. Elle était néanmoins ennuyée de ne pouvoir deviner ce qu'il attendait exactement d'elle en retour de ses services. Comme elle n'avait pas un sou vaillant en poche, il devait escompter un dédommagement en nature. Un prêtre épiscopal, à sa connaissance, pouvait se marier ; de là à s'autoriser une aventure, il n'y avait qu'un pas. Pourtant, il ne lui avait signifié à aucun moment une telle intention. Il avait semblé à peine conscient de s'adresser à une femme. Mais si ce n'était pas l'argent ni le sexe qui l'attiraient, que diable espérait-il donc ?

Alors qu'elle reportait ses regards sur la porte en fronçant les sourcils, un vagissement aigu s'éleva dans la salle. Elle baissa les yeux et, instinctivement, se courba pour prendre le petit Ramon dans ses bras. L'enfant hurlait de toute la force de ses poumons. Tout en lui chatouillant le bedon, elle lui murmura de confuses paroles de réconfort jusqu'à ce qu'il arrête de pleurer et retrouve son sourire. Le bambin n'avait encore rien perdu de sa rondeur de poupon. Elle sentait son petit corps chaud bien calé contre sa poitrine. Spontanément, elle appuya sa joue contre la sienne. Ramon s'étira en se frottant les yeux. Bien qu'elle se sentît idiote de céder à de tels enfantillages, elle déplia les doigts de l'enfant et appliqua un gros baiser sonore au creux de sa paume grassouillette. Ramon partit d'un rire sonore et si communicatif qu'elle s'esclaffa à son tour, oubliant la douleur qui lui crispait le ventre.

Elle lui chantait une comptine lorsqu'elle entendit se rouvrir la porte battante.

Jack Fletcher était de retour.

Elle reposa précipitamment Ramon à terre et prit un air vague et insouciant. Quand Jack, suivi de Marcus, la rejoignit, elle étudiait ses ongles vernis avec une intense concentration.

Tant de prudence ne se révéla pas nécessaire, cependant, car Jack ne parut nullement intrigué par son intérêt pour Ramon et s'assit à sa table en silence, sans même lui jeter un coup d'œil. En un instant, il eut Ramon sur les genoux et l'un des collégiens pendu à son épaule pour lui demander des éclaircissements sur un problème de maths. Jack se lança aussitôt dans l'explication attendue tandis que Caroline pensait avec irritation qu'il avait une fois de plus réussi à la surprendre. Elle était tellement habituée à attirer sur elle l'attention d'autrui — que celle-ci fût bienveillante ou non — qu'elle avait oublié le sentiment qu'on éprouvait à être un simple quidam. A sa manière, Jack Fletcher avait le chic pour lui rappeler les vertus de l'humilité.

Cependant, Marcus devait avoir hâte de revenir à la maison paroissiale pour la pizza, car ce fut d'un pas vif que, sans mot dire, il entraîna Caroline jusqu'à l'appartement du prêtre situé trois pâtés de maisons plus loin.

— Voilà, c'est ici chez nous, déclara-t-il enfin.

Il désignait un pavillon à un étage, qui se distinguait des bâtisses voisines par sa façade récemment repeinte en gris et rehaussée de filets blancs.

— Jolie baraque, hein ? reprit-il d'une voix vibrante d'orgueil.

— Très jolie, murmura Caroline en cachant son dépit.

La maison, un de ces cubes de béton sans grâce des années cinquante, avait tout l'attrait d'une prison de comté fraîchement apprêtée en prévision d'une inspection générale. Caroline frémit en songeant au logement qu'avait connu Marcus auparavant pour s'extasier ainsi sur ce pauvre bâtiment. Malgré les efforts évidents de ses occupants pour en garder propres les abords, un paquet de cigarettes vide, jeté à travers la grille de fer forgé, ainsi que des emballages de bonbons, en jonchaient déjà la cour. Un géranium en pot s'acharnait dans un coin à survivre aux gaz d'échappement, non loin d'un arbrisseau étique qui essayait courageusement de jeter un peu d'ombre sur les dalles en ciment.

Caroline trouvait ces tentatives d'embellissement légèrement pathétiques. Le pavillon lui évoquait une vieille dame dont le maquillage trop chargé aurait eu pour seul effet d'accuser les rides qu'il était censé dissimuler.

Marcus, lui, paraissait insensible à ce genre d'imperfections. Il entra dans l'étroite cour d'une démarche altière et, tout en fredonnant, ramassa le paquet de cigarettes vide ainsi que les emballages de bonbons, avant d'ôter délicatement une feuille morte du géranium malingre. Puis, ayant inspecté la cour d'un regard possessif, il gratifia Caroline d'un sourire faraud.

— L'année prochaine, on plantera beaucoup plus de fleurs, lui annonça-t-il. Y a pas un mec dans le coin qui… Enfin, personne ici ne me volera mes fleurs. C'est un quartier vraiment sympa.

— Où habitais-tu auparavant ?

— Dans le South Side, répondit-il, le visage soudain fermé.

Puis il se retourna et désigna l'arbuste en souriant.

— Moi et le Père Jack, on a acheté cet arbre aux pépinières Walmart.

Il prononçait ce nom avec emphase, comme s'il s'agissait d'une serre réputée pour ses variétés exotiques.

— Ça deviendra un érable, un jour, ajouta-t-il en tapotant le mince tronc du plant. Avec des feuilles rouges, du sirop et tout. J'avais jamais eu…

Il s'interrompit vivement, avant de reprendre :

— Je *n'avais* jamais eu de place à moi pour jardiner, avant.

Caroline considéra le géranium anémique, les dalles fendues, et dut surmonter une absurde envie de pleurer.

— Eh bien, ça m'a l'air d'être un bon endroit pour s'y mettre, dit-elle en suivant le garçon dans la minuscule entrée du pavillon. La cour t'offrira un bel espace à fleurir, au printemps prochain.

— Ouais, les plantes, c'est super. Avec des fleurs et des arbres, on peut rendre une maison vachement jolie, approuva Marcus en ouvrant deux gros verrous fixés à une porte verte en acier où le chiffre 104 avait été tamponné en blanc. C'est ici qu'on habite, au rez-de-chaussée. Venez.

Caroline pénétra derrière lui dans l'appartement qui, quoique bas de plafond et d'aspect spartiate, se révéla plus spacieux qu'elle l'aurait supposé. Ses murs étaient peints d'une apaisante couleur vieil ivoire, et ses fenêtres garnies de voilages neufs.

— Voici le séjour, s'exclama l'adolescent en la guidant au centre d'une vaste pièce.

Le mobilier, fonctionnel, présentait diverses nuances de beige. Ce camaïeu de couleurs sourdes était égayé par un assortiment de gros coussins aux couleurs vives. En outre, des plantes en pots avaient été disposées sur l'appui de la fenêtre, ainsi que sur les tablettes d'une étagère modulable recouvrant entièrement un des murs.

Marcus déplaça une retombée de philodendron pour laisser passer un peu de lumière et plissa le front.

— Je crois que si vous voulez dormir, nous devrions vous trouver un oreiller et une paire de draps, dit-il avec un large sourire de satisfaction.

L'idée même de disposer de draps pour son sommeil semblait pour lui une innovation récente, et il semblait heureux de se l'être rappelée.

— Oui, convint Caroline, des draps seraient parfaits. Merci, Marcus, tu es très serviable.

— A votre service.

Il disparut dans la pénombre d'un étroit couloir, et en émergea quelques instants plus tard avec tout le nécessaire.

— Nous avons deux salles de bains, poursuivit-il en désignant les pièces du menton. Lavabo, douche — tout fonctionne dans chacune d'entre elles.

Il indiqua ensuite l'une des deux portes, qui était fermée.

— Voici la chambre du Père Jack, précisa-t-il. Nous la réservons pour les invités. Elle est un peu plus… présentable que la mienne, si vous voyez ce que je veux dire.

Caroline se sentit sourire.

— Oui, je vois, répondit-elle en prenant la paire de draps qu'il lui tendait. Merci encore, Marcus.

— Je vous en prie. Vous devriez dégoter une serviette propre dans la salle de bains du Père Jack, dans le placard sous le lavabo. On fait la lessive nous-mêmes. Deux fois par semaine, ajouta-t-il avec solennité.

Il déposa un oreiller sur le bras du canapé et poussa un soupir de soulagement en constatant qu'il avait rempli tous ses devoirs d'hôte.

— Voilà, mademoiselle. Je vous laisse, maintenant. Je ne voudrais pas louper la pizza. Ça me changera des boîtes et des plats surgelés. Faut dire aussi que le Père Jack est le plus mauvais cuisinier de toute la planète !

— Heureuse d'apprendre qu'il n'est pas totalement infaillible, marmonna Caroline.

— Personne n'est parfait, hein ? repartit Marcus en haussant les épaules. Enfin, le Père Jack est quand même un chouette type.

Il récupéra sur le comptoir de la cuisine un baladeur et un casque.

— Je vais fermer la porte derrière moi, mais ne mettez pas la chaîne de sécurité ou on sera obligés d'attendre que vous soyez réveillée pour rentrer. Vous n'avez aucun souci à vous faire. Le coin est vraiment tranquille. Y a pas eu une seule fusillade depuis le début de l'année. Les dealers restent tous du côté de Wilton. Y a pas... Et il n'y a pas non plus de bandes dans ce quartier.

Ayant ajusté l'écouteur sur sa casquette de base-ball, il sortit de l'appartement en dansant et en claquant des doigts sur quelque rythme inaudible pour la jeune femme.

Dès que le garçon eut tiré le verrou, Caroline prit le calepin et le crayon posés près du téléphone et se dirigea vers la cuisine. Elle n'avait pas le temps de dormir, aussi fatiguée fût-elle et aussi douloureuse fût sa migraine.

Comme elle l'espérait, une robuste table en Formica l'attendait dans la cuisine, appuyée contre le mur du fond. L'endroit lui parut idéal pour établir en paix un nouveau plan de bataille. En premier lieu, il lui fallait trouver de l'argent pour s'envoler jusqu'aux îles Caïmans. Ce qui promettait d'être difficile, étant donné le peu de temps dont elle disposait pour quitter le pays. Joe pouvait certes avoir perdu sa trace, mais il ne tarderait pas à la débusquer. Même ici, dans le foyer du Bon Samaritain.

Restait à savoir comment amasser deux mille dollars en trois à quatre jours, se dit-elle, avant de se rendre à l'évidence : il n'y avait qu'une solution. Et elle lui déplaisait. Sordide en soi, le mot « prostitution » désignait une transaction plus sordide encore et, en dépit des six derniers mois passés en compagnie de Dayton Ames, Caroline envisageait avec crainte et dégoût la perspective de vendre une nouvelle fois son corps pour satisfaire les fantasmes d'un quelconque nanti. Elle s'obligea néanmoins à refouler sa répugnance et à affronter la réalité de sa situation. Qu'elle eût connu Dayton Ames plusieurs semaines avant de coucher avec lui ne changeait rien au fait qu'elle avait été — pour le dire crûment — sa putain. Or une putain restait une putain, quels que fussent son client et son lieu d'activité. Aussi, pourquoi ne se prostituerait-elle pas avec un autre homme ?

Elle prit une profonde inspiration pour combattre la nausée qui lui montait à la gorge. La vie obligeait parfois à des choix désagréables auxquels, hélas, on ne pouvait se soustraire. Elle avait besoin d'argent. De beaucoup d'argent — et vite. Elle se savait posséder des charmes susceptibles de lui valoir les libéralités de personnes fortunées et n'était pas en position de jouer les délicates.

Les mâchoires crispées, elle se penchait pour écrire sur le calepin quand elle s'aperçut qu'elle avait brisé le crayon en deux. Elle desserra les dents, jeta le crayon à la poubelle, prit un stylo-bille qui traînait sur le comptoir et se pencha de nouveau sur le calepin.

« Argent », écrivit-elle. Elle souligna le mot et passa à la colonne de droite, où elle marqua : « D'ici à vendredi au plus tard. »

Elle continua ainsi à consigner les différentes tâches à effectuer, tout en s'efforçant d'ordonner en même temps ses pensées.

Ces notes étaient à usage strictement personnel, se rappela-t-elle. Elle devrait impérativement veiller à les détruire avant que Saint-Père Jack rentrât à la maison.

Craignant de réveiller la jeune femme, Jack s'introduisit dans l'appartement sur la pointe des pieds. Il constata bientôt que cette précaution était inutile : le canapé était vide et une paire de draps encore pliés reposait sur les coussins. Apparemment, Caroline Hogarth avait pris le large. Déçu, mais pas vraiment surpris, il inspecta rapidement le séjour pour savoir ce qu'elle avait pu lui voler. Des femmes aussi belles et aussi manifestement bien éduquées que Caroline n'échouaient pas dans ce quartier de la ville sans être victimes de problèmes graves, le plus souvent liés à l'alcool ou à la drogue.

Les siens, comme il l'avait pensé dès l'instant où il l'avait vue en butte à l'hostilité de ses agresseurs, devaient provenir de quelque dépendance inavouable. Aussi avait-il été proprement stupide de demander à Marcus de l'accompagner chez lui. Tout toxicomane était tôt ou tard destiné à voler pour entretenir son vice. Il aurait dû se méfier et ne pas laisser la jeune femme chez lui sans surveillance.

Il s'était méfié, pourtant. Mais, bien que Caroline fût sans ressources ni domicile — symptômes évidents d'une dépendance incontrôlée —, rien en elle n'était ensuite venu confirmer ses premiers soupçons. Elle ne sentait pas l'alcool ni l'un de ces parfums à quatre sous qui servent usuellement à en masquer les effluves. Par ailleurs, ses bras ne présentaient aucune trace de piqûres. Elle avait en outre les cheveux propres et les doigts manucurés, alors que la plupart des toxicomanes se rongeaient les ongles jusqu'au sang. En l'observant attentivement dans la salle d'études de la maison paroissiale, il n'avait discerné dans son attitude aucune trace d'anxiété. Elle n'avait aucun des signes physiques du manque et n'avait pas réclamé cette cigarette qui, habituellement, constituait le premier et indispensable palliatif au besoin de stupéfiant.

Cela étant, songea Jack, la majorité des toxicomanes étaient également des comédiens consommés. Or, Caroline Hogarth — si tel était du moins son vrai nom — semblait une femme intelligente, suffisamment en tout cas pour dissimuler un temps les symptômes de son état. Il regrettait seulement qu'elle se fût échappée avant qu'il ait eu la possibilité de lui recommander un des programmes de soin en douze étapes dispensés par St. Luke. D'un autre côté, cependant, si elle n'était pas encore prête à se prendre en charge, il aurait en vain tenté de l'y forcer, aussi désireux fût-il de lui offrir un nouveau départ dans la vie. Après deux années de séminaire et huit de prêtrise, il avait dû renoncer à croire que le salut du monde dépendait uniquement de ses efforts et estimait désormais extraordinaire de parvenir à aider quelques personnes à se sauver elles-mêmes.

Quelques personnes dont Caroline Hogarth ne devait pas, selon toute apparence, faire partie. Malheureusement.

Jack jugea donc préférable de l'oublier et de recenser plutôt les bienfaits pour lesquels il pouvait encore remercier le Seigneur. Au moins, la télévision était toujours à sa place, de même que ses livres et les plantes de Marcus. Il alla jeter un rapide coup d'œil dans la chambre où, à sa grande satisfaction, trônaient encore le lecteur de CD et la chaîne stéréo.

Comme Marcus aurait jugé la vie indigne d'être vécue sans ces chefs-d'œuvre culturels qu'étaient pour lui *Alerte à Malibu* ou *Beverly Hills 90210*, Jack aurait dû être ravi que Caroline ne lui eût rien volé. Pourtant, il se sentait affligé à l'idée de n'avoir su assister une femme qui semblait avoir tellement besoin de lui. D'autant que, sous la carapace élégante de Caroline, il avait perçu un noyau d'inaltérable honnêteté.

Il secoua la tête avec tristesse. Ses bons sentiments ne le trompaient guère. Ce qui l'avait séduit chez Caroline était bien moins sa droiture foncière que ses jambes, les plus longues et les plus sensuelles qu'il eût jamais contemplées depuis qu'un des gardiens de prison lui avait volé son exemplaire du calendrier coquin 1985 de *Sports Illustrated*. Il considéra d'un œil éteint son calendrier actuel, un éphéméride offert par une de ses vieilles paroissiennes, et dont chaque page était agrémenté d'une citation de la Bible.

Il pressentait obscurément qu'il regretterait à tout jamais les nymphettes en Bikini de *Sports Illustrated*…

Le système d'air conditionné de l'appartement fonctionnant aussi mal que d'habitude, il ôta son T-shirt et se rendit dans sa salle de bains pour s'asperger la tête d'eau froide et se calmer les esprits avant d'entreprendre la tâche ardue de préparer le dîner. Il aurait bien aimé manger un peu de pizza à la maison paroissiale, mais les gamins étaient si affamés qu'il leur avait cédé sa part.

Tout en s'enroulant la serviette autour du cou, il décida de noyer sa frustration dans une cannette de Dr Pepper. La charge d'une paroisse comme celle de St. Luke ne laissait pas beaucoup de temps pour la quête spirituelle. La majorité de ses ouailles peinaient tant à garder leur emploi et à assurer la sécurité de leur quartier qu'il avait parfois envie de les aider, durant la journée, à prévenir le trafic de drogue et à rendre leurs foyers dignes de ce nom. En tout cas, se dit-il, plutôt que de perdre son temps à analyser ses propres sentiments à l'égard de Caroline Hogarth, il ferait mieux de commencer à régler le détail des patrouilles de la milice communale pour le prochain mois et à prévoir les actions du programme de prévention des grossesses juvéniles qu'il s'efforçait de mener en collaboration avec la conseillère du Planning Familial. Pour l'heure, il se contentait de prêcher le sens de la responsabilité et l'engagement dans les liens du mariage, alors que la conseillère, de son côté, prônait l'usage du préservatif. Il priait simplement le Seigneur pour que les gamins écoutent au moins le message de cette dernière, à défaut du sien.

Il poussa les portes à claire-voie branlantes qui séparaient le séjour de la cuisine et se figea sur place. Finalement, Caroline Hogarth ne s'était pas enfuie. Elle s'était assoupie à la table de la cuisine, la tête posée sur ses avant-bras, ses cheveux dissimulant à moitié un carnet et un stylo. Même endormie, elle dégageait une aura d'anxiété qui était presque palpable.

Jack vint à côté d'elle. Le calepin sur lequel elle écrivait avait pivoté dans son sommeil et s'offrait directement aux yeux du prêtre. Celui-ci y aperçut une liste divisée en deux colonnes. Celle de gauche était parfaitement lisible. Il ne put s'empêcher d'y distinguer une série de subdivisions, dont les annotations correspondantes, inscrites dans la colonne de droite, étaient cependant cachées par la chevelure de la jeune femme. Une chevelure, remarqua-t-il en passant, d'une beauté exceptionnelle. Aux vagues blondes, opulentes.

Il reporta son attention sur le carnet. « Vêtements, lut-il. Passeport, Compte en banque, Billet d'avion. » Ensuite venait « Parents ? », une interrogation rayée avec tant de hargne qu'elle avait littéralement tranché le papier. Plus bas, trois mots avaient été cerclés de volutes et de fioritures : « Corps à vendre. »

Cette note révélatrice n'avait pas été barrée. Apparemment, dans l'esprit de Caroline, les parents suscitaient une répulsion bien plus forte que la perspective de vendre son corps. Jack aurait souhaité en être offusqué ou, à tout le moins, surpris, mais cela lui était naturellement impossible. Tout ce qu'il n'avait pas appris en prison sur les négligences et les cruautés parentales, il avait fini par le savoir en tant que prêtre. Il n'ignorait donc pas que la très grande majorité des adolescents qui se vendaient sur le trottoir — garçons et filles confondus — avaient subi des mauvais traitements dans leur enfance.

Tandis que Jack se demandait s'il devait laisser Caroline dormir ou essayer de la porter jusqu'au canapé, celle-ci émit un léger ronflement. Une ou deux secondes après, elle rouvrait les paupières sur un regard encore vague et brouillé de sommeil. Elle considéra un instant le Père Jack d'un air somnolent, doux, presque souriant, puis son visage se durcit aussitôt. Bien qu'elle demeurât affalée sur l'étroite chaise de cuisine, il pouvait voir ses muscles se tendre tandis qu'elle recouvrait le contrôle de son corps. Quand elle releva enfin la tête, son expression était neutre. Jack comprit qu'elle avait fermement rétabli toutes ses défenses.

Puis elle suivit le regard du prêtre posé sur le calepin que son bras cachait à demi. Quand elle s'avisa qu'il avait dû au moins en lire quelques lignes, ses joues blêmirent. Jack sentit alors qu'elle éprouvait une peur si intense qu'elle confinait à la terreur. Qu'avait-elle donc écrit *d'autre* sur ce carnet ? se demanda-t-il.

Sa maîtrise d'elle-même était néanmoins confondante, car seule cette pâleur subite trahit un moment son angoisse. Elle se redressa ensuite sur sa chaise et considéra Jack d'un œil acéré et inquisiteur. Ce dernier songea avec tristesse qu'une telle défiance devait depuis longtemps lui être naturelle.

— Bonjour, lança-t-il d'une voix aussi chaleureuse et amicale que possible, afin de dissiper toute menace qu'elle pourrait voir en lui. Comment vous sentez-vous ?

— Très bien.

Elle ramassa prestement le calepin et en déchira les premières feuilles pour les rouler en boule, visiblement résolue à lui interdire toute nouvelle indiscrétion.

Il garda une expression souriante et détachée.

— Au moins, dit-il, le canapé vous paraîtra, comparé à cette table, confortable.

Elle le gratifia d'une grimace qui parodiait son sourire.

— A quelque chose malheur est bon, n'est-ce pas, Père ?

— Oui, à condition de le vivre comme une épreuve.

Jack devinait que sa réponse l'irritait, mais au lieu d'exprimer son désaccord par un froncement de sourcils, ainsi qu'elle en avait l'habitude, elle se recula sur sa chaise et noua ses mains derrière le dossier, de sorte que sa poitrine tendit outrageusement le fin tissu de son chemisier froissé. Le geste aurait pu sembler vulgaire, voire grotesque, mais Jack ne put se retenir de l'interpréter comme une invite à découvrir les charmes ainsi offerts dans leur écrin de coton.

Il tenta de nourrir des pensées plus nobles et plus élevées — plus spirituelles, en un mot. Il échoua lamentablement. « Seigneur, pensa-t-il, cette épreuve me suffit. J'ai compris le message, croyez-moi. »

Caroline, quant à elle, devinait sans peine les émotions qu'elle avait suscitées chez lui. Et le méprisait d'y avoir si facilement cédé.

— Puis-je vous aider, Père ? s'enquit-elle sur un ton langoureux, ses yeux gris-bleu étincelants de jubilation. Vous avez l'air vraiment… ennuyé.

— J'ai dû sauter un repas de trop dans la journée, répondit-il d'une voix atone.

Caroline n'était cependant pas disposée à rentrer dans son jeu. Elle baissa les yeux sur la poitrine nue de Jack avec un sourire moqueur. Ce dernier sentit son estomac se contracter. Il croyait presque sentir des gouttes de sueur perler à chaque endroit de son anatomie où se posait le regard de la jeune femme.

Celle-ci s'humecta les lèvres de la pointe de la langue.

— J'adore votre tenue, Père Jack. Je parie qu'elle doit remporter un franc succès dans les queues de la soupe populaire.

S'il n'avait surpris de la peur chez elle l'instant d'avant, Jack n'aurait jamais pu deviner avec quel acharnement désespéré elle s'ingéniait à donner d'elle l'image d'une fille des rues endurcie et rusée. Au vrai, ses attitudes provocantes lui semblaient désormais masquer une très grande fragilité.

— Merci, pour le compliment, répliqua-t-il avec un aplomb recouvré. La serviette vient de chez Sear's Bath Shoppe, si cela vous intéresse.

— Ce n'est pas votre serviette qui m'intéresse, Père, mais tous ces muscles bronzés… et cette poitrine nue…

Elle tendit la main pour lui tâter le bras et lui lança une œillade délibérément aguichante tout en lui caressant la peau.

— Hum, quels beaux biceps vous avez là. Où donc vous entraînez-vous, Père Jack ?

A chaque reprise, le titre sonnait dans sa bouche comme une insulte. Jack n'arrivait pas à décider si son irrévérence visait l'homme en lui ou le prêtre. Sans doute les deux, se dit-il.

Il dégagea doucement son bras.

— Je vais nager à la piscine du quartier, l'informa-t-il avec le plus grand calme.

Un calme qu'il était cependant loin de ressentir, car la tentative de séduction de Caroline avait beau être simulée, elle se révélait diablement efficace !

— Il m'arrive également de jouer au basket avec les

lycéens du voisinage, poursuivit-il. Du moins quand ils daignent m'octroyer une place de remplaçant dans leurs équipes. Et vous, Caroline ? Où trouvez-vous à dépenser votre trop-plein… d'énergie ?

Elle bâilla, tout en s'étirant avec une volupté calculée.

— Au lit, répondit-elle.

Puis, se penchant par-dessus la table :

— Et mes partenaires m'ont toujours affirmé que j'étais pour ma part très bien entraînée.

— Ah oui ?

Malgré tous ses efforts pour feindre l'indifférence, Jack se sentait faiblir à vue d'œil.

Au cours des vingt mois passés dans le pénitencier de l'Etat, il avait vu, entendu et dû repousser toutes les formes de tentations connues de l'espèce humaine — depuis les tapineuses introduites dans l'enceinte de la prison par des gardiens corrompus jusqu'aux menaces de viol collectif proférées par des détenus aussi frustrés que désœuvrés. Il était donc difficile de le choquer, et moins encore d'exciter sa convoitise.

Pourtant, Caroline était parvenue d'emblée à le toucher au vif et semblait bien capable de déclencher à volonté ses désirs.

Il ouvrit le réfrigérateur dont il sortit deux cannettes de soda. Il en offrit une à la jeune femme avec une feinte désinvolture.

— Vous devriez essayer la piscine, de temps en temps, lui conseilla-t-il en s'asseyant en face d'elle. Vous verrez, ça vous musclera bien plus harmonieusement que le sport en chambre.

Elle se renfrogna et saisit la cannette en grommelant un merci rageur.

— N'êtes-vous pas censé me délivrer un sermon sur le péché de fornication et les tourments de l'enfer ? s'enquit-elle.

Il haussa les épaules.

— A quoi bon ? Maintenant, si vous y tenez vraiment, je peux vous satisfaire.

Caroline faillit laisser échapper un sourire, mais baissa la tête à temps.

— Vous ne parlez guère comme un prêtre, rétorqua-t-elle sur un ton accusateur.

— Je m'y efforce, pourtant. Et mes mariages comme mes enterrements sont, paraît-il, fort appréciés. D'ailleurs, au cas où vous seriez preneuse, sachez que mes prix sont très raisonnables.

Elle sirota une gorgée de soda et le considéra avec perplexité. Elle avait abandonné ses poses provocantes et paraissait soudain fatiguée et effrayée. Jack constata alors avec affliction qu'il trouvait sa fragilité plus émoustillante encore que ses manières agressives.

« Seigneur, songea-t-il, si Vous pouviez seulement me soumettre à une autre épreuve, je Vous en serais infiniment reconnaissant. La prochaine fois qu'un des gamins m'avoue que l'abstinence est au-dessus de ses forces, je Vous promets de l'écouter avec moins de condescendance et nettement plus de compassion. »

Il avala une brève goulée de soda glacé en s'efforçant de penser comme un prêtre, et non comme un homme qui vient de s'apercevoir que dix années de célibat sont bien trop longues. Caroline croisa ses jambes et se pencha vers lui avec sensualité. Il s'épongea alors le front et décida que le moment était venu de détourner la conversation sur un autre sujet.

— Désirez-vous téléphoner à quelqu'un ? demanda-t-il. Des amis ou des membres de votre famille qui risqueraient de s'inquiéter pour vous ?

La jeune femme se renfrogna immédiatement.

— Non, merci. Je n'ai besoin d'appeler personne.

Jack reconnut aussitôt son expression fermée. Il avait adopté la même au cours de sa première année de prison. Une telle expression cachait un sentiment complexe mêlant à doses égales la peur, la rage, le regret et l'aigreur.

— Et votre père, votre mère ? reprit-il tout en épiant ses réactions. N'ont-ils pas envie d'avoir de vos nouvelles ?

Caroline lança un coup d'œil fugitif aux pages froissées qu'elle serrait encore dans sa main. Lorsqu'elle releva les yeux, elle arborait un sourire amer.

— Mon père vit à Seattle et ma mère est décédée.

— Je suis désolé.

— Mais non, je vous en prie. Ma mère est morte quand j'avais treize ans. Son corps et celui de son petit ami ont été retrouvés criblés de balles dans leur caravane durant un week-end de Thanksgiving. Ils étaient tellement imbibés d'alcool que la police n'a jamais pu savoir s'ils s'étaient suicidés, battus ou tiré dessus par mégarde en trébuchant sur le fusil. Personnellement, je pencherais plutôt pour la dernière hypothèse. Cela concorde à merveille avec ce qu'on m'a rapporté sur l'existence de ma chère maman.

Ce qu'on lui avait *rapporté* ? s'interrogea Jack. N'avait-elle donc jamais vécu avec sa mère ? Il eut cependant l'intelligence de ne pas lui poser la question, certain qu'elle lui aurait répondu par une rebuffade. Et puis il voulait absolument lui faire comprendre qu'elle n'était pas près de le heurter en lui narrant ses plus abjects souvenirs.

— J'ai purgé près de deux ans de prison dans le pénitencier de l'Etat pour avoir assassiné un homme, lui confia-t-il tout à trac.

Ce fut avec un plaisir malsain qu'il la vit pâlir sous le choc.

— Vous avez tué quelqu'un ? s'exclama-t-elle. Mais… mais qui ?

— Un camé tellement en manque qu'il ne se maîtrisait plus. Je lui ai fichu une raclée, il n'y a pas survécu.

— Ah… c'était donc un accident.

Caroline paraissait singulièrement soulagée, comme si, en dépit de tout le mépris qu'elle semblait lui vouer auparavant, elle se refusait à croire son interlocuteur capable d'un meurtre de sang-froid.

D'ailleurs, pour le procureur lui-même, il s'était agi d'un homicide involontaire. Jack s'obligea cependant à exprimer tout haut la vérité qui avait torturé son âme durant tant de nuits d'angoisse.

— Non, ce n'était pas un accident, dit-il. J'avais perdu la tête. Alors même que j'étais en train de battre ce type, tout ce que je voulais, c'était le tuer.

Caroline contempla fixement ses mains.

— Pourquoi alors avez-vous écopé d'une peine si légère ?

— J'avais un bon avocat, apparemment.

Sa famille et ses amis avaient même tenté d'interjeter appel du jugement en prétendant qu'il était scandaleux qu'il échouât dans une cellule pour avoir voulu empêcher le meurtrier de sa femme de le tuer à son tour. Jack, anéanti par la mort de Beth, avait préféré se soumettre à la sentence.

Il se renfonça contre le dossier de sa chaise et reprit d'une voix égale :

— Bon, allons-nous cesser de nous choquer mutuellement

avec les éléments les plus sordides de nos CV respectifs ? Nous pourrions peut-être avoir une conversation amicale entre gens sincèrement désireux de se connaître un peu mieux…

Caroline considéra un long moment son Dr Pepper en silence.

— Je crois bien que j'ai oublié comment on mène une conversation amicale, murmura-t-elle enfin sans redresser la tête.

Jack estima que ce devait être la toute première fois qu'elle se montrait vraiment franche avec lui.

— Eh bien…, répondit-il avec prudence, conscient de poser le pied sur un terrain miné. Je pense que, maintenant que nous en avons terminé avec les présentations, nous pouvons attaquer des sujets plus intimes. Il est l'heure de dîner et je meurs de faim, donc je vous pose la question suivante : savez-vous faire la cuisine ? J'attends votre réponse avec anxiété.

Caroline hésita un moment.

— Oui, articula-t-elle, je sais faire la cuisine.

« Merci, mon Dieu ! »

— Génial ! s'exclama-t-il.

Et il la gratifia d'un sourire on ne peut plus sincère. Quiconque savait cuisiner était à ses yeux un envoyé du Seigneur.

— Bien, poursuivit-il, passons au point suivant : seriez-vous disposée à préparer le dîner ? Attention, je dois vous avertir, dans votre propre intérêt, qu'il n'existe qu'une seule réponse correcte à cette deuxième question.

Caroline faillit lui rendre son sourire. Puis elle se retourna et Jack ne vit plus que son dos — ainsi qu'une longue jambe qui se profilait sous le coton fin de sa robe. Il laissa échapper une grimace. Depuis qu'il connaissait Caroline, son esprit avait une tendance alarmante à retomber sans cesse dans la même ornière.

— Que désirez-vous manger ? lui demanda-t-elle, les yeux rivés sur l'évier. Je crains que mes talents de cuisinière soient trop frustes pour des mets élaborés.

— Si vous êtes capable de réchauffer du potage sans brûler le fond de la casserole, ce sera parfait pour moi, répondit-il en ouvrant avec emphase la porte du réfrigérateur. Tout ce qui est là-dedans est à votre disposition.

Elle se pencha en avant pour examiner le contenu du réfrigérateur et écarquilla les yeux.

— Bravo ! Voilà qui ouvre un infini de possibilités alléchantes…

Elle se saisit d'un pain dont l'emballage plastique laissait voir un épais tapis de moisissures, ainsi qu'une laitue dont l'état oscillait entre le flasque et le putride.

— Comment voulez-vous votre sandwich, Révérend ? Avec ou sans antibiotique ?

— Vous trouverez d'autres provisions dans le garde-manger, répliqua-t-il en lui ôtant des mains les déchets infamants pour les jeter à la poubelle. Regardez donc dans le congélateur. Je crois me souvenir que nous avons acheté des morceaux de poulet dernièrement.

Il haussa les épaules d'un air contrit.

— Je pense être affligé d'une lacune irrémédiable en ce domaine, avoua-t-il. L'art et la manière d'accommoder des plats aussi substantiels qu'appétissants m'ont toujours paru au-dessus de mes capacités.

— Vous pourriez user de votre titre pour demander assistance à qui de droit, dit-elle sèchement.

— Je ne m'en suis pas privé, croyez-moi. Mais jusqu'à

présent, Sa seule réponse a été : « Achète-toi un livre de cuisine, lis et apprends. »

Caroline accueillit la boutade par un gloussement qui le ravit au-delà du possible. Mais la jeune femme se ressaisit aussitôt, comme si son rire contrevenait à quelque principe rigide qu'elle s'était fixé.

— Marcus dîne avec nous ? s'enquit-elle.

— Non, il doit aller au cinéma avec un ami et dormir ensuite chez sa grand-mère.

— Ah bon.

Elle ouvrit le congélateur pour y chercher les morceaux de poulet et en étudia pensivement l'emballage après l'avoir débarrassé de sa couche de givre.

— Au moins, vous avez un micro-ondes pour les décongeler, murmura-t-elle. Et il m'a semblé également apercevoir dans le réfrigérateur… Oui, voilà quelques oignons qui ne risqueront pas de nous donner le botulisme.

Jack, un peu déçu, estima qu'il aurait été en mesure de concevoir tout seul un tel menu. Mais il songea aussitôt que, même en disposant de ces mêmes ingrédients, il aurait été condamné à en tirer plus mauvais parti que Caroline. De plus, il désirait lui confier une tâche constructive. Il avait l'intime conviction qu'elle serait plus à son aise après lui avoir préparé le repas et, pour l'instant, lui-même souhaitait se détendre, bien plus que déguster un plat recherché.

— J'ai un travail à terminer avant le dîner, lui annonça-t-il en poussant la porte de la cuisine. Je serai à côté. Criez si vous avez besoin de mon aide.

— Je n'y manquerai pas.

Comme il se dirigeait vers son fauteuil favori, elle le rappela soudain.

— Révérend ?

Ses « Révérend » semblaient moins hostiles que ses « Père », pensa-t-il.

— Oui ?

— Merci, marmonna-t-elle avec une raideur un peu gauche, comme si elle n'avait pas eu depuis longtemps l'occasion de prononcer ce mot. Merci de m'inviter chez vous et de me laisser passer la nuit sous votre toit. Je… j'aurais été dans une situation délicate sans votre secours.

— A votre service. Je suis heureux de m'être trouvé au bon endroit au bon moment.

Caroline parut hésiter. Jack eut la certitude qu'elle était sur le point de lui révéler quelque chose d'important. Puis elle se ravisa.

— Je vous appellerai quand le repas sera prêt, ajouta-t-elle en se courbant pour retirer une poêle du placard sous l'évier.

Un des boutons de son chemisier céda enfin lorsqu'elle se redressa. Elle le referma machinalement. Puis, prenant un élastique dans un des tiroirs, elle attacha ses cheveux en une queue-de-cheval. Alors qu'elle se saisissait des morceaux de poulet, son regard s'anima brusquement et ses joues rosirent, comme si la banale préparation d'un dîner la mettait en joie. Une mèche de cheveux échappée de l'élastique lui caressait le front, et Jack éprouva le besoin presque irrépressible de la ramener derrière son oreille. Décidément, se dit-il, Caroline était une de ces rares femmes qui sont d'autant plus attirantes qu'elles ne cherchent pas à séduire.

Il courut se réfugier dans le séjour et entreprit de rédiger les principes qu'il devrait dispenser aux adolescents dans le cadre du programme de prévention contre la grossesse juvénile. « Eviter la tentation », écrivit-il. Puis, ayant souligné ce sage conseil, il ajouta en marge : « Ne jamais s'engager dans des situations qu'on doute de pouvoir contrôler. »

Tout bien pesé, il trouvait ce commentaire fort judicieux.

5.

Caroline sourit malgré elle. Ses récentes déconvenues ne l'y inclinaient guère, mais l'expression béate du Père Jack avait de quoi amuser.

— Le dîner vous convient-il ? lui demanda-t-elle.

Jack poussa un vibrant soupir d'extase.

— Non, répondit-il en reposant sa fourchette, il ne me convient pas. Il m'enchante. Vous nous avez concocté une pure merveille, Caroline. J'avais oublié combien les plats mijotés à la maison pouvaient être bons.

Ces compliments ravirent la jeune femme. Elle-même avait dû attendre cette soirée pour retrouver la joie de préparer le dîner pour un ami.

— Votre garde-manger s'est révélé une véritable caverne d'Ali Baba, reprit-elle. J'y ai même découvert un pot de tomates séchées au fond de la dernière étagère.

— Ça doit venir de Meg, ma sœur. Elle m'expédie un colis tous les six mois environ, accompagné d'un livre de cuisine. C'est une optimiste. Elle ne cesse de prétendre que quiconque sait lire sait également faire la cuisine.

— Et elle a raison. Il suffit de suivre la recette, point par point, et le tour est joué !

Jack secoua la tête.

— Eh bien, avec moi, c'est un tour qui ne prend pas. Je suis la preuve vivante que louper une recette est une tare qui va en empirant avec l'âge.

Caroline s'esclaffa.

— Vous pourriez commencer par des plats simples…

— Oh, Marcus a déjà entrepris mon éducation sur ce point. Il m'enseigne la manipulation du micro-ondes, ce qui est encore dans mes capacités — du moins tant que je n'ai pas à surveiller l'appareil. Il m'a promis que, d'ici à la fin de l'été, je serais capable de réussir des pop-corn au beurre sans en brûler un seul.

— Ciel, quelle ambition !

— Ouais, du grand art. Le problème, c'est que Marcus n'y croit pas lui-même. Au fond, il me sait condamné à l'échec.

Caroline se remit à rire et avala une dernière bouchée de poulet. Voilà des mois qu'elle ne s'était sentie aussi détendue. Certes, elle avait goûté aux mets les plus raffinés dans les plus grands restaurants de Chicago, mais elle ne se rappelait pas qu'aucun des repas pris l'année précédente l'eût autant réjouie que celui-ci.

— Et vous ne savez pas le meilleur, dit-elle en se relevant pour ramasser les assiettes. J'ai fait un dessert, un clafoutis aux pêches, pour accompagner la glace à la vanille qui se trouve dans le congélateur.

Si elle lui avait offert un billet de faveur pour le paradis, Jack n'aurait sans doute pas affiché une mine plus enthousiaste. Il la regarda avec gourmandise sortir du four le dessert frémissant et doré.

— Mais ce n'est pas un clafoutis, s'écria-t-il, c'est un chef-d'œuvre ! Où donc avez-vous acquis ce talent de cordon-bleu ?

— A l'université.

Le sourire de Caroline s'évanouit aussitôt. Son passé était habituellement un territoire interdit à tout intrus.

Jack s'appuya contre le chambranle de la porte, bras croisés, dans une attitude nonchalante. Il était trop sensible pour ne pas avoir perçu sa réticence, mais il décida apparemment de l'ignorer.

— Et quelle était votre matière principale ? s'enquit-il. La restauration ? La gestion hôtelière ? L'agro-alimentaire ?

— Rien de tout cela, rétorqua-t-elle sur un ton cassant.

Elle préférait ne pas lui avouer qu'elle était titulaire d'un diplôme de comptabilité de Princeton. Un diplôme obtenu avec la mention très honorable, bien qu'il lui eût fallu six ans pour s'assagir et cesser de changer de cursus à tout bout de champ dans le seul but de contrarier ceux qui veillaient sur elle. Elle avait été une sacrée source de tracas dans sa jeunesse, songea-t-elle, amère. Elle s'avisa alors avec gêne que ses parents adoptifs avaient finalement eu quelques raisons de croire toutes les calomnies que Joe Rossi avait proférées à son encontre. En grandissant, elle s'était évertuée à leur opposer une attitude de rebelle. N'étaient-ils pas fondés à croire que son indiscipline l'avait finalement conduite à négliger purement et simplement son devoir et ses obligations familiales ?

Jack la regarda poser le dessert sur la table et lui tendit une cuillère.

— Pour ma part, j'ai appris une seule chose à l'université dans ce domaine : je sais aujourd'hui trouver un fast-food ouvert après minuit, dit-il. Et vous, comment êtes-vous devenue un cordon-bleu ?

Le devinant blessé par sa rebuffade, Caroline, sans trop savoir pourquoi, décida de lui répondre sincèrement.

— Durant ma dernière année d'université, je partageais une chambre en dehors du campus avec deux camarades : Anna Marie, une Italienne originaire du New Jersey, et Melissa, une Chinoise de Hong-Kong. Toutes deux étaient des cuisinières remarquables et vantaient constamment la supériorité de leurs traditions gastronomiques respectives. Elles passaient leurs week-ends à concocter des plats à la hauteur de leurs prétentions. Je leur ai obligeamment proposé mes services comme juge-arbitre et j'ai pris cinq kilos en deux mois.

Jack s'esclaffa.

— Laquelle des deux avez-vous finalement déclarée vainqueur de la compétition ?

Elle haussa un sourcil.

— Voyons, je n'allais pas tuer la poule aux œufs d'or ! Je me contentais de savourer les plats en les gratifiant l'une et l'autre de vagues grommellements approbateurs.

— Et ensuite, vous leur demandiez la recette ? Ou vous les regardiez seulement œuvrer dans la cuisine ?

— Un peu des deux.

Livrer ainsi des informations sur son passé était pour la jeune femme une expérience si insolite qu'elle se sentait pareille à une athlète s'apprêtant à sauter du plus haut plongeoir après une année sans entraînement.

Elle se risqua malgré tout.

— Après avoir essayé de reproduire quelques-uns de leurs plats, poursuivit-elle, j'ai remarqué que les nouilles étaient un ingrédient majeur des deux gastronomies en concurrence…

— Grâce à Marco Polo, l'interrompit Jack en posant une deuxième boule de glace sur sa part de clafoutis. Au

XIIIe siècle, quand il se rendit en Asie, il transmit aux Chinois l'art vénitien de la fabrication des pâtes.

Caroline gloussa.

— C'est effectivement une des explications qu'on avance.

— Il y en a d'autres ?

— Tout à fait. Mon amie, Anna Marie, vous reprocherait de déformer la réalité historique. D'après elle, Marco Polo aurait simplement montré aux Chinois comment *cuire* les nouilles italiennes — ces derniers n'étaient d'ailleurs pas très bons élèves.

— Et que pensait Melissa de cette version-là ? demanda Jack en souriant.

— Je doute fort que vous désiriez vraiment l'apprendre. Cela offusquerait vos prudes oreilles.

— Ah bon ? En tout cas, je commence à croire que votre talent pour suspendre votre jugement et profiter de l'attente d'autrui ne date pas d'hier.

— Comme vous dites. Toujours est-il qu'au bout d'un moment — probablement vers l'époque où je me suis aperçue que je n'arrivais plus à refermer la braguette de mon jean —, j'ai voulu savoir comment, à partir des mêmes ingrédients de base, on pouvait obtenir des goûts aussi différents. J'ai donc persuadé mes deux amies de m'apprendre leurs secrets.

— Et, à l'évidence, vous vous êtes révélée pour votre part une très bonne élève, repartit Jack en savourant sa dernière bouchée de clafoutis. Ainsi qu'une manœuvrière de haute volée… Bon, maintenant que vous n'êtes plus tenue par le devoir de réserve, dites-moi franchement : quelle cuisine préférez-vous, l'italienne ou la chinoise ?

Caroline fronça le nez.

— Pourquoi choisir entre deux perfections ? D'après moi,

le dîner idéal se compose de bouchées à la vapeur suivies d'un tiramisu bien crémeux.

Elle soupira et se tapota l'estomac avant d'ajouter :

— Le tout accompagné d'une bonne séance de gym dans le club le plus proche !

Jack devait se souvenir qu'elle lui avait affirmé ne pratiquer que le sport en chambre, songea Caroline. En tout cas, il eut la délicatesse de ne pas le lui rappeler. Tout prêtre qu'il fût, il ne semblait pas vraiment porté sur les sermons et les remontrances.

— Enfin, déclara-t-il, j'ai du mal à croire qu'un autre repas puisse rivaliser avec le festin que vous venez de nous servir. Cela dit, si vous estimez pouvoir me convaincre du contraire, n'hésitez surtout pas. Je suis prêt à goûter vos bouchées à la vapeur dès que vous le souhaiterez. Ou tout autre mets de votre choix. Je me sens même d'attaque pour dévorer un bon vieux hamburger à l'américaine, garni de rouelles d'oignons et tout dégoulinant de ketchup.

— Maintenant ? s'exclama Caroline avec stupéfaction. Vous seriez prêt à avaler un hamburger *maintenant* ?

— Eh bien… Pas dans l'immédiat, non. Mais je considérerais avec faveur la proposition d'une petite collation nocturne.

— Pas possible !

— Comprenez bien, très chère, que j'ai enduré des années de déréliction gastronomique. Or vous êtes assurément *la* réponse aux prières de l'homme affamé.

Il lui adressa une grimace comique. De piquantes étincelles vertes pétillaient dans ses yeux bleus et de charmantes fossettes adoucissaient les angles virils de son visage. Caroline se rendit brusquement compte qu'elle se laissait aller à lui rendre son sourire chaque fois qu'il la regardait.

Elle aurait dû être plus prudente. Le sourire de Jack semblait si chaleureux, si franc, si spontané qu'on était porté à le croire nanti lui-même de toutes ces qualités.

Or l'habit ne faisait pas le moine, se dit la jeune femme, et s'imaginer le contraire était dangereux. Son ex-mari, par exemple, n'était pas seulement aussi beau que le révérend Jack Fletcher, mais doté également d'un sourire au charme dévastateur, et de fossettes encore plus adorables. Pourtant, au cours des quelques mois de leur vie conjugale, elle avait fini par comprendre que Phillip ne la couvait jamais de sourires plus tendres ni plus doux que lorsqu'il s'apprêtait à la battre. A l'inverse de beaucoup d'époux violents, il ne se lançait pas brusquement dans des accès de fureur insensée, mais réservait sa hargne pour les châtiments méthodiques et retors dont il punissait les péchés imaginaires de sa femme. S'il avait décrété que cette dernière s'était montrée trop amicale envers un autre homme — ce qui arrivait régulièrement à chacune de leurs sorties —, il prenait plaisir à lui signifier l'imminence de ses attaques en usant de signaux détournés que leur entourage prenait pour des manifestations d'affection. Son sourire lui était une arme cruelle dont tous deux étaient les seuls à connaître la véritable signification : il l'utilisait pour terroriser la jeune femme et la maintenir sous sa domination.

Les souvenirs affluèrent à la mémoire de Caroline, menaçant de la submerger. Elle avala une brève gorgée d'eau fraîche pour se calmer. Un nez cassé, un poignet fracturé, de multiples fêlures des côtes et des bleus sans nombre suffiraient à rendre n'importe qui méfiant à l'égard des sourires et des fossettes, pensa-t-elle lugubrement.

— Vos côtes sont encore douloureuses ? s'enquit Jack. Je

peux vous donner deux autres aspirines, si vous le désirez. Vous êtes bien en deçà de la dose quotidienne tolérée.

Caroline prit soudain conscience qu'elle avait ramené ses bras contre sa poitrine en un geste instinctif de défense — ce qui expliquait que Jack eût semblé lire dans ses pensées. Néanmoins, elle s'irritait de le voir aussi perspicace, aussi prompt à déchiffrer ses changements d'humeur. Elle se targuait pourtant de connaître par cœur la psyché masculine. Il lui déplaisait de devoir admettre qu'un homme pût la comprendre. Sans une barrière assez épaisse pour protéger ses pensées et ses sentiments, elle se sentait comme nue.

— Ça va, répondit-elle, je ne souffre pas.

Elle laissa mollement retomber ses mains sur ses genoux et plaqua sur son visage un sourire convaincant. Elle avait appris depuis longtemps à mentir aussi efficacement avec ses gestes qu'avec ses paroles.

— Merci pour l'aspirine, ajouta-t-elle, mais je n'en ai pas besoin.

Jack la regardait toujours. Durant un instant, Caroline eut l'horrible impression que, loin d'être dupe, il savait au contraire fort bien qu'elle souffrait de partout, corps et âme. Cependant, à son grand soulagement, il détourna les yeux et se saisit d'une assiette à dessert vide.

— Je suis heureux que vous vous sentiez bien, dit-il. Je me reproche toujours un peu de ne pas avoir rappelé les secours.

— Bah ! Je n'ai que quelques bosses.

— Parfois, ce ne sont pas les bosses qui sont les plus douloureuses, mais l'impuissance qu'on éprouve devant la violence aveugle.

— Je ne me sens nullement impuissante, répliqua-t-elle tout en écartant sa chaise. Voulez-vous du café ?

— Je m'en occupe. Même *moi*, je sais en faire. Reposez-vous un peu, Caroline. Vous devez être plus fatiguée que vous le pensez. Prendre une correction est une rude épreuve.

Sa compassion l'horripilait. Elle serra les dents.

— Je suis parfaitement capable de vous aider à débarrasser…

— Bien sûr, la coupa-t-il, mais rien ne vous y oblige. Vous avez déjà préparé le dîner. A mon tour d'assumer ma part de corvées domestiques.

Il consulta sa montre.

— Il est presque 22 heures. Et si vous regardiez les nouvelles régionales afin de savoir le temps prévu pour demain ? Nous aurions bien besoin de pluie pour rafraîchir l'atmosphère.

— Vous n'avez qu'à prier, rétorqua-t-elle avec impertinence.

— Mais j'ai prié. Seulement, j'ai hâte de savoir si la réponse est positive, négative ou mitigée.

Il la considéra d'un air amusé.

— Et puis la prière est un dialogue, vous savez, non une procédure à sens unique pour commander grâces et bienfaits.

C'était la première fois qu'il lui parlait comme un prêtre. Caroline en fut confuse. Elle aurait voulu détourner la tête, mais le regard de Jack, mystérieusement, la tenait sous son charme. Ses yeux, comprit-elle alors, ne ressemblaient pas à ceux de Phillip. Et la différence n'était pas qu'une question de couleur. Les yeux brun sombre de son mari rayonnaient de joie et de sensualité — mais d'une joie cruelle et d'une sensualité brutale. Les yeux de Jack étaient eux aussi emplis de joie et de sensualité. Mais d'une joie qui s'offrait au partage et d'une sensualité qui réchauffait le cœur au lieu de glacer l'âme.

La jeune femme se retourna avec un haussement d'épaules rageur, non parce que Jack l'irritait, mais parce qu'elle venait de s'apercevoir qu'elle brûlait de lui demander son aide. Après tout ce qu'elle avait dû subir l'année précédente, elle était atterrée de se découvrir encore sensible à l'attrait d'un regard vif et d'un corps bien découplé. Seigneur, songea-t-elle, combien de déceptions devrait-elle encore connaître avant de comprendre enfin sa bêtise ?

Elle entendit Jack l'appeler. Comme elle ne répondait pas, il reposa les assiettes sales et se rapprocha d'elle. Elle se força à lui faire face, se jurant de le voir tel qu'il était, non tel qu'elle souhaitait qu'il fût. Toute personne avait ses défauts, se dit-elle. Quels étaient ceux de Jack ? Qu'il fût prêtre ne garantissait en rien son intégrité. Elle savait de source sûre que son ex-beau-père soudoyait deux prêtres et un évêque. Les églises, après tout, étaient aussi des entreprises humaines et les ministres du culte pouvaient être achetés comme n'importe qui.

Jack, cependant, ne semblait pas vénal, elle était obligée de le reconnaître. Et il était diablement doué pour jouer les confidents sympathiques. Le désir forcené de s'ouvrir à lui l'envahit de nouveau.

— Que voulez-vous, à la fin ? lui lança-t-elle agressivement.

Il se jucha sur le bras du canapé et lui adressa un regard rassurant. Comme s'il comprenait les raisons de son animosité.

— Vous ne me connaissez pas, Caroline, articula-t-il de cette voix veloutée qui l'enveloppait dans un cocon de chaleur et de sécurité illusoires. Vous n'avez aucune raison de m'accorder votre confiance et je n'ai moi-même aucun moyen de vous persuader que je la mérite. Mais si vous vous apercevez bientôt que vous êtes acculée dans une impasse et que vous n'avez personne d'autre vers qui vous tourner, rappelez-vous que je suis là et que j'aimerais vous aider. C'est une offre gratuite et sans engagement de votre part.

En tant qu'ex-taulard, songea Caroline, il devait savoir combien il était pénible de se heurter au système, combien il était désespérant de subir la pression d'une masse bureaucratique incompétente et corrompue. Plus que tout autre, il devait comprendre l'amertume qu'on ressentait à voir la justice foulée au pied par des jurés et des magistrats qui encensaient les vendus et pénalisaient les honnêtes gens. Le besoin insistant de partager son fardeau, de se confier à lui, de l'appeler à son secours était si pressant qu'un instant elle sentit avec effroi le nom d'Andrew lui venir aux lèvres. Comment réagirait-il si elle lui parlait des sommes que Dayton Ames avait détournées sur un compte ouvert dans une banque *offshore* ? Lui donnerait-il raison de vouloir se rendre sur Grande Caïman pour récupérer cet argent ? Admettrait-il qu'elle n'avait pas d'autre choix ?

Quand elle se rendit compte qu'elle était sur le point de parler, elle pressa une main contre sa bouche, terrorisée à l'idée d'avoir été si près de se trahir.

Jack lui effleura doucement le bras.

— Du calme, murmura-t-il en se relevant. Ne soyez pas si effrayée, Caroline. Personne ne vous forcera à parler avant que vous y soyez disposée — et moi encore moins qu'un autre.

Il esquissa un sourire.

— D'ailleurs, reprit-il, voilà trois siècles que ma hiérarchie a renoncé à torturer les mécréants.

Caroline parvint à se redonner une contenance.

— Si je ne vous parle pas, déclara-t-elle, c'est tout simplement parce que je n'ai rien à vous dire.

— Certes, convint Jack sans chercher à cacher ses doutes. Mais vous savez, Caroline, j'ai découvert un jour que, quand on ne peut plus se fier à personne, Dieu est toujours là pour vous écouter. Et il fait cela très bien.

Caroline repensa à toutes les supplications, à toutes les promesses d'actions de grâces qu'elle avait adressées au Seigneur pour qu'il lui redonne Andrew et auxquelles Il avait jusqu'alors opposé une succession de refus, réduisant l'un après l'autre tous ses espoirs en poussière.

— Je vous envie, Révérend, repartit-elle avec aigreur, mais, personnellement, j'ai fini par acquérir la nette impression que Notre Seigneur avait le plus urgent besoin d'un appareil auditif.

A sa grande surprise, Jack s'esclaffa.

— Il m'arrive également d'avoir cette impression, convint-il, mais selon moi, voyez-vous, c'est plutôt nous qui sommes atteints de surdité. La réponse nous parvient distinctement. Hélas, nous ne voulons pas l'écouter.

Pour sa part, Caroline refusait de demeurer à tout jamais séparée d'Andrew. De l'imaginer chez Joe et Angela Rossi lui donnait déjà la nausée. Mais elle ne pouvait évidemment s'en ouvrir à Jack. Aussi, pour clore la discussion, elle prit la télécommande et en actionna fébrilement les boutons.

— Mieux vaut allumer tout de suite la télé si vous ne voulez pas manquer la météo, marmonna-t-elle. Le journal a déjà dû commencer.

Jack accepta sans discuter le changement de sujet.

— Je serai dans la cuisine, dit-il. Si on annonce que la

troisième guerre mondiale est imminente, prévenez-m'en haut et fort. Autrement, je ne quitte pas ma vaisselle.

Comme toujours, lorsqu'elle se permettait de penser à lui, des images d'Andrew affluèrent dans l'esprit de Caroline. Elle se raidit pour les repousser. Assise sur le canapé, elle contemplait l'écran de la télévision sans y distinguer rien d'autre qu'une confusion de lignes et de couleurs. Quand enfin le chaos s'organisa en images reconnaissables, elle vit que la séquence publicitaire était terminée, signe que le journal allait commencer. Elle s'efforça de lui accorder un semblant d'attention.

Comme il fallait s'y attendre, l'information principale concernait un incendie, dont les images stéréotypées apparurent à l'écran, rugissant sur fond de ciel nocturne. Le présentateur annonça aux téléspectateurs de Chicago qu'un centre commercial avait été détruit par le feu dans une agglomération située à l'ouest de l'aéroport O'Hare, et qu'on soupçonnait un acte criminel.

Puis sa collègue, une séduisante Afro-Américaine, le remplaça devant les caméras. Elle déclara qu'un lotissement de H.L.M. du South Side avait enregistré sa centième fusillade de l'année. Fort heureusement, aucune des trois victimes n'avait été mortellement blessée.

Suivit une pause publicitaire. Une jeune femme prétendit que son père avait vendu plus de Ford que tous les autres concessionnaires de l'Illinois. Une compagnie aérienne convia les téléspectateurs à atteindre avec elle de « nouveaux sommets dans la chute des prix ». Etouffant un bâillement, Caroline décida de baisser le son en attendant le bulletin météorologique. Elle cherchait la touche correspondante sur la télécommande lorsque retentit l'indicatif signalant la fin de la publicité. C'est alors que jaillit soudain à l'écran une photographie de Dayton Ames. Le doigt de Caroline se figea sur le bouton.

— Des doutes pèsent toujours sur le décès inexpliqué de Dayton Ames, survenu la nuit de vendredi dans son luxueux appartement en terrasse. Rappelons que Dayton Ames est le fondateur et directeur de la très prospère société d'investissements portant son nom.

A la photographie du disparu succéda un plan de l'entrée de son immeuble sur Lake Shore Drive.

— Selon le rapport préliminaire du médecin légiste, poursuivait le présentateur, la mort pourrait ne pas être purement accidentelle.

L'image changea de nouveau et les caméras cadrèrent une jeune et sémillante journaliste debout devant un commissariat. Elle gratifia les téléspectateurs d'un sourire éclatant tout en rassemblant ses notes.

— Les officiers que nous avons interrogés cet après-midi ont refusé de se prononcer sur la cause exacte du décès de M. Ames. Ils affirment néanmoins disposer de pistes qu'ils poursuivent activement et demandent au public de les aider à localiser une jeune femme qui aurait été aperçue en train de quitter l'appartement de Dayton Ames aux premières heures de la matinée de samedi. Elle serait âgée de trente ans environ et aurait une taille légèrement au-dessus de la moyenne. Elle serait mince, aurait les cheveux blonds et les yeux gris-bleu. Le témoignage recueilli par la police la décrit comme, je cite, « une très belle fille » — fin de citation.

Caroline s'aperçut que Jack avait cessé d'entreposer les assiettes dans le lave-vaisselle, et qu'il était sorti de la cuisine. Contrôlant soigneusement sa respiration, elle essaya de donner à son corps crispé une pose plus détendue.

Jack se tenait coi. Si elle n'avait été habituée à subir ainsi le regard d'autrui, jamais Caroline n'aurait été capable de rester aussi tranquillement assise face à l'écran, avec une expression qui, espérait-elle, simulait de manière convaincante l'ennui et la torpeur. Elle savait que Jack avait traversé le séjour pour venir se planter juste derrière elle : elle pouvait sentir sa présence par la moindre de ses terminaisons nerveuses. Elle ignorait totalement ses réactions au reportage et n'osait se retourner pour lui jeter un coup d'œil.

Tétanisée, elle continuait à regarder l'écran où venait de s'afficher un portrait-robot montrant une femme aux traits communs et aux cheveux blonds détachés dont la tenue transparente ne présentait qu'une vague ressemblance avec la robe dans laquelle elle avait elle-même quitté l'appartement de Dayton Ames. Le témoin de la police n'était visiblement pas un connaisseur en matière de mode.

Caroline réprima un frisson. Si Dayton ne s'était pas éteint de mort naturelle, qui donc avait provoqué son décès ? Ou quoi ? Et puis, d'abord, comment avait-on pu l'assassiner alors qu'elle était restée auprès de lui toute la nuit ? Elle avait eu le sommeil lourd, certes, mais l'irruption d'un intrus venu tuer Dayton dans la chambre l'aurait assurément réveillée. En tout cas, elle se trouvait désormais dans un sacré pétrin. Sa seule consolation était le caractère imprécis du portrait-robot : nul ne serait en mesure de l'identifier avec certitude comme la femme recherchée par la police.

Puis elle se souvint brusquement de Felicity Ames et son cœur manqua un battement. Felicity était une femme hautaine, soucieuse de garder son rang dans la haute société de Chicago — d'où son désir de voir Caroline quitter l'appartement de Dayton avant l'arrivée de la police. Elle nierait très certainement toute rumeur évoquant la faillite de son mariage et ne reconnaîtrait jamais publiquement que son mari était mort dans les bras de sa maîtresse. Cependant, même si son honneur devait en pâtir, elle ne pourrait guère se dérober aux questions insistantes de la police. Maintenant que les autorités s'interrogeaient sur la cause exacte du décès de Dayton Ames, comment arriverait-elle à taire plus longtemps la présence de Caroline dans le lit de ce dernier le matin même de sa mort ? Si elle s'entêtait, elle risquait d'être inculpée d'entrave à procédure judiciaire.

Jusqu'alors, Caroline avait estimé qu'elle devait avant tout tromper la vigilance de Joe, le temps d'emprunter ou de voler de quoi s'acheter un billet d'avion pour Grande Caïman. Désormais, elle se rendait compte qu'il lui serait aussi ardu d'échapper à la police qu'à son ex-beau-père.

— Les enquêteurs souhaiteraient vivement parler avec cette jeune femme, poursuivait la pétulante journaliste dont le visage apparaissait en médaillon à côté du portrait-robot. Ils semblent en effet convaincus qu'elle peut apporter des éclaircissements sur les circonstances énigmatiques qui, pour l'heure, entourent encore la mort de Dayton Ames.

Le présentateur du journal intervint depuis les studios.

— La police possède-t-elle des indices lui permettant d'identifier cette personne ? La considère-t-elle comme une suspecte ?

La jeune journaliste réajusta son écouteur et afficha un sourire radieux.

— Pas officiellement, Larry, répondit-elle. Les enquêteurs se sont contentés de déclarer que, selon le rapport préliminaire du médecin légiste, Dayton Ames ne serait pas décédé de mort naturelle et qu'ils désirent s'entretenir avec cette mystérieuse personne afin de faciliter leurs investigations.

— Je suppose que nous en apprendrons plus sur cette affaire dans les jours qui viennent.

— Absolument, Larry. La police a annoncé son intention d'organiser une conférence de presse quand elle aura pris connaissance des derniers résultats de l'autopsie — soit, fort probablement, vers le milieu de la semaine prochaine.

— Très bien. Merci, Kristine.

— Merci, Larry. A vous les studios.

Le journal fut interrompu par une nouvelle pause publicitaire. Extrêmement consciente de la présence de Jack derrière elle, Caroline voulut ajouter quelque commentaire insignifiant, mais elle demeurait paralysée sur le canapé, les jambes coincées sous ses fesses dans une parodie de nonchalance.

Alors qu'elle s'ingéniait à débloquer ses muscles raidis, Jack rejoignit le poste en deux enjambées et l'éteignit sans même lui demander son avis. Dans le silence qui s'ensuivit, elle s'entendit avec horreur gémir d'angoisse.

Au prix d'un effort qui lui trempa le dos de sueur, elle parvint à relever la tête pour affronter le regard de Jack.

— Pourquoi avez-vous éteint la télé ? s'enquit-elle en forçant ses lèvres douloureuses à ne pas trembler. Je croyais que vous vouliez voir le bulletin météo.

— Plus tard, répliqua-t-il en s'asseyant à côté d'elle.

Elle remarqua alors qu'il vibrait de tension nerveuse, symptôme qui annonçait toujours chez Phillip une imminente flambée de rage. Elle éprouva aussitôt une terreur viscérale, avant de comprendre soudain que Jack devait être en train de réfléchir à son geste impulsif, et de se chercher une excuse. Alors, profitant de cette trêve, elle se leva d'un bond du sofa et prit soin de s'en éloigner doucement afin de ne pas provoquer la colère de Jack.

Hélas, celui-ci parut s'emporter ainsi qu'elle le craignait. Il lui saisit la main et la tira en arrière avec une rudesse à peine contrôlée. L'ayant repoussée contre le dossier du canapé, il se pencha sur elle pour la plaquer de tout son poids contre les coussins. Puis il glissa un doigt sous son menton et lui releva la tête pour l'obliger à le regarder.

— Fini de jouer, Caroline, dit-il d'une voix menaçante. Le temps n'est plus aux dérobades. Je veux la vérité. Connaissez-vous Dayton Ames ? Etes-vous la femme que recherche la police ?

— Lâchez-moi, Révérend Fletcher, grommela-t-elle entre ses dents serrées.

Elle ignorait comment elle réagirait s'il la frappait, mais elle était prête à en prendre le risque.

— Lâchez-moi immédiatement.

Jack eut un infime instant de flottement.

— Excusez-moi, murmura-t-il enfin.

Il se redressa. Si leurs corps ne se touchaient plus, il était encore assez près pour la rattraper au cas où elle tenterait de s'enfuir.

Elle s'écarta de lui autant que possible, prostrée contre les coussins, haïssant sa propre peur tout en sachant confusément qu'elle redoutait moins Jack que ce qu'il lui inspirait. Lorsqu'il s'était pressé contre elle, de l'excitation s'était mêlée à sa terreur, tel un courant dangereux traversant un torrent d'émotions. Elle était consternée de pouvoir ainsi éprouver ne fût-ce qu'une étincelle de désir dans sa situation présente — et, qui plus était, à l'égard de cet homme. Elle refoula la tentation, reléguant son émoi dans l'immense stock de sentiments qu'elle ne cessait de s'interdire.

Jack se passa la main dans les cheveux avec un profond soupir.

— Excusez-moi, répéta-t-il. Il était inconvenant de vous bousculer de la sorte, tout à fait inconvenant. Vous auriez totalement raison de m'en vouloir. Mais j'ai besoin de certaines réponses, Caroline. Soyez franche avec moi, je vous en prie : êtes-vous la femme qui a été aperçue à la sortie de l'immeuble de Dayton Ames ?

Elle mentit sans hésiter. Les yeux grands ouverts, elle le dévisagea sans ciller, avec une candeur parfaitement étudiée.

— Comment ? s'exclama-t-elle. Mais non, bien sûr que non. Ne soyez pas ridicule, Jack…

— Je ne suis pas ridicule. Il y a entre vous et le portrait-robot de la police une ressemblance troublante.

— Quoi ? Il me ressemble ?

Elle émit un rire indigné qui sonnait presque juste.

— Oh, allons, Révérend, cette conversation est tellement absurde qu'elle en devient ennuyeuse.

Jack demeura insensible à sa comédie.

— Et moi, reprit-il sur un ton implacable, je vous dis que le portrait-robot vous ressemble *exactement*, Caroline. Désirez-vous que nous allions au commissariat du coin demander aux policiers ce qu'ils pensent de cette coïncidence ?

— A mon avis, ce serait une perte de temps, mais je veux bien vous suivre si vous y tenez, répliqua-t-elle avec une fausse désinvolture que démentait sa voix apeurée. Ecoutez, puisque vous insistez, je suis même prête à convenir que le portrait-robot me ressemble. Mais vous m'accorderez à votre tour que je ne suis pas la seule habitante de Chicago à avoir la trentaine, les cheveux blonds, les yeux gris-bleu.

— Certes, sauf que vous omettez un détail capital : votre crainte de revenir chez vous — une crainte que vous m'avez avouée vous-même.

Toute confidence était une erreur, songea Caroline, surtout quand elle était sincère. Dans l'état second où elle se trouvait après son enlèvement et les coups que lui avaient infligés les motards, elle avait inconsciemment baissé sa garde et livré à Jack bien trop de renseignements sur son compte. Mais il n'était pas près d'en soutirer davantage d'elle. Elle noua ses mains sur ses genoux et les considéra en silence, se jurant derechef de ne plus jamais se trahir ni donner à personne des bâtons pour se faire battre.

Jack se pencha en avant, soucieux cette fois-ci d'éviter tout contact physique. Paradoxalement, cette distance voulue rendit la jeune femme encore plus sensible à sa présence.

— Il faut que vous me répondiez, Caroline. Vous êtes instruite, intelligente, belle… et à la rue. Pourquoi ?

— On m'a volé mon argent, je vous signale.

— Oui, c'est vrai. Mais pourquoi n'appelez-vous pas une de vos relations pour demander qu'on vous prête une centaine de dollars d'ici à l'ouverture des banques lundi ? Si vous ne fuyez pas la police, pourquoi êtes-vous contrainte de vous réfugier chez moi ?

Du jour où, trois ans auparavant, elle avait décidé pour la première fois de demander le divorce, elle avait été obligée de vivre dans le mensonge. Et après que son ex-beau-père, l'année précédente, avait obtenu son déboutement en justice, elle n'avait pratiquement jamais dit la vérité à personne. Depuis lors, elle était à même de débiter les fables les plus invraisemblables avec toute la maestria d'un conteur professionnel. Elle n'avait donc qu'à forger une histoire plausible pour la servir ensuite à Jack. Ce soir-là, cependant, les mensonges ne lui venaient pas à la bouche avec la même aisance que de coutume, et plus elle tardait à répondre, plus elle éprouvait de peine à inventer quoi que ce fût de convaincant.

— Caroline ?

Jack avait de nouveau pris cette voix posée, chaleureuse et sympathique qui l'inquiétait autant qu'il la rendait nerveuse. Il lui toucha le menton pour la forcer encore une fois à relever les yeux. Mais son geste avait désormais la douceur d'une caresse.

— Caroline, laissez-moi vous aider. L'expérience m'a appris qu'exprimer ses problèmes à voix haute suffit souvent à alléger le fardeau qu'on porte.

Elle ferma les yeux. Jack lui paraissait si secourable, si digne de confiance qu'elle craignait de le regarder trop longtemps. Mais même derrière ses paupières closes, l'image de cet homme s'imposait à son esprit avec une netteté troublante. Et si elle s'inclinait vers lui, posait la tête sur sa robuste épaule et lui racontait tout ? songea-t-elle avec un mélange de crainte et de désir qui lui donnait le vertige.

Elle sentit brusquement ses doigts lui effleurer les paupières.

— Vous pleurez ? Oh, Caroline, je vous en prie, confiez-vous à moi. Je ne peux supporter de vous voir souffrir ainsi.

Il avait raison : elle pleurait, alors que les larmes auraient dû être tabou. Ah ça, elle s'était permis bien des faiblesses coupables ce soir ! Elle battit rageusement des paupières et, rouvrant les yeux, parvint à gratifier Jack d'un regard où se lisait assez bien cette autodérision qui l'avait jusqu'alors protégée d'elle-même. Sans doute était-ce une bien pauvre défense, mais, au bout du compte, c'était mieux que rien.

Puis, d'instinct, elle pressentit que l'attaque était encore la meilleure des défenses contre Jack, et contre sa périlleuse envie de lui ouvrir son cœur.

Elle se pencha en avant et se mit à parler d'un ton exagérément sensuel.

— Si je ne puis retourner dans mon appartement, Père Jack, c'est que mon mari m'en a chassée. Il prétend que je suis une putain.

Ce qui n'était pas faux, en un sens. Phillip lui avait effectivement lancé cette insulte des centaines de fois.

Jack resta impassible.

— Et êtes-vous une putain ? demanda-t-il d'une voix neutre.

Elle déglutit avec difficulté, et se reprit très vite.

— Eh quoi, Père… Sans doute.

Un silence tendu suivit cet aveu. Jack regarda la jeune femme droit dans les yeux.

— Je ne vous crois pas, déclara-t-il enfin. Vos yeux ne sont pas ceux d'une prostituée. Ils sont encore bien vifs.

Elle haussa les épaules, se méfiant trop d'elle-même pour oser ajouter un mot. Jack lui prit la main gauche et caressa du pouce la base de son annulaire.

— Si vous êtes mariée, pourquoi n'avez-vous pas d'alliance ?

— Je l'ai mise au clou, répondit-elle — ce qui était vrai. J'avais besoin d'argent.

Parfois, avec Dayton Ames, elle s'était amusée à dire la vérité en faisant mine de lui servir une pure invention. Or, ce tour-là ne marchait pas avec Jack, et elle ne tirait absolument plus aucun plaisir de ces faux mensonges.

Il retourna sa main.

— Nulle marque, nulle coloration. Nul indice que vous ayez récemment porté une bague à votre doigt. Je ne pense pas que vous soyez mariée, Caroline, ni *a fortiori* que votre époux vous ait jetée à la porte ce matin même. Et si vous avez bien mis votre alliance en gage, ce devait être il y a des mois de cela.

Caroline se sentait incapable d'endurer plus longtemps cet interrogatoire. « Allons, se morigéna-t-elle, un petit effort ! Pourquoi diable n'arrives-tu pas à inventer une histoire qui tienne debout ? »

Elle prit une brève et frémissante inspiration.

— D'accord, admit-elle, je ne suis pas mariée, pas légalement du moins. Je vis avec cet homme. Il m'a promis de m'épouser, mais nous nous sommes disputés et il m'a chassée. Et comme ma famille désapprouvait notre union, il ne me restait plus que la rue.

— Oh, vous m'en voyez navré, rétorqua Jack. Et quel était le nom de votre amant ? Dayton Ames, peut-être ?

— Non ! Non, ce n'était pas Dayton Ames.

Il lui posa les mains sur les joues.

— Vous savez quoi, Caroline ? Vous êtes une piètre menteuse.

— C'est faux ! cria-t-elle.

Elle frémissait de frustration, exaspérée par l'incrédulité de Jack. Bon sang, songea-t-elle, elle était au contraire une excellente menteuse, l'une de meilleures, même !

— Vous n'avez tout simplement pas envie d'entendre la vérité, s'exclama-t-elle enfin. Pour un prêtre, vous témoignez d'une scandaleuse défiance envers votre prochain !

— Je fais profondément confiance à mon prochain… pour agir dans le mauvais sens, répliqua-t-il avec un sourire amer. Etiez-vous avec Dayton Ames la nuit où il a été assassiné, Caroline ?

— Mais non ! Je ne connais même pas cet imbécile !

— Vraiment ? La prison m'a enseigné maintes choses utiles, voyez-vous, et, entre autres, que plus l'inculpé proteste de son innocence, plus il y a de chances qu'il soit coupable. Ce qui se vérifie également de l'autre côté des barreaux. Or il me semble que vous protestez un peu trop, Caroline.

— Je ne proteste pas, je vous dis ce qui m'est arrivé, c'est tout. Mon ami m'a jetée à la porte ce matin et maintenant je suis à la rue.

Jack se leva et se dirigea vers le téléphone.

— Bon, puisque vous persistez à éluder mes questions, je n'ai d'autre choix que d'appeler la police et la laisser débrouiller elle-même le vrai du faux dans vos allégations.

— Non, s'il vous plaît, Jack ! Vous vous méprenez totalement sur mon compte !

Elle courut lui arracher le combiné des mains avant de raccrocher brutalement. Il fit volte-face et la repoussa contre le mur.

— Alors prouvez-le, bon sang ! Dites-moi exactement pourquoi vous ne voulez pas revenir chez vous et pourquoi vous ne pouvez attendre d'aide de personne quand des voyous vous assomment. Dites-le-moi donc !

Elle le considérait en silence, cherchant désespérément de nouveaux mensonges pour les écarter aussitôt — lorsqu'ils s'aperçurent tous deux qu'ils étaient littéralement collés l'un à l'autre. Et que Jack était de toute évidence excité.

Ils se séparèrent vivement, comme s'ils venaient d'être piqués par une abeille. Assourdie par les battements de son propre cœur, Caroline comprit alors qu'elle n'avait qu'un seul moyen pour empêcher Jack de continuer à lui poser des questions auxquelles elle ne pouvait pas répondre, un seul moyen pour le forcer au silence.

Rejetant la tête en arrière, elle se rapprocha de lui et plaqua ses hanches contre les siennes dans une invite explicite. Il frémit, les yeux fermés, tandis qu'elle se frottait contre lui.

Elle prit une brève et triomphante inspiration, soulagée de ne s'être pas trompée, de ne pas avoir mal interprété les signaux. Jack Fletcher la désirait. Il la désirait même si fort qu'elle était en mesure de l'amener à oublier le sujet de leur discussion.

Elle refusait de penser aux conséquences de son audace, encore moins de les envisager. Craignant de rompre le charme par une parole, elle tendit la main vers la fermeture Eclair de son jean et se mit à l'ouvrir lentement. L'espace d'un instant, Jack parut se figer. Puis, comme Caroline commençait à le caresser à travers l'ouverture du pantalon, il rouvrit soudain les paupières et retint les doigts de la jeune femme d'un geste un peu tremblant.

— Caroline... Je crois que nous devrions cesser immédiatement.

Bien que sa voix fût ferme, il eut quelque difficulté à refermer sa braguette. Quoi qu'il pût dire, son corps adressait à Caroline un message d'une tout autre teneur et cette dernière savait exactement comment le pousser jusque dans ses derniers retranchements. Son mariage avec Phillip lui avait appris bien plus qu'à esquiver les coups.

— Et pourquoi faudrait-il que nous cessions ? lui demanda-t-elle.

Elle n'avait aucun mal à rendre sa voix aussi basse qu'aguichante. Elle tenait son homme.

— Nous sommes des adultes consentants et nous partageons le même désir, n'est-ce pas ?

— Non, rétorqua-t-il, ce n'est pas cela que vous désirez vraiment.

Il était étrange qu'il s'inquiétât ainsi de ses sentiments, songea-t-elle. Etrange, mais vain. Le sexe n'était pour elle qu'un simple instrument de domination, non un moyen de s'ouvrir à une expérience promettant joie et bonheur.

— Vous vous sous-estimez, Jack.

Elle noua ses mains derrière sa nuque et, d'une légère pression, le contraignit à rapprocher ses lèvres des siennes.

— Croyez-moi, vous êtes un homme très… émouvant.

Elle glissa habilement sa bouche sous la sienne. Comme elle s'y attendait, ses dernières réticences s'évanouirent sitôt qu'elle l'embrassa. Ce qu'elle n'avait pas prévu, en revanche, fut l'excitation qui s'alluma aussitôt au creux de son ventre, lui procurant la sensation aussi intense qu'enivrante de tournoyer vertigineusement dans les airs.

Désarçonnée par sa propre réaction, elle se fondit plus intimement encore dans les bras de Jack. Son corps, dur et musclé, était comme le centre fixe d'un univers en décomposition. Caroline sentait des étincelles voluptueuses crépiter sous sa peau virile à chacun de ses attouchements. Quand il entreprit de lui déboutonner son chemisier, la pointe de ses seins se dressa d'allégresse tandis que de ses poumons jaillissait avec son souffle un doux gémissement de plaisir.

Elle comprit alors qu'elle venait de perdre le contrôle de leur étreinte. C'était elle désormais qui répondait aux baisers de son partenaire. Atterrée par le naturel avec lequel celui-ci avait renversé la situation, elle refoula les vagues de félicité qui montaient en elle, resserra les lèvres et se mit à marteler la poitrine de Jack.

— Arrêtez, murmura-t-elle, effrayée par l'ampleur de son propre désarroi. Arrêtez, je vous en supplie. Vous aviez raison. C'était une erreur.

Il s'écarta d'elle et lui tourna brusquement le dos. Puis

il se passa la main dans les cheveux avec un frémissement convulsif.

— Je suis désolé, dit-il après s'être enfin retourné. Vous méritez bien mieux de moi.

Caroline eut alors la pensée troublante que Jack lui-même méritait sans doute mieux que de devenir la victime d'une exploitation froide et calculée de ses propres émois. Mais elle écarta promptement ce vague remords. Dans sa position, les scrupules n'étaient pas de mise.

Elle lui décocha un sourire glacé.

— Nous avons uniquement échangé un baiser, Révérend. Nous ne nous sommes complu dans aucun péché susceptible de vous attirer les foudres de votre évêque. C'était tout au plus un péché véniel.

— Ce n'est pas mon opinion, rétorqua Jack. A ma grande honte, je vous ai laissée tomber. Vous auriez dû pouvoir compter sur moi comme sur un ami. Or j'ai tout gâché.

— Touchante confession, Père. Vous êtes très doué pour le repentir.

Caroline parlait vite pour cacher la souffrance ténue qui continuait à la tourmenter au fond d'elle-même.

— Ouais, reconnut Jack, j'ai beaucoup de pratique en la matière. Et beaucoup à confesser aussi, ajouta-t-il en lui adressant un regard qui la bouleversa. Et vous, savez-vous pour quoi vous êtes très douée, Caroline ?

— Non, mais je suis sûre que vous allez me le dire, répliqua-t-elle, certaine qu'il s'apprêtait à mentir, à biaiser ou à déformer la réalité.

— Pour les baisers, dit-il.

Et il alla s'enfermer dans sa chambre dont il claqua la porte derrière lui.

6.

Jack ressortit de sa chambre juste au moment où Caroline achevait de border le canapé-lit.

— Tenez, dit-il en lui tendant un sac en plastique, vous pourriez en avoir besoin. Le cercle de mes paroissiennes garde toujours deux ou trois nécessaires de toilette sous la main en cas d'urgence. Je vous ai par ailleurs déniché un de mes T-shirts pour vous servir de pyjama.

— Merci, répondit-elle.

Elle parvint à prendre le sac sans le regarder, soulagée de voir des sous-vêtements empilés sur le dessus des affaires. Quand on ne possédait rien d'autre que les vêtements qu'on portait sur le dos, la vision d'une simple brosse à dents et d'un collant procurait décidément une joie singulière.

— A votre service. Bonne nuit, Caroline.

— Bonne nuit.

Elle l'entendit retourner dans sa chambre, et crut pouvoir jeter un bref coup d'œil dans sa direction. Mais le hasard voulut qu'il relevât la tête au même instant. Leurs yeux se rencontrèrent.

Envahie par une bouffée de chaleur, la jeune femme eut beau chercher à prononcer quelque parole aussi spirituelle qu'insignifiante, son esprit semblait inapte à concevoir la moindre repartie caustique. Trop occupé, sans doute, à générer le flot d'hormones importunes qui à ce moment lui échauffait le système. Elle se rabattit sur la première pensée qui émergea de ce chaos.

— Il faut que je lave mes habits. Où pourrai-je les suspendre ?

— Dans la salle de bains. Ils sécheront durant la nuit. Vous trouverez un fer à repasser dans le placard à couvertures, à gauche de la dernière étagère du haut — c'est aussi un cadeau de ma sœur.

— Prendre soin de vous a l'air d'être pour elle un emploi à plein-temps.

— Vous ne connaissez pas Meg, répondit-il avec un large sourire. Elle est maire de Goose Run, une bourgade du Montana, et mène ses quatre cents administrés à la baguette. Elle est également la mère de trois ados et l'épouse attentive d'un génie distrait qui passe son temps à inventer des gadgets dans leur cave. Mais entre le jus d'orange et le café du petit déjeuner, elle met un point d'honneur à rétablir de l'ordre dans mon existence.

— Mouais, marmonna Caroline. Une personnalité envahissante, en somme.

Ayant été elle-même élevée par une mère qui gérait la plupart des organisations bénévoles de Chicago et présidait en outre la majeure partie des festivités officielles de la ville, elle savait combien il pouvait être pénible d'être entraîné à son corps défendant dans le sillage d'une parente suractive, incapable de comprendre la notion même de loisir et de détente.

— Meg est au contraire fort agréable à vivre, rétorqua Jack. Cependant, sans la trouver aucunement envahissante, je dois avouer que je ne la supporte qu'à petites doses. Je me suis d'ailleurs souvent demandé comment ses enfants arrivaient à suivre le rythme jour après jour.

Il consulta sa montre et repartit vers sa chambre.

— Je crois que je ferais bien d'aller dormir un peu, poursuivit-il. A St. Luke, nous entamons toujours la semaine par la messe de 8 heures du lundi, ce qui m'oblige à quitter la maison vers 7 heures et demie. J'essaierai de ne pas vous réveiller.

— Ne vous tracassez pas, repartit Caroline. Non seulement je suis matinale, mais j'ai le sommeil lourd.

Le nœud qui lui crispait l'estomac l'alarmait grandement. Mais elle s'inquiétait plus encore de sentir sa gorge se serrer chaque fois que Jack posait les yeux sur elle.

— Bien, dit-il.

Puis, après un moment d'hésitation :

— Ecoutez, Caroline, reprit-il, malgré tout le plaisir que me procure votre compagnie, vous ne pouvez continuer indéfiniment à dormir dans mon séjour. Il faudra dès demain que nous envisagions une solution plus satisfaisante.

— Oui, je le pense aussi.

La douleur dans sa gorge empirait jusqu'à gêner sa respiration.

— Peut-être pourrions-nous en discuter dans l'après-midi, avant que Marcus revienne de chez sa grand-mère ?

Elle déglutit avec peine.

— Oui, naturellement. Ce sera parfait pour moi. Et je dois effectivement me remettre sur les rails, je suis d'accord avec vous.

Elle fut enchantée de cette bonne parole, même si elle s'aperçut vite que son ton avait dû manquer de sincérité. Contrairement à son ex-mari, Jack n'était pas égocentrique au point d'être abusé par ce semblant de soumission.

En un instant il fut à côté d'elle et la força à se retourner.

— Vous projetez de vous enfuir, n'est-ce pas ?

Elle n'osa affronter son regard.

— Non, bien sûr que non, protesta-t-elle. Où irais-je ? Et puis…

— Parfait, l'interrompit-il. J'espère que vous avez pleinement conscience que les rues sont dangereuses, Caroline. Seuls les insensés croient pouvoir s'y cacher.

Elle aurait pu lui répliquer qu'être retrouvée dans sa maison pouvait se révéler aussi mortel. Elle s'en abstint cependant. La journée lui avait déjà apporté une initiation accélérée aux risques d'un entretien à cœur ouvert.

— Jack…

C'était la première fois qu'elle l'appelait par son prénom plutôt que par son titre, et elle ménagea une pause pour parfaire son effet. Néanmoins, elle ne put en mesurer le résultat sur le Révérend.

— Jack, répéta-t-elle, je viens de traverser de rudes épreuves. Je suis vraiment rompue et je dois encore laver mes affaires. Ne pourrions-nous poursuivre cette discussion demain ?

Elle était certaine cette fois de s'être montrée persuasive — ne fût-ce que parce qu'elle avait réellement besoin de se reposer. Elle fut d'autant plus exaspérée de constater que Jack n'était toujours pas dupe.

— Comme vous voulez, dit-il. Mais au cas où vous éprouveriez le besoin pressant de me fausser compagnie dans la nuit, sachez qu'après un an, neuf mois, trois semaines et quatre jours passés en prison, j'ai appris à avoir le sommeil *très* léger et à ne *jamais* me laisser surprendre.

— Quant à vous, Révérend Fletcher, rétorqua Caroline

en redressant le menton, sachez qu'après six mois passés en enfer, j'ai appris à m'éclipser *très* discrètement sans *jamais* éveiller l'attention.

— Mazette ! s'exclama Jack, le regard étincelant. Nous nous retrouvons donc entre vrais durs à qui on ne la conte pas, hein ?

Puis il secoua la tête, visiblement irrité par son propre sarcasme.

— Bon, oubliez cette remarque. Vous êtes évidemment libre de partir d'ici quand ça vous chante. Mais vous êtes une femme aussi belle qu'intelligente, Caroline, et je ne supporterais pas que vous gâchiez votre existence à cause d'un problème passager. Aussi, je vous le demande humblement : seriez-vous disposée à demeurer chez moi jusqu'à ce que nous vous trouvions un logement sûr ? Un refuge d'où vous seriez en mesure de prendre vraiment un nouveau départ dans la vie ?

Caroline refusait d'être amadouée par le ton conciliant de son hôte. En l'espace de quelques heures, il lui avait arraché plus de réactions émotives que Dayton Ames durant les six mois de leur relation. Autrement dit, en dépit de ses sourires chaleureux et de ses paroles apaisantes, Jack Fletcher représentait une terrible menace.

Trop éreintée pour surveiller ses propos, elle préféra se dérober et, se saisissant du nécessaire de toilette, se dirigea vers la salle de bains.

— Ma lessive m'attend, dit-elle. Et puisque tous les vêtements que je possède goutteront d'ici peu au-dessus de votre baignoire, vous pouvez être assuré que je ne suis pas près de partir. Pas dans la minute, en tout cas.

— Dois-je entendre par là que vous m'attendrez au moins jusqu'à mon retour de l'église ?

— Si vous voulez, répondit-elle d'une voix lasse.

Mais elle se rendit compte elle-même combien ces paroles étaient peu convaincantes. Aussi décida-t-elle d'ajouter le mensonge qui lui garantirait la paix :

— Oui, Révérend, je vous le promets. J'attendrai votre retour.

— Alors, à demain. Occupez la salle de bains à votre guise. J'utiliserai celle de Marcus.

Caroline s'aperçut que ses mains tremblaient alors qu'elle étalait du dentifrice sur la brosse à dents. Elle en attribua aussitôt la faute à Jack. Et à ces satanées petites ridules qui étoilaient le coin de ses yeux. Elles lui donnaient un charme si irrésistible que Caroline ne pouvait rien lui refuser, même si elle se savait entraînée au beau milieu de sables mouvants. Si elle continuait ainsi, elle serait encline avant longtemps à lui raconter sa vie par le menu en échange d'un de ses sourires ensorcelants. Ou d'un baiser.

Elle tira si violemment sur le bouton de sa jupe qu'elle faillit l'arracher. Tous ses habits étaient sales et froissés, mais aucun ne présentait d'accroc — sinon sa jupe dont elle venait à l'instant de déchirer la taille. Comme cette dernière constituait avec son chemisier la seule tenue qui lui restait — la veste qu'elle avait mise pour le voyage en avion ayant disparu Dieu seul savait où —, elle n'avait plus désormais qu'à essayer de retrouver une allure respectable en les nettoyant l'un et l'autre.

Elle retourna la jupe de lin et en tâta machinalement les poches pour les vider. Ses doigts rencontrèrent brusquement un objet plat et dur. Seigneur Dieu, pensa-t-elle, comment avait-elle pu l'oublier ? Le cœur battant la chamade, elle fouilla l'épaisseur du tissu et en extirpa un petit rectangle de plastique rouge et brillant.

Sa carte de crédit… Caroline contempla sa trouvaille avec stupéfaction. Elle ne se rappelait pas l'avoir glissée dans sa poche ; sans doute avait-elle accompli ce geste dans l'état semi-comateux où elle se trouvait après que les sbires de Joe l'avaient déposée devant chez elle.

Elle effleura du doigt les lettres en relief qui formaient son nom. Son *vrai* nom, fort heureusement. Grâce à la générosité de Dayton Ames, elle n'avait pas opéré d'achat sur son compte au cours des mois précédents, sinon pour payer le loyer de son appartement. Or, si elle avait bonne mémoire, il lui restait encore plus d'un millier de dollars en banque.

Elle surprit son reflet dans le miroir : son excitation la rendait livide. Avec cette carte, elle pouvait retirer jusqu'à deux cents dollars toutes les vingt-quatre heures !

Plus exactement, elle aurait la possibilité de retirer deux cents dollars par jour tant que la police n'aurait pas retrouvé sa trace — ce qui arriverait probablement sous peu, dès le lendemain peut-être. Elle ne pouvait compter sur un délai de grâce supplémentaire : Felicity Ames ne tarderait guère à avouer aux enquêteurs que la femme qu'ils recherchaient s'appelait Caroline Hogarth et qu'elle se trouvait le samedi matin, à côté du cadavre de son mari. Dès lors, Caroline n'aurait plus aucune chance d'opérer discrètement des retraits sur son compte.

Sa ligne d'action était donc toute tracée. Soit elle attendait, et sa carte de crédit deviendrait bientôt inutilisable. Soit elle s'en servait dans la soirée, et elle disposerait aussitôt d'une réserve inespérée de deux cents dollars.

Cependant, cette somme, quoique coquette, ne lui suffirait pas pour acheter un billet d'avion à destination des îles Caïmans. Le cerveau en ébullition, elle eut bientôt une autre idée : si elle se présentait devant le distributeur peu avant minuit, elle pourrait retirer immédiatement deux cents dollars, puis, quelques minutes plus tard — le *lendemain*, donc —, deux cents autres. Ce qui lui procurerait quatre cents dollars en tout.

Quatre cents dollars ! Dans sa situation présente, cela lui semblait un véritable pactole. Elle consulta sa montre : 22 h 45. Par conséquent, dans une heure et quart, elle aurait enfin sur elle de quoi gagner Grande Caïman. Elle laissa échapper un hurlement de joie, qu'elle s'empressa d'étouffer sous le gargouillis du robinet.

De fait, il était encore trop tôt pour crier victoire.

Elle ignorait complètement où était situé le plus proche distributeur de billets, et partir à l'aventure en pleine nuit dans ce quartier de la ville ne l'enchantait guère. Et puis, surtout, quand bien même elle réussirait à s'acheter un billet d'avion, il lui faudrait un passeport pour réserver sa place. Or, comment en dégoter un avec les forces de l'ordre aux trousses ? Appeler son député en arguant d'une nécessité familiale était pour le moins exclu. Cette procédure d'urgence était le dernier recours des gens respectables, pas celui des fugitives recherchées par la police.

Bon, se dit-elle en rangeant le nécessaire de toilette dans son sac, il fallait avant tout sérier les problèmes. L'argent d'abord, le passeport ensuite. Elle ôta ses sous-vêtements et se coula sous la douche pour se calmer un peu. L'espoir était dangereux après une période de revers, songea-t-elle ; il rendait imprudent. Et elle ne pouvait se permettre la moindre imprudence. Toute erreur se payait un jour ou l'autre. N'était-elle pas à l'instant même en train de payer l'erreur stupide d'avoir cru son téléphone à l'abri des micros-espions de Joe ?

L'eau se déversa avec une fraîcheur bienfaisante sur ses muscles tendus et sa peau moite de sueur, coula tel un baume sur ses talons endoloris. Quels qu'en fussent les risques, se dit-elle, il lui fallait impérativement retirer de l'argent cette nuit même. Elle devait donc se dépêcher de découvrir un distributeur automatique de billets avant minuit. Elle ne doutait pas un seul instant que Jack eût le sommeil aussi léger qu'il le prétendait. Aussi, pour sortir de son appartement à son insu, devait-elle auparavant tromper sa vigilance.

Elle frotta fébrilement son chemisier et ses dessous sous la douche, les essora du mieux qu'elle put, puis les pendit sur le porte-serviettes. Jack l'avait informée qu'il utiliserait la salle de bains de Marcus, mais au cas où il jetterait un coup d'œil dans la sienne au cours de la prochaine demi-heure, elle ne voulait pas qu'il se demandât pourquoi elle avait omis de laver ses affaires. Avec un peu de chance, il ne remarquerait pas l'absence de sa jupe.

Elle se sécha prestement, enfila le collant des dames patronnesses et le T-shirt de Jack, qui lui arrivait aux cuisses. La jupe sur le bras, elle retourna dans le séjour. La porte de la chambre de Jack était close ; aucune lumière ne filtrait sous le battant. Mais cela ne prouvait en rien qu'il se fût déjà assoupi, et Caroline désirait éviter qu'il lui prît l'envie de vérifier si *elle* dormait. Elle heurta délibérément la table basse et marmotta un juron, assez fort pour qu'il l'entendît s'il était encore éveillé.

Le canapé eut la bonne idée de grincer quand elle s'étendit dessus. Elle esquissa un sourire : si Jack guettait les bruits suspects, ceux-là sauraient certainement le persuader qu'elle était sur le point de succomber au sommeil. Elle éteignit la lampe avec un bâillement gargantuesque et entreprit d'imiter les remuements d'une personne cherchant la meilleure position pour dormir sur une couche exiguë.

Lorsqu'elle cessa de bouger, le silence retomba sur l'appartement, troublé seulement par le mugissement lointain de sirènes de police et le grondement assourdi de la circulation. Jack n'était apparemment pas homme à ronfler ni même à souffler dans son sommeil. Un tel calme émanait de sa chambre que Caroline commença à s'en alarmer. Où donc avait-il appris à dormir si discrètement ? se demanda-t-elle. En prison ? Ou était-ce une habitude de prêtre qu'il avait contractée au séminaire ? Elle espérait vivement qu'il fût *vraiment* endormi, et non couché sur son lit à attendre qu'elle se dirigeât vers la porte d'entrée.

Elle bâilla de nouveau, luttant contre la somnolence. Au fait, se dit-elle, que portait un prêtre au lit ? Jack semblait être de ces personnes naturellement vouées à dormir nues. Pourtant, les prêtres étaient censés ne jamais dévoiler leur corps. A moins que ce fussent plutôt les bonnes sœurs. Enfin, que Jack ait revêtu une chemise de flanelle lui descendant jusqu'aux genoux ou son costume de naissance, il n'y avait aucune raison pour qu'elle s'en souciât le moins du monde. Les corps masculins en général, et la variété cléricale en particulier, ne l'intéressaient pour l'heure en rien. Tout ce qu'elle voulait, c'était que Jack fût dans les bras de Morphée et y restât.

Elle se tortilla sur le canapé jusqu'à ce que les ressorts du sommier se remissent à couiner. Puis elle demeura parfaitement immobile, s'interdisant une bonne fois pour toutes de repenser à Jack, et surveilla le cadran lumineux de sa montre, prête à s'éclipser dès qu'il serait 23 h 20. Elle ne savait où diriger ses pas pour trouver un distributeur automatique, mais comptait rejoindre Ashland avant d'entreprendre ses recherches. Ashland avait au moins l'avantage d'être un lieu de passage et, comme toutes les rues pourvues de distributeur de billets, celle-ci disposait d'un éclairage public.

Certes, elle n'était pas stupide au point de méconnaître le danger qu'elle courait d'être rossée ou violée, ou pire encore, mais à quoi bon s'affoler pour des périls contre lesquels on ne pouvait totalement se prémunir ?

Elle calcula qu'il lui faudrait dix minutes pour gagner Ashland et dix autres minutes pour tomber sur un distributeur. Ce qui lui laissait une marge de manœuvre de vingt minutes avant minuit. En s'en accordant vingt de plus, elle se donnait donc la possibilité de réussir son coup au moindre risque.

A 23 h 20 précises, elle se redressa et posa ses pieds sur le plancher. Elle tendit longuement l'oreille. La chambre de Jack demeurait silencieuse. Avec moult précautions, elle enfila sa jupe, y coinça l'ourlet du T-shirt et en remonta silencieusement la fermeture Eclair. Avant d'effectuer le premier pas vers la porte, elle ferma les yeux et compta jusqu'à vingt. Quand elle rouvrit les paupières, sa vision nocturne s'était sensiblement améliorée. Pour l'instant, songea-t-elle, tout allait bien.

Elle guetta une nouvelle fois un éventuel signe d'activité en provenance de la chambre de Jack… Toujours rien. Ses sandales à la main, elle se rendit sur la pointe des pieds dans la cuisine. Tout en préparant le dîner, elle avait remarqué deux clés pendues à une ventouse sur le côté du réfrigérateur. L'une d'entre elles devait certainement ouvrir la porte d'entrée. Quand elle aurait achevé son retrait, il lui faudrait revenir dans l'appartement sans que Jack devinât son escapade. Quel que fût l'inconvénient de trouver refuge dans le séjour d'un prêtre, elle n'était guère disposée à gaspiller une partie de son pécule dans une chambre de motel.

Les mois passés à éviter Phillip l'avaient rendue experte dans l'art de se déplacer en silence. Elle se glissa dans la cuisine, tendit la main vers les clés, les tint fermement pour les empêcher de tinter, les décrocha et les serra dans la poche de sa jupe, à côté de sa carte de crédit. Par mesure de prudence, elle s'empara d'une burette d'huile dont elle avait noté la présence dans le placard ménagé sous l'évier.

La burette dans une main, ses chaussures dans l'autre, elle ressortit de la cuisine. Tout paraissait assoupi alentour. Aucune lumière n'était en vue et la porte de la chambre de Jack était toujours bien close. Telle une ombre, elle franchit lestement le séjour. Arrivée devant la porte d'entrée, elle posa ses chaussures et appuya très doucement l'extrémité de la burette contre le pêne du gros verrou qui assujettissait le battant blindé au chambranle, profitant du passage d'un camion pour couvrir le léger couinement du jet d'huile sous pression. Ainsi graissé de frais, le pêne se délogea de la gâche sans le moindre grincement. Retenant son souffle, elle inséra ensuite une des clés dans la serrure et la tourna. C'était la bonne. Elle ouvrit la porte en souriant : nul craquement insidieux ne l'avait trahie.

Elle s'empressa aussitôt de reprendre ses chaussures et s'engagea dans l'entrée du pavillon, toute son attention concentrée sur la phase finale de l'opération : refermer la porte en silence.

— Bravo, lança une voix amusée derrière son dos. J'ignorais totalement que vous étiez sur le point de partir jusqu'à ce que la porte s'ouvre. Je suppose qu'il serait vain de vous demander le but de votre sortie ?

Caroline se retourna d'un bond, si ébahie par la présence de Jack qu'elle en resta un moment muette.

— Que… que faites-vous là ? bredouilla-t-elle enfin.

— Je vous attendais, répondit-il en refermant un mince volume qu'il rangea dans la poche arrière de son jean. Vous êtes en avance de quinze minutes sur mes prévisions. Je me doutais bien que vous me donneriez une bonne heure pour réciter mes prières et m'assoupir avant de tenter votre chance.

— Que voulez-vous de moi ? s'enquit-elle, encore sous le coup de la surprise. Vous n'avez pas le droit…

— Si, l'interrompit-il. Comme tout ami digne de ce nom, j'ai parfaitement le droit de vous empêcher de vous nuire.

— Vous n'êtes pas mon ami ! rétorqua-t-elle sur un ton vibrant d'angoisse. Je n'ai pas… Je ne veux pas d'ami. Arrêtez d'essayer de régenter ma vie, Révérend. Je suis une adulte libre et responsable.

— Sans doute, mais permettez-moi de vous donner un conseil : ne sortez pas cette nuit, Caroline. Vous savez de toute façon que vous finirez par le regretter.

— Votre sollicitude me touche, Révérend, répliqua-t-elle avec une ironie appuyée, consciente que les minutes la séparant de minuit continuaient à s'écouler inexorablement. Je vous rappelle cependant que nous vivons en démocratie et que je puis me rendre où bon me semble, même après minuit et même si je dois en pâtir. Aussi, je vous prie de me laisser sortir.

— Si tel est votre plus cher désir…

Il lui indiqua avec obligeance l'entrée du pavillon.

— La porte principale est un peu dure, la prévint-il. N'hésitez pas à tourner vigoureusement la poignée.

Lui avait-il vraiment cédé ? se demanda-t-elle en gagnant

la porte d'une démarche hésitante. Ses pires craintes se trouvèrent confirmées lorsque, à peine arrivée sur le trottoir, elle vit Jack lui emboîter le pas.

— Où allez-vous ? s'enquit-elle, bien que ses intentions lui parussent évidentes.

— Je vous accompagne, naturellement.

— Bon sang de bon sang ! Je ne veux pas de vous !

Il lui sourit avec une imperturbable courtoisie.

— Je comprends vos réticences, dit-il en refermant la porte de la cour. Avec moi à votre côté, j'admets que vos affaires seront pour le moins compromises…

Elle releva brusquement la tête.

— Comment ça ?

Il se retourna et tapota du doigt son col blanc.

— Au cas où cela vous aurait échappé, je suis en habit. J'ai pensé que je pourrais en profiter pour prêcher la bonne parole aux brebis égarées de notre cité. Vous n'imaginez pas comme la vision d'un serviteur de Dieu peut impressionner les pécheurs en puissance. A l'exception des homos qui pourraient me prendre pour un travesti, je vous l'accorde.

Ainsi donc, pensa Caroline, il s'imaginait qu'elle sortait michetonner ! Elle faillit en rire. Mais, quoique la situation fût assurément du plus haut comique, elle n'était guère d'humeur à en savourer l'ironie.

— Cessez de vouloir mon salut, Révérend. Allez donc sermonner quelqu'un d'autre. Vous n'avez pas le droit de m'imposer votre éthique…

— Nous sommes en démocratie, l'interrompit-il d'une voix douce en reprenant mot pour mot son argument. Et je puis me rendre où bon me semble.

— Sauf si c'est pour me harceler.

— Et si c'était au contraire pour vous retenir de commettre

un délit ? La prostitution est illégale. Vous le reconnaissez, n'est-ce pas ? Ou tenez-vous à ce que nous allions le vérifier ensemble au commissariat ? J'en profiterais d'ailleurs pour suggérer à la police d'organiser une confrontation entre le témoin de l'affaire Dayton Ames et vous. J'ai comme l'intuition qu'il soutiendrait vous avoir déjà vue quelque part.

Puis, lui souriant avec autant d'affabilité que s'il lui proposait de choisir entre un gâteau au chocolat et un brownie à la crème :

— Alors, demanda-t-il, prête pour une petite visite au commissariat ? Ou bien acceptez-vous ma compagnie ? Qu'en dites-vous ?

— Je dis que c'est du chantage, repartit-elle avec rage.

— Certes.

Et sur ce, il la précéda en sifflotant la marche des Combattants de la Foi. Caroline était à deux doigts de lui sauter à la gorge.

Elle n'avait cependant aucun moyen de le forcer à retourner chez lui. Elle aurait beau courir, il la rattraperait aussitôt. Le Père Jack paraissait avoir passé nettement plus de temps à se muscler dans les salles de sport qu'à haranguer les fidèles du haut de sa chaire. Coincée, elle devait donc lui divulguer son projet ou alors perdre tout espoir de récupérer quatre cents dollars gagnés dans la plus stricte légalité.

Au vrai, présentée ainsi, l'alternative se réduisait à un seul terme. Si elle voulait toujours gagner les îles Caïmans, elle était contrainte d'utiliser sans plus tarder son compte en banque.

— Bon, déclara-t-elle à contrecœur après l'avoir rejoint, je n'ai pas l'intention de jouer au chat et à la souris durant toute la nuit.

Elle extirpa sa carte de crédit de sa jupe et la brandit sous le nez de Jack.

— Si je suis sortie, c'est pour retirer de l'argent. Ce qui est on ne peut plus licite et, vous l'avouerez aussi, fort trivial. Déçu, Révérend ?

— Non, pas déçu. Soulagé, plutôt, et intrigué. Pourquoi attendre la nuit tombée au risque de tenter les maraudeurs ? A quoi riment ces cachotteries ?

— J'ai retrouvé cette carte au moment où je m'apprêtais à laver ma jupe, voilà tout. Autrement, je m'en serais occupée plus tôt.

C'était absurde, et pourtant elle souhaitait vraiment que Jack la crût. Ayant toujours été en butte au mépris, à la suspicion et au désaveu de presque toutes les personnes qui la connaissaient, elle s'étonnait de ce brusque désir qui la prenait de convaincre son hôte qu'elle n'avait pas abusé de sa générosité.

— Je ne vous ai pas menti en vous affirmant que j'étais sans le sou, reprit-elle d'une voix tendue. Il y a encore une heure, je croyais que cette carte m'avait été volée avec mon sac.

— Je vois, repartit Jack laconiquement.

Il s'abstint de lui signaler qu'elle ne lui avait toujours pas expliqué pourquoi il lui fallait ainsi se précipiter dans la nuit jusqu'au plus proche distributeur pour retirer une somme qui, selon toute vraisemblance, serait encore à sa disposition le lendemain. De son côté, Caroline commençait à considérer l'apparente indifférence de Jack Fletcher comme une tactique aussi irritante que redoutable. Elle s'était déjà aperçue, au cours du dîner, que moins il lui posait de questions, plus elle était encline à se justifier. Elle serra résolument les lèvres et pressa le pas

— Vous marchez bien vite, lui lança-t-il. Où allons-nous ?
Elle décida d'ignorer le « nous ».

— Je compte chercher un distributeur sur Ashland.

— Il y en a un dans l'entrée d'une banque à trois pâtés de maisons d'ici, plus au sud. Nous pourrions y arriver dans dix minutes, je pense.

Elle ne put s'empêcher de jeter un coup d'œil anxieux à sa montre. 23 h 40. Grâce au ciel, il lui restait encore un peu de temps. Elle épia Jack du coin de l'œil, inquiète de ce que cachaient ses silences. Cette réserve commençait à lui porter sur les nerfs.

— Vous n'êtes pas obligé de m'escorter jusqu'au bout, vous savez. J'ai l'habitude de me débrouiller toute seule.

— Oui, mais moi je n'ai pas envie de me torturer dans mon lit en vous imaginant à la merci des violeurs ou des voleurs. En outre, c'est une belle nuit pour une balade et j'apprécie votre compagnie.

— Attention, Révérend, cela sonne plus comme une supplique que comme un ordre.

Il sourit.

— Il m'arrive d'avoir assez de jugeote pour me souvenir qu'on n'attrape pas les fines mouches avec du vinaigre, mais avec du sucre.

— Ce que l'adage ne dit pas, c'est que dans les deux cas ces mouches sont destinées à mourir.

— Est-ce cela qui vous effraie, Caroline ? s'enquit-il d'un ton égal. Craignez-vous pour votre vie ?

Elle le dévisagea un instant, puis détourna brusquement la tête et fixa des yeux le trottoir jonché de détritus. Comment faisait-il ? s'interrogea-t-elle. Comment parvenait-il à la percer à jour sitôt qu'elle baissait sa garde ? En deux petites questions, il avait réussi à réveiller sa terreur la plus profonde, ce monstre ténébreux qui hantait tous ses cauchemars : que Joe obtînt son élimination avant qu'elle puisse lui arracher Andrew.

— Nous mourrons tous un jour ou l'autre, répliqua-t-elle avec une feinte et vaine désinvolture.

— C'est vrai, mais pour la majorité d'entre nous, le plus tard sera le mieux, rétorqua Jack.

Peu disposé à laisser la conversation s'égarer dans des généralités abstraites sur la condition humaine, il revint au vif du sujet.

— De quoi avez-vous peur, Caroline ? Que fuyez-vous ?

Plus encore que son ex-beau-père, la jeune femme redoutait ce besoin de plus en plus pressant qu'elle éprouvait de se confier à son sauveur. Elle était si près de lui avouer la vérité sur Andrew que, terrifiée, elle chercha frénétiquement un mensonge assez gros et assez hardi pour désarçonner Jack. C'est alors qu'elle se rendit compte que ses yeux s'étaient posés sur une forme familière située au pied d'un buisson malingre qui séparait deux pavillons.

— Mon sac ! s'écria-t-elle en plongeant sous la haie. Jack, c'est mon sac !

Selon toute logique, pensa-t-elle, il devait être vide, les motards s'en étant probablement débarrassés après avoir raflé tous les objets de valeur qu'il contenait. Un espoir l'étreignit néanmoins lorsqu'elle en souleva le rabat. Son passeport pouvait encore s'y trouver. « Mon Dieu, je vous en prie, faites qu'il soit là ! » Les motards n'avaient aucune raison de ne pas le lui avoir abandonné…

— Oh non, murmura-t-elle d'une voix éteinte. Ils m'ont tout pris.

— J'en suis navré, dit Jack en lui pressant le bras pour

la consoler. Fouillons quand même les alentours. Il se peut qu'ils aient jeté vos cartes de crédit non loin d'ici. Le plus souvent, les voleurs ne sont intéressés que par l'argent liquide.

Ils ne retrouvèrent aucune carte de crédit, mais Jack remit la main sur le petit sachet en satin qui renfermait naguère le maquillage de la jeune femme. Il l'épousseta avant de le lui tendre.

— Hé ! s'exclama-t-il en constatant son air maussade. Ce n'est peut-être pas une carte bancaire, mais ça mérite quand même un petit sourire, non ? Mon épouse disait toujours qu'avec son rouge à lèvres et son fard à paupières préféré, une femme était en mesure de conquérir le monde.

« Mon épouse… » Il avait prononcé ce mot avec une telle chaleur, une telle tendresse que Caroline en conçut aussitôt une jalousie insensée. Pour autant, et bien qu'ignorant qu'il eût été marié, elle décida de ne lui poser aucune question. Jamais elle ne se permettait une quelconque ingérence dans la vie d'autrui. Elle chassa donc de son esprit la femme de Jack et son passeport, avant de se forcer à esquisser le sourire demandé.

— Merci, dit-elle en reprenant sa trousse à maquillage. Cette nuit est à marquer d'une pierre blanche. Non seulement nous avons récupéré mon sac, mais je vais bientôt avoir de l'argent pour le remplir.

— Vous voilà donc redevenue une femme respectable, repartit Jack en souriant à son tour. Tenez, la banque est juste au coin, là-bas.

Il était minuit moins cinq. Alors qu'ils parcouraient les derniers mètres les séparant du distributeur, Caroline fit mine de vouloir vérifier les dégâts occasionnés à son nécessaire de maquillage pour fouiller la bourse en satin.

Tout en brandissant avec un cri de ravissement une petite fiole Chanel, elle resserra les doigts sur la clé qu'elle cherchait. Une clé qui ouvrait la porte d'un coffre situé dans une banque banale du centre-ville.

Pour elle, toutefois, il s'agissait d'un coffre très important, même s'il ne recélait ni argent, ni bijou, ni aucun autre bien négociable.

Il ne renfermait que des papiers : une lettre que son mari avait écrite la semaine précédant son décès… et la confession signée du tueur qui l'avait assassiné.

Si importante que fût cette clé, elle symbolisait cependant un tel péril que Caroline doutait de pouvoir l'utiliser en toute sécurité. Si elle apprenait à Joe Rossi qu'elle connaissait l'identité du meurtrier de son fils adoré, il remuerait ciel et terre pour s'assurer l'exclusivité de cette information. Peut-être même lui permettrait-il de voir Andrew en échange.

Malheureusement, il y avait un hic : sitôt qu'elle aurait livré à Joe ce précieux renseignement, son espérance de vie se réduirait à quelques heures, quelques minutes peut-être.

Si l'ignorance n'était pas une vertu, la connaissance, elle, était un danger pour tous ceux qui survivaient au prix du secret. Un danger mortel. Caroline ne le savait que trop.

7.

Joe était de méchante humeur. Il détestait Chicago, depuis ses longues rues et les façades monotones de ses hauts buildings jusqu'à l'immense étendue du lac Michigan dont les vaguelettes clapotaient sous ses fenêtres. D'après lui, il n'était pas normal d'avoir autant d'eau à des milliers de kilomètres de l'océan. Du moins estimait-il qu'il s'agissait de milliers de kilomètres, car il lui avait fallu des heures de vol avant d'arriver dans cette satanée ville et, s'il connaissait mieux les routes et les chemins du New Jersey que le nombre de rides sur les tétons de sa femme, ses compétences en matière de géographie s'arrêtaient là.

Il regrettait parfois d'avoir si peu d'instruction. Si son père n'avait pas été qu'un lamentable second couteau résolu à se tailler coûte que coûte une place au sein de la mafia locale, sans doute aurait-il vécu assez longtemps pour payer à son fils une scolarité digne de ce nom.

Mais ce n'était pas sûr. Joe Senior n'avait jamais été bon que pour bousculer les petites frappes ayant omis de régler leur redevance. Et pour culbuter aussi sa femme, qui se retrouvait régulièrement en cloque. Quand il était mort aux champs du déshonneur, Joe n'avait que douze ans, mais déjà six jeunes frères et sœurs. Cela étant, si son apprenti mafioso de père n'avait pas connu une fin sanglante sur les trottoirs du New Jersey, ce n'aurait pas été de six, mais d'une bonne douzaine de petits Rossi mal nourris et mal logés qu'il aurait été l'aîné.

Il avait cependant assumé leur charge sans jamais se plaindre. Ils étaient de son sang ; il leur devait un soutien sans faille. Ses deux frères, nés à dix mois l'un de l'autre, avaient à peine autant de cervelle à eux deux qu'une personne raisonnable, mais il leur avait quand même assuré un emploi dans son organisation et c'étaient deux parents sûrs et consciencieux. En un sens, il était plutôt heureux qu'ils fussent assez stupides pour nourrir un seul sentiment à son égard : la loyauté. La lutte qu'il avait été obligé de mener pour passer de chef d'Atlantic City à parrain du New Jersey lui avait coûté un trop lourd tribut pour qu'il y repensât sans frémir. Les profits empochés dans le trafic de drogue lui ayant valu la jalousie de ses relations dans le Milieu, il avait besoin de se savoir entouré d'imbéciles fidèles sur lesquels il pouvait compter. Et ses frères correspondaient parfaitement à ce profil.

Quant à ses sœurs, il les avait mariées avant qu'elles lui posent des problèmes et s'était assuré qu'elles étaient toutes vierges pour leur nuit de noces. A l'heure actuelle, peu d'hommes pouvaient se vanter d'avoir préservé la pureté des filles de leur maison. Attaché pour sa part aux vieux principes, Joe avait veillé à ce que ses sœurs fussent protégées comme il se devait. Il avait lui-même choisi ses beaux-frères, les avait triés sur le volet et, sacré bon sang, se sentait plutôt fier du résultat.

Seul Phillip, la chair de sa chair, la réincarnation de son sang, avait osé le défier.

Il soupira, ressentant la douleur de sa perte aussi vivement que lorsqu'il l'avait apprise l'année précédente. Si son fils avait épousé la bonne catholique italienne qu'il lui avait proposée au lieu de cette garce de WASP arrogante qu'était Caroline Hogarth, toute leur existence en aurait été transformée.

Et voilà que Caroline le menaçait de nouveau en projetant de s'enfuir avec les fonds détournés par Dayton Ames. Pour sauver ses intérêts comme pour garantir sa position, Joe se devait de l'en empêcher. Quoique la somme de cinq millions de dollars fût importante en elle-même, elle l'était infiniment plus sur le plan symbolique. Lionel mort, les seules personnes sachant que Dayton Ames l'avait escroqué étaient désormais son chef comptable et l'un de ses beaux-frères. C'était pour ça qu'il était venu à Chicago, pour régler le cas d'Ames en douceur, sans qu'aucun membre de son organisation soit impliqué dans sa disparition — du moins pas directement.

Jusqu'ici, il avait le contrôle de la situation et personne ne risquait de prendre prétexte du larcin perpétré à son insu par Dayton pour contester son autorité. Or, si jamais Caroline Hogarth parvenait à lui échapper avec l'argent volé, il était fini comme parrain du New Jersey.

Un leader n'était respecté qu'au prix de victoires incessantes. Il était déjà fâcheux que sa bru l'eût publiquement humilié en couchant avec Dayton Ames, alors que le corps de son fils avait à peine achevé de refroidir dans le tombeau. Mais qu'elle vienne à filer avec cinq millions de dollars appartenant au Milieu, et sa réputation ne s'en relèverait pas.

Il s'écarta de la fenêtre et tendit silencieusement son verre. L'hôtesse qu'on lui avait allouée le remplit aussitôt de scotch. Elle avait l'air d'apprendre vite, cette petite, songea-t-il. Dommage que les types qu'on lui avait prêtés ne fussent pas aussi rapides à la détente. Tous des crânes d'œuf, sans exception. Enfin, il opérait sur le territoire d'autrui et comprenait parfaitement que les collègues du coin fussent peu enclins à le laisser introduire ses hommes sur leur territoire, même s'il leur avait juré que la traque de Caroline n'avait rien à voir avec les affaires de la Famille.

Ce qui n'était pas tout à fait faux. Si les malversations de Dayton Ames concernaient effectivement ses pairs, prévenir les manigances de Caroline et la reprendre sous sa coupe, en revanche, ne regardaient que lui. Il n'aimait pas reconnaître ses erreurs, mais s'il avait su jadis que sa bru lui opposerait une telle résistance, s'il avait su qu'elle refuserait de réintégrer le foyer des Rossi et d'y assumer sa part de corvées domestiques, il l'aurait tuée immédiatement après l'enterrement de Phillip. Et maintenant, sacré bon sang, il se retrouvait dans l'impossibilité de l'éliminer parce qu'elle était la seule personne au monde à pouvoir accéder au compte secret ouvert par Ames dans les îles Caïmans !

Si encore il avait pu se servir d'elle et la mater comme prévu… Mais non, le plan qu'il avait savamment concocté pour la punir *en même temps* que Dayton Ames semblait bel et bien tombé à l'eau, et rien que d'y repenser, il se sentait des aigreurs d'estomac.

Il considéra avec humeur Steve et Gerry qui se prélassaient dans les fauteuils, l'air de savourer le repos du guerrier, alors qu'ils n'avaient cessé de cafouiller comme des minables au cours des trente-six dernières heures. On était déjà lundi matin et ils n'avaient toujours pas débusqué Caroline ! Joe était furieux de les voir revenir les mains vides, une fois de plus.

— Ça veut dire quoi, « nous ne savons pas où elle est » ?

s'écria-t-il. Mais à quoi avez-vous donc passé ces deux derniers jours ? A vous dorer au soleil ?

— Chicago est très grand, repartit Gerry sur un ton pompeux. Plus grand qu'aucune cité du New Jersey, Joe, ne l'oubliez pas. La fille n'a pas besoin de quitter la ville pour avoir des millions de planques à sa disposition.

« Plus grand qu'aucune cité du New Jersey »... Le sombre crétin !

— Je souhaite *pour vous* qu'elle n'ait effectivement pas quitté Chicago, rétorqua sèchement Joe. Vous avez au moins quelqu'un de compétent en faction à l'aéroport ? Soyez certains que cette garce s'envolera vers les îles Caïmans à la moindre occasion.

— Vic est là-bas avec ses gars, répondit Steve. Mais O'Hare est un grand aéroport, le plus grand du monde. Nous ne pouvons surveiller chacune de ses entrées vingt-quatre heures sur vingt-quatre.

Joe se força à compter jusqu'à dix... Seigneur Dieu, même un saint n'aurait pas sa patience !

— C'est justement parce que Chicago est une putain de grande ville avec un putain de grand aéroport que vous étiez tous deux censés ne pas lâcher l'oiseau, répliqua-t-il. En outre, je vous rappelle qu'elle a bien l'intention de filer aux îles Caïmans, car nous l'avons entendue réserver par téléphone un billet d'avion pour cette destination. Vous vous en souvenez, n'est-ce pas ?

Il jugea préférable de ne pas révéler à ces deux godiches qu'en dehors de l'enregistrement clandestin, il avait d'autres raisons de suspecter Caroline de vouloir gagner Grande Caïman au plus vite.

Steve parut bientôt saisir que lui et Gerry étaient vraiment dans le pétrin. Visiblement, se dit Joe, l'intelligence n'était pas leur point fort. Des idiots de cet acabit, il aurait fallu au moins les obliger à avaler leurs parties pour qu'ils s'aperçoivent qu'on les leur avait coupées.

— Vous nous avez demandé de la ramener chez elle, Joe, et c'est ce que nous avons fait. Nous avons gardé un œil sur elle et nous l'avons suivie comme vous le souhaitiez. Mais nous n'étions que deux et, une fois qu'elle est montée dans ce bus, nous avons complètement perdu sa trace. Comment diable pouvions-nous savoir qu'elle avait l'intention de nous fausser compagnie ? Elle n'essayait même pas de se cacher. Elle semblait complètement à côté de ses pompes, si vous voyez ce que je veux dire.

Mais c'est qu'il le prenait de haut, en plus ! s'indigna Joe. Etait-il stupide au point d'ignorer que lorsqu'on était en faute, il valait mieux s'écraser comme une carpette que de perdre sa salive à se justifier ?

Il lampa une gorgée de scotch, refrénant à grand-peine sa colère. Le moment n'était pas venu de se défouler sur cette paire d'incapables. Pas encore.

— Je t'avais pourtant dit de lui coller au train, Steve. T'avais eu six mois pour t'entraîner. Je pensais que même un gamin de deux ans aurait eu assez de jugeote pour deviner que, si je t'avais confié cette mission, c'était précisément parce que j'avais prévu qu'elle voulait se tirer.

— Elle n'a pas pu aller bien loin, intervint Gerry avec optimisme. Elle a abandonné ses valises dans l'entrée de son immeuble et elle n'est pas revenue les chercher, on a vérifié. Elle n'a pas reparu devant chez elle depuis qu'on vous l'a amenée dimanche matin.

Joe sentit le sang lui monter à la tête.

— Mais c'est parce qu'elle a vidé sa piaule, bande de nazes ! Elle n'a plus besoin d'y remettre les pieds ! Quand comprendrez-vous enfin que Caroline Hogarth n'est pas une imbécile ? Elle s'est ménagé une cachette quelque part et c'est là qu'elle se trouve actuellement.

— Nous avons envoyé Clive Burroughs parler avec son père à la banque, déclara Steve. Nous sommes allés voir aussi l'intendante des Hogarth à Winnekta. Ils ont vraiment une chouette maison là-bas, mais Caroline n'y a pas donné signe de vie. Sa mère est actuellement en Europe et n'en reviendra que dans quelques jours.

Dieu Tout-Puissant, songea Joe, croyaient-ils réellement que Caroline aurait essayé d'appeler ses parents à l'aide ? Alors que ceux-ci l'avaient publiquement reniée ?

— Vous savez très bien qu'elle ne fréquente plus du tout sa famille, leur rappela-t-il d'une voix frémissante de rage. Elle se l'est mise complètement à dos !

Il jeta son verre dans la cheminée vide.

— Nom de Dieu ! Si vous ne lui remettez pas la main au collet avant qu'elle s'envole vers les îles Caïmans, je vous arrache le cœur et j'en file les morceaux aux poissons de ce foutu lac ! Au moins, toute cette putain de flotte aura servi à quelque chose !

Il nota avec satisfaction que Steve et Gerry échangeaient des regards effrayés. A l'évidence, ils comprenaient enfin qu'ils avaient tout intérêt à se mettre au boulot pour de bon.

— Ecoutez, Joe, nous savons combien c'est important pour vous, marmonna Steve. Nous avons lancé beaucoup d'hommes sur sa piste. Mais il faut que vous compreniez que les flics la recherchent aussi. Felicity ne leur a encore rien dit, mais vous oubliez que… Enfin, on n'a pas pu interroger à temps le concierge qui a rapporté à la police qu'il avait vu Caroline sortir de chez Ames le matin de sa mort.

Comme elle s'est éclipsée par la porte de service, elle est passée juste à côté de la loge de ce type. Maintenant, tous les poulets de Chicago sont à ses trousses. Elle n'a pas une chance de s'en tirer, c'est clair.

— Je ne suis pas totalement analphabète, figurez-vous, rétorqua Joe. Et même si je l'étais, toutes les chaînes de la ville ont diffusé la photo de cette garce. Je sais donc parfaitement que les flics la recherchent. Et je sais aussi qu'il vaudrait mieux pour vous que vous la localisiez *avant* eux.

Le simple fait de penser à tous les soucis que lui causait l'incompétence de ces deux gugusses le mettait en rogne.

— Votre histoire de témoin, je m'en fiche, poursuivit-il. Je vous supposais à même de trouver Caroline où qu'elle soit et dès que *je* le voulais. Auriez-vous abusé de ma confiance ?

— Mais, Joe, nous vous l'avons déjà amenée une première fois. Si vous teniez tant à ne pas la perdre de vue, pourquoi ne pas l'avoir gardée ici, avec vous ?

« Parce que j'ignore dans quelle banque Dayton Ames a déposé l'argent, andouille dégénérée. Parce que les gens commettent toujours une erreur un jour ou l'autre, et qu'en conséquence je ne dois pas lâcher cette fille d'une semelle jusqu'à ce qu'elle me conduise elle-même à la clé du coffre où Ames a planqué ces satanés cinq millions de dollars. » Que Caroline soit parvenue malgré tout à déjouer sa surveillance le mettait déjà hors de lui. Mais qu'en plus les deux responsables de cet impair commencent eux-mêmes à se demander pourquoi il était si obsédé par son ex-bru, cela lui donnait carrément des envies de tuer !

Il se força néanmoins à sourire.

— Je vous le répète, les gars : j'ai besoin que Caroline me conduise à un certain type, expliqua-t-il. Un type… un type des îles Caïmans qui a cru pouvoir m'entourlouper impunément, se risqua-t-il à ajouter, peu disposé à justifier plus avant sa conduite. Conclusion : si vous êtes toujours intéressés par la prime dont nous avons parlé hier, je vous conseille de vous remuer un peu plus ! Repérez Caroline, filez-la jusqu'à Grande Caïman et le bonus est à vous.

Si à eux deux ils disposaient ne fût-ce que d'une moitié de cervelle, pensa Joe, ils auraient déjà entraperçu le lien entre la mort d'Ames et sa propre obstination à surveiller les allées et venues de Caroline. Mais, heureusement, tel n'était pas le cas.

— Le temps joue pour elle, Joe. Elle peut continuer à se terrer jusqu'à ce que les choses se tassent, décréta Gerry tout en tripotant sa boucle d'oreille.

Ce Gerry, se demandait parfois Joe, n'était-il pas un peu tantouze sur les bords pour se fringuer ainsi ?

— Elle ne sortira pas de son trou avant que la police se calme, reprit le malfrat. Vous pouvez en être sûr.

Joe réfléchit un moment et décida que, pour une fois, Gerry avait sans doute raison : même les débiles mentaux savaient à l'occasion montrer un peu de bon sens.

— Si les flics ne laissent pas tomber les recherches, alors ce sera à vous de les y inciter, déclara-t-il. Calmez le jeu et dénichez-moi ensuite notre animal.

— Et comment va-t-on y arriver ? s'enquit Gerry. On ne peut quand même pas acheter tous les poulets du coin.

— Pourquoi pas ? répliqua Joe avec agacement. On les a déjà suffisamment arrosés comme ça.

Il s'assit et se complut un instant à reluquer la fille que lui avait prêtée la société locale de call-girls dirigée par l'organisation. Elle se tenait près du bar roulant, le seau à glace dans une main et la bouteille de scotch dans l'autre, prête à exécuter ses moindres caprices. Il entrevit alors d'un coup la solution au problème et se demanda aussitôt pourquoi il réagissait toujours plus vite que les autres.

— La police recherche une grande blonde aux yeux bleus, mince et avec de longues jambes, n'est-ce pas ?

— Tout à fait, Joe, répondit Gerry en hochant la tête.

— Alors on va leur donner exactement ce qu'ils désirent.

Il désigna la fille près du bar, laquelle était une grande blonde aux yeux bleus, mince, avec de longues jambes et une allure très distinguée. Ce n'était que lorsqu'elle ouvrait la bouche qu'on comprenait pourquoi elle gagnait sa vie comme tapineuse au lieu de tenter sa chance sur les plateaux d'Hollywood.

Joe lui tapota la cuisse.

— Repose-moi cette bouteille, mon chou, j'ai un petit service à te demander.

Elle s'agenouilla devant lui et tendit machinalement la main vers sa braguette. Il l'écarta d'un geste brusque, irrité par sa bêtise. Seigneur, pourvu que ses capacités ne se limitent pas à savoir servir du scotch au moment opportun !

— Non, pas ça, grommela-t-il. Allons, assieds-toi et ouvre grand tes oreilles. Tu vas avoir un rôle à apprendre et tu as intérêt à m'écouter attentivement. Comment t'appelles-tu, poulette ?

— Michelle, répondit-elle en s'humectant les lèvres, le regard étincelant de frayeur.

Joe se sentit émoustillé par sa terreur. Hélas, il n'avait pas le temps de s'amuser. Il lui flatta le postérieur.

— Eh bien, Michelle, mon chou, c'est aujourd'hui ton jour de chance. Je vais te montrer comment tu vas bientôt pouvoir encaisser mille dollars par jour, plus le pourboire en fin de course.

Elle parut soudain anxieuse.

— Vic m'avait promis que c'était un contrat correct. Il sait que je ne supporte pas les coups et que…

— Mon chou, l'interrompit Joe avec un sourire, personne ne va te frapper ni molester tes mignonnes petites doudounes. En outre, ta mission n'est pas compliquée : tu n'auras qu'à aller dans un commissariat et balancer aux flics que tu es la dame qu'ils recherchent.

— Quelle dame ? Quelle dame qu'ils recherchent ? Ils vont pas me mettre en prison, si ?

— J'en doute. Tu seras accompagnée par un de nos avocats. Crois-moi, ma douce, jamais tu n'auras gagné d'argent plus facilement.

Pendant que Jack était à l'église, Caroline se livra à un zapping forcené devant son écran de télévision, mais elle eut beau passer en revue les journaux télévisés, elle n'entendit aucune information sur Dayton Ames — hormis l'avis diffusé à heures régulières, qui encourageait les citoyens à communiquer à la police tous renseignements sur la jeune femme entraperçue près de l'immeuble du défunt.

Bien qu'elle n'eût jamais vraiment cru que la mort de Dayton Ames serait couverte deux jours d'affilée par les magazines d'information des chaînes nationales, Caroline ne parvenait pas à décider si ce silence était pour elle une aubaine inespérée ou si au contraire il augurait quelque futur désastre. Son expérience lui avait cependant appris à prévoir le pire. Durant les deux années précédentes, la lumière qui apparaissait parfois au bout de son tunnel avait toujours fini par annoncer l'arrivée imminente d'un train lancé sur elle à pleine vitesse.

Néanmoins, aussi paradoxal que cela pût paraître, elle ne s'inquiétait pas outre mesure des raisons pour lesquelles Felicity Ames ne s'était toujours pas résolue à la dénoncer. En fait, n'eût été le regret lancinant d'avoir révélé à Jack son vrai nom, elle était près de nourrir un optimisme pour le moins aberrant chez une femme qui était traquée aussi bien par les autorités que par la pègre et dont les seules possessions tenaient désormais dans un sachet en plastique et un sac à main de médiocre contenance. Peut-être cette confiance irraisonnée en sa bonne étoile tenait-elle en partie à ce que les compagnies aériennes appelées un peu plus tôt l'avaient informée qu'elles pouvaient lui proposer un tour des îles Caïmans à un prix « spécial vacances » de trois cent soixante-neuf dollars. Donc, même si elle n'osait pas prendre le risque de retirer encore une fois de l'argent sur son compte, il lui resterait malgré tout trente et un dollars à dépenser à sa guise.

L'appartement de Jack dispensait une atmosphère de farniente estival. Revêtue uniquement de ses sous-vêtements et du T-shirt de son hôte, Caroline se rendit dans la cuisine et réussit à trouver dans le garde-manger tous les ingrédients nécessaires à la confection de muffins. Tandis qu'elle pétrissait vigoureusement la pâte, elle se surprit à s'imaginer en train de lire les journaux du matin avec Jack tout en mordant dans les muffins chauds et en sirotant du café frais.

La réalité, cependant, fit bientôt intrusion dans cette douce rêverie. Jack l'avait d'ores et déjà avertie qu'ils passeraient le reste de la matinée à discuter de ses projets d'avenir. Quand bien même il reviendrait avec le journal, il était peu probable qu'ils se disputent gaiement la page des bandes dessinées ou celle de la critique cinématographique. Elle devait plutôt s'attendre à un sermon assommant sur les vertus du travail honnête et la nécessité d'apprendre à régler ses problèmes d'une manière plus constructive que par la fuite.

Elle esquissa un sourire ironique qui se transforma bientôt en une moue chagrine. Que dirait Jack si elle lui répliquait que toute discussion, tout sermon était inutile dans la mesure où ses projets d'avenir étaient déjà tout tracés ? Qu'elle comptait s'envoler jusqu'aux îles Caïmans, subtiliser cinq millions de dollars, soudoyer divers fonctionnaires dans le besoin et se réfugier enfin en Nouvelle-Zélande avant que la police ou les amis de Joe s'apprêtent à l'arrêter ?

Voilà un programme qui laissait peu de place au labeur honnête et au salut de l'âme, se dit-elle avec amertume.

Elle était sortie de la douche et venait juste d'enfiler ses vêtements fraîchement repassés, lorsqu'elle entendit une clé tourner dans la serrure de la porte d'entrée : Jack... La perspective de son retour lui broyait l'estomac. Ce fut cependant Marcus qu'elle vit entrer dans le séjour. Il était suivi par une jeune fille de son âge, dont le charmant visage était néanmoins gâché par une mine sinistre.

— Bonjour, s'exclama Marcus en gratifiant Caroline d'un salut nonchalant. Je vous présente ma cousine, Evonne. Elle est venue parler au Père Jack. Evonne, voici Caroline. Elle habite chez nous pour quelques jours.

Evonne adressa un imperceptible hochement de tête à la jeune femme avant de tourner son regard absent vers la fenêtre. Marcus se mit à renifler sans paraître avoir conscience de la tension qu'avait suscitée l'arrivée de sa cousine dans la pièce.

— Hé, qu'est-ce qui sent comme ça ? s'enquit-il en

gagnant la cuisine. Vous avez préparé un plat ? Ça a l'air rudement bon !

— Oh, ce n'est pas grand-chose, repartit Caroline en souriant. Dans cette maison, on sait très vite ce qui peut vous rendre populaire.

Marcus revint dans le séjour, les yeux brillant de plaisir.

— Ho, c'est trop génial ! Vous savez *vraiment* cuisiner ! Evonne, devine quoi ? Caroline a fait des muffins !

Il cessa brusquement ses manifestations de joie pour arborer un air à la fois lugubre et affamé.

— Mamie ne se sentait pas trop bien, c'est pour ça que je suis rentré tôt. On n'a pas pris de petit déjeuner, ce matin.

— On a eu des céréales, intervint Evonne.

— Sans lait, précisa Marcus en décochant un regard furieux à sa cousine.

Mais celle-ci refusait visiblement de rentrer dans son jeu. Caroline eut finalement pitié du garçon.

— Je pense que les muffins ont achevé de refroidir. Ils sont aux raisins et à la cannelle. Ça vous tente ?

— Si ça nous tente ? Mais c'est Byzance ! C'est comme avant la maladie de mamie : de la vraie popote maison !

Il se rua dans la cuisine et en émergea avec un gâteau dans chaque main.

— Evonne, tu veux un muffin ?

— Hein ?

— Un muffin. T'en veux ?

Elle secoua la tête.

— Non, merci. J'ai déjà mangé ce matin, tu te rappelles ?

— Pas du tout.

Marcus contempla le deuxième gâteau d'un air gourmand et sourit à Caroline sans vergogne.

— Eh bien, je crois qu'il est trop tard pour le rapporter dans la cuisine, maintenant, décréta-t-il en gobant le premier muffin. Hum... Hum... Un délice ! J'espère que le Père Jack vous a convaincue de rester ici un moment, Caroline. Si vous n'étiez pas là, franchement, on devrait vous inventer !

Il chassa les miettes tombées sur son T-shirt et engloutit la deuxième pâtisserie.

— Bon, marmonna-t-il, la bouche encore pleine, il faut que je file. Dites au Père Jack que je reviendrai avant qu'il soit couché, d'accord ?

— Un instant !

Caroline le rattrapa alors qu'il sautillait jusqu'à la porte, son baladeur accroché à la poche arrière de son jean extra-large.

— Où vas-tu, Marcus ?

Cela ne la concernait pas vraiment, mais la question lui était montée aux lèvres de manière instinctive, tel un fantôme surgissant de sa propre enfance.

Marcus avala sans mot dire la dernière bouchée de son gâteau. Comme tous les adolescents, il semblait réticent à révéler un détail d'ordre personnel dès lors qu'il n'y était pas contraint.

— Je vais passer un moment chez Antoine, O.K. ? Ensuite on prendra le bus pour Schaumburg. Peut-être qu'on ira au centre commercial, je sais pas. On va se balader un peu, quoi. Je reprends les cours de vacances que demain.

Quoiqu'il parût l'innocence incarnée, le ton de sa voix trahissait une évidente fébrilité.

— Le Père Jack t'approuverait-il ? s'enquit-elle. Est-ce qu'il apprécie de te voir sortir avec Antoine ?

Marcus baissa la tête.

— Antoine est réglo, grommela-t-il. C'est pas parce que son frère aîné s'est fait gauler qu'il va se mettre aussi à voler ou je sais pas quoi. C'est un mec bien.

Caroline n'eut aucun mal à traduire sa réponse : Antoine était une mauvaise fréquentation.

— Et si tu appelais ton ami pour l'inviter ici ? suggéra-t-elle dans l'espoir de parvenir à un compromis. Vous pourriez aller marquer des paniers à St. Luke. Avec un peu de chance, vous y trouveriez même suffisamment de joueurs pour monter deux équipes. Et on pourrait dîner ensemble ce soir.

— Antoine a pas le téléphone. Et puis y voudra pas venir.

Depuis que la conversation roulait sur ce fameux Antoine, nota la jeune femme, Marcus était en froid avec la syntaxe ; son vocabulaire même s'était relâché. Devinant chez lui une volonté de provocation, elle se retint néanmoins de relever ses fautes.

— Bon, eh bien, si ton ami n'a pas le téléphone, tu n'as qu'à aller lui demander de vive voix s'il aimerait dîner avec nous. Je parie qu'il acceptera avec plaisir.

— Vous allez perdre votre pari, repartit Marcus avec un reniflement moqueur. Antoine, ça lui dit rien de traîner chez les prêtres.

— Et moi, je crois que tu ne devrais pas traîner avec Antoine, répliqua Caroline sur un ton cassant, et ce, parce que tu *vis* chez un prêtre.

Le garçon lui lança un regard haineux.

— J'ai seize ans. Je vais où je veux, je fais ce que je veux et c'est pas vous qui allez m'en empêcher. Vous n'avez pas le droit de me donner des ordres, un point c'est tout.

Atterrée par la rapidité avec laquelle leur échange avait tourné à l'affrontement, Caroline sentit ses joues s'empourprer. Les reparties acerbes de Marcus présentaient une similitude troublante avec les propos qu'elle avait elle-même tenus à Jack durant la nuit. Il aurait suffi à Marcus d'ajouter que l'Amérique était un pays démocratique pour que la ressemblance fût parfaite. Pas étonnant que son hôte eût accueilli ses piques avec une espèce de tolérance résignée. Elle avait dû lui rappeler n'importe lequel des fugueurs dont il s'occupait quotidiennement.

Toutefois, si elle avait en effet montré un manque certain de maturité la nuit précédente, elle était trop avisée pour s'estimer capable de dissuader Marcus de sortir avec son ami. Elle savait aussi qu'au moindre mot malheureux de sa part, elle se retrouverait sur le pavé — et dans le pétrin.

— J'ai prévu un rôti de porc farci pour ce soir, déclara-t-elle au débotté. Ainsi que des *sundaes* pour le dessert. Avec toutes sortes d'accompagnements : cerises, copeaux de chocolat, fondants, noix pilées et j'en passe. Tu es sûr de ne pas vouloir rentrer plus tôt ?

Marcus hésita, manifestement tiraillé entre sa gourmandise et un reste de méfiance. Au grand soulagement de Caroline, son goût pour les sucreries l'emporta. A moins que, comme elle, il fût secrètement ravi de disposer d'un prétexte pour clore une dispute qu'au fond il n'avait pas vraiment voulue. Il haussa les épaules tout en évitant son regard.

— D'accord, dit-il, je lui demanderai de venir. On sera là vers 3 heures, ça ira ?

Quatre heures avec Antoine au lieu de l'après-midi entier... Caroline ne pouvait espérer mieux, elle en était consciente. Elle admirait même le garçon pour l'aisance avec laquelle il avait su oublier les offenses faites à sa dignité.

— Je vous attends donc à 3 heures, reprit-elle. J'ai hâte de connaître ton ami.

— Entendu.

Puis il se pencha vers sa cousine qui, prostrée sur le canapé, les yeux rivés à l'écran de la télévision éteinte, semblait inconsciente du différend qui venait de se conclure devant elle.

— Salut, Evonne. A plus.

— Hein ? s'exclama-t-elle en clignant des paupières.

— Salut, répéta-t-il. A ce soir.

— Ouais. Salut, Marcus.

Un silence gêné retomba sur la pièce après le départ du jeune homme.

— Veux-tu un Coke ? demanda Caroline à Evonne, en désespoir de cause. Je pense que Jack va bientôt arriver. Il m'a prévenue qu'il rentrerait vers cette heure-là.

Evonne continuait à contempler la télévision.

— Non, merci, murmura-t-elle au bout d'une longue pause. Je n'ai pas faim, je n'ai pas envie de muffin.

Caroline se retint de lui signaler qu'elle lui avait proposé un Coke, non un muffin. Le regard de la jeune fille était si vide qu'elle la soupçonna de ne pas être au mieux de sa forme.

— Qu'y a-t-il, Evonne ? s'enquit-elle d'une voix douce. Tu as l'air d'avoir des ennuis.

— Des ennuis ? répéta-t-elle en sursautant. Non. Non, il faut que j'y aille. Je n'aurais pas dû venir. Le Révérend a d'autres chats à fouetter…

— Je suis certaine qu'il sera content de te voir, lui affirma Caroline, comprenant soudain que son expression hagarde n'était pas le symptôme d'une déficience mentale, mais d'un problème si grave qu'il lui obnubilait complètement l'esprit.

Tu as pris la peine de te déplacer jusqu'ici, Evonne. Ne t'en va pas avant d'avoir un peu discuté avec lui.

— Bah ! De toute façon, il ne peut rien pour moi. Et puis, ne lui dites pas que j'ai voulu le voir, sinon il va aller parler à Mamie et ça la mettra dans tous ses états.

Rien ne la forçait à se mêler de la vie d'Evonne, songea Caroline. Mille raisons l'incitaient au contraire à s'en abstenir — et notamment le fait qu'elle était parvenue à si bien gâcher sa propre existence qu'elle était mal placée pour intervenir dans celle d'autrui. Quels que fussent les tourments de la jeune fille, elle n'aurait sans doute aucun conseil valable à lui dispenser. Par ailleurs, elle avait déjà failli provoquer une catastrophe en empiétant sur la vie privée de Marcus. Face aux adolescents, elle était dépourvue d'expérience autant que de talent pour le dialogue.

Résolue à ne pas se laisser attendrir, elle raccompagna Evonne jusqu'à la porte avec un sourire poli.

— A moins qu'il me pose des questions, déclara-t-elle, je ne rapporterai pas ta visite au Père Jack.

— Il ne vous posera aucune question, repartit Evonne dans l'entrée du pavillon. Et Marcus ne lui dira rien non plus.

Elle se retourna. En voyant ses épaules affaissées comme sous un poids trop lourd, Caroline sentit un élan de pitié lui nouer l'estomac. Bon sang, elle ne pouvait quand même pas la laisser repartir ainsi, sans même essayer de l'aider. Ce n'était qu'une enfant, une adolescente perturbée, et Dieu savait combien elle était en mesure de la comprendre. Elle-même, à son âge, avait connu ce désarroi. Il était de son devoir de lui prêter une oreille compatissante, au moins jusqu'au retour de Jack.

— Evonne ! s'écria-t-elle. Ne t'en va pas. Je souhaiterais

avoir un peu de compagnie, vraiment. Tu peux rester un moment ?

Comme Evonne ramenait les yeux vers elle, Caroline vit sa silhouette parcourue d'un léger frisson.

— Non, répondit la jeune fille, il ne faut pas que je…

Elle pressa soudain une main contre ses lèvres. Caroline en tira aussitôt la conclusion qui s'imposait.

— Viens, dit-elle en lui saisissant la main pour la guider vers la salle de bains. Par ici.

Elles arrivèrent à temps pour qu'Evonne pût se soulager à son aise. Caroline se tint coite tandis que la jeune fille s'aspergeait d'eau le visage et se rinçait la bouche avec une gorgée de collutoire mentholé. Sa peau, d'une nuance brune moins soutenue que celle de Marcus, avait pris une teinte cendreuse sur laquelle tranchait l'arête jaunâtre de ses pommettes. Elle s'adossa contre le mur de la salle de bains, les yeux clos, les bras ballants, comme si elle n'avait même plus l'énergie suffisante pour s'affaisser sur la chaise la plus proche.

Caroline passa un bras autour de sa taille et la poussa vers le canapé.

— Repose-toi un instant, lui murmura-t-elle. Je vais te préparer un verre de Coke. Tu le laisseras s'éventer un peu avant de le boire à petites gorgées. Ça t'aidera à combattre la nausée.

Evonne s'affala sur le sofa, trop épuisée pour protester. Caroline revint de la cuisine avec le verre promis et une tranche de pain grillé.

— Désolée, mais nous sommes à court de crackers, dit-elle en posant l'assiette devant la jeune fille. Je n'ai rien trouvé de mieux que ce toast.

— Je ne peux pas manger, chuchota Evonne en frémissant. Ça me donne envie de vomir, ajouta-t-elle d'une voix aiguë où vibrait une note hystérique.

— Ce n'est pas grave, murmura Caroline en se contentant de lui présenter le Coca. Sais-tu d'où te viennent ces haut-le-cœur ? Aurais-tu attrapé une grippe intestinale ?

— Je n'ai pas la grippe, répondit Evonne.

Elle baissa les yeux sur les bulles qui pétillaient dans son verre.

— Vous savez très bien ce qui m'arrive, poursuivit-elle d'une voix morne. Je suis enceinte.

Caroline l'avait deviné, naturellement, mais elle n'en éprouva pas moins un sursaut de sympathie à l'égard de la jeune fille. Dans un geste machinal de réconfort, elle posa sa main sur la sienne. Les doigts d'Evonne étaient glacés, comme si le sang n'y circulait plus.

Caroline les lui frictionna délicatement.

— Quel âge as-tu, Evonne ?

— Dix-sept ans… Enfin, presque. Mon anniversaire est dans trois semaines.

Si elle ne mentait pas, songea Caroline, elle avait au moins un an de plus qu'elle l'avait supposé. Elle la jugeait néanmoins trop jeune encore pour affronter d'emblée la perspective de devoir élever seule un enfant.

— Et le père du bébé ? s'enquit-elle. Il sait que tu es enceinte ?

— Oui, il le sait.

Le verre tinta lorsqu'elle le reposa sur la table.

— Il veut m'épouser, reprit-elle. C'est pour ça que j'étais venue voir le Père Jack, pour qu'il nous marie. Jamal pense qu'il vaut mieux se débarrasser de cette formalité tout de suite.

« Cette formalité »… On aurait pu rêver terme plus attrayant pour désigner les futures noces, estima Caroline.

— Jamal ? C'est le nom de ton ami ?

— Oui.

Evonne brisa un morceau de toast, mais ne le porta pas à ses lèvres.

— La perspective du mariage n'a pas l'air de te réjouir.

— Avant, je ne voulais pas me marier, même avec Jamal. Mais maintenant que je suis enceinte, j'y suis bien forcée. C'est aussi l'avis de Jamal. C'est son enfant autant que le mien et il lui faudra un vrai foyer.

Plus que soulagée, Evonne semblait accablée par le fait que son ami veuille assumer sa part de responsabilités. Dans des journaux et magazines télévisés, Caroline avait appris que nombre de jeunes adolescentes concevaient des enfants par besoin de chérir un petit être sans défense. Evonne, apparemment, échappait à cette règle.

— Tu crains que Jamal soit un mauvais père ? demanda Caroline. C'est ça qui te chagrine ?

— Non, il sera un bon père, je pense.

La question paraissait l'étonner. Elle n'en avait peut-être jamais envisagé l'importance.

— Qu'est-ce qui te tracasse alors ? insista Caroline.

Evonne avala une gorgée de Coke avant de répondre.

— Jamal et moi, on veut pas se marier ni avoir d'enfant. Ce qu'on veut, c'est réussir dans la vie. Moi comme infirmière et lui comme opticien.

— Opticien ? C'est une profession intéressante.

— Ouais, sa petite sœur voit pas bien, c'est pour ça qu'il a choisi ce métier-là.

— Il faut beaucoup d'années d'études pour devenir opticien,

remarqua Caroline, qui éprouvait la nécessité d'adopter un point de vue plus pragmatique sur la situation.

— Pas autant que pour devenir docteur, repartit Evonne. Ça prend pas si longtemps que ça. Jamal pourrait commencer à bien gagner sa vie dès vingt-trois ans. Et quand j'aurais moi-même décroché mon diplôme d'infirmière, nous aurions à tous les deux un salaire suffisant pour louer un bel appartement, et même un pavillon dans les environs de la ville. La sœur de Jamal, elle est mariée à un professeur. Elle habite en banlieue, à Evanston.

Caroline était touchée par ce mélange de réalisme et d'idéalisme qui caractérisait leurs projets.

— A quel lycée vas-tu ? Jamal est dans la même classe que toi ?

— L'année prochaine, je serai en terminale au lycée George Washington, mais Jamal, lui, il a déjà eu son bac. Il était le premier de sa classe.

Elle soupira, avant de poursuivre :

— Il me faut juste un B de moyenne pour rentrer directement à l'école des infirmières de l'Illinois, précisa-t-elle — avant d'ajouter, les yeux brillant d'orgueil : mais ça ne devrait pas poser de problème. Ces deux dernières années, j'ai récolté des A partout, même en chimie, et c'est pourtant ma matière la plus faible.

— Je te félicite pour ta persévérance. J'imagine que ta famille est très fière de toi.

— Fière de moi ? répéta-t-elle avec un sourire amer. Une petite conne prétentieuse, voilà ce que je suis pour ma mère. Tout ça parce que je ne leur rapporte pas encore de fric, à elle et à son mac…

Elle s'arrêta soudain, tripotant nerveusement son toast dans l'assiette.

— Je me croyais différente, vous voyez ? Pas question pour moi de choper le ballon. J'avais trop de jugeote pour ça, la tête trop bien vissée sur les épaules. J'étais pas une idiote sans cervelle qui dirait oui au premier gars venu pour qu'il aille ensuite parader devant ses potes, avec mon nom tatoué sur le bras, en braillant qu'il était désormais un vrai mec parce qu'il avait sauté Evonne Banks. Non, je pensais être plus maligne que ça. Je voulais échapper à la cité, vivre une vraie vie, obtenir un bon job, aider les autres gamins livrés à eux-mêmes.

Elle eut un nouveau sourire crispé.

— Et voilà où j'en suis maintenant : enceinte avant le mariage et même pas encore sortie du lycée. Exactement comme ma mère et mes sœurs. Exactement comme la mère de Marcus et exactement comme toutes les autres filles de la cité.

— Pas tout à fait, la corrigea Caroline. Tu es intelligente et tu as bûché dur à l'école. Cette instruction, personne ne pourra plus jamais te l'enlever, elle est tienne pour toujours. Et Jamal est différent des autres, lui aussi. Il ne t'a pas laissée tomber pour aller se faire tatouer ton nom sur son bras, comme tu dis. Il est prêt à remplir le devoir qui lui incombe. Oui, il semble vraiment quelqu'un hors du commun. Et il doit lui-même te considérer ainsi.

Un rictus de douleur déforma les traits de la jeune fille.

— Ouais, justement, il est hors du commun, chuchota-t-elle avec amertume. Et c'est pour ça que je ne peux pas lui permettre de m'épouser. Je l'ai compris tout à l'heure, alors que j'étais assise ici à attendre le Père Jack. Jamal va commencer à partir de septembre un cursus complet à Northwestern University. Pourquoi irait-il sacrifier son avenir au bébé et à moi, en bossant chez Pizza Hut pour cinq malheureux dollars par jour ? Ce serait trop bête de gâcher nos deux vies à la fois. Autant demander une aide à la sécu. Comme ça, au moins, Jamal sera libre de réaliser ses rêves.

— Et l'avortement, y as-tu pensé ? Dans certains cas, c'est encore la meilleure solution.

— Et le bébé ? rétorqua Evonne avec une acrimonie déconcertante. Est-ce que ce sera aussi la meilleure solution pour lui ?

Elle se tordit les mains avec une anxiété muette.

— Je sais que je devrais me faire avorter, murmura-t-elle, je le sais bien. Mais je ne peux pas. C'est mon bébé à moi…

Submergée par le désarroi, elle enfouit sa tête dans ses paumes réunies. Des larmes perlaient entre ses doigts.

— On avait pourtant été prudents… Je ne voulais pas avoir un enfant, mais j'aime tellement Jamal… C'est uniquement pour lui que j'ai accepté de faire l'amour… Il me désirait si fort…

Ses pleurs devinrent des sanglots, rauques et déchirants. Sans même y réfléchir, Caroline prit la jeune fille dans ses bras et se mit à la bercer pour essayer d'apaiser ce torrent de larmes angoissées. La vie était vraiment trop cruelle, parfois, pensa-t-elle.

Pour quelle obscure raison une brave fille comme Evonne était-elle confrontée à un choix aussi radical ? Il était trop facile de prétendre que, si elle et Jamal avaient attendu le mariage avant d'avoir un rapport sexuel, ils n'auraient pas eu à prendre de si lourdes décisions. En réalité, peu d'adolescents soumis aux bouleversements de la puberté étaient capables de pratiquer l'abstinence en dehors d'un contexte social coercitif. Et si, au cours de sa jeunesse tumultueuse, elle avait évité de se retrouver face au même dilemme que la jeune fille, Caroline savait qu'elle le devait plutôt à un heureux hasard qu'à une hypothétique lucidité.

Les pleurs d'Evonne se transformèrent peu à peu en reniflements entrecoupés de hoquets convulsifs. Caroline lui tendit la boîte de mouchoirs en papier posée sur la table basse.

— Tiens, dit-elle.

— Merci, marmotta Evonne en s'essuyant les yeux. Je suis désolée d'avoir perdu les pédales. Je crois que vous êtes la première personne à qui je parle de tout ça. A part Jamal, je veux dire. Mais il est tellement inquiet qu'il ne fait qu'aggraver les choses.

— Et ta famille ? Tu n'as pas un parent qui pourrait t'aider ?

Evonne prit un second mouchoir.

— Si, ma mamie. Mais elle est malade. Elle a du diabète et ses reins ne fonctionnent plus très bien. C'est pour ça que Marcus habite ici, chez le Père Jack. Avant, mamie pouvait marcher jusqu'à St. Luke, mais maintenant il ne faut plus la bousculer.

Caroline nota qu'elle n'avait même pas cité ses parents. Ce qui n'était guère étonnant si sa mère, pour sa part, la considérait comme une « petite conne prétentieuse ». Elle se crut cependant obligée de s'assurer qu'il n'y avait vraiment aucun soutien à en attendre.

— Je suis navrée pour ta grand-mère, mais qu'en est-il de tes parents ? demanda-t-elle. Ne peuvent-ils t'aider en aucune manière ?

— Non, répliqua Evonne en haussant les épaules. Mon père nous a quittés quand je n'avais que trois ans. A l'heure actuelle, s'il n'est pas en tôle, il doit sûrement être sur un coup ou bien se cacher de son agent de probation. Quant à maman…

Elle eut un nouveau haussement d'épaules.

Caroline ne fut pas dupe de cette apparente désinvolture. Pour la première fois depuis deux ans, elle commençait à reconnaître qu'elle n'était pas la seule, peu s'en faut, à connaître de graves problèmes. Et elle aurait terriblement voulu soulager la jeune fille de son fardeau. Hélas, les soucis de cette dernière ne pouvaient être allégés par un simple pansement moral, câlin ou parole gentille.

Comme elle n'avait aucune expérience du dialogue avec les adolescents en détresse, Caroline jugea plus avisé de laisser à Jack le soin de conseiller Evonne. Après tout, en tant que prêtre, il était habitué à guider les brebis égarées.

Cependant, alors même qu'elle s'adjurait une nouvelle fois de ne pas se mêler des affaires d'autrui, Caroline sut qu'elle passerait outre ce sage principe. Ce qui ne l'empêcha pas d'être surprise par les paroles qu'elle prononça juste après.

— Tu sais, Evonne, il te reste un recours auquel tu n'as peut-être pas pensé : l'adoption. Le Père Jack doit certainement connaître un organisme de confiance qui saurait vous trouver des parents disposés à accueillir ton bébé dans un foyer digne de ce nom.

Evonne n'hésita qu'une fraction de seconde avant de secouer la tête.

— Impossible, répliqua-t-elle. Je préfère encore avorter plutôt que de confier mon enfant à des inconnus. Jamais je ne serais capable de vivre avec cet abandon sur la conscience.

— Même pour le bien de ton bébé ?

— Je ne vois aucun bien là-dedans, répliqua-t-elle d'un ton décidé. Pas question que mon petit passe toute son enfance chez des étrangers à croire que sa mère ne l'aimait pas assez pour le garder auprès d'elle.

— S'il était adopté à la naissance, ces étrangers n'en seraient plus pour lui, objecta Caroline. A ses yeux, ce seraient les seuls papa et maman qu'il aurait jamais connus.

La bouche sèche, l'estomac noué, elle s'aperçut alors avec une stupeur horrifiée qu'elle pensait *réellement* que l'adoption était la meilleure solution, non seulement pour Evonne et Jamal, mais aussi pour leur bébé. Ce qui était le comble de l'ironie, étant donné qu'elle n'avait cessé durant toute son adolescence de considérer sa propre adoption comme la cause de toutes ses misères, petites et grandes.

— Je suis moi-même une enfant adoptée, avoua-t-elle, ébahie de s'ouvrir ainsi à une gamine qu'elle connaissait à peine.

— Ah bon ? s'exclama Evonne en la dévisageant avec un regain d'intérêt. Vous semblez vous en être bien sortie. Vos parents adoptifs devaient beaucoup vous aimer.

Caroline demeura silencieuse, tandis que la jeune fille la scrutait anxieusement du regard.

— Ils vous aimaient, n'est-ce pas ? Vous êtes heureuse d'avoir été adoptée ?

Il avait fallu des années à Caroline pour admettre la vérité. Et cela restait encore douloureux.

— Oui, répondit-elle d'une voix brisée, je suis heureuse d'avoir été adoptée. Ma vraie mère ne pouvait subvenir à mes besoins, et mon vrai père, tout riche qu'il fût, était enclin à m'oublier. Mes parents adoptifs m'ont offert un foyer stable, une solide instruction, une somptueuse garde-robe, des vacances mirifiques…

Evonne était trop maligne pour ne pas deviner le fond de sa pensée.

— Mais est-ce qu'ils vous *aimaient* ? répéta-t-elle. Car il n'y a que ça qui compte, n'est-ce pas ?

Au vrai, à vingt-neuf ans, Caroline ignorait toujours la réponse à cette question.

— Oui, dit-elle enfin, résignée à accorder aux Hogarth le bénéfice du doute. Mes parents adoptifs m'aimaient.

« Du moins en avaient-ils la capacité, ajouta-t-elle pour elle-même. Ou plutôt, non, se reprit-elle aussitôt — et à sa grande surprise. Pour autant que je le leur *permettais.* »

— La situation de mon petit est différente de la vôtre, reprit Evonne, peu convaincue. Jamal veut m'épouser et, à la différence de votre père, il est prêt à nous prendre tous les deux à sa charge. Quant à moi, je suis une personne responsable, contrairement à votre maman.

— Oui, c'est exact, convint Caroline, blessée par la cruauté involontaire de cette remarque. Mais toi et Jamal êtes encore très jeunes. Si vous sacrifiez tous deux vos rêves et vos espoirs au bonheur de votre enfant, combien de temps s'écoulera selon toi avant que vous vous le reprochiez mutuellement ? Avant que votre amour s'aigrisse et tourne en hostilité larvée ?

Evonne se tint coite, mais son visage la trahit. Elle s'était mise à épiauter son mouchoir en tissu. Sans être télépathe, Caroline comprit que sa grossesse avait d'ores et déjà suscité des différends entre elle et son compagnon.

— Réfléchis bien, poursuivit-elle à voix basse. Quel bonheur peut espérer votre bébé, si vous nourrissez l'un envers l'autre une rancune inavouable ? Et, lorsque vous en viendrez à une guerre ouverte, t'imagines-tu qu'il faudra longtemps avant que vous commenciez à passer vos frustrations sur votre enfant ?

Evonne eut un sursaut d'indignation.

— Jamais je ne ferai du mal à mon petit ! s'écria-t-elle. Je l'aimerai toujours. *Toujours*.

— Soit, admit calmement Caroline, même si elle savait que moult statistiques donnaient tort à la jeune fille. Tu aimeras toujours ton enfant, y compris dans les circonstances les plus pénibles. Mais crois-tu que Jamal et toi vous aimerez également pour toujours une fois que vous aurez l'un et l'autre abandonné vos rêves ?

Les yeux d'Evonne s'embuèrent de nouveau.

— J'ignore ce qui est le mieux, confia-t-elle piteusement. Il n'existe pas de solution idéale à mon problème, n'est-ce pas ?

— La solution idéale est celle que tu jugeras bonne *pour toi*.

Evonne se mit à déchiqueter un autre mouchoir.

— Quelle que soit ma décision, je me demanderai toujours si je ne me suis pas trompée. Et quand je regarderai en arrière, j'aurai constamment des regrets.

— Ce n'est pas impossible, convint Caroline en serrant la main de la jeune fille. Mais un seul chemin sensé s'offre à toi : agir selon ta conscience et, ensuite, aller de l'avant. Tu dois adopter une attitude ouverte et constructive, non une résolution désespérée qui te fermera à terme tous les horizons.

— Il faut que j'en parle à Jamal, déclara Evonne après un moment de réflexion. Nous n'avons jamais envisagé l'adoption. Je ne sais pas ce qu'il en pensera. Peut-être sa famille nous aidera-t-elle à nous en sortir. Ce sont vraiment de braves gens. Peut-être même que sa sœur et son mari accepteront de prendre notre bébé avec eux…

Elles furent interrompues par la sonnerie du téléphone. Caroline laissa le répondeur recueillir le message.

— Salut, Jack, lança une voix bourrue. C'est Frank Donohoe. Je crains d'avoir de mauvaises nouvelles pour toi. Un accident s'est produit avant-hier sur la Voie Express Kennedy. Je viens de recevoir le rapport de mes gars. Je suis désolé, Jack, mais l'une des victimes a été identifiée comme étant Kathleen Williams, ta secrétaire à St. Luke : trente-quatre ans, cheveux châtain clair, un mètre soixante-dix. Les membres de sa famille ont été avertis, mais ils vivent tous en Californie, comme tu dois déjà le savoir, et réclament le rapatriement du corps pour les funérailles. Ils m'ont prié de te demander de fermer l'appartement de Kathleen ici. Rappelle-moi, veux-tu ? Je suis vraiment navré pour toi, mon vieux.

L'appel prit fin au moment précis où Jack pénétrait dans l'appartement.

Caroline s'aperçut aussitôt avec irritation qu'elle le trouvait chaque fois plus séduisant que dans son souvenir. Puis, avec un surcroît d'agacement, elle se surprit à songer que l'habit lui allait étonnamment bien. Elle avait plus ou moins supposé que la soutane aurait sur lui l'air d'un déguisement. Or il la portait au contraire avec naturel, sinon élégance. Elle dut même reconnaître que la longue robe noire lui conférait une aura qui l'impressionnait et, pour sa plus grande gêne, l'émoustillait tout à la fois.

Evonne ne semblait pas en proie à ces sentiments embarrassants, car elle accueillit Jack avec un respect chaleureux, comme s'il représentait à ses yeux un croisement entre le tonton gâteau et le professeur adulé. Au regard apeuré et suppliant qu'elle lança à Caroline, cette dernière comprit qu'elle lui réclamait une discrétion absolue sur le motif réel de sa visite.

Jack gratifia l'adolescente d'une brève accolade.

— Alors, s'enquit-il, comment va mon écolière préférée ? Et ton boulot d'été, ça marche ?

Evonne eut un sourire que Caroline sentit crispé.

— Très bien, Père, merci. La bibliothèque m'a employée trente heures, la semaine dernière, et cet argent est vraiment le bienvenu.

Remarquant à son tour la tension de la jeune fille, Jack se fit plus attentif encore.

— Je suis ravi de te voir, Evonne. Tu voulais simplement passer le bonjour à Marcus, ou m'entretenir d'un sujet en particulier ?

— Non, je n'avais rien de spécial à vous dire. Je sais que vous êtes très occupé, Père…

— Oh, pas tant que ça ! D'ailleurs, si tu as besoin d'un quelconque coup de main, cela me donnera une excuse pour échapper à une réunion que je pressens fort ennuyeuse.

Il lui adressa un clin d'œil de connivence.

— A ce propos, poursuivit-il, tu ne pourrais pas tout bonnement t'inventer un petit pépin pour me sortir de ce guêpier ?

Evonne parvint à émettre un léger gloussement.

— Désolée, Père, mais je dois rentrer tout de suite à la maison, sinon ma mère… sinon je serai en retard pour mes devoirs. Mais je reviendrai la semaine prochaine, promis, juré. Au revoir, Père. Au revoir, Caroline. Et merci.

Elle s'éclipsa promptement de l'appartement.

— Sortie précipitée d'une ado en difficulté, murmura Jack en refermant la porte.

Puis, posant sur Caroline un regard inquiet :

— Vous ne sauriez pas par hasard le fin mot de cette histoire ? demanda-t-il.

— Vaguement. Nous avons discuté ensemble un moment. C'est une gamine très éveillée.

— Et que vous a-t-elle raconté ?

— Un secret. Mais, si elle n'est pas repassée dans quelques jours, je vous conseille de l'appeler pour l'inciter aux confidences.

Il eut une grimace.

— Le problème est si grave que ça ?

— Peu ou prou, mais sans être pressant ni mortel.

Il soupira, trahissant une lassitude que la jeune femme ne lui avait jamais connue.

— Evonne est une bonne fille, reprit-il, généreuse et vive. Malheureusement, sa mère est une camée finie qui n'arrête de se shooter que pour soutirer à ses clients de quoi se payer sa prochaine dose. J'ai sollicité toutes les assistances institutionnelles imaginables, mais je crains qu'Evonne n'ait toujours qu'une chance sur deux de décrocher son diplôme. Elle a trop de handicaps à surmonter.

Et avec un bébé en prévision, songea Caroline, une chance sur deux était encore un pronostic optimiste.

Elle regarda Jack, qui semblait fort déprimé, et se dit qu'elle aurait bien voulu le consoler. Hélas, elle avait encore une autre mauvaise nouvelle à lui transmettre — au sujet de Kathleen Williams. Elle espérait seulement que cette personne ne lui était pas trop proche.

— Un certain Frank Donohoe vous a laissé un message sur le répondeur, lui dit-elle. Il désirait que vous le rappeliez.

— Frank ? Le sergent Donohoe ? Que s'est-il passé ?

Bien sûr, pensa Caroline, elle aurait dû deviner au ton de

cet homme qu'il était officier de police. Que Jack Fletcher fût ainsi à tu et à toi avec un flic du coin ne l'encourageait guère à lui avouer que son appartement lui servait en vérité de refuge contre le bras armé de la loi. Mais, après tout, il était inévitable qu'un prêtre vivant dans un tel quartier entretînt des relations étroites avec le commissariat local.

Néanmoins, la jeune femme se félicita rétrospectivement de ne pas avoir décroché le téléphone. En dépit de son mépris profond pour la police, elle ne commettait jamais l'erreur de sous-estimer l'étendue de son pouvoir : tout flic était en mesure de l'arrêter à sa guise, qu'il fût ou non corrompu.

— Je suis désolée, Jack, mais Donohoe voulait vous faire part d'un triste accident. Un accident survenu à votre secrétaire de paroisse, Kathleen Williams — si je me souviens bien de son nom. Vous m'avez déclaré hier qu'elle était en vacances, n'est-ce pas ?

Jack se retourna d'un bond, le visage crispé.

— Un accident ? répéta-t-il tout en se ruant vers le répondeur. Quel accident ?

— Je suis vraiment navrée, Jack, mais Kathleen est morte. Elle a été tuée dans un carambolage sur la Voie Express Kennedy.

Il se figea brusquement sur place et ferma les yeux un moment. A voir la stupeur affligée que trahissait son expression, Caroline comprit aussitôt que la défunte lui était chère.

Il appuya sur le bouton du répondeur commandant le défilement de la bande et écouta le message de Donohoe dans un silence sépulcral, le regard absent.

Quelques instants plus tard, la machine se remettait en veille avec un bref déclic.

— Pauvre Kathleen, murmura-t-il. Elle devait être en

route pour l'aéroport. Elle était si heureuse de partir en vacances. Elle avait économisé deux ans durant pour s'offrir ce voyage en France. Désormais, elle ne connaîtra plus jamais Paris.

Sa voix se brisa légèrement sur le dernier mot.

Jack était prêtre, se rappela Caroline, il côtoyait donc la mort tous les jours. Cependant, si absurde que fût son geste, elle voulut quand même essayer d'amoindrir sa peine.

— Peut-être le paradis sera-t-il pour Kathleen comme un séjour en France : une bouteille de Dom Perignon qui l'attend dans sa chambre d'hôtel, un séduisant Français pressé de lui montrer les Champs-Elysées…

Les yeux de Jack se ranimèrent quelque peu.

— Oui, ce serait effectivement le paradis pour elle.

— Et pour vous, quelle serait la définition du paradis ? lui demanda-t-elle, soucieuse de dissiper l'épouvantable chagrin qui se lisait dans son regard.

Il la gratifia d'un pâle sourire.

— Pas d'un point de vue strictement théologique, je suppose ?

— Oh, non, certainement pas. Tenez, dans mon esprit, le paradis, ce serait d'être étendue sur la rive d'un large fleuve, sous un chaud soleil brillant dans un ciel bleu, à l'ombre d'un grand arbre. Mais surtout pas d'insecte. Rien qui gâche le paysage. Juste un petit nuage blanc et cotonneux, doucement effilé par la brise, histoire de vous rappeler que la pluie existe toujours, même au paradis.

— L'absence d'insectes serait effectivement une bénédiction, reconnut-il, mais pour ma part je préférerais une paire de skis fraîchement fartés, une montagne revêtue d'une belle poudreuse, sans remonte-pentes, avec en fond sonore, quand je rejoindrais le bas de la piste, le dernier mouvement de la *Neuvième* de Beethoven.

Elle secoua la tête en souriant.

— Ce serait un Eden trop sportif à mon goût, repartit-elle. Je crois que je vais m'en tenir à mon bord de fleuve. Et je ne désire pour seule musique que le frémissement du courant sur les galets.

— Et pour compagnons ? s'enquit-il. Serez-vous seule sur la berge de votre fleuve ?

— Non, Andrew serait avec moi.

Dans sa description idyllique apparut aussitôt la silhouette hardie et menue du petit garçon. Il cueillait des pâquerettes en bouquet, ses boucles brunes scintillant dans la lumière.

Pour elle, le paradis sans Andrew n'était qu'une suite de mots creux.

— Et… qui est Andrew ? s'enquit Jack.

Le songe de Caroline s'évanouit dans l'instant. Elle ouvrit et referma la bouche sans pouvoir articuler la moindre parole. Interdite et muette, elle considérait Jack avec effroi.

Il y était de nouveau arrivé, se dit-elle avec affolement. L'air de rien, il l'avait de nouveau amenée à enfreindre son tabou le plus féroce. Elle avait prononcé le nom d'Andrew à voix haute, ce nom que ni Joe Rossi ni personne n'avaient réussi à lui extorquer depuis un an. Ce nom auquel elle ne s'autorisait même pas à penser.

Le nom de son fils.

8.

Jack s'aperçut qu'il était jaloux d'Andrew. Non d'une manière bénigne et passagère, mais avec une force primitive et viscérale qu'il n'avait plus ressentie depuis ce jour où, encore lycéen, il avait vu sa petite amie accepter les avances d'un des demis d'ouverture de l'équipe de football.

Il se savait insensé d'être jaloux à ce point d'une femme qu'il venait juste de rencontrer et qui, de plus, avait jugé préférable de l'avertir qu'elle considérait l'amour comme un objet de négoce. Mais il était vrai, aussi, que ses réactions à l'égard de Caroline relevaient fort peu d'une démarche rationnelle. Et si, ce matin-là, à l'église, il était parvenu l'espace d'un moment à analyser objectivement ses sentiments, il semblait bien que la sérénité que lui avait apportée sa longue conversation avec le Seigneur n'était déjà plus qu'un souvenir noyé dans un afflux ravageur de testostérone et de concupiscence.

— Qui est Andrew ? répéta-t-il, espérant qu'elle eût assez confiance en lui pour lui dire toute la vérité.

Caroline déglutit avec difficulté.

— Oh, euh… personne, bredouilla-t-elle faiblement.

Le mensonge était si patent qu'elle ne pouvait décemment s'attendre à ce que Jack la crût. Celui-ci sentit monter en lui une sourde colère — ce démon qui avait déjà tué un homme autrefois. Il se détourna de la jeune femme en silence, redoutant de lui parler en face, de laisser échapper une parole déplacée ou, pis encore, de commettre un geste irréparable.

Il était furieusement tenté de la saisir par le cou et de l'embrasser jusqu'à ce qu'elle oublie tout de cet Andrew. Il pressentait d'ailleurs qu'elle ne lui opposerait guère de résistance. Mais cela n'équivaudrait en rien à un consentement de sa part ni, encore moins, à une preuve d'amour. Il aurait abusé de sa vulnérabilité alors qu'elle, de son côté, aurait mis à profit son expérience de courtisane pour éluder ses questions et préserver ainsi ses secrets. Cela, son cerveau l'appréhendait sans barguigner.

Restait maintenant à en convaincre les autres parties de son anatomie.

Il entendit Caroline se rendre dans la cuisine. Cessant de lui prêter attention, il composa le numéro de Frank Donohoe. Ce dernier, à sa grande surprise, se trouvait dans son bureau.

Ils échangèrent de funèbres salutations.

— Je suis désolé pour Kathleen, grommela Donohoe. Nous avons parlé ensemble deux ou trois fois et elle avait l'air d'une chouette fille.

— *C'était* une chouette fille, ainsi qu'une très bonne amie, répondit Jack, soudain taraudé par un cuisant remords. Tout le monde la regrettera vivement à St. Luke, surtout moi. Que lui est-il arrivé exactement ?

— En résumé, elle s'est trouvée au mauvais endroit au mauvais moment. Je suis vraiment désolé, Jack. Il y a des jours, comme ça, où la vie semble un vaste merdier…

Donohoe s'interrompit un moment.

— On a eu du mal à l'identifier parce qu'elles étaient trois dans la voiture, reprit-il, toutes du même âge et toutes en aussi piteux état.

— Il y a donc eu deux autres victimes ? s'écria Jack. Seigneur Dieu ! Ça a dû être un choc terrible.

— Ses amies ont survécu, s'empressa d'ajouter Donohoe. Mais il y a quand même eu de la casse. Une demi-douzaine de bagnoles se sont tamponnées. La voie express ressemblait à L.A. après un tremblement de terre. Tout ça à cause d'un chauffard ivre qui traînait déjà deux condamnations derrière lui et roulait sans permis. Son véhicule a franchi le rail de séparation pour venir percuter de plein fouet la voiture où se trouvait Kathleen. Ça l'a projetée à plus de quinze mètres à contre-file. C'est un miracle qu'il n'y ait pas eu plus de morts.

« Tu parles d'un miracle…, songea amèrement Jack. Oh, Seigneur, pardonnez-moi. Et soutenez-moi dans l'épreuve. Cette perte m'est vraiment trop cruelle. »

— Et les deux autres femmes qui étaient avec elle dans la voiture ? s'enquit-il. Vont-elles s'en sortir ?

— Les toubibs le pensent, bien qu'elles aient une jambe brisée, une rate éclatée et trois bras cassés à elles deux. Sales vacances, hein ?

— Ouais, admit Jack. Du genre cauchemar. Et l'ivrogne qui a provoqué tout ce gâchis ?

— Décédé dans la matinée, repartit laconiquement Donohoe. Bon débarras, te dirai-je, même si je sais que tes principes t'empêchent de m'approuver. Selon moi, le monde se portera bien mieux sans lui. Dommage qu'il ait dû emmener Kathleen avec lui dans sa dernière cascade.

— Sa disparition va créer un grand vide au sein de la

paroisse. « Et dans ma propre vie », ajouta Jack pour lui-même.

Ses rapports avec Kathleen constituaient une de ces rares relations entre homme et femme qui étaient aussi empreintes d'affection, de respect et de chaleur humaine que dénuées de tout sous-entendu sexuel. Son ministère l'obligeait à vivre entouré de nombreuses personnes qui dépendaient de lui, mais jusqu'alors il n'avait eu que peu d'amis véritables.

Oh, oui, Kathleen lui manquerait atrocement. Il s'éclaircit la gorge.

— Tu as déjà prévenu sa famille, Frank ?

— C'est mon boulot, Jack, même s'il m'arrive de le détester. Sa mère était tellement choquée que j'ai rien pigé à ce qu'elle me racontait. Son père a ensuite pris l'appareil pour me demander si tu pouvais aller ramasser les affaires de leur fille. Ils s'en sentaient incapables. Ils te rembourseront tous les frais d'expédition et comptent faire une dotation à St. Luke à la mémoire de la petite. M'ont paru avoir de quoi, tu sais.

— Tu peux les assurer de mon soutien, Frank. Seulement, je n'ai pas la clé de chez Kathleen et…

— Pas de problème, l'interrompit Donohoe. On les a retrouvées dans son sac. Elles t'attendent au poste. On a aussi sorti ce qui restait de ses valises du coffre de la voiture. Tu n'auras qu'à prendre le tout en même temps. A ce propos, ses parents ont décidé de céder ses affaires aux bonnes œuvres. Ils tiennent juste à récupérer ses livres et ses bijoux. Ainsi que tous ses papiers, naturellement.

Jack se voyait mal fouiller dans les biens personnels de la femme qu'il estimait être sa meilleure amie. Il massa sa nuque douloureusement contractée. Frank avait raison, songea-t-il, la vie était parfois un vaste merdier. En de telles circonstances, il fallait une foi foncièrement robuste pour ne pas douter que Dieu veillât réellement au bonheur des humains. Malgré tous les cours de théologie qu'il avait reçus, Jack ne comprenait toujours pas pourquoi des enfants devaient mourir de faim en Ethiopie ou s'entretuer en Colombie, pas plus qu'il n'entrevoyait de sens au décès de Kathleen. A croire que le Seigneur, aux desseins éternellement parfaits, témoignait parfois d'une singulière distraction.

Ayant depuis longtemps appris que l'action était encore le meilleur remède contre le chagrin d'un deuil, il pensa que le mieux, puisque les parents de Kathleen voulaient qu'il ferme l'appartement de leur fille, était d'aller en chercher les clés sans plus tarder afin d'être en mesure d'exécuter cette tâche dès qu'il aurait quelques heures devant lui. En outre, affronter la réalité de la disparition de la jeune femme lui permettrait sans doute de commencer à l'accepter.

— Tu comptes rester un moment au poste ? demanda-t-il à Donohoe.

— Bien obligé, répondit ce dernier. J'en ai encore pour quatre heures de service.

— Bon. Je passerai prendre les clés de Kathleen dans une demi-heure environ. Ce genre de mission, plus on y pense, plus c'est pénible.

— Ouais, admit Donohoe. Tu sais, je me dis parfois que ton boulot est presque aussi dur que le mien.

— Détrompe-toi : il est pire. Toi, tu dois seulement annoncer les mauvaises nouvelles. Moi, en plus, il faut non seulement que je redonne de l'espoir, mais que j'essaye aussi d'expliquer pourquoi de terribles tragédies s'abattent ainsi sur les honnêtes gens. Et ça, mon vieux, crois-moi, ça peut être vraiment coton.

Après avoir raccroché, Jack demeura un instant immobile, la main posée sur le combiné, se rappelant Kathleen telle qu'il l'avait vue la dernière fois. Complètement excitée par la perspective de son voyage, elle avait poussé des cris d'orfraie en découvrant la photographie de son passeport qui, affirmait-elle, lui donnait l'allure d'un monstre de film d'horreur. Il lui avait alors déclaré qu'il estimait au contraire le cliché fort bien pris. Loin d'en être consolée, elle lui avait rétorqué que sa remarque était plutôt sadique. Au souvenir de cette chamaillerie amicale, Jack sentit son cœur se serrer dans sa poitrine.

Quand enfin il se retourna, il vit Caroline debout derrière lui, la cafetière dans une main et, dans l'autre, un plat de muffins fleurant bon la cannelle. La lumière du soleil qui filtrait des rideaux enflammait sa chevelure d'un brasier mordoré. Elle lui parut d'une beauté si époustouflante qu'il cessa un moment de respirer. Il la dévisagea, éberlué, incapable d'articuler une parole et encore moins de comprendre pourquoi elle provoquait en lui un tel émoi.

— J'ai fait des muffins aux raisins, murmura-t-elle d'une voix rauque et hésitante, presque aussi sensuelle que toute sa silhouette. Et aussi du café frais. Je crois savoir que vous êtes parti ce matin sans manger et je…

— Je devais dire la messe, la coupa-t-il sur un ton que le manque de souffle rendait involontairement cassant. Il est d'usage pour un prêtre de jeûner avant la communion, ajouta-t-il en guise d'explication.

Il préféra fixer les gâteaux plutôt que la jeune femme, désireux de recouvrer un minimum de cohérence dans ses propos. Caroline exerçait sur lui un effet déconcertant. Mais plus déroutant encore était le sentiment d'intimité qu'il éprouvait toutes les fois où elle se trouvait à son côté. Ce qui semblait d'autant plus insensé qu'il n'était pas certain qu'elle lui eût révélé son vrai nom, ni même qu'elle ne lui eût pas menti de bout en bout. A moins, pensa-t-il avec un agacement maussade, qu'il fût en train d'expérimenter une nouvelle et étrange forme d'intimité ne se fondant ni sur la raison, ni sur la confiance — car il nourrissait encore à l'encontre de Caroline une défiance tout aussi grande que ses jambes pouvaient être longues, élancées et somptueusement galbées. Or, malgré cela, il se sentait plus proche d'elle qu'il ne l'avait été de Kathleen qui, pourtant, l'avait assisté trois années durant et qu'il appréciait profondément.

Caroline posa les muffins et la cafetière sur la table du séjour, où elle avait déjà disposé assiettes et serviettes en papier. Pour quelque mystérieuse raison, elle paraissait attachée à lui prouver ses qualités de bonne ménagère.

— J'ai surpris des bribes de votre entretien avec le sergent Donohoe, dit-elle tout en lui versant le café.

Elle avait pris une voix chaleureuse contrastant fortement avec le mutisme glacial dans lequel elle s'était réfugiée pour mettre fin à leur discussion sur Andrew.

— Si vous avez besoin d'aide pour vider l'appartement de votre amie, poursuivit-elle avec un sourire adorable, je suis à votre disposition. Après tout, je n'ai rien de mieux à faire dans les jours qui viennent et je serais heureuse de vous épauler dans ces circonstances douloureuses.

Quoique ignorant à peu près tout sur son compte, Jack en savait cependant assez pour ne pas se méprendre sur la sincérité de cette proposition.

— C'est une offre généreuse de votre part, admit-il.

Il se demandait néanmoins ce qui l'avait motivée. Peut-être Caroline espérait-elle réassortir sa garde-robe avec quelques vêtements de Kathleen. Il décida d'en avoir le cœur net.

— Ma secrétaire avait sensiblement votre taille, il me semble. Je suis sûr que vous dénicherez chez elle des habits qui sauront vous aller.

Les joues de Caroline devinrent aussitôt cramoisies.

— Je ne suis pas intéressée par les effets de Kathleen, répliqua-t-elle avec humeur.

Comme toujours, lorsqu'elle se permettait d'être franche, elle parut immédiatement le regretter. Elle détourna la tête, puis, quelques secondes plus tard, se remit à sourire. Jack devina aisément combien cet effort lui coûtait. Elle chassa une mèche de cheveux de son visage, émit un petit rire et parvint à arborer une expression convaincante de gratitude contrite. Elle simulait, c'était évident, mais avec un talent tel qu'il faillit l'applaudir.

— J'ai parlé un peu vite, reprit-elle. Dans ma situation actuelle, je ne peux guère refuser les vêtements de Kathleen, n'est-ce pas ? Je n'ai rien à me mettre hormis cette jupe et ce chemisier. Je pense donc que je dois ravaler ma fierté et accepter toutes vos suggestions avec reconnaissance.

— Ce serait effectivement plus avisé, repartit-il, poussé par sa duplicité à lui opposer une ironie qui lui était peu familière. Je suis certain que les parents de Kathleen verraient en vous la donataire idéale : une personne démunie, dépendante de la charité d'autrui, incapable de se prendre en charge elle-même…

Caroline baissa promptement les yeux, mais pas assez vite pour cacher à Jack l'étincelle rageuse qui venait de s'allumer dans son regard.

— Leur… bienveillance me touche, marmonna-t-elle. Ainsi que votre… opinion sur ma personne.

— Cessez un instant ce petit jeu, Caroline, rétorqua-t-il avec douceur. Votre hypocrisie est vraiment lassante.

Il se pencha par-dessus la table et la força à relever les yeux.

— Allez, racontez-moi un peu le plan machiavélique que vous avez concocté. Pour le moment, je vous avouerai que je ne vois pas quel rôle peuvent y tenir Kathleen et son appartement.

— C'est idiot, voyons. Je n'ai concocté aucun plan…

— Alors pourquoi êtes-vous si impatiente de m'accompagner chez ma secrétaire ? Je suis prêt à parier mon prochain traitement que cette possibilité de récupérer tout un lot de vêtements répond en vous à quelque intention inavouable.

— Vous perdriez votre pari, répliqua-t-elle sèchement. Les affaires que je porte en ce moment étant les seules qui me restent, il est on ne peut plus normal que j'en veuille d'autres.

— Alors pourquoi ai-je l'impression persistante que vous êtes sur des charbons ardents depuis que j'ai parlé avec Frank Donohoe ? Quel élément de notre conversation a pu vous rendre aussi fébrile ?

Caroline eut un instant d'hésitation, aussi bref que révélateur.

— Ce n'est sans doute qu'un effet de mes scrupules. Ça me gêne de penser que je dois cette opportunité au décès d'une innocente fauchée dans la fleur de l'âge.

Ce qui était la vérité, pensa Jack, ou du moins une demi-vérité — mais là était justement le problème avec Caroline. Comme elle était trop finaude pour mentir tout le temps, ou même *presque* tout le temps, il fallait systématiquement séparer dans ses allégations le bon grain de l'ivraie. En l'occurrence, il était convaincu qu'elle voulait certaines des possessions de Kathleen. Ce n'étaient pas ses habits, prétendait-elle. Mais quoi, alors ? Projetait-elle de voler l'argent de la défunte ? Ses cartes de crédit ? Avait-elle compris, en l'entendant discuter avec Frank, que le sac de Kathleen avait échappé au désastre ?

Il lui aurait été plus facile de savoir ce que désirait Caroline s'il avait été en mesure de deviner ce qu'elle s'efforçait de lui dissimuler. Or, pour l'instant, il n'en avait pas la moindre idée. Ce qui était étonnant, car ses expériences combinées de détenu et de prêtre lui avaient procuré une connaissance relativement étendue des secrets multiples et divers de ses semblables.

Il s'abstint néanmoins de presser la jeune femme de questions. Il avait appris qu'il suffisait souvent d'endormir la vigilance des menteurs pour qu'ils finissent par se trahir de leur propre chef. Il résolut donc d'octroyer à Caroline toute la latitude nécessaire pour qu'elle courût elle-même à sa perte.

Il repoussa sa chaise et lui tendit la main.

— Allons, dit-il. Si nous voulons récupérer les effets personnels de Kathleen, nous devons passer par le commissariat signer un bon de décharge.

Caroline eut un imperceptible frémissement des mâchoires qu'il feignit de ne pas remarquer, mais qui acheva de lui prouver qu'elle était bel et bien partagée entre l'envie de venir avec lui et une réticence certaine à rencontrer les représentants de l'ordre.

— Je… je crains qu'il soit malséant…, commença-t-elle à bafouiller.

— J'insiste, l'interrompit-il sur un ton aigre-doux.

Puis, la voyant redresser brusquement la tête :

— Votre compagnie me ferait plaisir, ajouta-t-il en souriant.

Caroline ne fut point dupe : il la mettait à l'épreuve, elle le savait. Cependant, son désir d'acquérir les affaires de la défunte l'emporta finalement sur ses dernières appréhensions.

— Très bien, déclara-t-elle avec une fausse désinvolture. Je vous suis. De toute façon, j'ai besoin d'exercice.

Il consulta sa montre.

— Marcus ne sera là que vers 5 heures et demie, 6 heures, et il est à peine midi. Nous aurons largement le temps de procéder à une première visite rapide de l'appartement de Kathleen une fois qu'on m'en aura confié les clés. Au moins pourrons-nous séparer ce qu'il convient de remettre à ses parents de ce qui est destiné aux bonnes œuvres.

— En vérité, notre marge de manœuvre est plus étroite que vous le pensez, l'informa Caroline. Marcus sera de retour dès 3 heures, avec un ami. Et j'ai promis de leur préparer un bon repas pour ce soir.

— Il a appelé pour prévenir qu'il rentrerait en avance ? s'exclama Jack. Eh bien, c'est une grande première !

— Non, répliqua-t-elle en secouant la tête, il n'a pas appelé. Il est passé ici avec Evonne parce que sa grand-mère était malade et que, selon moi, il s'ennuyait chez elle.

— Je vois. Sa grand-mère est une femme formidable, mais son appartement est très petit et, si elle est malade, Marcus a dû s'y sentir désœuvré. Où est-il parti s'amuser ?

— Au centre commercial, avec Antoine.

Jack serra les lèvres. A ses yeux, manifestement, Antoine n'était pas le mentor idéal pour son protégé.

— Ne vous inquiétez pas, précisa aussitôt Caroline. Marcus m'a juré qu'ils reviendraient ensemble à 3 heures.

— Antoine sera là aussi ? s'enquit-il, sincèrement impressionné. Mais comment avez-vous pu réussir ce coup-là ? Voilà des semaines que j'encourage Marcus à me le présenter !

— J'ai conclu un marché avec lui, répondit-elle en souriant. Je l'ai alléché avec la perspective d'un repas fin. Et son appétit s'est révélé plus puissant que son instinct de rébellion.

— J'en suis ravi, l'assura Jack. Et je vous suis reconnaissant pour votre tact.

— Comment savez-vous que j'ai dû user de tact ? demanda-t-elle tout en allant ranger les muffins dans le réfrigérateur.

— C'est l'évidence même. Marcus est comme la plupart des gamins de son âge : la moindre parole malheureuse le révolte. De nos jours, hélas, cette révolte ne se traduit plus par des crises de larmes. Ainsi, quand il désire remettre les choses au point, Marcus me menace simplement à mots couverts d'acheter deux ou trois « cailloux » à un pote qui deale du crack juste en bas de chez Antoine.

Caroline eut une mimique compatissante.

— Eduquer des ados dans ce quartier doit être une bien lourde charge, convint-elle. Je me demande parfois comment j'ai pu moi-même…

Elle s'arrêta brusquement et s'éclaircit la gorge.

— Comment on peut assumer une mission si rebutante, reprit-elle d'une voix atone.

Jack ne put une nouvelle fois s'empêcher de l'admirer. Quand elle le voulait, elle était capable de se ressaisir avec un sang-froid qui dénotait des années de pratique.

— Auriez-vous déjà eu l'occasion de vous occuper d'enfants en difficulté, Caroline ? Seriez-vous professeur ?

— Non. J'étais comptable.

Elle parut immédiatement furieuse de lui avoir confié ce détail. Elle était comptable ? s'interrogea Jack. Etait-ce avant qu'elle se lance dans la vente de ses charmes ? Ou bien avant un autre événement majeur ayant bouleversé son existence ?

— C'est un métier intéressant, déclara-t-il.

— Pas vraiment. Aligner des colonnes de chiffres ne laisse guère de place à la fantaisie. Au début, je travaillais comme analyste financière… Vous savez, Jack, poursuivit-elle en s'empressant de revenir à leur premier sujet de conversation, nous aurons besoin d'effectuer quelques courses pour ce soir. J'ai honteusement soudoyé Marcus avec la promesse de *sundaes* alors que je ne dispose même pas des ingrédients nécessaires. Pourrions-nous faire un détour par le supermarché ?

— Bien sûr. Exceptionnellement, mon compte en banque n'est pas dans le rouge. Autant en profiter. Et merci d'avoir su vous montrer aussi persuasive avec Marcus. Il fréquente Antoine depuis le primaire, mais ce dernier est en ce moment sur une pente glissante et je redoute de voir Marcus lui emboîter le pas.

Caroline prit un élastique dans le tiroir de la table de cuisine et noua négligemment ses cheveux en queue-de-cheval.

— Voilà, dit-elle. Je suis prête.

Une telle absence de coquetterie chez une aussi jolie femme ne cessait de surprendre Jack. A moins, songea-t-il, qu'elle sût parfaitement qu'elle était d'une beauté éblouissante en toute occasion…

— Donnez-moi juste une minute pour me changer,

lança-t-il. Par une canicule pareille, porter la soutane est une torture.

— Ne tardez pas trop ou il nous sera impossible de passer par le supermarché après avoir récupéré les affaires de Kathleen.

— Les affaires de Kathleen peuvent attendre demain, pas l'appétit de Marcus.

Quoique l'expression de la jeune femme demeurât imperturbable, Jack crut presque entendre son cœur battre la chamade.

— Et si nous nous dépêchions un peu ? demanda-t-elle d'une voix timide.

Jack eut pitié d'elle. Quelle qu'en fût la raison, son désir de mettre la main sur les effets de la défunte semblait vraiment désespéré.

— Oui, vous avez raison, marmonna-t-il en disparaissant dans la salle de bains. Il vaut mieux que j'aille chercher les clés de chez Kathleen sans plus tarder.

— La police détient-elle son sac à main ? Ou sa valise ? Nous pourrions les récupérer aussi, suggéra-t-elle depuis le séjour.

L'espace d'un instant, Jack resta figé sur place. Puis il ôta son jean et entreprit de se trouver un T-shirt. Ainsi donc, en conclut-il, c'était après le sac à main de Kathleen que Caroline en avait. La valise n'était qu'un prétexte, une scolie marginale qu'elle avait ajoutée à son propos lorsqu'elle s'était rendu compte qu'elle risquait de trahir son véritable intérêt. Convoitait-elle l'argent ? Les cartes de crédit ? Ou autre chose encore ? Et comment prévoyait-elle de subtiliser quoi que ce fût à son insu ?

S'il s'en enquérait directement auprès d'elle, elle mentirait à coup sûr. Or il était las de tous ses mensonges. Ayant enfin trouvé un T-shirt, il l'enfila et sortit de la salle de bains. Il lui serait relativement facile de garder un œil sur le sac de Kathleen, songea-t-il. De cette manière, il saurait bientôt pourquoi Caroline tenait tant à le récupérer. En lui tendant ainsi ce piège, il ne doutait pas qu'elle y tomberait tôt ou tard. La tête la première.

— La police détient effectivement son sac et sa valise, lui confirma-t-il. Nous emporterons le tout du commissariat.

Il gagna la porte d'entrée en affichant le sourire le plus innocent du monde.

— Clés, sac à main, valise — tout nous sera restitué. Allons, en route, Caroline. Ma voiture est garée près de l'église. Le sergent Donohoe nous attend.

Elle s'était trahie, pensa lugubrement Caroline.

Elle avait estimé que, Kathleen se rendant alors en France, elle devait avoir son passeport sur elle au moment de l'accident, et la tentation de s'approprier ce précieux document avait été trop forte pour qu'au moment d'évoquer son sac à main, elle pût retenir sa voix de trembler — ce que Jack n'avait pas manqué de remarquer. Qu'il se fût alors abstenu de l'interroger accroissait encore sa nervosité. Elle avait intérêt à être infiniment plus prudente si elle comptait réussir l'exploit de parvenir enfin jusqu'aux îles Caïmans.

Malheureusement, elle n'était pas habituée à côtoyer des hommes si attentifs à ses moindres paroles. Son père adoptif était trop occupé à engranger des sous et à défendre sa situation pour lui accorder beaucoup de temps. Phillip, pour sa part, n'avait cure du sens caché des mots. Quant à Joe, il n'avait jamais supposé qu'aucune femme fût assez intelligente pour le tromper. Dayton Ames, enfin, considérait toutes leurs discussions comme une forme de préliminaires à l'acte sexuel. Si bien qu'elle avait cessé de surveiller ses propos et se contentait d'énoncer les paroles qui lui paraissaient adaptées à ses fins comme au contexte de la discussion.

Avec Jack, seulement, cela ne suffisait pas : il fallait en plus veiller à l'intonation de sa voix. Il était capable de déceler instantanément dans le discours de son interlocuteur les nuances les plus subtiles et les hésitations les plus ténues. En d'autres circonstances, une si grande sensibilité aurait pu être fascinante. Mais, en cet instant, c'était une sacrée gêne. Tant qu'elle ne modérerait pas son excitation, se dit Caroline, le duper serait inconcevable. Mais comment pourrait-elle garder son calme alors qu'elle se croyait sur le point de résoudre l'un de ses plus épineux problèmes ? Le passeport de Kathleen était là-bas, au commissariat, au fond du sac à main de la jeune femme, à la disposition de Jack. A *sa* disposition.

Elle inspira profondément et se força à suivre le train de sénateur adopté par son hôte, se promettant de ne plus repenser au passeport pendant quelques minutes. Après tout, qui sait ? ce petit malin pouvait être en plus télépathe.

— Tenez, voici ma voiture, lui annonça-t-il en déverrouillant la portière côté passager d'une Toyota Tercel blanche. Je la laisse ici, sur le parking de l'église. C'est un tantinet plus sûr que la rue.

Caroline entra dans le véhicule et se tortilla un moment sur le siège bouillant tout en s'efforçant d'oublier qu'ils s'apprêtaient à se rendre dans un commissariat. Le sergent Donohoe lui avait paru un brave homme. Et puis il était l'ami de Jack. Elle se demanda avec cynisme qui lui versait des pots-de-vin et combien il exigeait pour fermer les yeux en cas de besoin.

Hormis ce mépris constant pour les inspecteurs en général, elle éprouvait également une peur panique à l'idée qu'un des officiers reconnût en elle la femme recherchée par la police dans l'affaire Dayton Ames. Elle prenait le plus grand risque en accompagnant ainsi Jack en territoire ennemi. Néanmoins elle n'avait pas le choix. Non seulement un refus de sa part aurait paru suspect, mais elle craignait surtout que Jack, volontairement ou non, égarât le passeport. Et cela, elle ne pouvait le permettre.

En dépit de multiples convocations au tribunal et de nombreuses heures passées à fréquenter des flics véreux en dehors de leur service, la connaissance qu'avait Caroline des commissariats se limitait aux images dispensées par les films et les séries télévisées. En entrant dans le poste d'Uptown, elle s'attendait à un univers bruyant et chaotique de mélodrame. A sa grande surprise, elle découvrit un local délabré, imprégné d'une odeur de sueur qui persistait sous les remugles de désinfectant. En l'absence de tout criminel dans les parages, deux factionnaires paraissaient plongés dans la montagne de paperasses empilées sur leur bureau dans l'entrée.

Elle suivit Jack à l'intérieur du poste. Il semblait connaître la moitié des personnes en activité qu'ils croisèrent dans le bâtiment et était à l'évidence un vieil ami du sergent Donohoe. Les deux hommes se saluèrent avec chaleur.

— Je ne sais pas pourquoi, déclara Frank, mais cet accident me reste en travers de la gorge. Je crois que j'ai dû voir trop de corps démantibulés sur la route et qu'il est temps que j'essaye d'arrêter les dégâts. Si tu veux fournir des éléments à l'une de tes satanées associations, Jack, je suis prêt à collecter pour toi les statistiques établies au niveau national sur la conduite en état d'ivresse. Peut-être qu'à nous deux, nous serons en mesure d'obtenir le vote d'une loi qui incite les ivrognes du district à réfléchir à deux fois avant de prendre le volant.

Jack feignit de redresser la tête avec étonnement.

— Ai-je bien entendu ? Tu es prêt à donner un coup de main à l'une de mes associations paroissiales ?

— Oh, cela ne me coûtera pas grand-chose. Je n'aurai qu'à sortir ces chiffres de l'ordinateur pour les arranger dans un diagramme. J'ai maintenant un micro à la maison, vois-tu.

Jack le gratifia d'une bourrade amicale.

— Vous êtes un chic type, sergent Donohoe.

— Ouais, eh bien, touches-en deux mots à ton Grand Patron pour moi, d'accord ?

— Avec plaisir, répliqua Jack, les yeux brillants. Mais je te rappelle que tu disposes comme tout le monde d'une ligne directe avec lui.

— Ça va, je connais la chanson. Tu es un sacré enquiquineur, tu sais ?

— Je devrais effectivement le savoir. Tu me le dis tout le temps.

Jack lui tapota affectueusement l'épaule. Puis il prit Caroline par le coude et la poussa en avant.

— Je te présente une amie, Caroline Hogarth. Elle s'est proposée pour m'aider à trier les affaires de Kathleen.

Oh, Seigneur, pensa la jeune femme, il avait prononcé son vrai nom ! Désormais, les flics sauraient où la retrouver dès que Felicity Ames leur aurait rapporté ce qui s'était exactement passé le matin où elle avait découvert le cadavre de son mari.

Caroline s'avança vers l'officier tout en s'efforçant d'afficher un sourire dégagé. Donohoe la dévisagea avec un intérêt certain.

— J'ignorais que les prêtres étaient autorisés à avoir des amies aussi séduisantes, dit-il en lui serrant la main. S'il vous embête, jeune dame, envoyez-le-moi sur-le-champ.

— Marché conclu, repartit Caroline.

Elle s'obligea à garder le sourire pour dissimuler sa tension. De la sueur se mit à perler tout le long de sa colonne vertébrale.

— Désolée de vous rencontrer dans de si tristes circonstances, sergent, ajouta-t-elle.

Frank se rembrunit aussitôt. Comme Caroline l'avait espéré, ses dernières paroles avaient ramené le policier aux exigences de son travail.

— J'ai le dossier ici même, leur annonça-t-il en ouvrant l'un des tiroirs de son bureau.

Il décrocha ensuite le téléphone et demanda à un dénommé Danny de lui apporter les valises et le sac de la défunte.

Puis il raccrocha et, de l'autre main, ouvrit en même temps le dossier.

— Je vais abréger la procédure autant que possible, Jack, mais il y a malgré tout deux ou trois formulaires à signer. Ces maudits bureaucrates en pondent comme ils respirent.

Un policier à la démarche nonchalante se présenta dans le bureau. Il posa sur Jack et Caroline un regard inquisiteur qui acheva de mettre celle-ci aux abois. Lorsqu'ils avaient traversé ensemble le commissariat, la présence du prêtre à son côté avait vaguement rassuré la jeune femme. Les officiers, qui le connaissaient, l'avaient simplement salué de la main avant de se remettre à leur tâche. Mais maintenant qu'ils étaient tous deux assis devant le sergent, l'inquiétude la reprenait. Chacun semblait étonné de voir Jack en si inhabituelle compagnie, et voulait enregistrer soigneusement les traits de l'inconnue.

Caroline tenta de se fondre dans le décor, avec l'espoir que les policiers seraient trop intrigués par la nature de ses relations avec Jack pour se poser d'autres questions à son sujet.

Jusqu'alors, apparemment, sa bonne étoile ne l'avait pas abandonnée.

Jack était en train de signer le dernier formulaire, au grand soulagement de la jeune femme, lorsque des éclats de voix incitèrent chacune des personnes présentes dans la pièce à lever les yeux vers le couloir. Caroline espéra aussitôt que l'altercation serait assez vive et prolongée pour détourner durablement leur attention de sa personne.

Ayant suivi le regard du sergent en direction de la porte, Jack se raidit soudain.

— Caroline ! s'exclama-t-il d'un ton sourd. N'est-ce pas un des motards qui vous a agressée ? Jetez un coup d'œil, vite !

Caroline se sentit au bord de la nausée. Elle fit volte-face et s'aperçut immédiatement que Jack ne s'était pas trompé. L'individu qui se débattait dans la salle, menottes aux poings, était bien ce sombre client du bar qui l'avait molestée après lui avoir ravi son sac à main.

Cette rencontre inopinée eut raison de ses nerfs déjà rudement éprouvés. Un léger hoquet de frayeur s'échappa de ses lèvres avant qu'elle pût le retenir.

Donohoe ne parut même pas le remarquer. Jack, si.

— C'est lui, n'est-ce pas ? murmura-t-il avec insistance. C'est un des voyous qui vous a attaquée ?

Caroline eut la présence d'esprit de contenir un mouvement instinctif de dénégation.

— Je... je n'en suis pas certaine, bredouilla-t-elle, heureuse d'avoir une excuse pour justifier le tremblement de sa voix. Ses traits me disent quelque chose, mais je n'en suis pas sûre. Tout est arrivé si vite...

Le motard la contemplait avec fureur, visiblement prêt à écoper de quelques mois de prison supplémentaires pour avoir le privilège de l'achever sur place.

— Hé, une minute ! s'écria Donohoe. Ai-je bien saisi ? Etes-vous en train d'affirmer tous les deux que cet homme vous a agressée, mademoiselle Hogarth ? Qu'il vous a battue ? Le reconnaissez-vous formellement ?

A son ton autoritaire, Caroline comprit que le sergent ne plaisantait plus.

— C'est quoi, cette embrouille ? hurla alors le malfrat, évitant ainsi à la jeune femme de répondre tout de suite. Qu'est-ce que vous avez à me mater comme ça ? Vous avez un problème ou quoi ?

L'un des officiers qui le maintenait le propulsa sur une chaise en lui enjoignant le silence. Le motard obtempéra, ses yeux de bête fauve fixés sur Caroline. Tous les policiers considéraient maintenant cette dernière avec un regain d'intérêt. Abhorrant au plus haut point cette forme de curiosité, elle se força à détourner les yeux du voyou. Et croisa ceux du sergent Donohoe.

— J'ai été volée avant-hier par deux motards, lui expliqua-t-elle. C'est le Père Jack, ici présent, qui m'a sauvée de leurs griffes.

Ainsi qu'elle l'avait escompté, le sergent s'adressa derechef au prêtre.

— T'as eu le temps de bien les regarder ? s'enquit-il. Est-ce que ce macaque est l'un d'entre eux ?

Jack secoua la tête d'un air désolé.

— Je ne sais pas, Frank. Ils étaient trop loin de moi.

— Désirez-vous porter plainte ? demanda Donohoe à Caroline. Ce serait l'occasion rêvée pour coffrer ce salaud durant quelques jours. Nous ne pouvions pour l'instant retenir aucune charge sérieuse contre lui. Mitch s'apprêtait à le relâcher.

Caroline chercha fébrilement dans ses souvenirs comment une honnête citoyenne n'ayant rien à cacher aux forces de l'ordre était censée se comporter en pareille situation. Hélas, elle ne put y parvenir. Elle avait tant à cacher depuis si longtemps qu'elle avait oublié ce qu'on pouvait ressentir dans ces cas-là. Tout ce qu'elle savait, c'était qu'elle devait ressortir de ce commissariat avant qu'on l'eût identifiée comme le témoin manquant dans l'affaire Dayton Ames.

Sa gorge était sèche. Elle s'éclaircit la voix, résolue à mentir.

— J'aimerais bien porter plainte, déclara-t-elle, mais à la vérité, je ne suis pas sûre de reconnaître en cet homme l'un de mes agresseurs.

Elle posa la main sur sa poitrine dans un geste suggérant à la fois le désarroi, la sincérité et l'innocence — trois mensonges de plus à son passif —, et couronna le tout d'un sourire tremblant.

— Malheureusement, sergent, je ne saurais guère distinguer un motard d'un autre. J'ignore absolument si votre prévenu est effectivement l'un de mes assaillants.

Grâce à Dieu, cette réponse ne paraissait pas invraisemblable. Le motard portait la barbe et les cheveux longs, des tatouages sur les avant-bras, un jean fripé, des bottes et un gilet de cuir décoré de chaînes. En somme, il aurait pu être confondu avec n'importe quel vaurien de son espèce.

— Je suppose qu'il ne sert à rien non plus de vous demander pourquoi vous ne nous avez pas signalé cet incident ? reprit Donohoe avec lassitude.

— Je n'en voyais pas l'utilité, répondit-elle. J'avais à peine entrevu le visage de mes agresseurs. Quant à l'argent que contenait mon sac, vous savez comme moi que je n'avais aucune chance de le récupérer.

— L'expérience m'a justement enseigné à être moins pessimiste que vous... Jack, franchement, tu aurais dû la persuader de venir au moins me parler !

S'ensuivit un bref sermon sur le devoir qui incombait à chacun de collaborer avec les défenseurs de la loi. Puis Donohoe soupira lourdement, comme s'il venait de prendre conscience qu'il soutenait une cause perdue.

— Enfin, nous lui réglerons son compte un jour ou l'autre. Les individus comme lui sont invariablement attirés par les ennuis. Prions seulement le ciel qu'il ne massacre pas une autre victime dans un moment d'ivresse avant que nous l'épinglions pour de bon. A ce propos, c'est presque pour ça qu'il est ici, vous savez. Il a tabassé sa femme.

— Mais ça, c'est bien un crime, non ? ne put s'empêcher de répliquer Caroline. Pourquoi ne l'arrêtez-vous pas ?

— C'est ce que nous avons fait. Mais sa femme a elle aussi refusé de porter plainte. Moralité : nous sommes contraints de le laisser filer.

A ces mots, Caroline se sentit submergée par la colère et le remords en apprenant ainsi que le motard était libre comme l'air alors qu'elle-même devait continuer à se méfier de la police. Et sa rage était d'autant plus puissante qu'il lui était impossible de l'extérioriser.

Jack lui passa un bras autour des épaules et la regarda avec des yeux qui, pour une fois, n'exprimaient pas le reproche mais la sympathie.

— Ça va ? chuchota-t-il.

Elle était à bout, déchirée entre des émotions contraires, blessée dans tout son être et, pourtant, elle réussit à sourire.

— Merci de vous en enquérir, Jack. Je vais bien, ne vous tracassez pas.

Donohoe la toisait avec perplexité. Il fut cependant distrait une nouvelle fois par l'arrivée de l'officier qui lui apportait les affaires de Kathleen : une valise cabossée et une enveloppe en plastique transparent renfermant un gros sac à bretelles.

— On n'a pu récupérer que ça, dit-il. L'autre valise n'a pas survécu au choc. J'ai transféré tout son contenu dans ce sac, y compris les vêtements qui étaient déchirés. J'ignorais ce que vous désiriez garder ou non.

— Merci, dit Jack. C'est parfait.

— A votre service. Vous voulez peut-être vous charger du sac, mademoiselle ? Comme ça le Révérend pourra porter le reste.

Caroline eut beaucoup de peine à dissimuler sa joie.

— Hmm, oui, répondit-elle. Volontiers.

Elle tendit vers l'objet tant convoité des mains qui ne frémissaient qu'à peine. En revanche, il lui était nettement moins aisé de contrôler la sueur qui perlait à son front.

« Allez ! se dit-elle. On décampe, Jack. Il faut que je sorte d'ici ! »

L'officier Danny était très jeune, très beau et se jugeait manifestement irrésistible. Il reluquait Caroline avec l'assurance d'un homme habitué à conquérir les cœurs féminins — lorsque ses traits affables se figèrent subitement.

— C'est curieux, mais votre visage ne m'est pas inconnu. On ne s'est pas déjà rencontrés quelque part ?

Caroline refoula la terreur anxieuse qui lui monta brusquement à la gorge.

— Je ne le crois pas, rétorqua-t-elle en adoptant un sourire mutin. Mais je le regrette. Je parie que nous aurions passé un bon moment ensemble.

Il s'esclaffa, réjoui par sa repartie. Cependant il n'était pas que beau. Il semblait aussi intelligent.

— Si, je vous ai déjà vue quelque part, poursuivit-il en fronçant les sourcils. Etes-vous mannequin ? Vous posez pour des magazines ? Vous jouez dans des séries ?

Caroline rit à son tour, l'estomac contracté par la peur.

— Je le voudrais bien. Ce sont des métiers très excitants.

— Caroline est comptable, intervint Jack en la serrant contre lui d'un air éminemment possessif. Cela dit, je n'arrête pas de lui seriner qu'elle aurait effectivement pu être mannequin si elle l'avait désiré.

Et sur ce, il lui sourit, comme si leur relation était assez intime pour qu'ils eussent d'ores et déjà discuté de sa carrière et de son apparence physique.

Le jeune policier, bouche bée, se réfugia dans un silence circonspect : le geste de Jack était suffisamment éloquent. Celui-ci crut cependant préférable de mettre un terme à la conversation.

— Merci d'avoir veillé sur les effets de Kathleen, officier. Sa famille sera certainement heureuse d'en reprendre possession.

— Je vous en prie.

Puis Jack se pencha par-dessus le bureau pour serrer la main du sergent.

— Je te laisse, Frank. Caroline doit nous préparer un festin pour ce soir et nous devons encore passer par le supermarché pour effectuer quelques courses.

La jeune femme ne voyait absolument pas pourquoi Jack avait ainsi décidé de la protéger des soupçons de la police. A cet instant, d'ailleurs, elle n'arrivait même plus à penser. Il lui semblait avoir tous les neurones tétanisés. Elle estimait pourtant avoir acquis au contact de son ex-beau-père la faculté précieuse de garder constamment son esprit en éveil, même lorsque la frayeur la paralysait. Or elle se rendit à peine compte que les trois hommes continuaient de bavarder autour d'elle et que Jack se baissa à un moment pour ramasser la valise et le sac avant de rendre au jeune officier les formulaires qu'il venait de signer. Contrairement à son esprit, cependant, son corps fonctionnait toujours. Elle sentit ses lèvres s'ouvrir et s'aperçut qu'elle saluait Frank Donohoe. Puis, entendant Danny glousser, elle crut deviner qu'elle avait émis une plaisanterie. Enfin, en proie à un soulagement tel qu'elle manqua en chanceler, elle suivit Jack hors du bureau du sergent, traversa un couloir et franchit le seuil du poste.

Entre-temps, le sac de Kathleen n'avait pas quitté son épaule.

Une fois hors de l'atmosphère moite et fraîche dispensée par l'air conditionné, elle se retrouva immergée dans la touffeur du parking où Jack avait garé sa voiture. Celui-ci rejoignit la Toyota à grandes enjambées, en ouvrit le coffre et y remisa les affaires de Kathleen. Puis il déverrouilla les portières et invita silencieusement Caroline à s'installer dans le véhicule.

Le sac de la défunte calée sur ses genoux, ses mains en caressant les formes rebondies, la jeune femme se renfonça contre le siège brûlant, attendant que la chaleur lui eût dégelé le cerveau.

Jack précipita le processus. Il posa les mains sur ses épaules et l'obligea à se retourner. Il était si près d'elle qu'elle pouvait distinguer le chaume de sa barbe naissante.

— Bon, dit-il d'une voix basse, mais animée par une détermination inflexible. Ça suffit maintenant, Caroline. Pourquoi aviez-vous si peur dans le bureau de Frank ? Répondez-moi : quels étaient vos rapports avec Dayton Ames ? L'avez-vous assassiné ?

9.

Caroline savait exactement ce qu'il lui fallait répondre. Elle savait les paroles qu'elle devait prononcer pour convaincre Jack qu'elle ignorait tout de Dayton Ames et de ses affaires. Elle savait comment conférer à sa voix cette légère intonation exaspérée qui plaiderait le mieux pour son innocence. Elle savait comment décontenancer Jack en exploitant la sensualité latente qui sous-tendait chacune de leurs disputes.

Bref, elle savait parfaitement l'art et la manière de se tirer de ce mauvais pas. Cependant, elle gardait les yeux rivés sur le sac de Kathleen, trop fatiguée pour proférer un mensonge supplémentaire.

— Caroline, je vous en supplie, faites-moi confiance.

Jack s'adressait à elle avec cette tendresse redoutable qui la poussait toujours à croire qu'il désirait sincèrement être son ami. Elle tressaillit.

— Laissez-moi vous aider, poursuivit-il. Parlez-moi, Caroline, confiez-moi vos difficultés. Les pires malheurs se trouvent allégés quand on les partage avec un être qui vous écoute.

Elle se retint de relever les yeux vers lui, la gorge serrée.

Bizarrement, depuis qu'elle connaissait Jack, elle se sentait souvent au bord des larmes.

— Je n'ai pas tué Dayton Ames, murmura-t-elle.

Si elle n'avait été sur le point de pleurer, elle en aurait ri. Ses propos sonnaient abominablement faux, même à ses propres oreilles.

— Je ne l'ai pas tué, répéta-t-elle avec agacement.

Elle était lasse de s'entendre accuser de crimes qu'elle n'avait pas commis ; lasse de simuler la rudesse, la sécheresse et l'indifférence alors qu'elle se savait si vulnérable, si près de s'écrouler en mille morceaux.

Elle vit Jack baisser la vitre de la portière. La brise bienfaisante qui agitait les feuilles d'un chêne, non loin de la voiture, vint rafraîchir son visage en feu. Au lieu de la harceler, Jack se retourna alors vers le pare-brise, les yeux perdus dans le vague.

— Ma femme s'appelait Beth, dit-il au bout d'un moment. C'était une petite boule d'énergie d'un mètre soixante, aux cheveux d'un roux éclatant, qui renfermait toute la fougue de l'adolescence dans un petit corps fluet de quarante-cinq kilos à peine. La première fois que je l'ai rencontrée, c'était déjà une infirmière accomplie, diplômée en médecine d'urgence, quand moi je n'étais qu'un étudiant de première année qui confondait encore le péroné et le tibia. Elle a suppléé à mes lacunes avec une patience infinie.

— Comment l'avez-vous connue ? A l'hôpital ?

— Oui, répondit Jack en souriant. Nous nous sommes percutés dans un couloir du Cook County Hospital. Et ç'a été le coup de foudre. Six mois plus tard, nous étions mariés, et les trois années qui ont suivi ont été les plus heureuses de toute mon existence. Beth était de ces personnes qui vivent si intensément que leur seule proximité vous galvanise. Chaque moment avec elle était… plein. Et puis, brusquement, tout s'est arrêté.

Il se tut. Alors, contrevenant à un autre de ses sacro-saints principes, Caroline lui posa une question personnelle :

— Qu'est-il arrivé ? Est-elle… tombée malade ?

— Non, elle a été tuée. Assassinée par un camé qui est entré dans la salle des urgences et lui a tiré une balle en plein cœur. Je vois encore le sang qui a jailli de sa poitrine. Le type lui-même a été éclaboussé. Le sang de Beth.

— Oh, mon Dieu, Jack, non ! Quel spectacle abominable ! Et quelle fin atroce pour votre femme…

Les lèvres de Jack ébauchèrent un pauvre sourire.

— Le pire, reprit-il, c'est que ce camé était tellement parti qu'il ne s'est probablement jamais rendu compte du crime qu'il avait commis. Je ne suis même pas certain qu'il avait conscience de tenir un flingue et, encore moins, d'en avoir pressé la détente. Le type même du meurtre absurde, en somme.

— Je suis vraiment désolée, Jack.

D'instinct, elle lui prit la main, voulant désespérément le consoler et sachant en même temps que toute consolation, en ce cas, était vaine. Toutes les paroles de réconfort qui lui venaient à l'esprit lui paraissaient convenues, éculées.

— Je suis vraiment désolée, répéta-t-elle.

Elle sentit le poing de Jack se serrer entre ses doigts.

— Quand j'ai compris que Beth était morte, reprit-il, j'ai complètement perdu la tête. J'étais venu la chercher à l'hôpital pour la raccompagner à la maison. J'ai bien vu le type se ruer dans la salle et lui tirer dessus, mais aujourd'hui encore je n'ai aucun souvenir de ce qui s'est passé après que la balle a percuté Beth et que tout ce sang a coulé. On m'a dit plus tard que je lui avais sauté dessus pour lui soustraire le fusil tout en criant aux internes de venir sauver ma femme.

— Mais ils ne pouvaient plus la sauver.

— Non. Elle a été tuée pratiquement sur le coup, à quelques mètres de moi. Alors j'ai vidé ma rage sur le gars en le cognant comme un damné. D'après tous les témoins, ç'a été un massacre. Je n'avais que vingt-sept ans et j'étais déjà un adepte des salles de sport. Lui n'était qu'un misérable héroïnomane crevant la faim, ravagé par la maladie, et je crois bien qu'il avait épuisé toutes ses forces en venant à l'hôpital et en tirant sur Beth. Lorsque deux brancardiers m'ont finalement ceinturé, il était étendu sur le sol, mort d'une crise cardiaque. Son arme avait glissé sur le carrelage, à deux mètres de nous. Dieu seul sait depuis combien de temps il l'avait lâchée. L'autopsie a révélé que je lui avais occasionné dix-neuf contusions sur tout le corps, dont deux alors qu'il n'était déjà plus qu'un cadavre.

— Et c'est à cause de ça qu'on vous a envoyé en prison ? s'enquit Caroline. Parce que vous vous êtes bagarré avec le meurtrier de votre femme en tentant de lui enlever son fusil ? Etant donné les circonstances, cela me semble injuste, voire franchement scandaleux…

— Si je ne m'étais pas autant acharné sur lui, le procureur n'aurait pas retenu de charge contre moi. Mais les témoins ont affirmé que je n'avais cessé de le frapper alors même qu'il avait laissé tomber son flingue et perdu connaissance. J'étais hors de moi, je ne me maîtrisais plus. Je ne savais même plus ce que je faisais.

Bien qu'il contemplât le pare-brise, Caroline savait qu'il ne distinguait pas le parking ni la façade lépreuse du commissariat. Il n'avait de regard que pour la scène affreuse imprimée à tout jamais dans sa mémoire. Elle le devinait aisément, car elle aussi revivait un cauchemar semblable avec une régularité douloureuse : deux assistantes sociales, escortées par deux policiers, venues jusque chez elle la sommer de confier son fils à Joe Rossi, lequel se tenait en retrait derrière eux. Andrew avait hurlé de terreur quand Joe avait voulu l'emmener. Ses talons traînaient sur le tapis, ses poings potelés martelaient inutilement la poitrine de son grand-père. La dernière image que Caroline avait gardée de lui était celle de son corps tordu de rage impuissante dans les bras de Joe, de ses petits bras tendus vers elle dans un ultime appel au secours.

« Maman, maman. Maman, maman... » Il n'avait alors que deux ans et demi et ne pouvait trouver d'autres mots pour exprimer sa frayeur d'être ainsi arraché à son foyer, à l'affection de sa mère. Il n'avait donc cessé de crier, encore et encore, jusqu'à ce que se referment les portes de l'ascenseur et que ses sanglots s'évanouissent peu à peu dans le lointain, leur écho résonnant longuement dans les oreilles de Caroline en un refrain pathétique qui avait depuis lors hanté toutes ses nuits.

Elle demeura immobile, attendant que ce souvenir affreux s'estompe de lui-même.

— J'ai noté que les rescapés d'une tragédie se rappellent systématiquement un détail ou un autre, marmonnait Jack. Et vous savez ce qui m'a rendu la disparition de Beth plus insupportable encore ? C'est qu'on n'a jamais pu identifier son assassin. Cet individu ne possédait plus rien d'autre que sa vie, et je la lui ai ôtée.

— Il ne devait pas y tenir beaucoup, repartit Caroline. A mon avis, il n'y attachait même plus aucune importance.

— Toute vie est importante aux yeux du Seigneur. Je n'avais absolument aucun droit sur la sienne.

Elle se tourna sur son siège et le dévisagea, sa propre souffrance balayée par un sursaut d'indignation.

— Jack Fletcher, seriez-vous déraisonnable au point de vous lamenter éternellement sur le sort de ce cinglé ? Etes-vous en train de me suggérer que vous entretenez un complexe de culpabilité pour avoir molesté le meurtrier de votre femme ? Un toxicomane armé d'un fusil chargé, qui était en outre trop camé pour sentir que son doigt appuyait sur la détente ? Vous rendez-vous compte du nombre d'existences que vous avez ainsi sauvées ?

— Une bonne demi-douzaine, je pense, reconnut-il avec un sourire amer. Ou aucune. Je l'ignore. Mais merci quand même de me dépeindre comme un héros.

— Vous *êtes* un héros !

— Non. J'étais fou furieux… Enfin, j'ai réussi quand même à assumer mon acte, même si je le regrette — et le regretterai toujours.

Il eut un sourire crispé.

— Beth aurait certainement préféré que j'invite ce gars à la maison pour le convaincre qu'il était en mesure de régler ses problèmes autrement qu'en s'enfonçant une aiguille dans le bras.

— Nous ne pouvons pas être tous des saints, rétorqua Caroline, un peu jalouse des multiples qualités que Jack prêtait à son ancienne épouse. Selon moi, le procureur aurait dû remplir son devoir, c'est-à-dire épargner l'argent des contribuables en renonçant à vous poursuivre. Si j'étais vous, Jack, je m'abstiendrais de ces remords qui sont totalement injustifiés.

Il esquissa une grimace comique.

— A vos ordres, m'dame. Cela dit, ne vous inquiétez pas : tout remords m'a quitté quand l'un des gardiens m'a fouillé pour la première fois et en a profité pour me peloter. Dès cet instant mon repentir s'est mué en rancœur. J'ai maudit Dieu pour m'avoir enlevé Beth et imposé les pires tourments.

— Et qu'est-ce qui vous a détourné de cet apitoiement sur vous-même ? demanda Caroline avec une réelle curiosité. La colère ?

— Oui. Au début, du moins. Et puis, les confidences de mes camarades de cellule m'ont appris l'inanité de tels sentiments. J'ai commencé à comprendre qu'en prison, on se brise ou on s'endurcit — et du diable si j'allais me laisser briser ! La moitié des détenus du pénitencier avaient subi plus d'injustices depuis la crèche que je n'en avais moi-même endurées durant toute mon existence. Sans compter que la plupart d'entre eux n'avaient jamais connu la crèche et qu'ils étaient sacrément loin de disposer comme moi de parents modèles, d'une sœur attentionnée, d'une instruction dispensée au prix fort et d'un réseau d'amis prêts à les épauler à leur sortie. Avec un peu de chance, certains pouvaient obtenir l'aide d'une vague relation, voire celle d'un éducateur. Et encore ceux-là étaient-ils des privilégiés… Si bien qu'à la fin de ma peine, j'avais perdu toute vocation pour la profession de médecin à laquelle je me destinais auparavant. Je m'étais aperçu que si, au cours des siècles précédents, on avait appris à soigner le corps des gens, peu de progrès, en revanche, avaient été accomplis pour le salut de leur âme. J'ai donc décidé de m'atteler à cette tâche.

Caroline n'était guère disposée à entamer une controverse métaphysique.

— Il est heureux que votre famille vous ait soutenu, déclara-t-elle. D'autant que, quoi que vous en pensiez, vous aviez des raisons de vous désespérer. La prison est décidément une institution détestable.

— Moins que vous le croyez. On vous y tient constamment occupé, et le travail est encore le meilleur remède contre le cafard. Néanmoins, il y aura toujours une partie de moi-même qui pleurera Beth et qui s'interrogera sans cesse sur l'absurdité de sa mort. Quant à pleurer sur soi-même, cela ne conduit nulle part, sinon à s'enfermer dans un ressentiment stérile.

Ces dernières paroles touchèrent Caroline malgré elle. N'était-ce pas précisément l'attitude qu'elle avait adoptée durant ces six derniers mois ? songea-t-elle. Se complaire dans une neurasthénie égocentrique en la prenant pour du chagrin ?

« Non ». La réponse avait immédiatement jailli dans son esprit — même si elle n'était pas tout à fait sincère.

Elle ne nourrissait pas une vaine mélancolie. Son éloignement forcé d'Andrew était une cause légitime de souffrance. Perdre son fils était un drame à tous points de vue. Et le perdre à cause d'un beau-père qui, non content d'être parjure, avait honteusement soudoyé les autres témoins appelés à la barre, ne pouvait que susciter sa hargne et sa vindicte.

Enfin, et surtout, elle n'errait pas comme une âme en peine en se morfondant dans une aigreur et une acrimonie sans but. Au contraire, elle se battait de toute son énergie pour pouvoir un jour récupérer son petit.

Jack interrompit soudain le cours de ces pénibles pensées.

— Je ne vous ai pas parlé de Beth sans raison, avoua-t-il. Je sais par expérience qu'il est difficile d'accorder sa confiance à qui que ce soit quand on a été abandonné. Cependant, quelle que soit votre solitude, Caroline, je la ressens aussi et puis donc compatir à toutes vos souffrances. Durant mes six premiers mois en prison, je me serais volontiers suicidé si j'en avais trouvé le moyen. J'avais l'impression d'être absolument seul, sans personne pour soulager ma peine.

— Et Dieu ?

— Je ne voulais pas de Lui, répliqua-t-il en souriant, comme si, avec le recul, ce refus l'amusait. Je ne suis pas venu au monde avec la foi, voyez-vous, et je n'ai pas non plus eu la grâce d'être doté à la naissance d'une quelconque maturité spirituelle. Avant la mort de Beth, je m'imaginais le Tout-Puissant comme une sorte d'aristocrate chatouilleux qu'une forte susceptibilité portait aux châtiments les plus vicieux sitôt qu'on lui manquait de déférence. Une espèce de Père Noël grincheux vous privant de cadeau à la moindre vétille.

Caroline n'estimait pas sa propre conception du Très-Haut beaucoup plus évoluée. Elle se surprit à gratifier Jack d'un sourire aussi triste que compréhensif.

— Il me semble effectivement que ce n'est pas la divinité rêvée pour vous guider hors des ténèbres de l'esprit, déclara-t-elle.

— Ni de quelques autres ténèbres que ce soit, renchérit Jack, qui avait brusquement recouvré son sérieux. Dieu ne descend pas vers vous sur un nuage blanc précédé par une cohorte d'anges, vous savez. Il aime mieux montrer à ses créatures comment s'entraider elles-mêmes.

Caroline repensa à ses parents adoptifs, qui n'avaient si aisément gobé les affabulations de Joe que parce qu'ils avaient toujours redouté que sa basse extraction la prédisposât au pire. Elle repensa à ses camarades d'université et à ses amis de la bonne société qui lui avaient tourné le dos après que le juge eut décidé de lui retirer la garde de son fils.

— Ben voyons, s'exclama-t-elle avec humeur. Ne pensez-vous pas que vous prêchez une convertie ?

— Il est parfois difficile de distinguer ce qu'on a sous le nez, repartit Jack. Il arrive ainsi qu'on trouve des amis dans les endroits les plus inattendus.

Caroline aurait souhaité détourner les yeux, mais son regard demeurait rivé à celui du prêtre.

— Essayez de me considérer comme un ami, Caroline, non comme un ennemi à berner. Quand on tombe au plus bas, on découvre souvent qu'on ne peut s'en sortir sans l'aide d'autrui. Je vous tends la main, prenez-la. Je suis prêt à attendre aussi longtemps qu'il faudra.

Caroline contempla sa main dans un silence lourd. Elle souhaitait tellement avoir confiance en lui, croire qu'il ne la repousserait pas si elle lui révélait toute la vérité. Mais, hélas, cela ne dépendait pas que de lui seul. Il avait beau avoir jadis perdu la tête au point de tuer un homme et connu ensuite la prison, il était désormais un ecclésiastique ayant fait vœu d'obéissance aux règles de son Eglise. Comment pourrait-il accepter qu'elle fût devenue la maîtresse de Dayton Ames dans l'intention arrêtée de le voler ? Comment saurait-il lui pardonner de vouloir utiliser des fonds détournés pour sauver Andrew ? Oserait-il seulement continuer à la cacher de la police s'il savait qu'elle était la dernière personne à avoir vu Dayton Ames en vie ?

Non, se dit-elle, bien sûr que non. Néanmoins, au vu du temps passé à soupeser la possibilité de requérir son assistance, elle dut admettre que ses sentiments à son égard avaient changé. Et quoiqu'elle en eût totalement rejeté l'idée, elle rechignait encore à compromettre leur intimité naissante, même si elle n'ignorait pas que, dans sa situation actuelle, l'intimité était un luxe hors de prix.

— Je… je n'ai pas tué Dayton Ames, bredouilla-t-elle, affligée de ne pouvoir lui offrir de réponse plus adéquate et, plus encore, de tenir tant à le convaincre. Jack, je vous le jure, je ne l'ai pas tué.

— Je vous crois.

— Merci…

— D'ailleurs, pourquoi ne vous croirais-je pas ? Jusqu'à présent, rien de ce que j'ai entendu n'indique que ce monsieur ait été assassiné.

Elle se tortilla avec embarras sur le siège toujours bouillant de la voiture.

— En tout cas, les flics n'en doutent pas, eux, rétorqua-t-elle, bien qu'ils se gardent de le dire tout haut.

— Ah bon ? D'où tenez-vous cela ? Et en quoi vous intéresse le sort d'un homme que vous prétendez ne pas connaître ?

Malgré la chaleur, Caroline frémit. Jack avait raison, évidemment. La police avait seulement annoncé qu'elle poursuivait son enquête. Pour sa part, elle aurait dû être la mieux placée pour savoir que le rapport d'autopsie conclurait à une mort naturelle. Non seulement elle avait partagé le lit de Dayton Ames cette nuit-là, mais elle avait aussi mangé ce qu'il avait mangé et bu ce qu'il avait bu. Si on l'avait tué, elle s'en serait immédiatement rendu compte. Pour autant, au cours des dernières vingt-quatre heures, elle en était venue à envisager l'impossible, à savoir que le décès de son ex-amant était un meurtre et que le sien allait suivre sous peu.

— Me faites-vous confiance, Caroline ? s'enquit Jack.

Elle avait depuis longtemps oublié le sens de ce mot. Cependant, si elle avait jamais eu confiance en quelqu'un, c'était bien en lui.

— Naturellement.

— Alors dites-moi pourquoi on vous a vue sortir de l'immeuble de Dayton Ames ce matin-là. Aviez-vous passé la nuit avec lui ?

La lassitude retomba sur la jeune femme telle une chape de plomb.

— Ce n'est pas moi que la police recherche, scanda-t-elle avec un manque évident de conviction. Vous vous trompez de personne. Je n'ai rien à raconter aux inspecteurs. La mort de cet homme m'est aussi mystérieuse qu'à eux.

— Je ne vous ai pas demandé si vous déteniez des informations concernant son décès, lui rappela Jack avec douceur, mais si vous aviez, oui ou non, passé la nuit en sa compagnie.

— Et moi, je viens de vous répéter qu'il m'était parfaitement inconnu.

A ce moment précis, comme pour la confondre, Danny, le jeune officier qui l'avait à moitié reconnue, émergea du commissariat avec un trousseau de clés à la main et se dirigea en sifflotant vers sa voiture. Il n'eut pas plus tôt avisé le couple dans la Toyota que son visage s'éclaira. Il leur adressa un salut jovial.

— Hé, partez pas ! s'écria-t-il en courant les rejoindre. Je viens à l'instant de me rappeler où je vous avais vue, mademoiselle Hogarth.

Il se pencha par la portière ouverte du véhicule avec un sourire complice et hilare.

Caroline s'humecta nerveusement les lèvres. Ce type était-il donc sadique ? Ou bien simplement déséquilibré ?

— Ah oui ? articula-t-elle. Et… où ça ?

— Sur un avis de recherche ! s'exclama-t-il, les yeux tout ronds, espérant sans doute qu'elle s'esclafferait avec lui de cette bonne blague. Vous savez, celui qu'on a vu dans le cadre de l'affaire Dayton Ames ? Une femme blonde, approchant la trentaine, mesurant un mètre soixante-dix et possédant de longues jambes ?

Tout en parlant, il lorgnait celles de la jeune femme d'un œil appréciateur.

— Nous voyons très bien de quelle affiche il s'agit, intervint Jack d'un ton glacial.

Caroline le bénit en silence. Pour sa part, elle était incapable d'articuler un mot. Danny redressa vivement la tête.

— Enfin, vous voyez, c'était vous tout craché, mademoiselle Hogarth. Je pensais bien, aussi, que vous me disiez quelque chose. En tout cas, la ressemblance est incroyable, non ?

Caroline trouvait cette situation inepte.

— Désirez-vous m'arrêter ? s'enquit-elle. Ou simplement me ramener au poste pour me soumettre à la question ?

Autant y aller à l'esbrouffe, pensa-t-elle. Elle n'avait plus rien à perdre. Du reste, quelles charges pouvait-on retenir contre elle ? L'adultère, jusqu'à plus ample informé, n'était pas un crime dans l'Illinois.

Mais elle était peut-être mal informée.

— Je doute que nous puissions vous coffrer comme ça, repartit Danny en riant. De toute manière, la femme en question s'est rendue d'elle-même aux collègues. Vous avez pas entendu la télé ? Ils passaient un flash spécial juste au moment où j'allais sortir du commissariat. Michelle Roche, qu'elle s'appelle. Paraît que c'était la maîtresse de Dayton Ames, ajouta-t-il avec un clin d'œil entendu. Comme si on l'avait pas déjà deviné...

Il porta un doigt à sa casquette dans une parodie de salut.

— Père Jack, mademoiselle Hogarth, bien le bonsoir. Y

a une bière fraîche avec mon nom écrit dessus qui m'attend dans le frigo.

Puis il pivota et regagna sa voiture.

Caroline accepta de bonne grâce les excuses que lui présenta Jack pour l'avoir soupçonnée d'être la femme qui avait été aperçue au bas de chez Dayton Ames. Ou du moins s'efforça-t-elle de les accepter de bonne grâce et d'un air singeant convenablement l'innocence blessée. Comme elle s'était mise en pilotage automatique depuis l'apparition de Danny, elle n'était plus sûre de rien.

Ainsi donc la suspecte s'était livrée aux autorités. Et elle se dénommait Michelle Roche... Que signifiait cette comédie ? se demanda-t-elle. Et qui diable était cette Michelle Roche ? Etait-il plausible que Dayton eût entretenu une seconde maîtresse dont elle eût ignoré l'existence et qui, de surcroît, fût grande et blonde comme elle ? Cela lui paraissait presque invraisemblable. Quand il ne s'épuisait pas au travail, Dayton lui consacrait la majeure partie de son temps libre et devait en outre veiller à sauvegarder les apparences de son mariage.

Et Felicity Ames ? Pourquoi ne parlait-elle toujours pas ? A moins, songea Caroline avec effroi, qu'elle eût déjà parlé. Que les enquêteurs s'abstinssent de toute déclaration publique ne signifiait en rien que cette dernière eût continué à leur cacher le rôle qu'elle avait joué dans la vie de son mari — ainsi que dans sa mort. Et si la veuve de Dayton avait déjà communiqué son nom aux autorités ? Et si tous les policiers de la ville recevaient d'ici peu l'ordre d'appréhender une certaine Caroline Hogarth ? Danny et Frank sauraient alors exactement où la débusquer. A force de vouloir désespérément obtenir un passeport, elle s'était elle-même jetée dans la gueule du loup.

S'apercevant que Jack lui disait quelque chose, elle émit un grommellement indistinct. Puis ils arrivèrent en vue du supermarché. Comme ils étaient pressés, ils parcoururent en toute hâte les rayons en se concentrant exclusivement sur le type de farce qu'ils désiraient pour le rôti et la quantité de chocolat nécessaire pour confectionner les fondants. Au grand soulagement de Caroline, Jack la laissa devant la porte de l'appartement avec les provisions et le sac de Kathleen avant de ramener la voiture devant l'église.

Dès qu'elle fut entrée, la jeune femme déposa les courses sur la tablette de la cuisine et, bannissant tout scrupule, s'empressa d'ouvrir le sac. Comme elle l'avait tant espéré, dans un des goussets clos par une fermeture Eclair, elle trouva une pochette en plastique rouge ainsi qu'un portefeuille flambant neuf.

Les doigts gourds de honte et d'appréhension, elle sortit l'un et l'autre du sac. Le portefeuille contenait des cartes de crédit, un permis de conduire établi dans l'Illinois, une carte d'assurée sociale et cent dollars en espèces : tout ce dont elle avait besoin pour assumer temporairement l'identité de Kathleen — plus une réserve d'argent liquide fort bienvenue. La pochette en plastique comprenait deux volets. Dans l'un était inséré un billet d'avion. Dans l'autre un passeport.

Un passeport… Enfin ! Se soutenant d'une main au comptoir, elle étudia la photographie de la défunte avec la plus grande attention. Sans être jolie, Kathleen n'était pas laide non plus. Au vrai, ses traits semblaient plutôt communs. Elle avait une petite bouche, une dentition régulière, des yeux bleu-gris et des cheveux châtain clair légèrement ondulés. Sur ce cliché, constata Caroline, elle les portait coiffés un peu à sa manière.

Hormis sa coupe et la couleur de ses yeux, cependant, elle ne lui ressemblait pas plus qu'aucune autre femme de son âge, mis à part une corpulence et un teint de peau plus ou moins identiques. Vu les circonstances, néanmoins, elle ne pouvait souhaiter mieux. Moyennant un maquillage adéquat et expertement appliqué, elle saurait passer les contrôles de l'aéroport O'Hare et embarquer sans anicroche dans un avion à destination des îles Caïmans. Son expérience des vols internationaux lui avait appris que les papiers de la plupart des passagers n'étaient soumis qu'à un examen superficiel dès lors que leur conduite n'éveillait aucun soupçon. Et elle était fermement résolue à ne pas attirer l'attention. Elle savait que tous les documents qui étaient désormais en sa possession représentaient sa seule et unique opportunité pour quitter le pays.

Cependant, même nantie du passeport de Kathleen, elle n'osait apprécier ses chances de parvenir jusqu'à la Royal Bank of Cayman, l'établissement dans lequel Dayton Ames avait ouvert un compte numéroté pour mettre à l'abri le fruit de ses combines. Quant aux difficultés qu'elle aurait à surmonter pour revenir saine et sauve aux Etats-Unis avec les cinq millions de bons détournés, elle préférait ne pas même y penser.

Tromper la vigilance des douaniers américains serait alors le cadet de ses soucis. Il lui faudrait surtout échapper à Joe. Non seulement celui-ci savait qu'elle essayait de gagner les îles Caïmans, mais il devait également deviner la raison de cette excursion. Nul doute qu'il était furieux que Steve et Gerry eussent perdu sa trace. Une ironie du sort avait voulu que l'agression des motards lui eût donné l'opportunité de se cacher chez Jack, mais cette sécurité n'était que provisoire et, à terme, chimérique. Joe et ses sbires se démèneraient pour la retrouver et surveilleraient étroitement les abords de l'aéroport.

Elle n'avait pas encore réussi à rompre totalement sa laisse.

Bien sûr, Joe ne l'empêcherait pas de s'envoler pour Grande Caïman. Elle devrait monter dans l'avion sans savoir avec certitude si elle avait été repérée ou non. Son voisin dans l'appareil pourrait être aussi bien un touriste ou un homme d'affaires qu'un des séides de son ex-beau-père chargé de la filer jusqu'à l'endroit où Dayton avait planqué les titres. Ensuite ses poursuivants l'enlèveraient et, très certainement, la tueraient sitôt qu'ils se seraient assurés de récupérer l'intégralité du magot.

Elle vivait depuis si longtemps sous la menace qu'elle avait fini par s'y habituer. Et pourtant, à l'idée qu'au cours des prochaines vingt-quatre heures elle aurait à éviter aussi bien la police que son ex-beau-père, elle éprouvait une terreur incoercible.

Un son ténu la tira de ses pensées. Les six derniers mois en compagnie de Dayton Ames avaient aiguisé sa sensibilité. A plusieurs reprises, seule la finesse de son ouïe lui avait permis de ne pas être surprise par son amant alors qu'elle avait le nez plongé dans sa comptabilité personnelle. Cette fois aussi, malgré tout l'intérêt qu'elle portait au contenu du sac de Kathleen, elle perçut à temps un bruit de pas assourdi qui se rapprochait du perron et comprit aussitôt que Jack était de retour.

Elle remisa prestement les effets de la défunte dans le sac. A l'instant même où elle entendait la porte s'ouvrir, elle avait déjà repoussé ce dernier à l'extrémité du comptoir, près du téléphone, déballé précipitamment les provisions, glissé la glace dans le congélateur et le lait dans le réfrigérateur.

— Caroline ? s'écria Jack.

Il la rejoignit dans la cuisine et lui adressa un sourire affable.

— Re-bonjour. C'est un vrai four, dehors !

— Ravie de vous revoir, répondit-elle d'une voix enjouée tout en dépiautant fébrilement un épi de maïs.

Son hôte n'étant guère un cordon-bleu, elle espérait que sa mise en scène était suffisamment convaincante pour qu'il la crût aux prises avec les préparatifs du dîner depuis l'instant où il était reparti garer la voiture. Elle s'efforça également de réprimer l'envie de bavarder comme une folle et d'arborer un trop grand sourire — deux symptômes patents de mauvaise conscience.

Elle consulta la pendule du micro-ondes.

— Il est près de 15 h 30, dit-elle en affichant une mine soucieuse. Marcus est en retard… Bah, tant mieux. Je ne suis pas en avance non plus.

A défaut d'être un bon cuistot, cependant, Jack était un fin connaisseur de la nature humaine.

— Vous me semblez singulièrement guillerette, Caroline. Si je n'avais autant confiance en vous, je serais presque enclin à vous soupçonner de nourrir des desseins inavouables.

Tout en maudissant sa perspicacité, elle réussit à émettre un rire désinvolte.

— J'aime cuisiner, répliqua-t-elle. Cela vous paraît-il donc si suspect ?

— Non, bien sûr… Bon, je vais monter la valise de Kathleen dans ma chambre. Quand Marcus sera couché, peut-être pourrons-nous y dégoter des vêtements à votre taille.

— Entendu. Merci.

Elle se détourna aussitôt, incapable de soutenir son

regard. Leurrer Jack était autrement plus pénible que duper Dayton Ames. Elle n'en éprouvait aucune satisfaction intime mais, bien au contraire, le sentiment abject de sa propre indignité.

Des pas raclèrent pesamment le ciment de la cour, la tirant par bonheur de son abattement.

— Voilà sans doute Marcus et son ami, déclara Jack.

Elle s'esclaffa de nouveau.

— Marcus, son ami… et un troupeau d'éléphants à leur suite ! s'exclama-t-elle. Quel tapage !

« Cesse donc de rire comme une idiote ! se morigéna-t-elle. Tu en fais trop… »

— Vous êtes une sacrée veinarde, repartit Jack calmement. Nos pensionnaires tombent à pic, n'est-ce pas ?

— Que voulez-vous dire ?

— Qu'il n'y a rien de tel qu'une paire d'adolescents chahuteurs pour prévenir toute discussion sérieuse. Or, j'ai l'intuition que vous tenez à éviter toute discussion de ce genre.

Par chance, Marcus pénétra dans l'appartement avant qu'elle pût commettre l'erreur de tenter de se justifier. Le garçon marmonna un salut maussade avant d'annoncer que lui et Antoine « en avaient la barbe de traîner » et qu'ils comptaient se rendre à la piscine. Antoine, quant à lui, avait plutôt l'air de vouloir aller suriner quelque badaud dans une ruelle obscure. En tout cas, le crâne ricanant tatoué sur sa poitrine n'avait rien d'amical.

Il suggéra néanmoins à Marcus d'inviter le Père Jack avec eux — quoique sans grand enthousiasme. Celui-ci sourit, puis demanda à Caroline si elle ne voyait pas d'objection à rester seule pour préparer le dîner. Elle lui affirma que non, refrénant à grand-peine un énorme soupir de soulagement.

— Revenez vers 6 heures, leur lança-t-elle. A tout à l'heure, les gars. Dépensez-vous bien. Vous aurez besoin de tout votre appétit, ce soir !

Elle aurait pu jurer avoir joué la comédie à la perfection, mais Jack — le maudit — la scruta d'un œil inquisiteur avant de la prévenir qu'ils seraient de retour à 17 h 30.

— J'aimerais manger tôt, si vous n'y voyez pas d'inconvénient, Caroline. J'ai une tonne de paperasse qui m'attend, sans parler du tri à effectuer dans les affaires de Kathleen. A ce propos, où avez-vous mis son sac ?

Caroline promena sur la cuisine un regard vague et indifférent pour lequel elle se serait décerné un Oscar.

— Sur la tablette, je pense... Tenez, le voilà.

Malgré le brio de sa prestation, Jack lui décocha un nouveau coup d'œil acéré avant de monter prendre son maillot de bain dans sa chambre. Marcus ressortit bientôt de la sienne avec un sac de gymnastique. Antoine, qui avait patienté en fumant une cigarette, en offrit une à son ami.

Le garçon secoua la tête.

— Non, merci, dit-il d'une voix nette, sans doute à l'intention du Père Jack.

— Alors en route, décréta ce dernier. A 5 heures et demie, Caroline.

— Amusez-vous bien, répondit-elle.

Elle referma la porte derrière eux et s'appuya contre le battant. Elle avait près d'une heure et demie devant elle pour prendre la tangente.

Avec une anxiété croissante, elle se dépêcha de transférer les papiers de Kathleen dans son sac et enfourna les denrées périssables dans le réfrigérateur. Elle farcit ensuite le rôti à la vitesse de la lumière, égrena le maïs et pela les tomates qu'elle avait prévues comme garniture. Elle était insensée de perdre ainsi du temps à confectionner le repas alors qu'elle aurait dû se ruer vers l'aéroport, mais elle s'en serait voulu d'abandonner Jack et les deux adolescents à leur faim. Elle s'était prise de tendresse pour Marcus et rechignait autant à le décevoir qu'à trahir la généreuse hospitalité de Jack. Si seulement elle pouvait rester un peu plus longtemps… mais c'était absolument impossible. Cette Michelle Roche, dont elle ignorait tout, lui avait offert une étroite marge de manœuvre dont elle aurait été insensée de ne pas profiter. Dieu seul savait ce qui avait pu pousser cette jeune femme à se livrer ainsi à la police, mais elle n'avait pour sa part aucunement l'intention de demeurer dans le coin jusqu'à ce que les enquêteurs découvrent que ladite Mlle Roche n'était pas la personne qu'ils recherchaient.

Une fois qu'elle eut mis le rôti et les légumes à cuire, Caroline s'obligea à monter dans la chambre de Jack, consciente qu'elle risquait d'éveiller les soupçons des autorités de l'aéroport si jamais elle s'y présentait sans bagage. Aussi réticente fût-elle à abuser de la confiance de Jack et à dérober les effets d'une défunte, elle était contrainte de s'approprier la valise de Kathleen. Arracher Andrew aux griffes de Joe l'emportait sur toute autre considération. Parfois, durant ses longues nuits sans sommeil, il lui arrivait d'imaginer avec effroi l'homme que son fils deviendrait s'il continuait à grandir auprès de Joe et Angela Rossi. C'était une telle vision de cauchemar qu'un menu larcin semblait par comparaison dérisoire.

Jack avait laissé la valise sur son lit. Caroline en remercia le ciel et s'en empara sans hésiter, tout en s'excusant mentalement auprès de la morte. « Je suis désolée, Kathleen. Vous savez que j'y suis forcée. Andrew n'est qu'un petit garçon et il ne peut compter que sur moi. »

L'estomac noué par la crainte, elle demeura vingt précieuses minutes dans la salle de bains à se nettoyer méticuleusement le visage avant de procéder à son maquillage par touches successives. Elle estompa d'abord le rose de ses joues d'une noisette de fond de teint, puis affina et redressa à la pince à épiler le contour de ses sourcils avant de les poudrer, de sorte que ses traits fussent plus pâles et moins marqués.

Après quoi, elle travailla huit bonnes minutes sur ses yeux afin d'en restreindre au minimum la taille apparente et les rendre ainsi plus conformes à ceux de Kathleen. Estimant le résultat probant, elle s'attaqua à sa bouche. Ce dernier détail fut le plus aisé à régler. Elle n'eut pour cela qu'à utiliser le rouge à lèvres à reflets bruns qu'elle avait repéré dans le sac de la morte.

Cette première phase accomplie, elle eut l'heureuse surprise de s'apercevoir que, sans être une merveille, le fruit de ses efforts était plutôt satisfaisant. Elle doutait de ressembler à la vraie Kathleen, même approximativement. En revanche, elle ressemblait assez bien à la photographie du passeport. Peut-être cette similitude suffirait-elle à tromper les personnes qu'elle avait besoin de mystifier.

L'appartement commençait à embaumer le fumet alléchant du rôti. Elle vérifia la cuisson de la farce, égoutta le maïs et réduisit les tomates en purée. Puis elle mit le four à feu très doux après avoir couvert le plat d'une feuille de papier aluminium. La viande sécherait sans doute un peu, mais de ce que lui avaient avoué Jack et Marcus, elle s'autorisa à conclure qu'ils l'apprécieraient cent fois mieux que tout ce qu'ils auraient essayé de se préparer eux-mêmes.

Bien qu'elle n'eût aucune explication à donner sur son

départ ni d'excuses pour avoir abusé de la générosité de son hôte, elle voulut quand même lui écrire un mot. Au bout de trois brouillons, elle y renonça, froissa les feuilles et les expédia dans la poubelle sous l'évier de la cuisine. Puisque toute parole était vaine, songea-t-elle, le silence était encore la forme d'adieu la plus décente.

Refusant de jeter un ultime coup d'œil autour d'elle, Caroline pendit donc le sac de Kathleen à son épaule et empoigna la valise.

Puis elle sortit sans bruit de l'appartement, farouchement résolue à ignorer les larmes qui coulaient sur ses joues.

10.

Joe ne l'aurait jamais admis, mais Felicity Ames lui en imposait. Il savait d'instinct que la robe de lin noire qu'elle portait, quoique dépourvue des moindres broderies, paillettes et effets de ruban, avait dû coûter plus cher que toutes les toilettes qu'il autorisait sa femme, Angela, à s'acheter en une saison. A sa vue, il avait la désagréable impression d'être renvoyé à sa nature fruste et vulgaire. Pas étonnant que Dayton Ames ait voulu le doubler, pensa-t-il avec aigreur : il fallait beaucoup d'argent pour habiller et satisfaire une poupée de la haute telle que Felicity.

Joe était de ces hommes qui estimaient que le mâle américain, ces derniers temps, avait trop lâché la bride au sexe faible. Quand il regardait en arrière, il avait le sentiment de s'être retrouvé d'un jour à l'autre au beau milieu d'un troupeau de femelles arrogantes exigeant toutes de porter le pantalon et de manier la truelle. Il ne comprenait pas ce qui pouvait les attirer ainsi vers des professions manuelles, ni même vers des emplois de bureaux. Les hommes, eux, travaillaient par devoir, pour nourrir leur famille, tandis *qu'elles*, c'était uniquement pour les enquiquiner et leur gâcher le boulot.

En tous les cas, une chose était certaine : le pays courait

à la catastrophe depuis que les épouses avaient déserté leur foyer. D'ailleurs, Phillip n'aurait pas eu le quart de ses problèmes avec Caroline s'il l'avait renvoyée à ses fourneaux au lieu de lui permettre de se pavaner quotidiennement devant les financiers de Wall Street, lesquels auraient dû eux-mêmes avoir le bon sens de ne jamais traiter avec aucune péronnelle de son espèce. Pour lui, une fille aussi séduisante que Caroline s'ingéniant à manipuler des sous était un phénomène contre nature, aussi monstrueux qu'une femme à barbe — et aussi peu ragoûtant.

Bien sûr, Felicity Ames n'avait pas de travail — lucratif, du moins. Cela dit, elle passait son temps à organiser des bals de charité et figurait en bonne place dans les chroniques mondaines des magazines de luxe. Bref, songea-t-il avec rancœur, c'était une sale bourgeoise, exactement comme Caroline. Toutes deux étaient sœurs dans l'âme, même si le hasard avait voulu qu'elles soient rivales.

Felicity ne lui offrit pas un verre. Ni même un siège pour s'asseoir. Il en prit un d'autorité, rasséréné par ce maigre défi. Dieu savait pourtant que Felicity avait de nombreuses raisons de le craindre. Mais justement, le problème avec ces garces de la haute, c'était que neuf fois sur dix elles étaient incapables de reconnaître quand elles devaient filer doux.

Il décida de se montrer d'abord aussi gentil que possible. Ensuite il lui mettrait la pression si besoin était.

— Vous avez un bien bel appartement, madame Ames.

Les yeux de Felicity se posèrent sur lui comme s'il était une crotte de chien répugnante.

— Votre opinion me flatte, monsieur Rossi. Dayton m'a rapporté que vous possédiez vous-même quelques bibelots charmants.

Joe n'était pas stupide au point de ne pas percevoir l'ironie de sa repartie. Au diable la politesse, se dit-il. Cette salope compassée n'avait vraiment pas de quoi le snober, il le savait fichtrement bien.

— J'ignorais que votre mari et vous-même vous parliez encore, madame Ames. D'après mes gars, il ne traînait guère ici quand vous étiez à Winnekta. Paraît qu'il préférait mater le cul de Caroline Hogarth dans les miroirs de sa garçonnière.

— Chacun son truc, n'est-ce pas ? rétorqua-t-elle en prenant une cigarette dans un coffret d'ébène. Mais je suppose que vous n'êtes pas venu ici pour discuter des goûts philistins de mon époux en matière d'ameublement et de maîtresses.

Joe n'avait aucune idée de ce que signifiait l'adjectif « philistins », mais il n'en était pas moins certain que Felicity l'avait prononcé avec cette même suffisance qui lui tapait sur les nerfs depuis le début.

— J'ai pensé qu'il était temps qu'on recause un peu tous les deux de la mort de votre mari, déclara-t-il. Les flics vont vous poser un paquet de questions quand ils auront reçu le rapport du légiste, vous savez. Etes-vous sûre de pouvoir leur donner les bonnes réponses ?

— Nous avons déjà discuté de tout ça, monsieur Rossi. Je m'efforcerai, comme prévu, de continuer à les induire en erreur par mon silence.

— Enduisez-les de ce que vous voudrez, mais ne citez pas le nom de Caroline avant que je vous le dise. Nous avons l'un et l'autre des intérêts dans cette affaire. Vous, vous voulez la peau de Caroline. Moi, je m'arrangerai en bout de course pour que vous l'ayez, mais nous avons auparavant un petit problème sur les bras. Vu que vous n'avez pas réussi à me transmettre le numéro du compte comme prévu, il faut que je remette la main sur Caroline, et cette fois-ci avant les poulets.

Après avoir un moment tapoté le bout de sa cigarette contre le plateau de la table, Felicity l'alluma à la flamme d'un briquet en argent massif.

— Je vous ai déjà présenté mes excuses pour vous avoir communiqué un renseignement qui s'est révélé par la suite erroné, monsieur Rossi. Manifestement, Dayton avait prévu de laisser de faux papiers à la maison, pour tromper mon père, ainsi qu'à son bureau, pour égarer la police. De toute façon, ainsi que je vous l'ai déjà notifié au téléphone, tous ses dossiers et documents sont désormais en ma possession. Dans quelques jours, sinon quelques heures, je serai à même de vous informer précisément de l'endroit où il a escamoté les fonds détournés.

— Je l'espère, madame Ames, je l'espère vraiment. Parce que votre précédente « information » était un tuyau crevé. Le coffre de cette banque à laquelle vous m'avez envoyé dans le centre-ville, eh bien, y avait que de la merde dedans, si vous me passez l'expression. Et voilà maintenant que la seule personne qui sait où Dayton a planqué le fric se retrouve être Caroline Hogarth. Pas vous, madame Ames. Sa maîtresse.

Felicity inhala une brève bouffée de tabac.

— Je suis parfaitement consciente des difficultés auxquelles nous sommes confrontés, monsieur Rossi, et je comprends aussi la nécessité de taire le nom de Caroline aux autorités — du moins pour l'instant. Quelle que soit l'insistance avec laquelle la police m'interrogera, je m'obstinerai à répéter que je n'ai jamais vu Caroline Hogarth en compagnie de mon mari. Mieux : s'il est prouvé qu'elle était dans cet appartement en même temps que moi le matin où j'ai découvert le corps de Dayton, je prétendrai qu'elle devait s'être cachée quelque part. Mon époux légitime a passé la nuit avec une autre femme ? me demandera-t-on. C'est possible, répondrai-je. Mais je persiste à ignorer son patronyme.

« A ignorer son patronyme »... Bordel de Dieu ! s'exclama Joe en lui-même. A croire qu'elle avait un dico coincé dans l'arrière-train ! Il la dévisagea attentivement.

— Vous êtes au courant de cet avis de recherche lancé par la police au sujet d'une grande femme blonde ?

— Oui.

— Les flics vous ont-ils appris qu'ils l'avaient retrouvée ? Michelle Roche, qu'elle s'appelle selon eux. Une soi-disant vieille copine à Dayton.

— En effet, monsieur Rossi, convint-elle en expirant une longue volute de fumée, le sergent chargé de l'enquête a été assez aimable pour m'avertir que Michelle Roche s'était confiée à leurs bons soins. Il a voulu savoir si j'avais eu vent de ses relations avec mon mari. Je leur ai avoué, le plus sincèrement du monde, que j'ignorais totalement qu'elle lui avait jamais adressé la parole et, *a fortiori*, qu'elle avait couché avec lui.

Puis, après avoir écrasé sa cigarette à demi consumée avec une componction délibérée :

— Naturellement, ajouta-t-elle, il ne m'a pas crue.

Cela ne suffisait pas à rassurer Joe. Dans cette affaire, tout devait être soigneusement minuté ; or il doutait que Felicity Ames fût capable de suivre le plan à la lettre. Si seulement Steve et Gerry n'avaient pas perdu la trace de Caroline... Il se pencha en avant, toute sa rage concentrée sur la veuve de Dayton.

— N'oubliez pas, mon petit chou, que votre époux a

barboté cinq millions de dollars appartenant à mon organisation. Pour moi, le vol est un grave délit. Alors, à moins que vous vouliez que votre chère petite fille voie certaines photos montrant sa douce maman jouant au docteur avec une autre jolie madame, je vous conseille de suivre *exactement* mes instructions.

— Je vous prie de ne pas mêler Lucy à cette histoire, monsieur Rossi. Voilà déjà plusieurs semaines que nous avons conclu notre accord. Ces clichés sont la garantie de mon obéissance. Votre tentative de chantage a donc parfaitement réussi.

Elle piocha une seconde cigarette dans la boîte d'ébène, mais ne l'alluma pas. Joe nota avec plaisir que ses doigts tremblaient.

— « Chantage » est un gros mot, ma belle. Je vous ai seulement proposé un marché et vous avez accepté de travailler avec moi. Point à la ligne.

Elle tapota sa cigarette, comme la précédente, contre le rebord de la table.

— Cette conversation est sans objet, monsieur Rossi. Nous sommes déjà convenus que le décès de mon époux nous concernait l'un et l'autre — dans ses prolongements ultimes, du moins. Il est inutile de me menacer plus avant.

— Je ne vous menaçais pas, mon ange. Je vous rappelais les faits.

Felicity se redressa aussitôt.

— Désiriez-vous m'entretenir d'un autre sujet, monsieur Rossi ? J'ai un rendez-vous pour le dîner et je souhaiterais ne pas m'y présenter en retard.

— Allez donc à votre rendez-vous. Votre amie doit être à croquer, non ? J'imagine qu'elle vous est d'un précieux réconfort...

Joe se leva à son tour, l'esprit un peu plus dégagé. Les peurs et les faiblesses d'autrui avaient le don de le détendre.

— A propos, très chère, reprit-il, j'ai prié le pharmacien d'appeler les bleus dès qu'ils auront reçu le rapport d'autopsie. Je tenais juste à ce que vous le sachiez.

— Le pharmacien ? répéta Felicity, soudain décontenancée.

— Oui, le pharmacien qui a vendu à Caroline Hogarth la digitaline dont elle s'est servie pour empoisonner votre mari. C'est un chic type qui tient boutique à Evanston. Complètement accro à la coke, mais cela, personne ne le sait encore. Sauf mes dealers, évidemment. Au premier coup de fil de ma part, il est prêt à jurer sous serment qu'il a préparé sur ordonnance cinquante milligrammes de digitaline pour les vendre à une grande et belle blonde utilisant un nom d'emprunt. Il a été littéralement catastrophé de découvrir que l'ordonnance était bidon. N'est-il pas abominable de penser que Caroline a dû comploter la mort de votre mari des semaines à l'avance ? Un meurtre prémédité est vraiment un crime horrible. La peine capitale est toujours de rigueur dans l'Illinois, n'est-ce pas ?

— En théorie, oui, mais elle est rarement requise.

— Ah ? Eh bien, comme ça, vous n'aurez pas l'exécution de Caroline sur la conscience. C'est pas souvent que les jurés condamnent de jeunes et jolies donzelles. Quant aux pimbêches entre deux âges se tapant des personnes de leur sexe, ça, c'est une autre paire de manches.

Felicity prit une profonde et frémissante inspiration. Puis elle se dirigea vers la porte de l'appartement et la tint grande ouverte.

— Au revoir, monsieur Rossi.

Joe quitta l'appartement des Ames dans un état proche

de l'euphorie. L'un de ses gardes du corps lui emboîta le pas tandis que les autres se hâtaient de lui ouvrir la portière de sa limousine. Après tout, se dit-il, Felicity Ames avait été relativement facile à manipuler. Ces femmes-là menaient une vie si protégée qu'il suffisait de les bousculer un peu pour qu'elles perdent leurs grands airs. La prochaine fois, elle lui témoignerait un peu plus de respect.

Dès qu'il fut monté dans sa voiture, il appela Gerry sur son nouveau téléphone portable, celui qui était équipé d'un dispositif de brouillage automatique. Il appréciait les innovations technologiques, même s'il avait appris à ne leur accorder qu'une confiance limitée.

— Alors, vous l'avez retrouvée ? s'enquit-il sans préambule.

— Non, patron, mais nous avons envoyé une douzaine d'hommes à l'aéroport. Si elle prend un avion, n'importe lequel, nous le saurons.

— Douze hommes ? Mais O'Hare a au moins trois cents entrées différentes ! Comment voulez-vous toutes les surveiller avec seulement douze hommes ?

— Il y a beaucoup d'entrées, Joe, c'est vrai, mais la fille devra quand même passer les contrôles et nous avons un type en faction à chaque poste.

Joe grogna, peu convaincu. Il connaissait l'aéroport. Des milliers de voyageurs y transitaient tous les jours. Si un seul des gars ratait son travail, Caroline leur filerait sous le nez sans même qu'ils s'en aperçoivent.

— Et Michelle ? Est-ce qu'elle s'en tire bien avec cet avocat qui me coûte les yeux de la tête ? Y a pas d'impair de ce côté-là, au moins ?

— Ça va, ils se débrouillent.

Au ton de Gerry, Joe comprit pourtant qu'il y avait un pépin.

— Allons bon ! s'écria-t-il. C'est quoi, le problème ? Où est-ce qu'elle a foiré ?

— Elle a rien foiré, Joe, mais la police en a toujours après notre oiseau et, ce coup-ci, ils ont son nom. Ils recherchent plus une blonde parmi d'autres, ils recherchent Caroline Hogarth.

— Mais comment ont-ils su son nom ?

— Oh, c'est simple. Elle a été à la colle avec Dayton Ames pendant six mois d'affilée et s'est montrée avec lui un peu partout en ville. Comme c'est une belle nana, on la remarque. Paraît qu'y a déjà une foule de témoins qui ont rapporté aux flics qu'elle était sa maîtresse.

Joe lâcha un chapelet de jurons tonitruants. Pourquoi diable ces abrutis de poulets se mettaient-ils à jouer les as de la crim' quand on ne les avait pas sonnés ? Qu'ils coffrent Caroline, soit — mais *plus tard*. Maintenant, son plan risquait d'être définitivement foutu.

Il l'avait pourtant orchestré dans ses moindres détails, comme dans ces séries policières à la télé, sinon mieux encore. Il avait d'abord commandité le meurtre de Dayton Ames en s'arrangeant pour que les soupçons retombent peu à peu sur la jeune femme. Entre-temps, celle-ci l'aurait, de bon gré ou non, guidé vers l'argent et, une fois qu'il aurait récupéré les fonds détournés par Dayton Ames, il l'aurait livrée à la police et laissée croupir en tôle quelques semaines, voire quelques mois.

Après quoi, il aurait payé sa caution et lui aurait procuré l'assistance d'un de ses avocats avant de livrer Felicity en pâture aux médias — car jamais, au grand jamais, il n'avait été dans ses intentions de permettre à cette garce de continuer ses frasques impunément. Il abhorrait les mauvaises épouses de son espèce.

Enfin, il se serait débrouillé pour faire retomber sur cette dernière l'entière responsabilité de la mort de son mari, et quand Caroline serait sortie du tribunal, la tête haute, elle se serait brusquement aperçue qu'elle n'avait été disculpée du meurtre de Dayton que grâce à lui, Joe Rossi !

Même maintenant, alors que ses projets tournaient en eau de boudin, il anticipait avec des frémissements de plaisir la colère et la haine qu'elle aurait ressenties en apprenant qu'elle lui devait non seulement sa libération, mais aussi la vie.

Son beau rêve menaçait de s'écrouler pour de bon. Il avait un moment pensé qu'il pourrait rattraper la bévue de Steve et Gerry grâce aux renseignements que Felicity prétendait avoir retrouvés dans les papiers de son mari. Mais cette idiote s'était mis le doigt dans l'œil jusqu'au coude. Le coffre dont elle lui avait donné le numéro ainsi que la clé était rempli de titres, certes, mais sans aucun intérêt pour lui. Leur liquidation nécessitait la signature officielle, dûment enregistrée, de Dayton Ames ou de son exécuteur testamentaire. Les bons aux porteurs correspondant aux sommes dérobées étaient toujours dissimulés ailleurs.

Il avait néanmoins cru Felicity lorsqu'elle lui avait juré qu'Ames, selon ses propres dires, entreposait l'intégralité de ses effets négociables sur un même et unique compte — apparemment, Dayton trompait sa femme dans tous les domaines. Hélas, Felicity étant incapable de lui communiquer le bon numéro, il se retrouvait à la case départ et — horreur suprême —, c'était lui qui avait de nouveau besoin de cette garce. Oui, aujourd'hui comme hier, il avait besoin de cette vermine pour recouvrer les cinq millions de dollars manquants. Si seulement les andouilles qui bossaient pour lui n'avaient pas perdu sa trace, se répéta-t-il pour la énième fois. Dans l'état actuel des choses, elle pouvait aussi bien se trouver dans la lune. Pas étonnant, donc, qu'il soit si furieux. Que les flics la pincent avant qu'il ait découvert où Ames avait planqué le magot et ce serait pour lui la fin des haricots. La Famille escomptait son versement dans une quinzaine et, dans ce milieu-là, les cartes de crédit n'étaient pas acceptées. Décidément, pensa-t-il avec humeur, même mort, Dayton Ames lui mettait encore des bâtons dans les roues.

— Bon, reprit-il. Où en sont les flics pour le moment ?

Il avait pris une voix calme, bien tranquille, afin que Gerry ne remarque pas qu'il était à deux doigts de faire dans son froc tellement il se sentait mal.

— Est-ce qu'ils comptent lancer un nouvel avis de recherche ?

— D'après mes renseignements, ils préfèrent désormais opérer dans la discrétion. Comme ils ont son nom, ils vont envoyer dans la soirée un inspecteur à son domicile. Histoire de lui causer un brin. Mais bien sûr, s'empressa d'ajouter Gerry avec jovialité, ils tomberont sur un appart' vide !

Joe ne se retint plus.

— Ouais, sauf que nous ne savons pas plus qu'eux où elle se cache, triple idiot !

Il catapulta le téléphone contre la vitre blindée qui le séparait du chauffeur. Son garde du corps tendit instinctivement le bras et le réceptionna dans le creux de sa grosse paluche.

Joe se renfrogna. Il aurait bien voulu casser l'appareil… Certains jours, se dit-il avec morosité, tout allait vraiment de travers.

*
* *

La queue devant le guichet de l'agence n'était pas trop longue ; trois personnes seulement la précédaient. Caroline s'efforçait de paraître aussi irritée et impatiente que ses voisins. Elle poussa du pied la valise de Kathleen et jeta pour la énième fois un bref coup d'œil aux alentours afin de repérer la présence éventuelle d'un des sbires de Joe. La logique voulait qu'ils la guettent plutôt aux abords des postes de contrôle, non qu'ils errent au petit bonheur dans tout l'aéroport. Cependant, dans l'état de nervosité où elle se trouvait, chaque individu lui semblait suspect — depuis cet immense gaillard entouré d'un essaim d'enfants excités jusqu'à cette femme entre deux âges donnant la main à un gamin aux yeux écarquillés qui menaçait de lui fausser compagnie. Etait-ce un petit-fils et sa grand-mère ? Ou bien une employée de Joe assez rusée pour se servir du petit comme couverture ?

Non, songea-t-elle finalement, un tel artifice était trop onéreux pour que son ex-beau-père pût se l'offrir à mille kilomètres de son territoire attitré du New Jersey. Ici, à Chicago, il ne disposait probablement que de ressources tout juste suffisantes pour embaucher une poignée de vauriens désœuvrés. Mais était-il vraiment plus rassurant d'être traquée par des imbéciles armés plutôt que par des tueurs habiles et grassement rétribués ? Caroline en doutait.

— Suivant ! lança un des deux guichetiers.

— Je désirerais un de vos billets promotionnels pour Grande Caïman, déclara-t-elle après avoir inspecté une dernière fois les environs avec anxiété.

Le petit-fils avait cessé de gigoter et se collait maintenant contre sa grand-mère. L'homme démesurément grand était en train d'apposer un autographe sur un ballon de basket. Caroline estima que seule une paranoïaque au dernier degré saurait suspecter ces gens-là.

— Quand voulez-vous partir ? s'enquit le guichetier.

— Le plus tôt possible, répondit-elle avec un sourire crispé. Vous avez bien un avion prévu pour 6 heures et demie, n'est-ce pas ? Je viens d'obtenir des congés imprévus et mon cousin m'attend là-bas.

« Attention, se dit-elle aussitôt. N'en rajoute pas trop. Il ne faut pas que cet employé puisse se souvenir de toi. »

— Vous avez de la chance, déclara ce dernier tout en pianotant sur le clavier de son ordinateur. Une place vient précisément de se libérer sur le vol de 18 h 30 à destination de Grande Caïman *via* Miami. Quelle sera la durée de votre séjour ? Notre offre la plus avantageuse du moment a encore baissé, vous savez. Nous pouvons désormais vous proposer la semaine aller-retour pour trois cent quarante-sept dollars cinquante, taxes comprises.

— Ce sera parfait, répondit-elle.

Elle ouvrit son sac et entreprit d'en sortir des billets.

— J'aimerais mieux un règlement par carte bancaire, si cela ne vous dérange pas, mademoiselle. Je n'ai plus de monnaie en caisse.

— Je suis navrée, répliqua-t-elle en étalant les espèces sur le comptoir, mais j'ai eu trop de découverts l'année dernière et je préfère désormais payer en liquide chaque fois que cela m'est possible.

Le guichetier lui adressa un sourire compréhensif.

— C'est effectivement plus sage, convint-il. Faudrait d'ailleurs que j'arrête moi-même d'abuser de ces petits bouts de plastique. Mon relevé mensuel commence à ressembler au décompte de la dette nationale ! Bon, j'irai vous chercher de la monnaie tout à l'heure. Pour l'instant, j'aurais besoin de votre nom et de votre adresse.

— Kathleen Williams, 45 Spring Street.

L'employé introduisit les données dans sa machine et vérifia que l'imprimante les reportait sur le billet.

— Je suis également en mesure de vous délivrer votre titre d'embarquement si vous le désirez, mademoiselle Williams. Combien avez-vous de bagages ?

— Juste une valise.

C'était trop facile, pensa Caroline tout en jetant un nouveau coup d'œil par-dessus son épaule. Tout marchait trop bien. Pourrait-elle vraiment échapper à Joe et quitter la ville sans plus de difficultés ? Jusqu'à présent, le plus dur avait été d'abandonner Jack, de se résigner à ne plus jamais le revoir... Enfin, mieux valait ne pas y penser.

Les garçons et lui devaient être revenus à l'appartement depuis une demi-heure. Il avait déjà dû se mettre en quête d'un mot, d'un message, d'un indice quelconque qui lui aurait expliqué la raison de sa fuite et lui aurait appris sa destination. Il lui suffisait pour cela de fouiller dans la poubelle sous l'évier. Etait-ce dans ce but qu'elle n'avait pas détruit ces lamentables brouillons de lettre d'adieu ? Afin qu'il sache qu'elle avait au moins essayé de lui expliquer sa conduite ?

— Vous changerez d'avion à Miami, l'informa le guichetier en déposant sa valise sur la bande roulante. Vous aurez trois bons quarts d'heure pour y attraper votre correspondance. Avez-vous pensé à prendre votre passeport ? Vous en aurez besoin, là-bas.

« Et voilà, se dit-elle en se mettant à transpirer malgré la fraîcheur de l'air conditionné, c'est maintenant que les choses se corsent. » Le cœur battant à tout rompre, elle tendit son passeport à l'employé.

Celui-ci le feuilleta distraitement, sans accorder grande attention à la photographie.

— Bien, dit-il en lui rendant son passeport après y avoir inséré son billet et son titre d'embarquement. Bon voyage, mademoiselle Williams. Merci d'avoir choisi notre agence — oh, une minute ! J'allais oublier votre monnaie. Je vous dois deux dollars cinquante...

Il verrouilla le clavier de son ordinateur et disparut derrière la porte qui s'ouvrait au-delà du guichet.

Caroline rangea son billet dans le sac de Kathleen avant de scruter encore une fois les alentours. Dans le terminal se pressait la foule habituelle des vacanciers et des hommes d'affaires, tous visiblement accablés par la fatigue, la chaleur et le poids de leurs soucis respectifs. Non, décidément, elle devait refouler cette impression insensée d'être sous surveillance. Elle était certaine que cette crainte irraisonnée lui donnait inconsciemment un air louche.

S'apercevant qu'elle tapotait fébrilement le comptoir, elle s'arrêta net, puis consulta sa montre. Le guichetier s'était éclipsé depuis presque cinq minutes, ce qui était tout de même un peu long pour dégoter deux dollars cinquante. A moins qu'il en eût profité pour appeler la police. La queue ne cessait de s'allonger derrière elle. Le bonhomme devait pourtant s'en douter. Pourquoi avait-il pris le risque de mécontenter les autres clients en allant lui chercher ces quelques pièces ? N'aurait-il pu au moins revenir pour s'excuser de ce contretemps ?

Sans doute une longue expérience lui avait-elle appris à démasquer instantanément les détenteurs de faux passeports... Caroline sentit son estomac se nouer de frayeur et produisit un terrible effort de volonté pour ne pas tourner les talons et regagner ventre à terre la plus proche sortie. D'un autre côté, cependant, elle ne pouvait non plus demeurer ainsi sur place à attendre ses deux malheureux dollars cinquante. Mieux valait qu'elle se rendît immédiatement à l'un des postes de contrôle et courût ensuite se terrer dans un des coins de la salle d'embarquement pour ne la quitter qu'au tout dernier appel.

Le geste raide, un sourire plaqué sur le visage, elle s'éloigna du guichet en se forçant à adopter un air et une démarche dégagés jusqu'à disparaître à la vue des clients restés dans la file. Une fois perdue parmi les gens amassés devant les portails magnétiques, elle commença de presser le pas.

De brusques et furieuses poussées d'adrénaline l'inondaient de sueur. Les voyageurs se hâtant de part et d'autre vers le poste de contrôle formaient une masse anonyme et floue où son regard, singulièrement acéré, semblait distinguer tout danger potentiel. La moindre anomalie lui sautait aux yeux : la femme qui s'obstinait à rester sur ses talons quelle que fût son allure ; les deux individus qui portaient de lourdes vestes de cuir malgré la canicule ; cet autre, chargé de chaînes dorées, qui était appuyé un peu plus loin contre le mur et paraissait fort peu pressé de se rendre où que ce fût ; cet autre encore, à la chevelure brune, aux hanches étroites et aux épaules massives qui ressemblait tant à Steve et se tenait près du portail, le dos tourné à la cohue.

Caroline se figea. Ce nabot mince et râblé posté à dix mètres ne *ressemblait* pas à Steve. C'*était* Steve. Ayant eu deux trajets en voiture pour contempler sa nuque à loisir, elle n'avait pas besoin de le voir de face pour le reconnaître. Ce port de tête, cette carrure, ces mèches de cheveux qui dépassaient du col de chemise lui étaient familiers jusqu'à la nausée.

Elle tourna vivement sur elle-même pour se trouver un refuge. Elle avisa alors le pictogramme des toilettes et coupa aussitôt la foule dans ce sens. Au moins, songea-t-elle, Steve ne l'avait pas aperçue, ce qui lui donnait le temps de se ressaisir et de modifier ses plans.

Pour comble de malchance, le malfrat fit volte-face au moment précis où elle franchissait l'espace découvert séparant sa file de la porte des WC. Elle n'avait pas dû stationner plus de trois ou quatre secondes sur le seuil brillamment éclairé des sanitaires. Et pourtant, quelque intuition subite l'avait poussé à se retourner à l'instant même où elle était le plus exposée aux regards.

Lorsque leurs yeux se rencontrèrent, le visage de l'homme afficha un large sourire de contentement. Affolée, Caroline se précipita dans les toilettes pour dames — comprenant, mais un peu tard, qu'il lui faudrait bien en ressortir : Steve n'avait plus qu'à la guetter tranquillement à l'extérieur.

Elle s'était également trompée en supposant que le gangster sacrifierait sa bonne fortune au respect des convenances. Fendant l'attroupement des voyageurs, il se précipita à sa poursuite, au mépris des froncements de sourcils, hoquets de stupeur et autres plaintes indignées dont le gratifièrent les femmes postées en rang dans les WC.

Caroline, dos à la porte, se fraya un chemin entre ses congénères, et dépassa bientôt un groupe d'adolescentes en tête de file. C'est alors qu'elle aperçut soudain devant elle un second portail magnétique : grâce au ciel, les sanitaires avaient deux entrées ! Steve lui courait toujours après, mais elle disposait encore d'une légère avance sur lui, peu de femmes lui ayant cédé le passage comme à elle.

Elle piqua un sprint en ligne droite. Il n'était pas question de demander de l'aide à quiconque si elle ne souhaitait pas alerter la police.

— Mademoiselle Williams ! Mademoiselle Williams, où allez-vous ?

C'était la voix du guichetier qui lui avait vendu son billet pour Grande Caïman. Elle obliqua pour l'éviter et se remit à courir aussi rapidement que ses jambes et ses poumons en feu l'y autorisaient.

Quelque part au fond d'elle-même, elle savait que cette fuite frénétique à travers le terminal avait définitivement ruiné toutes ses chances de gagner les îles Caïmans au moyen des papiers de Kathleen Williams. La terreur avait cependant vidé son esprit de tout ce qui n'était pas la nécessité absolue de déguerpir. Si Steve la reprenait maintenant, Joe la tuerait très certainement sur un coup de colère. Dans le meilleur des cas, il la soumettrait à la torture jusqu'à lui extorquer le numéro du compte de Dayton, après quoi il la jetterait entre les mains de la police. Andrew grandirait dès lors sans connaître d'autres parents que Joe et Angela. Il deviendrait une réplique de Phillip et ça, elle ne pouvait le permettre. Pas tant qu'elle avait en elle un souffle de vie.

La peur lui donna des ailes. Elle bondit au bas de l'escalier mécanique et se rua vers les portes monumentales de l'entrée principale. Elle crut un instant percevoir le martèlement de pas de Steve, à quelques mètres derrière elle, dominant le grondement du sang dans ses oreilles. Elle s'abstint néanmoins de se retourner. Les secondes lui étaient comptées.

Elle jaillit de l'aéroport et fut aussitôt plongée dans la moiteur exténuante de l'après-midi estival. Les pas se rapprochaient derrière elle. Cette fois c'était Steve, elle en était certaine. Elle s'engagea sur la route, un peu ralentie par les véhicules en stationnement.

Elle contourna une limousine dont s'extirpaient trois hommes d'affaires ventripotents. Du coin de l'œil, elle vit se lever le hayon d'un taxi garé à proximité. Le chauffeur et son passager étaient tous deux à l'extérieur de la voiture, dont le moteur tournait au ralenti. Simultanément, elle remarqua la présence d'un policier qui redressa brusquement la tête vers elle. Sans doute s'était-il rendu compte qu'elle était poursuivie. L'espace d'un instant, elle faillit l'appeler à son secours. Puis elle recouvra ses esprits : elle devrait s'en sortir seule, comme jadis. Comme toujours.

Cependant, elle ne pouvait courir éternellement.

La sueur lui coulait dans les yeux et elle avait la gorge sèche. Alors, surgissant de la détresse la plus noire, s'imposa soudain la seule possibilité qui lui restait pour échapper aussi bien à Steve qu'au policier.

Le chauffeur du taxi venait de refermer son coffre. Son client lui régla la course et se dirigea vers les portes de l'aéroport tandis qu'il sortait son portefeuille pour y serrer les billets.

Tout l'être de Caroline ne tendait plus que vers un seul but : se sauver pour sauver Andrew. Le chauffeur revenait vers le siège avant de sa berline ; elle fut la plus rapide. Elle sauta derrière le volant et claqua la portière au nez de l'homme, qui frappa la vitre avec des hurlements de rage incrédule.

Steve se précipita pour l'écarter et agita fébrilement la poignée, une main coincée dans l'ouverture de la vitre. Le policier accourut à son tour.

Caroline ne perdit pas une seconde. Elle appuya sur le champignon, déboîta sans même un regard pour Steve qui alla s'étaler de tout son long sur le bitume et coupa trois files de voitures en ignorant souverainement les crissements de pneus et l'explosion de Klaxon qui retentirent dans son dos.

Par bonheur, le taxi était relativement récent et réagissait aux accélérations. Caroline le poussa jusqu'aux limites de ses capacités, les yeux rivés sur la route. Puis, comme elle était encore assez lucide pour ne pas vouloir provoquer d'accident, elle leva un peu le pied. Elle n'ignorait pas que la police allait bientôt boucler toutes les bretelles d'accès à l'aéro-port. On ne volait pas impunément un taxi, et nul doute que Steve en rajouterait assez pour détourner sur elle l'attention de la police.

Elle parvint à Mannheim Road sur les chapeaux de roues et résolut d'éviter la Tri-State Tollway dont elle savait devoir croiser les péages à un kilomètre et demi de là. Un simple appel des flics depuis O'Hare et elle se retrouverait coincée sur l'autoroute.

Elle n'avait donc plus le choix : il lui fallait rejoindre Chicago par la Voie Express Kennedy. Toutes les patrouilles routières seraient probablement en état d'alerte. Cependant, outre qu'elle ne comportait pas de péage, la voie express était sillonnée nuit et jour par une myriade de taxis où le sien se perdrait dès lors qu'elle se serait fondue dans le trafic.

Huit kilomètres défilèrent ainsi, huit kilomètres d'une angoisse dévorante qui culmina en un moment de pure terreur lorsqu'elle entendit dans le lointain la sirène d'une voiture de police qui remontait la circulation à tombeau ouvert.

Elle ne s'attarda pas à se demander si c'était bien après elle que les flics en avaient. Elle s'éclipsa par la première sortie, vira plein sud sur Cumberland, puis rebroussa chemin et roula vers le nord jusqu'à Niles, une cité de banlieue surpeuplée dont elle ne connaissait que le nom. Si c'était bien elle que la voiture pie pourchassait, et non quelque malchanceux amateur de vitesse, elle avait manifestement réussi à la semer. Deux véhicules s'étaient engagés en même temps qu'elle sur la bretelle. Aucun ne l'avait suivie à l'intérieur de la ville.

Elle se faufila dans le dédale des rues de Niles et choisit le parking d'un supermarché très fréquenté pour y abandonner le taxi. Elle en ferma les portières de l'intérieur et glissa les clés de voiture sous le siège.

Le taxi détonnait dans cet environnement. Caroline songea qu'un honnête citoyen ne tarderait pas à le signaler à la police, mais qu'ainsi du moins le chauffeur pourrait récupérer son instrument de travail dès le lendemain matin.

Tremblante, les muscles ramollis par le reflux du stress, elle tituba jusqu'au supermarché à la recherche d'un abri, tel un animal blessé rampant sur le sol. N'eût été sa fatigue, elle se serait félicitée d'avoir si brillamment tiré sa révérence aux flics comme à Steve — et ce, sans même égratigner le taxi.

Maintenant, elle ne voyait guère comment mettre à profit cette liberté si victorieusement défendue. Ses tribulations l'avaient ramenée à son point de départ. Elle était de nouveau sans argent ni papiers et les îles Caïmans lui étaient toujours aussi inaccessibles.

Les yeux brûlant d'une fièvre plus âpre que les larmes, le cerveau vide de toute pensée cohérente, elle se traîna jusque dans le supermarché et emprunta machinalement un Caddie qu'elle poussa devant elle comme une somnambule. Après avoir heurté maintes chevilles et marmonné moult excuses, elle comprit enfin qu'elle devait s'asseoir de toute urgence si elle ne voulait pas s'écrouler pour de bon.

Elle dirigea le Caddie vers le rayon des produits pharmaceutiques, au fond du supermarché. Près du comptoir, elle pouvait apercevoir deux chaises apparemment réservées aux clients. Elle décida de s'y reposer un instant.

A côté d'un tensiomètre automatique, sur le mur d'en face, était scellé un téléphone à pièces. Alors qu'elle était assise depuis deux à trois minutes, les yeux dans le vague, Caroline se surprit à fixer le combiné avec une intensité quasi hypnotique.

Puis ce fut l'illumination.

Elle acheta un flacon d'aspirine et demanda de la monnaie pour donner un coup de fil. Elle s'empressa de décrocher l'appareil avant de changer d'avis.

Son correspondant ne répondit pas tout de suite. Elle était sur le point de raccrocher lorsque lui parvint la voix aux intonations familières.

— Allô ? Qui est à l'appareil ?

Elle prit une profonde inspiration, se demandant si elle n'était pas en train de commettre l'une des plus grosses erreurs de toute son existence.

— C'est moi, dit-elle, Caroline. Je suis dans le pétrin et j'ai besoin de votre aide, Jack.

11.

— J'ai trouvé cette lettre sous l'évier, dit Marcus en tendant à Jack une feuille de papier froissée et légèrement poisseuse. Elle a dû tomber de la poubelle. Je l'ai lue et je pense que ça peut vous intéresser.

L'adolescent retourna ensuite dans la cuisine, où il avait déjà commencé à ranger avec Antoine les assiettes du dîner dans le lave-vaisselle.

Du plat de la main, Jack lissa le papier sur la table basse du séjour. Il eut un choc en reconnaissant l'écriture de Caroline.

« Cher Jack,

» Je tiens à ce que vous sachiez combien j'ai apprécié tout ce que vous avez fait pour moi durant ces derniers jours. J'espère que Marcus ne sera pas trop déçu que je ne puisse lui servir moi-même le repas que je lui avais promis. C'est un garçon qui a déjà trop souffert des défections d'autrui et je suis vraiment désolée d'ajouter mon nom à la liste des adultes qui ont manqué à leur parole avec lui. Un dîner raté semble peut-être une vétille, mais je sais qu'à force de s'accumuler, ces petites blessures finissent par être presque aussi douloureuses que les grandes.

» Si je m'étends ainsi sur les excuses que je lui dois pour mon absence, c'est, je l'avoue, pour ne pas affronter la tâche délicate de vous dire combien je suis navrée de vous quitter. J'aimerais sincèrement pouvoir vous révéler ma destination, même si je ne comprends pas pourquoi j'éprouve ce désir insensé de me confier à vous. Oubliez cette dernière phrase. Je n'aurais pas dû l'écrire.

» Vous avez sans doute remarqué que j'ai volé la valise de Kathleen, ainsi que son sac. Tout ce que je puis répondre pour ma défense, c'est — encore une fois — que j'en suis désolée. Si ses parents vous avaient demandé de leur renvoyer ses affaires, je vous jure que je ne les aurais pas emportées. Mais comme ils vous ont prié de les donner aux bonnes œuvres, j'ai estimé que nul ne pouvait en avoir plus besoin que moi-même. »

Le paragraphe suivant était biffé. Jack parvint cependant à le déchiffrer.

« En vérité, pour être honnête, j'aurais pris de toute façon son portefeuille, même si ses parents l'avaient réclamé. Soyez néanmoins assuré que j'effectuerai un versement aux bonnes œuvres de votre paroisse dès que je reviendrai de… »

La lettre s'interrompait brusquement, avant de reprendre par un autre paragraphe que la jeune femme avait laissé intact.

« Je ne cesse d'essayer de me persuader que si Kathleen avait connu la vérité — et si vous-même la connaissiez aussi —, vous comprendriez tous deux pourquoi j'ai dû… »

Le mot de Caroline s'achevait sur cette phrase en suspens, sans autre commentaire. Jack le contempla un moment, puis le roula en boule et le projeta contre le mur — réaction puérile qui n'améliora en rien son humeur.

Il se morfondait, l'estomac noué et la gorge serrée, lorsque bourdonna le carillon de la porte d'entrée.

Il décrocha le combiné de l'Interphone et pressa le bouton d'appel, heureux de cette diversion. Il ressentait une rage folle qu'il était le premier à détester.

— Oui, qui est-ce ?

— Frank Donohoe. Il faut que je te cause, Père.

Peu habitué à ce ton distant et protocolaire de la part de son ami, Jack fronça les sourcils.

— O.K., Frank. Je t'ouvre.

Il se rendit dans l'entrée du pavillon pour l'accueillir.

— Tu as l'air d'être sur les genoux, Frank, s'exclama-t-il en le suivant à l'intérieur de l'appartement. Assieds-toi, je t'en prie. J'ai des bières au frigo. A moins que tu préfères une tasse de mon fameux café instantané.

— Je ne prendrai rien pour l'instant, merci. J'irai droit au but, Père : je suis ici à titre officiel.

— Je vois, marmonna Jack.

Il ne voyait effectivement que trop bien. Dès que son regard s'était posé sur les traits tendus de Frank, il avait deviné que celui-ci était porteur de mauvaises nouvelles.

— S'agit-il d'une information supplémentaire en rapport avec Kathleen ? s'enquit-il.

« Caroline..., songea-t-il soudain, glacé par la terreur. Caroline a des ennuis ! »

— Non, ce n'est pas au sujet de Kathleen, bougonna Frank. C'est à propos de Caroline Hogarth. Tu comptes sur son retour prochain ?

Comment savait-il qu'elle était partie ? se demanda Jack.

Et quel acte avait-elle donc pu commettre pour attirer si vite l'attention de la police ?

— Je crains de ne pouvoir t'aider, Frank, répondit-il.

Puis, estimant qu'il n'avait pas le droit de lui mentir ni de protéger la jeune femme si elle avait enfreint la loi :

— Elle m'a faussé compagnie cet après-midi même, ajouta-t-il. J'ignore totalement où elle a filé et quelles sont ses intentions.

— Bon sang !

Frank émit en sourdine deux ou trois jurons avant de secouer la tête.

— Désolé, vieux. Ça m'a échappé.

— Ce n'est pas grave, répliqua Jack avec un sourire las. J'en ai entendu de pires et il est notoire que j'en profère aussi à l'occasion. Allons, Frank, poursuivit-il en désignant un fauteuil à dossier inclinable, je sais que tu adores t'installer là-dedans. Mets-toi à l'aise, abandonne-moi cet air compassé et raconte-moi toute l'histoire. Caroline va bien ? Que lui est-il arrivé ? Comme tu la recherches, je crois pouvoir en déduire qu'elle n'est pas… Tu n'es pas venu m'annoncer son décès, n'est-ce pas ?

— Non, mais elle n'est pas non plus au mieux. Loin de là. A franchement parler, je dirai même que ta bonne amie est dans une sacrée m… un sale pétrin, voilà.

Jack faillit objecter que Caroline n'était pas sa « bonne amie », mais il se ravisa à temps.

— Quelle sorte de pétrin, exactement ?

— Le procureur a lancé contre elle un mandat d'arrêt, précisa Frank en passant une main sur sa calvitie naissante. De nombreux forfaits lui sont imputés, dont un homicide.

Jack redressa vivement la tête, le cœur battant la chamade.

— Un homicide ? Et qui aurait-elle tué ?

— Dayton Ames.

Jack eut l'impression que subitement le monde s'arrêtait de tourner. Le premier choc passé, il s'étonna de n'éprouver qu'une vague surprise. Il se rendit ensuite dans la cuisine, marmonna quelques encouragements à l'adresse des deux garçons qui achevaient leurs corvées domestiques et retourna auprès de Frank avec deux bières.

Il décapsula une des cannettes à l'intention de ce dernier.

— Pardonne-moi, dit-il, mais j'ai besoin de boire un coup. La dernière fois que j'ai regardé les informations à la télé, la police n'avait pas encore conclu à un meurtre.

— Eh bien, maintenant, c'est fait. Le légiste nous a remis son rapport. Selon lui, Dayton Ames est mort d'une crise cardiaque consécutive à l'ingestion de cinq milligrammes de digitaline. Apparemment, il souffrait déjà de syncopes cardiaques compliquées de fribrillations ventriculaires chroniques. Il était donc très sensible à tout tonique.

Jack, qui possédait des notions de médecine suffisantes pour interpréter ce diagnostic, afficha une mine perplexe.

— J'imagine que, dans ces conditions, il devait suivre un traitement régulier. Comment peux-tu affirmer qu'il ne s'est pas intoxiqué lui-même par accident ? Ou encore par volonté de mettre fin à ses jours ? La digitaline est un médicament à risque dont la posologie doit être scrupuleusement respectée.

— Dans le cas qui nous intéresse, elle a été injectée à travers le bouchon de la bouteille de vin rouge qu'Ames a bue la veille au soir, ce qui exclut l'hypothèse de l'accident et rend pour le moins douteuse celle du suicide.

— Admettons donc que ce soit Caroline qui l'ait assassiné. Qu'est-ce qui t'incite à croire qu'elle disposait des compétences nécessaires pour concevoir un tel crime ? Cela suppose de solides connaissances en pharmacologie.

Frank secoua la tête pour marquer son désaccord.

— J'en doute, Jack. Ames était suivi pour ses problèmes cardiaques. Quiconque avait un brin de jugeote et de détermination était en mesure de découvrir que la digitaline pouvait lui être fatale.

— Absorbée en une seule prise de cinq milligrammes ? Il aurait fallu pour cela être informé de ses antécédents médicaux. Toute personne en bonne condition physique a la capacité de survivre à un dosage si infime.

— Caroline a été la maîtresse d'Ames six mois durant. Elle était forcément au courant de son état de santé. Certes, il ne criait pas ses défaillances sur les toits, mais il ne devait pas non plus les considérer comme un secret d'Etat.

Caroline avait été la maîtresse de Dayton six mois durant ? se répéta Jack en lui-même. Il avala derechef une longue gorgée de bière.

— Tu ne m'as toujours pas expliqué pourquoi Caroline aurait empoisonné son vin. Quel mobile aurait pu la pousser à supprimer l'homme qui était précisément censé l'entretenir ?

— C'est un point qui reste à élucider, admit Frank. Mais je peux t'assurer qu'elle avait à la fois les moyens et l'opportunité de le tuer.

— Et la digitaline, comment se la serait-elle procurée ? Il ne s'agit pas d'un remède en vente libre.

— Dayton Ames en avait des flacons entiers dans son appartement. Et je te rappelle que Caroline y avait ses petites entrées. Du reste, nous sommes en train de vérifier auprès des pharmaciens de la région si l'un d'entre eux n'aurait pas délivré de la digitaline sur ordonnance à une femme correspondant à son signalement.

— Si Ames en stockait à domicile, des douzaines d'autres personnes qu'elle auraient pu lui en voler.

— Oui, mais Caroline Hogarth est la seule qui ait également dîné avec lui juste avant son décès. Elle le retrouvait à son appartement tous les vendredis soir et, chaque fois, ils commandaient leur repas chez le traiteur Grand Gourmet. Manifestement, ce rituel était connu de tous les habitants de la ville qui avaient le privilège d'évoluer dans la même sphère que Dayton. La rumeur prétend qu'il était fou amoureux d'elle et qu'il l'aurait épousée séance tenante si elle y avait été disposée de son côté.

— Ce qui rend d'autant moins crédible sa culpabilité, non ?

Frank prit le temps de vider sa cannette avant de répondre.

— Son mobile reste encore mystérieux, Jack, je te l'accorde. Il n'en demeure pas moins qu'elle était la mieux placée pour commettre ce crime. L'employée qui leur a livré le repas nous a affirmé l'avoir vue choisir en personne la bouteille de vin dans le cellier d'Ames.

— Justement, Frank. Caroline est une femme intelligente. Si elle préméditait d'assassiner son amant, crois-tu vraiment qu'elle aurait eu la sottise de manipuler l'instrument de son futur délit devant un tiers ?

Frank le scruta d'un œil inquisiteur.

— Le procureur n'est pas près de se laisser embobiner par ce genre d'arguties, Jack. Et les collègues non plus. Nous savons par témoignage direct que Caroline Hogarth était présente sur le lieu du crime, à portée de la bouteille de vin où a été par la suite décelé le poison — poison auquel elle avait également libre accès. Qui plus est, elle a passé la nuit seule avec Ames. Rassemble les pièces du puzzle et tu obtiens largement de quoi l'inculper.

— Pour ma part, je ne distingue là qu'un faisceau de présomptions dont l'absence évidente de mobile contredit d'emblée la cohérence.

Frank soupira.

— Tes sentiments t'égarent, Jack. Tu es aussi bien placé que moi pour savoir que l'âme humaine est capable du pire. Et puis nous parlons d'une femme qui exerce le plus vieux métier du monde — une femme animée par un mobile qui, à moi, semble au contraire évident : l'argent. Elle craignait sans doute de ne pouvoir repousser les propositions de mariage d'Ames avant que le cœur de ce dernier le lâche pour de bon, et a décidé en conséquence de hâter sa fin pour se tourner ensuite vers un client plus… compréhensif. Enfin, les collègues ont bien dû fournir au procureur de quoi étayer leurs soupçons. Ce n'est pas à moi qu'il revient de charger ton ex-pensionnaire.

Il eut un sourire triste.

— Pour tout t'avouer, reprit-il, le pauvre flic de base que tu as devant toi espérait simplement s'attirer des honneurs à bon compte en débusquant la suspecte avant les gros calibres de la profession.

Jack le considéra d'un air pensif. Il n'y avait aucune raison pour qu'il se sentît personnellement concerné par ses propos. En tout cas, il n'y en avait vraiment aucune pour qu'il éprouvât un tel besoin de protéger Caroline et s'acharnât ainsi à la disculper. Au vrai, il avait même tout motif pour la condamner sans appel. Ne lui avait-elle pas menti de bout en bout ?

Il se rappelait encore avec intensité le regard bouleversant que lui avaient adressé ses yeux magnifiques, aux longs cils baignés de larmes, lorsqu'elle lui avait juré n'avoir jamais fréquenté Dayton Ames.

Ben voyons, songea-t-il avec dégoût, elle s'était juste contentée de réchauffer son lit six mois durant. Ce type de « fréquentation » devait en outre lui être trop familier pour en mériter le nom... Alors pourquoi s'ingéniait-il à chercher quelque indice qui proclamerait son innocence ?

— Je croyais que vous aviez déjà retrouvé la maîtresse d'Ames, déclara-t-il. Danny, ton subordonné, que nous avons rencontré l'autre jour au commissariat, nous a appris que la femme que vous recherchiez s'était livrée d'elle-même aux enquêteurs. Une certaine Michelle...

— Roche, compléta Frank d'un air absent. Ouais, c'est vrai, elle a avoué qu'elle était venue chez Ames dans l'intention de partager son petit déjeuner, mais qu'elle avait aussitôt pris la fuite en s'apercevant que son épouse était déjà dans l'appartement. Cela étant, notre témoin de ce matin-là ne l'a pas reconnue au cours de la confrontation et, quand on la lui a désignée derrière la vitre, il a soutenu mordicus que ce n'était pas la femme qu'il avait vue sortir de l'immeuble.

— Mais pourquoi donc Michelle Roche irait-elle prétendre qu'elle s'est présentée au domicile d'un homme assassiné si telle n'était pas la pure vérité ? Que gagnerait-elle à mentir ainsi ? La police n'a jamais récompensé les faux témoignages, que je sache.

— Non, bien sûr, mais après vingt ans de carrière dans les forces de l'ordre, je ne gobe plus les délires des blagueurs ni des cinglés. Et cette Michelle Roche n'est certes pas une citoyenne vertueuse aspirant à collaborer avec les défenseurs de la loi, mais plutôt ce qu'on pourrait appeler pudiquement une « amie de la Famille ». Quand elle s'est pointée devant les collègues, elle était flanquée de Me Clive Reese Burroughs. Rien que ça.

— Et qui est ce monsieur ? Son nom doit-il m'inspirer admiration, ou mépris ?

— Qui est Me Burroughs ? répéta Frank. Ah ! Si tu étais de la partie, tu n'aurais pas besoin de me poser la question. Me Burroughs est l'avocat attitré de la racaille de Cook County, voilà ce qu'il est. Et, crois-moi, il ne s'occupe d'aucun client qui ne lui ait auparavant été recommandé par les types qui lui paient ses costumes mille dollars pièce et la nouvelle Mercedes qu'il étrenne chaque année. En d'autres termes, Michelle Roche est autant imprégnée de ses devoirs civiques que le premier rat d'égout venu — ou peu s'en faut, car le second serait encore plus fréquentable.

— Si Michelle est effectivement de mèche avec la mafia, pourquoi suspectez-vous Caroline du meurtre d'Ames ? Bon sang, si celui-ci était en relation avec la pègre, il y a de fortes chances qu'il ait plutôt été victime d'un règlement de comptes.

Frank parut hésiter un moment.

— Et qu'est-ce qui te permet de nier que Caroline ait été elle-même de connivence avec le Milieu ? lâcha-t-il enfin. Si ça se trouve, ils l'avaient embauchée comme tueuse.

— *Hein* ? s'exclama Jack, sidéré.

Pour un peu, il aurait éclaté de rire. Malheureusement, Frank arborait un air si sérieux qu'il le suspectait de disposer d'une information capitale qu'il ne lui avait pas encore divulguée.

— Non, c'est dingue, dit-il avec plus de conviction qu'il n'en éprouvait en réalité. Il est impossible que Caroline Hogarth soit acoquinée avec la mafia.

— Ah tiens ? répliqua Frank d'une voix posée. Et pourquoi, je te prie ? Uniquement parce qu'elle est mignonne et aussi bien élevée qu'une vraie dame ? Toutes les petites protégées des parrains ne se comportent pas comme si elles sortaient tout droit d'un mauvais polar, tu sais.

La cause de Caroline paraissait moins défendable de minute en minute. Pourtant, à son grand étonnement, Jack persistait à la supposer innocente. Etait-ce une intuition ? Ou plus probablement un afflux de testostérone qui lui brouillait le cerveau ? « Allons, pensa-t-il lugubrement, sois franc avec toi-même : pour un homme de trente-huit ans, tu parviens fort bien à imiter un ado atteint au dernier degré de crétinisme hormonal. »

— Désolé, Frank, mais je ne peux pas t'aider, articula-t-il tout en écrasant la cannette de bière dans son poing. J'ignore autant que toi où se trouve Caroline Hogarth.

Frank détourna les yeux avec embarras.

— En es-tu sûr, Jack ? Non que je veuille t'accuser de complicité, mais pourquoi ne nous as-tu pas avertis que Caroline avait volé la valise et les papiers de Kathleen Williams ?

— Je ne suis pas son complice, rassure-toi, rétorqua Jack, surpris que la police détienne déjà toutes ces informations. J'estimais seulement que toi et tes collègues étiez trop occupés pour courir après une valise de vêtements destinés aux bonnes œuvres.

— Mais le passeport de Kathleen *n'était pas* destiné aux bonnes œuvres, lui rappela Frank sèchement. Si nous avions su que Caroline avait subtilisé ces papiers, nous aurions pu en informer le personnel de l'aéroport afin qu'il nous signale toute personne se présentant aux guichets sous l'identité et avec les passeports de la défunte.

Les papiers de Kathleen… Voilà donc ce que Caroline souhaitait lui soutirer, songea Jack, hébété. Depuis le début elle projetait de quitter le pays en avion. Alors même que, dans le vain espoir de l'inciter aux confidences, il lui confiait les tourments qu'il avait endurés en prison après la disparition de Beth, elle ne lui avait témoigné de sympathie que pour mieux dissimuler son dessein de lui ravir le passeport et se dérober ainsi à une inculpation pour meurtre en usurpant l'identité de Kathleen.

— Caroline…

Il s'éclaircit la gorge.

— Est-elle partie ?

Frank secoua la tête.

— Elle a réservé une place sur un vol pour les îles Caïmans mais ne s'est pas montrée à bord de l'avion. Elle a dû se réfugier quelque part dans la région, à moins qu'elle ait réussi à prendre le large en stop. Ou encore, ajouta-t-il avec un regard entendu à l'adresse de son vis-à-vis, elle a trouvé une âme charitable disposée à l'aider dans sa fuite.

— Je plaide non coupable, repartit Jack d'une voix lasse. Je n'ai pas aidé Caroline et n'en ai nullement l'intention. A ce propos, que s'est-il passé à l'aéroport ? Pourquoi ne l'avez-vous pas arrêtée là-bas ?

— Oh, c'est une longue histoire, répondit Frank en se détendant un peu. Un vrai roman-feuilleton, même. A force de démêler les témoignages des uns et des autres, nous avons fini par comprendre que Caroline s'était pointée à O'Hare aux environs de 17 heures. Là, elle paie cash un billet à destination de Grande Caïman, procède à l'enregistrement de la valise de Kathleen et présente le passeport volé à l'employé de l'agence. Bref, tout marche pour elle comme sur des roulettes. Personne ne soupçonne l'imposture. Personne ne se doute en fait de quoi que ce soit. Jusqu'au moment où, manque de pot, le guichetier n'a plus de monnaie. Alors il va en chercher dans la réserve et, à son retour, l'oiseau s'est envolé.

» Dieu sait ce qui a pu l'effaroucher, mais juste après, voilà tout O'Hare en ébullition. Un type se met à traquer Caroline jusque dans les toilettes pour femmes. Dans sa course, il envoie une vieille dame au tapis. Caroline en profite pour le distancer et déboule comme une damnée hors du terminal. Un agent de la circulation l'aperçoit alors en train de cavaler avec l'autre gugusse sur les talons. Il s'apprête à s'interposer, quand brusquement — accroche-toi aux branches — Caroline saute dans un taxi en attente et file au nez et à la barbe du chauffeur, du flic et du type qui lui collait aux basques ! Elle avait la moitié de l'aéroport aux trousses et elle est quand même parvenue à se calter !

— Elle vous a donc échappé ? demanda Jack, gêné de ressentir une envie aussi insensée qu'irrépressible d'applaudir cet exploit.

— Oui, et en beauté, admit Frank à contrecœur.

Jack s'efforça de refréner ses pulsions et de réagir en citoyen lucide et responsable.

— Et son poursuivant ? s'enquit-il. Le connaissez-vous ? Est-ce qu'il a parlé ? Vous a-t-il appris pourquoi il tenait tant à la rattraper ?

— Les réponses à toutes ces questions sont non, non et non, avoua Frank, visiblement écœuré. L'agent de la circulation était un bleu. Il a pris en chasse le taxi volé par Caroline et, le temps qu'il revienne de sa promenade bredouille, l'autre type avait disparu à son tour. Si bien que, lorsque les patrouilleurs l'ont interrogé, il a pu seulement le décrire comme un homme pas trop mince, pas trop vieux et pas trop chauve. La dame qu'il a culbutée dans les WC prétend pour sa part qu'il s'agissait d'un jeune homme — de moins de trente ans, s'entend —, grand, râblé, avec une chevelure noire comme la poix. Moralité : nous ignorons tout de lui comme des raisons pour lesquelles il cavalait après Caroline. Et entre-temps, la demoiselle s'est volatilisée.

— Vous saurez bien la retrouver, non ?

— Pas si elle obtient de l'aide, or je suis sûr qu'elle est précisément en quête d'un complice, répliqua Frank d'un air découragé. Tu sais, Jack, il y a une sacrée embrouille sous cette affaire-là et ça me met en rogne de penser que Me Clive Burroughs et ses souteneurs se prélassent dans leur résidence et brassent leurs millions mal blanchis en riant à tue-tête des efforts que nous déployons pour les coincer la main dans le sac et permettre ainsi au procureur de les coffrer comme il se doit.

Caroline travaillait-elle réellement pour Burroughs et ses amis de la pègre ? s'interrogea Jack. Ou était-elle au contraire leur victime ? Jusqu'alors, il s'était enorgueilli d'être un observateur sagace de la nature humaine, et il ne pouvait croire que la jeune femme eût la vénalité et le cynisme requis pour devenir une servante dévouée de la mafia. D'un autre côté, au cours de sa détention, il s'était rendu compte que les repris de justice étaient souvent à l'abri de tout remords, du fait que leur conduite leur semblait honnête par rapport aux ordres reçus. Or la lettre de Caroline dénotait bien chez elle le sentiment d'une mission. Il était ahurissant — et effrayant — de constater quels forfaits le commun des mortels pouvait être ainsi amené à commettre dès lors qu'il était convaincu de son bon droit. Or tout indiquait que Caroline faisait partie de ces criminels fanatiques usant de leur pouvoir de séduction pour s'arroger le titre de martyrs.

Aussi persuadé fût-il de l'innocence de la jeune femme, Jack avait conscience que le monde était condamné au chaos si chacun s'instituait à la fois juge et partie pour finalement appliquer sa propre version de la loi.

— Si Caroline revient ici, jura-t-il à Frank avec une entière sincérité, je te préviendrai. Mais je doute qu'elle s'y risque. Elle sait que nous sommes amis. Elle craindrait que je la dénonce.

— Et tu la dénoncerais ? Vraiment ?

— Evidemment. Je te rappelle que je passe le plus clair de mon temps à diriger une association où l'on s'échine à convaincre les gamins du quartier que la société irait à vau-l'eau si tous les citoyens ne coopéraient pas avec les défenseurs de la loi et que, s'ils considèrent malgré tout que cette dernière est inique ou que leur propre situation est désespérée, ils doivent œuvrer pour changer l'une et l'autre au lieu de recourir à des expédients répréhensibles.

— Voilà une cause vertueuse, Jack, et qui, j'en suis certain, a trouvé en toi un brillant avocat. Le hic, c'est que ton bon cœur te pousse justement à avaler le moindre bobard. Il suffit à n'importe quel péquin dans la déveine de verser sa petite larme pour qu'au nom de la miséricorde divine tu l'abrites sous ton aile.

— Notre Seigneur est effectivement miséricordieux, rétorqua Jack d'une voix placide. Et Il désire que je prenne soin des déshérités. Mais cela ne m'engage pas pour autant à faciliter leurs forfaits.

Frank soupira de nouveau.

— Je suppose qu'il est également inutile de te demander si, par hasard, Caroline Hogarth ne t'aurait pas fourni un renseignement susceptible de nous guider dans notre enquête ? Tu vas, j'imagine, m'objecter le devoir de réserve, le secret de la confession ou Dieu sait quel autre horripilant tabou ?

Jack sourit.

— Pas cette fois-ci, Frank. Aucune de mes conversations avec Caroline n'a été marquée d'une quelconque confidentialité. Elle ne m'a jamais sollicité en tant que prêtre ni exigé que je garde le silence sur ses propos. Je t'apprendrai même que, loin de s'ouvrir à moi, elle n'a cessé de me jurer qu'elle ne connaissait pas Dayton Ames. En résumé, elle ne m'a rien appris qui puisse vous permettre de la débusquer. J'ignore absolument tout de la vraie Caroline Hogarth — sinon qu'elle possède la plus fantastique paire de jambes de tout l'univers.

Frank parut vaguement choqué. En bon catholique, il avait du mal à accepter que Jack ne fût pas soumis au même vœu de chasteté que les curés et serinait à l'envi que seuls les Anglais avaient pu inventer une forme de religion telle que, tout en singeant à s'y méprendre la foi de ses aïeux, elle se retrouvait vidée de ses règles comme de ses contraintes fondamentales.

Il soupira encore une fois et se redressa péniblement.

— Eh bien, je crois que je peux faire une croix sur ma promotion, dit-il. Mieux vaut que je rentre à la maison et que j'arrête de vouloir damer le pion aux collègues. Ce fut une rude journée, Jack, mais merci pour la bière. Et le fauteuil.

Le téléphone sonna à ce moment. Frank esquissa un salut moqueur.

— Vos troupes vous réclament, général. Allez, j'y vais. Si un détail te revient à la mémoire, tu sais où me joindre.

— Compte sur moi, repartit Jack.

Il décrocha juste avant que le répondeur se déclenche, et salua Frank d'un signe de tête tout en parlant dans le combiné.

— Allô ? Qui est à l'appareil ?

La voix qui lui répondit était empreinte de terreur.

— C'est moi, Caroline. Je suis dans le pétrin et j'ai besoin de votre aide, Jack.

12.

Jack entendit la portière de la Toyota s'ouvrir avant même de distinguer la jeune femme. Quand celle-ci se fut glissée dans la voiture, il vit qu'elle était habitée d'une terreur si profonde qu'il en frémit à son tour.

— Merci d'être venu, Jack, déclara-t-elle.

Elle avait le visage blanc comme un linge et ses yeux fiévreux étaient dévorés par d'immenses cernes violacés.

— Vous n'avez dit à personne où vous vous rendiez, n'est-ce pas ?

— Non. Je n'en reviens pas moi-même, mais j'ai laissé Frank Donohoe repartir de chez moi sans piper mot.

— Donohoe ? Pourquoi diable est-il…

Sa question mourut sur un hoquet étranglé. Elle dégringola soudain du siège et se recroquevilla à même le plancher, sous le tableau de bord. Un instant plus tard, Jack comprit pourquoi, en percevant la sirène d'une voiture de police. Il songea qu'elle devait avoir les nerfs sacrément à fleur de peau pour avoir flairé le danger de si loin.

— C'est bon, chuchota-t-il en la forçant à se relever. Les flics ne semblent pas venir par ici. Tenez, écoutez : on ne les entend déjà presque plus.

Caroline attendit néanmoins que le hurlement de la sirène fût devenu inaudible avant de se rasseoir sur le siège.

— Il faut qu'on parte d'ici, dit-elle d'une voix tendue. Autrement, ils finiront par me repérer. Ils vont bientôt remarquer le taxi sur le parking et en déduire que je ne suis pas loin. Allez, Jack, démarrez ! Sortez-moi vite de ce coin !

Il obtempéra, contaminé par sa propre frayeur. Paradoxalement, la panique de Caroline semblait d'autant plus tangible et pesante qu'elle s'efforçait de la maîtriser.

— Où m'emmenez-vous ? s'enquit-elle.

— Quelque part, répondit-il évasivement en s'engageant dans le trafic, à l'affût des voitures de patrouille.

Il la vit du coin de l'œil s'écarter brusquement de lui, le regard voilé par un désarroi si intense qu'il en sursauta.

— Qu'est-ce que ça signifie ? s'écria-t-elle. Vous me conduisez chez Joe ? Vous aussi, vous travaillez pour lui ? C'est là que vous m'emmenez ?

Elle émit un son rauque, moitié rire, moitié sanglot.

— Oh, Seigneur, suis-je donc assez stupide pour m'en remettre à un sbire de Joe Rossi ?

— Je ne pense pas, répliqua Jack, vu que j'ignore qui est ce monsieur.

— C'est mon beau-père.

« Son beau-père ? »

— Ainsi donc vous étiez bien mariée, marmonna-t-il. Et où se trouve actuellement votre époux ? Quel est donc son rôle dans toute cette histoire ? Votre beau-père est-il en train d'essayer de vous rabibocher ?

Et surtout, songea-t-il, *qui* était son mari ? Ce mystérieux Andrew dont elle avait cité le nom par mégarde ? En tout cas, il n'avait pas besoin de se demander longtemps pourquoi cette nouvelle le touchait tant. Dès qu'il était rentré chez lui cet après-midi-là, dans cet appartement désert où ne subsistait que l'écho de la présence de Caroline, il avait immédiatement pris conscience que ses sentiments pour elle excédaient largement ceux d'un pasteur à l'égard d'une brebis égarée, ou même ceux d'un homme soumis à la tentation après des années d'abstinence volontaire.

« Votre sens de l'humour est franchement douteux, Seigneur. Une décennie entière pour m'envoyer la femme de mes rêves, et voilà que j'apprends qu'elle est mariée ? »

— Je devrais dire mon *ex*-beau-père, se corrigea Caroline. Je suis divorcée depuis deux ans.

— J'en suis désolé.

Et il l'était, aussi bien pour Caroline que pour lui-même. En dépit des ardentes controverses qui opposaient ses évêques, l'Eglise épiscopale persistait encore à soutenir que le mariage était un lien que seule la mort pouvait dénouer. Par conséquent, dans l'esprit de ses supérieurs, Caroline serait toujours mariée, quel que fût par ailleurs son statut légal.

— Mon mari est décédé l'année dernière, ajouta-t-elle. Il a été assassiné.

« Hosanna ! Merci, Seigneur ! »

Jack se rendit compte avec un peu de retard combien cette joie était indécente. Mais après tout, se dit-il, il était amoureux et cela excusait bien des égarements.

Comme ils s'arrêtaient à un feu, Caroline se mit à pianoter nerveusement sur ses genoux. Aussitôt, elle croisa les mains pour neutraliser ce tic.

— Oh, Jack, murmura-t-elle, j'ai si peur…

Il aurait bien voulu se garer sur le bas-côté pour la prendre dans ses bras, lui promettre qu'il veillerait éternellement sur elle et surtout, surtout, la serrer contre lui. Tout angoissée qu'elle fût, elle exerçait toujours sur lui un charme presque irrésistible.

Il se contenta de lui assurer avec une platitude affligeante que tout s'arrangerait pour le mieux et, se souvenant que Frank Donohoe lui avait reproché d'être prédisposé à gober les bobards larmoyants d'autrui, et plus particulièrement ceux de Caroline, il décida de raffermir son jugement. Qu'il se fût épris de Caroline sans connaître ses antécédents ni son passé, cela passait encore. Mais qu'il écartât tout scrupule sous prétexte qu'elle le mettait en transe, ça, il n'en était pas question.

— Caroline, déclara-t-il, j'aimerais tout de même savoir à quoi je m'engage exactement. Suis-je en train de protéger une meurtrière ? Avez-vous tué Dayton Ames ?

Elle lui parut hésiter une seconde de trop.

— Non, articula-t-elle enfin, je ne l'ai pas tué.

— Pas même par accident ? Ou pour quelque motif légitime ? Ou encore en état de légitime défense ?

— Je ne l'ai pas tué, répéta-t-elle sur un ton rageur et cette fois-ci sans aucune hésitation. D'ailleurs, jamais il ne m'aurait menacée physiquement. Il n'était pas comme ça.

— Comment était-il, alors ?

— Séduisant, raffiné et aussi moral qu'ont pu l'être en leur temps Henry Ford, John D. Rockefeller et toute la flopée de millionnaires que nous avons collectivement choisi d'encenser. Du moins l'était-il jusqu'à ce qu'il fasse la grossière erreur de s'acoquiner avec Joe.

— Et pourquoi a-t-il été assassiné ? Vous n'en avez vraiment aucune idée ?

— Si, une seule — mais c'est la bonne : il gênait Joe Rossi.

Elle secoua la tête avec fureur.

— Et le plus drôle, poursuivit-elle, c'est qu'il ne m'était jamais venu à l'esprit que Dayton avait été tué avant que je regarde votre télé et que j'entende les journalistes annoncer que la police avait réclamé une autopsie.

Elle se frappa la main du poing.

— Bon Dieu, que j'ai été cruche ! Six mois durant, j'ai cru que je menais Joe en bateau alors que c'était exactement le contraire !

Jack engagea la voiture sur la nationale et roula plein nord.

— Mais qui est au juste ce Joe Rossi, hormis votre ex-beau-père ?

Elle eut un sourire amer.

— Rien moins que le *consigliere* de la Famille du New Jersey. Le chef de la pègre locale, en somme. Le Maquereau Suprême. L'Empereur de la Drogue. Le Roi des Jeux. Le Protecteur attitré de dix pour cent des politiciens de l'Etat, de vingt pour cent des leaders syndicaux et de Dieu sait quel pourcentage encore des patrons d'entreprises. Bref, il a les pieds campés dans la lie de l'humanité et les mains gluantes de sang plongées dans les billets de banque.

— Emouvant portrait.

— A condition d'apprécier la vermine.

— Heureusement qu'il n'est plus votre parent.

— Bah, repartit Caroline en fermant les yeux, je crois bien que je n'en serai jamais quitte avec lui.

Si sa répugnance était simulée, songea Jack, c'était l'une des comédiennes les douées qu'il eût jamais vues. Maintenant, ses liens étroits avec la mafia expliquaient aussi que le procureur fût si enclin à la soupçonner d'homicide…

La voiture fut soudain dépassée par une décapotable

et un coupé dont les conducteurs respectifs paraissaient considérer la nationale comme une piste de course à leur usage exclusif. Jack attendit que les chauffards les eussent suffisamment distancés pour reprendre la parole.

— Un mandat d'arrêt a été émis contre vous par le procureur. Vous êtes inculpée du meurtre de Dayton Ames. Le saviez-vous, Caroline ? Est-ce pour cela que vous vous êtes enfuie cet après-midi ?

Il lui avait trouvé le visage blême lorsqu'elle était montée dans la voiture, mais il s'était apparemment trompé : il devait alors n'être qu'un peu pâlot, car désormais le sang s'en retirait à vue d'œil et il devenait littéralement blafard.

— Oh, mon Dieu ! souffla-t-elle. Il n'y a plus aucun doute, alors ? Dayton a bien été assassiné ? Et la police m'en rend responsable ?

— Oui, convint Jack, il a été effectivement assassiné. Et, oui, la police est convaincue que vous êtes la coupable. Au vrai, Caroline, leurs présomptions me paraissent solidement fondées.

Elle secoua de nouveau la tête, comme pour recouvrer ses esprits.

— Comment leurs présomptions pourraient-elles être fondées ? protesta-t-elle. C'est grotesque ! Enfin, Dayton était malade du cœur et il est mort dans son lit, en plein sommeil ! Et puis, comment l'aurais-je tué, d'abord ? En l'entraînant dans une débauche frénétique ?

— En l'empoisonnant, selon le médecin légiste.

Elle encaissa l'information en silence.

— Ouais, eh bien, ce n'est pas moi qui l'ai empoisonné, voilà.

Elle se retourna vers la vitre.

— Bon, admettons que vous soyez innocente, Caroline.

Du coup, deux questions se posent. Primo, qui est le vrai coupable ? Et secundo, cherche-t-on *délibérément* à vous incriminer ?

— Ne soyez pas stupide, rétorqua-t-elle avec aigreur. Les réponses sont évidentes. Un, c'est Joe qui a commandité le crime et, deux, il veut évidemment ma peau.

Avisant un véhicule de police dans le rétroviseur, Jack ralentit jusqu'à rouler à trois km/h en dessous de la limite autorisée. Quand enfin la voiture pie eut obliqué sur la voie de droite et disparu par la bretelle suivante, il s'aperçut qu'il suait. Décidément, pensa-t-il, le remords et la peur n'étaient guère des compagnons de voyage agréables.

— Je comprends qu'accuser Joe vous soulage, Caroline, mais quand bien même vous seriez en droit de le suspecter, la façon dont il s'y est pris demeure toujours une énigme.

— Vous ne connaissez pas Joe, repartit-elle en s'étirant. Pour lui, cela a été aussi simple que d'expédier une affaire courante. Il a appelé un de ses tueurs, lui a dit : « Dayton Ames pose problème, règle-moi ça en vitesse », et s'en est aussitôt retourné à ses moutons, à savoir vendre plus de crack aux écoliers ou contribuer au fonds catholique de secours de la veuve et de l'orphelin — voire les deux à la fois. Joe est un grand comique qui s'ignore.

Jack sentit que son amertume était telle qu'elle faussait son entendement.

— Vous oubliez les faits, Caroline. Dayton n'a pas été fusillé au coin d'une rue, mais empoisonné dans son propre appartement, ce qui ressemble peu aux méthodes d'élimination ordinairement prisées par la pègre. De plus, vous étiez avec lui au moment de sa mort. Si Joe lui avait envoyé un de ses tueurs, comment ce dernier se serait-il débrouillé pour le tuer à votre insu ?

— Je… je ne sais pas, bredouilla-t-elle. Du reste, c'est justement pour ça que je ne me suis pas doutée qu'il avait pu être assassiné. Nous sommes restés ensemble des heures avant son décès, rien que tous les deux.

Elle s'interrompit pour se masser le front.

— Bon, soit, admit-elle, vous avez raison. Si je veux confondre Joe, il faut que j'arrive à expliquer comment son homme de main a pu donner du poison à Dayton alors que je ne l'avais pas quitté de la nuit et que j'avais peu ou prou mangé la même chose que lui, respiré le même air, bu le même vin, goûté le même café…

— Ce point est d'ores et déjà éclairci, l'interrompit Jack. La police sait parfaitement comment le poison a été administré.

— Ah bon ? s'exclama-t-elle avec stupéfaction.

Ses yeux étaient vraiment d'une grâce saisissante, d'une nuance liquide oscillant entre le bleu et le gris. Jack se retint néanmoins de succomber à leur beauté. Il réprima également son désir de lui assurer que, pour lui, elle était naturellement innocente et qu'il était prêt à sacrifier son existence entière pour le prouver.

— Le légiste est formel à ce sujet, énonça-t-il. Dayton souffrait de fibrillations ventriculaires chroniques compliquées de syncopes. En d'autres termes, il était fragile du cœur et son décès a été provoqué par l'ingestion d'au moins trois verres de vin additionné de digitaline. Dans une proportion de cinq milligrammes par litre, selon le rapport. Il absorbait déjà de cette substance dans le cadre de son traitement. La surdose a eu raison de lui.

Caroline le dévisageait avec incrédulité.

— Non, non, Jack… C'est impossible. Le labo… le coroner… ils ont dû se tromper.

— Je vous répète que le légiste est formel. Dayton Ames a bu une quantité létale de digitaline, un glucoside dont la posologie est extrêmement délicate à établir. A cause de ses défaillances cardiaques, il a été condamné dès le deuxième verre de vin.

— Je veux bien vous accorder qu'il ait été intoxiqué par cette di-machin, mais elle n'a certainement pas été mise dans son vin.

Elle se tut et fronça les sourcils.

— Dans la nourriture, peut-être..., reprit-elle d'une voix songeuse. Oui, cela me semble plus vraisemblable. Nous avions commandé notre dîner à l'extérieur, chez un traiteur. Joe aurait pu aisément le frelater au passage. Mais le vin, non.

— Pourquoi ?

— Parce que c'est *moi* qui l'ai choisi. Et que c'est encore moi qui l'ai ouvert et versé. Je sais donc très bien qu'il n'était pas empoisonné. D'autant que j'en ai moi-même avalé un verre et que je n'en ai pas rendu l'âme pour autant.

— Oui, mais vous, vous aviez le cœur valide. Un seul verre pouvait uniquement vous procurer un léger malaise, pas vous tuer.

— Vous ne m'écoutez pas, Jack. J'ai *personnellement* choisi cette bouteille. Personne ne pouvait savoir à l'avance laquelle aurait ma faveur. Dayton avait stocké une demi-douzaine de vins blancs dans une glacière près du bar et une demi-douzaine de vins rouges dans la resserre de la cuisine. Avant chacun de nos repas, il m'invitait à sélectionner moi-même les crus les mieux appropriés aux plats que nous devions ensuite déguster. En fin gourmet qu'il était, il tenait à remédier à la grossièreté désespérante de mon palais. Croyez-moi, Jack, toucher au vin était exclu.

Personne d'autre que moi n'a pu approcher de cette bouteille. En conséquence, la di-truc n'y était pas.

— C'est pourtant là qu'on l'a décelée, objecta Jack. Et vous savez quoi ? ajouta-t-il avec un sourire crispé. Vous venez à l'instant même d'apporter de l'eau au moulin du procureur. Le vin a été indubitablement empoisonné et, selon vos propres dires, vous êtes la seule personne au monde qui aurait eu l'opportunité de le frelater. Voilà la conclusion imparable de tout votre raisonnement.

Caroline se tint coite un moment. Puis, à la grande surprise de Jack, elle s'esclaffa.

— Ce sacré vieux Joe, lança-t-elle. Il est d'une perfidie incroyable ! Je me demande sincèrement comment il a réussi ce coup-là…

Son rire mourut presque aussitôt. Jack la devinait au bord de l'hystérie. Elle pressa une main contre ses lèvres pour se calmer.

— Eh bien, autant reconnaître ma défaite, dit-elle en redressant le buste. Alors, où comptez-vous me conduire, maintenant ? Au commissariat, pour rapporter aux flics que je viens juste de me trahir ?

— Non, répondit-il avec humeur. Pas encore.

Deux convictions s'opposaient toujours en lui. D'une part ses sentiments le confortaient dans l'idée qu'il aidait bien une innocente prise à un piège machiavélique. D'autre part, sa raison lui enjoignait de ramener directement Caroline en ville pour la remettre entre les mains de Frank Donohoe. Après tout, il était prêtre, non policier ou juriste, et ce qu'il fallait à la jeune femme, c'était un excellent avocat capable de démêler cet embrouillamini, non un bon samaritain qui, jusqu'alors, n'avait pratiquement jamais connu la justice que du mauvais côté de la barrière.

Oh, et puis zut, pensa-t-il. Au diable la raison ! Il était intimement persuadé que Caroline ne lui mentait pas. Cependant, si Joe Rossi était en effet le vrai coupable, comment avait-il pu s'assurer que la jeune femme opterait pour la bouteille empoisonnée ? Certainement pas en la posant en évidence sur la table de la cuisine après avoir soudoyé le traiteur afin qu'il élaborât des plats requérant le vin en question.

Non, il n'avait tout bonnement aucun moyen d'inciter Caroline à devenir la complice involontaire de son crime. A moins que…

— Ça y est ! s'écria-t-il soudain. J'y suis ! Je sais comment Joe a empoisonné le vin !

Caroline le dévisagea avec perplexité.

— Ah bon ?

— Il a injecté la digitaline dans *toutes* les bouteilles. De cette façon, quel que soit le vin que vous choisissiez, Dayton ne devait pas en réchapper.

— Bon sang ! s'exclama-t-elle en sursautant.

Puis elle se tassa de nouveau sur son siège et secoua la tête.

— Non, Jack, votre hypothèse ne tient pas. Et les bouteilles que je n'ai pas ouvertes ? Elles sont toujours dans l'appartement. La police n'a sûrement pas omis de vérifier si elles étaient également frelatées. Et si Felicity en avait ensuite servi une à ses invités au cours d'une soirée ? Ou demandé aux employés du traiteur de l'en débarrasser ? L'une de ces personnes pouvait avoir le cœur fragile et succomber au vin, exactement comme Dayton. Or Joe ne pouvait courir le risque de tuer quelqu'un d'autre.

— Pourquoi pas ? Ces gens lui étaient inconnus. Leur décès lui importait peu.

— Certes, mais pas l'enquête que ce décès aurait inévitablement provoquée par la suite. Car il y a fort à parier qu'au cas où la police aurait découvert une deuxième victime intoxiquée de la même manière que Dayton Ames, elle aurait été amenée à remettre en question ma culpabilité dans le meurtre de ce dernier.

— C'est vrai, admit Jack. Nous devons donc en conclure que Joe s'est arrangé pour évacuer les bouteilles avant que Felicity, la police ou les employés du traiteur puissent mettre la main dessus.

— Oui, mais quand ? Felicity était déjà dans l'appartement à mon réveil, ce matin-là. Jamais elle n'aurait permis à qui que ce soit d'aller vider glacière et resserre alors même qu'elle pleurait la mort inopinée de son…

Elle s'interrompit soudain.

— Qu'y a-t-il ? s'enquit Jack. A quoi pensez-vous ?

— A rien. Une idée inepte.

Elle se frotta les yeux.

— Quelle idée, Caroline ? Vous êtes-vous rappelé un détail particulier concernant Dayton ?

— Pas Dayton, non. Mais sa femme, Felicity.

— Et quel souvenir vous est revenu en tête ?

— Ce n'est pas un souvenir, mais une hypothèse à laquelle je n'avais jamais songé jusqu'à présent.

Elle prit une profonde inspiration et poursuivit :

— Mes rendez-vous du samedi soir avec Dayton étaient un secret de polichinelle. Au cours des six mois de notre relation, Felicity et moi avons réussi à ne jamais nous croiser. Dayton et son épouse menaient des existences complètement séparées, voyez-vous. Felicity habitait dans leur résidence de Winnekta tandis que son mari demeurait dans son appartement en ville. Ils ne se retrouvaient ensemble que pour les cérémonies officielles ou pour accompagner leur fille en sortie.

— Il vous paraît donc étrange que Felicity se soit rendue chez Dayton le matin même de sa mort ? La coïncidence vous semble troublante, n'est-ce pas ?

Caroline hocha la tête.

— Felicity m'a pratiquement chassée de l'appartement. Elle avait hâte de me voir partir. Vu les circonstances, je n'en ai pas été étonnée, même lorsqu'elle m'a informée qu'elle ne désirait pas révéler à la police que j'avais passé la nuit avec son mari…

— Et vous avez gobé le tout sans broncher ? Son comportement n'a déclenché en vous aucun signal d'alarme ?

— Pas le moindre. Ou alors je ne l'ai pas entendu. J'avais le cerveau engourdi. Le décès de Dayton m'avait bouleversée et c'est à peine si ma tête tenait encore sur mes épaules. Il m'était impossible de me concentrer, encore moins de réfléchir de manière cohérente. En vérité, je n'étais pas bien du tout…

— Ce qui n'a rien de surprenant, repartit Jack d'une voix sinistre. Si ma mémoire est bonne, un verre de plus aurait suffi à fragiliser votre cœur pour le reste de votre vie. La digitaline est une substance très active. N'étiez-vous pas nauséeuse au sortir du lit ?

— Si, terriblement, répondit-elle, tout en s'apercevant pour la première fois combien elle s'était sentie malade ce matin-là. J'ai dormi d'un sommeil si lourd que Dayton est mort à mon insu et, en même temps, je me rappelle vaguement avoir rêvé que je suffoquais. Le lendemain, je ne tenais presque plus debout et j'étais prise de vertiges. Mon pouls n'arrivait pas à se calmer ni mes yeux à accommoder, et je ne cessais d'avoir l'estomac ballotté par ces abominables haut-le-cœur.

— Et il ne vous est jamais venu à l'idée que vous auriez pu être empoisonnée ?

— Non, jamais, reconnut-elle avec un pâle sourire. Ça va peut-être vous paraître idiot, mais j'ai estimé sur le coup que le fait de me réveiller à côté du cadavre de mon amant et de devoir presque aussitôt affronter sa veuve expliquait amplement mon malaise.

— Oui, eh bien, nous tenons désormais la clé de l'énigme, répliqua Jack sur un ton sans appel. Le meurtrier de Dayton Ames n'est pas votre ex-beau-père, Caroline, mais Felicity. Pour quelque obscure raison, elle a dû préférer cette solution expéditive à une laborieuse procédure de divorce.

Caroline rougit, taraudée par un cuisant remords.

— Je ne pensais pas la blesser à ce point, Jack. Seigneur, j'étais même à cent lieues de lui prêter une telle jalousie. Dayton m'avait juré que leur mariage était de l'histoire ancienne, qu'elle se moquait qu'il ait une douzaine de maîtresses. Et comme de mon côté j'étais toute disposée à le croire, ajouta-t-elle en fermant les yeux, j'ai cessé de m'inquiéter de sa femme ainsi que de ses sentiments à notre égard. Que j'aie pu par là l'inciter au meurtre m'est une pensée insupportable.

— Ce n'est pas pour ça que vous devriez vous lamenter, déclara Jack. Le fait que Dayton vous ait affirmé que sa vie de couple était du passé n'excuse en rien la faiblesse qui vous a poussée à commettre un adultère. Et cet adultère lui-même n'explique ni n'excuse non plus le geste de Felicity.

— Votre moralité pointilleuse vous honore, révérend, riposta Caroline, mais nous autres, simples mortels, avons le défaut lassant de nous embrouiller dans nos propres émotions. Laissez-moi au moins un instant pour me dépêtrer de mes divers complexes de culpabilité, je vous prie.

— Soit, veuillez me pardonner. J'ai manqué singulièrement de tact et de finesse.

Il se passa la main dans les cheveux.

— Bon, reprit-il, abandonnons le sujet. Je voudrais seulement que vous refouliez ces regrets hors de propos afin de garder la tête froide. Votre ex-beau-père m'a certes l'air d'être un individu peu recommandable, Caroline, mais cela ne signifie pas qu'il soit l'unique responsable de tous vos malheurs. A mon avis, la logique nous impose d'imputer l'assassinat de Dayton Ames à l'épouse de la victime, non à Joe Rossi.

Caroline demeura silencieuse un moment. Lorsqu'elle se remit à parler, ce fut d'une voix atone, comme si elle s'attendait à ne pas être crue.

— Il est possible que vous ayez raison et que je sois folle, Jack. Pourtant, bien que je ne voie toujours pas comment Felicity aurait pu tuer son mari ni de quelle manière Joe aurait pu y parvenir lui-même, je suis toujours convaincue que c'est mon ex-beau-père qui a commandité ce crime. Je reconnais là sa patte.

— Sans blague ? Il y a encore deux jours — sinon deux heures —, vous étiez loin de supposer que Dayton Ames ait été victime d'un meurtre. Et voilà maintenant que vous en accusez Joe Rossi et ce, qui plus est, sur de pures présomptions.

— Vous êtes injuste. Je connais le bonhomme depuis trop longtemps…

— Là est sans doute le problème, la coupa Jack. Vous le connaissez en effet depuis trop longtemps. Si nous voulons parer les foudres de la justice, Caroline, nous aurons non seulement besoin de contre-attaquer, mais aussi de pointer notre artillerie dans la bonne direction.

Elle détourna la tête, si bien qu'il ne distingua plus d'elle que son opulente chevelure blonde. Sa réaction ne suscita en lui aucune colère, juste une morne résignation. Il avait l'impression qu'elle venait de le soumettre à un test. Un test auquel il avait échoué. Lamentablement.

— Nous approchons du Wisconsin, constata-t-elle en déchiffrant un panneau sur le bord de la route. Où allons-nous, Jack ?

— Les Warzaks, les parents de Beth, habitent un petit cottage près du lac à environ huit kilomètres de la route principale, qui longe précisément ce côté-ci de la frontière. Ils m'en ont proposé les clés avant de partir en vacances dans le parc de Yellowstone. C'est là que je vous emmène. C'est un endroit charmant, très paisible, avec beaucoup d'arbres, d'oiseaux et peu de monde autour.

Elle referma les paupières.

— Exactement ce qu'il me faut. Rassurez-vous, Jack, je ne toucherai à rien et ne m'incrusterai que quelques heures, juste le temps de recouvrer assez de forces pour savoir où aller ensuite.

— Comme vous voudrez. De toute façon, je ne vous quitte pas.

Elle rouvrit les yeux tout en se redressant sur le siège. Loin de paraître consternée, ainsi qu'il aurait pu le craindre, elle semblait singulièrement heureuse de sa décision, comme si elle acceptait avec plaisir sa compagnie.

Puis son expression s'assombrit de nouveau.

— Vous vous êtes déjà beaucoup compromis pour moi, murmura-t-elle. Je n'ai pas le droit de vous demander plus, Jack. Sauf, peut-être, de ne pas rapporter à la police que vous m'avez vue. Vous pourrez toujours prétendre que je vous ai volé les clés du cottage de vos beaux-parents. Vous éviterez ainsi de vous rendre complice de ma fuite.

— Oui, mais ce ne serait pas la vérité, puisque vous ne m'avez pas volé les clés. Et comme par ailleurs je vous les confie, je *suis* votre complice.

— Trop vertueux pour mentir, hein ? lui lança-t-elle avec son ironie coutumière.

Il eut une grimace moqueuse.

— Pas vertueux au point de ne pas mentir en cas de force majeure, répondit-il.

— Et que serait donc pour vous un cas de force majeure ? s'enquit-elle en se forçant à répondre à son sourire.

— Je vous le dirai volontiers si vous avez un jour ou deux à me consacrer.

— Je le voudrais bien. Ce serait certainement du plus haut comique.

Elle effleura doucement sa barbe naissante.

— Vous savez, révérend, sous cette carapace rude qui est la vôtre, vous avez le cœur bien naïf. Même si mon intention n'était pas de vous amener à enfreindre la loi, je serais obligée de refuser votre assistance. Des tendrons comme vous, Joe Rossi en dévore quatre à son petit déjeuner. Il vous broierait d'un seul coup de dents avant de vous recracher en mille morceaux.

— Frank Donohoe m'a déjà reproché d'être trop gentil, et voilà qu'en plus vous me traitez à votre tour de tendron. Pour un type endurci par deux années de prison, je suis encore loin d'avoir assuré ma réputation de macho ! Entre vous deux, j'aurais de quoi développer un complexe d'infériorité.

— Vous valez cent fois mieux qu'un macho, repartit

Caroline avec un sourire un peu moins contraint que le précédent. Vous vous êtes comporté comme un véritable ami avec moi et je vous en remercie infiniment. Vous m'avez épaulée alors que j'étais au plus bas et que… Enfin, en tout cas, si jamais je m'en sors…

Elle prit une profonde inspiration et serra les lèvres en affichant un air aussi navré que résolu.

— Bref, quand tout cela sera fini et que nous ne courrons plus aucun danger, je vous enverrai une lettre pour tout vous expliquer.

— Oh, que non, répliqua-t-il sur un ton aigre-doux. Je ne suis pas près de vous laisser sortir de ma vie avec pour toute récompense la promesse d'une carte postale. Je vous installe au cottage et je reste avec vous jusqu'à ce que vous m'avouiez pourquoi vous êtes si sûre que Joe Rossi en a après vous et pourquoi vous persistez à croire qu'il est l'assassin de Dayton Ames. Fin de communiqué. Exécution !

Caroline contempla les plis de sa jupe qu'elle froissait entre ses doigts.

— Revenez sur votre offre, Jack, s'il vous plaît. Dans l'état où je suis, je me sens trop faible pour la décliner. Faites-moi confiance, pour une fois. Autrement, vous seriez vraiment amené à vous en mordre les doigts.

— Il est déjà trop tard, il me semble, lui dit-il en sortant de l'autoroute pour obliquer vers le nord. La situation est ce qu'elle est, Caroline, alors réservez votre énergie et votre salive pour le moment où vous en aurez le plus besoin. Avant de venir vous chercher, j'ai demandé à des amis de loger Marcus durant les deux prochains jours. En d'autres termes, comme vous le voyez, j'avais tout prémédité.

Caroline ferma une nouvelle fois les paupières, en proie à un dilemme silencieux. Lorsqu'elle se retourna vers Jack, ce dernier sut qu'il avait gagné la partie. Les traits de son visage, plus doux, plus juvéniles, trahissaient soudain toute la fragilité qu'elle s'était jusqu'alors tant acharnée à lui cacher.

— Jack, je vous suis profondément reconnaissante. Non seulement de m'aider, mais de m'accorder crédit alors qu'il vous serait cent fois plus facile de prêter foi aux accusations dont on m'accable. Je comprends aussi que durant ces jours derniers vous ayez pu juger mon comportement insensé, voire méprisable.

— Par chance, mon boulot n'exige pas de soupeser les indices avec autant de rigueur qu'un procureur, si bien que je peux parfois me risquer à suivre mes seuls instincts.

— Et quand vos instincts vous trompent ?

— Bah, tout le monde est un jour ou l'autre victime d'un impair. A croire d'ailleurs que c'est pour ça que nous sommes le plus doués. En fait, j'aurais même tendance à penser que notre existence ne vaudrait pas la peine d'être vécue si nous devions être constamment paralysés par le souvenir de nos fautes passées. Ou, pis encore, par la crainte de nos égarements futurs. Comme tout être humain, vous êtes vouée à commettre des erreurs, Caroline. De grosses erreurs. De lourdes erreurs. De monumentales erreurs. Vous ne pouvez y couper. Alors autant réparer la casse et poursuivre son chemin.

— Et si votre erreur est telle qu'elle détruit non seulement votre vie, mais celle d'autrui ?

— J'ai dû admettre malgré tout que la seule solution était de payer ses dettes et d'aller de l'avant.

— Je ne parlais pas de vous.

— Serait-ce donc une réflexion d'ordre général ?

Permettez-moi alors de convoquer l'avis de quelques grands philosophes et théologiens…

— Non, non, marmonna Caroline. Ce n'était pas une réflexion d'ordre général. Elle me concernait moi, en particulier. C'est moi qui, à force d'être sourde aux conseils d'autrui, en suis venue à gâcher l'existence de la personne au monde que j'aurais désiré le plus protéger.

— A savoir ?

— Andrew, répondit-elle en ramenant ses bras contre son ventre.

Jack percevait chez elle le poids d'un remords si oppressant qu'il en était presque palpable.

— Cet Andrew… est votre mari ? s'enquit-il.

— Non. Mon fils.

13.

Le cottage, ceint d'une large terrasse et entouré de conifères, se dressait dans l'herbe touffue à quatre cents mètres des rives du lac Michigan. Sous le soleil couchant, les bardeaux du toit s'allumaient de reflets flamboyants, tandis que le fond de ciel explosait en une symphonie de roses et de pourpres profonds. Jack remonta en cahotant l'allée gravillonnée et gara la voiture devant la façade arrière, de manière qu'on ne la distinguât pas depuis la route.

Comme le cottage ne disposait pas de l'air conditionné, il remit le compteur en marche sitôt entré et, après avoir ouvert toutes les fenêtres, brancha le ventilateur suspendu au plafond du séjour.

— Il fera plus frais dans quelques instants, annonça-t-il à Caroline.

La jeune femme n'avait presque pas remarqué la chaleur, pas plus que la faible odeur de renfermé qui flottait dans les lieux, tant elle était fascinée par la maison. Celle-ci lui semblait tout droit sortie d'un rêve d'enfant.

L'intérieur aurait horrifié sa mère adoptive, Mme George Hogarth IV, doyenne de la bonne société de Chicago, qui n'avait jamais compris l'intérêt d'un ameublement confortable et réservait ses faveurs exclusives à des antiquités dispendieuses du XVIIIe siècle, obtenues de préférence auprès des descendants en titre de leurs premiers possesseurs. Même les jouets de sa fille adoptive étaient des pièces de collection importées, si bien que cette dernière avait dû attendre sa septième année pour s'apercevoir que tous les autres enfants de son âge avaient le droit de s'amuser avec les leurs.

A l'inverse de la résidence dans laquelle elle avait grandi, le cottage ne s'enorgueillissait d'aucun chef-d'œuvre relevant d'un style ou d'une époque spécifiques, pas même le Moderne Ancien. Il comportait un mobilier éculé, sans doute acheté vers la fin des années soixante-dix, dont les sièges étaient tapissés d'une cheviotte marron et doré imprimée d'énormes paquerettes tandis que des tournesols en fleur décoraient les rideaux et les housses de laine brodée des coussins. Des napperons au crochet agrémentaient les bras du sofa ainsi que ceux des deux rocking-chairs, et une longue éraflure courait sur le dessus du buffet qu'encombraient des photographies de mariage, des copies de diplômes et des clichés où des inconnus brandissaient tour à tour des poissons et des bébés devant l'objectif.

Hormis la véranda fermée par des moustiquaires, et qui semblait avoir été fraîchement repeinte et garnie de canapés en osier blanc flambant neufs, la majeure partie des meubles paraissaient avoir échoué dans la maison après que leur usure les avait rendus indignes d'être conservés ailleurs. Malgré tout, l'ensemble dispensait l'atmosphère intime et cordiale des demeures qui ont connu d'innombrables et joyeux moments de détente en famille. Caroline se prit même à regretter ces réunions chaleureuses avec une intensité telle qu'elle en eut l'estomac noué.

Après s'être assuré que la pompe hydraulique fonctionnait correctement, Jack la guida vers une des deux petites chambres. La pièce renfermait une armoire chargée d'un fatras de vêtements des deux sexes et une commode bourrée de T-shirts déformés, de chaussettes blanches dépareillées et de shorts assortis pour tous gabarits.

— Prenez donc une douche et choisissez-vous une tenue dans le lot pendant que je nous prépare une limonade, suggéra Jack. On a subi une telle canicule cette semaine que l'eau devrait déjà être tiède dans les tuyaux des sanitaires.

Le temps que Caroline se lave, discipline les mèches rebelles de sa chevelure et trouve dans le tas des habits à sa taille, le séjour s'était obscurci et les relents de moisi s'étaient évaporés sous la brise nocturne qui soufflait du lac. Jack eut un sifflement admiratif en la voyant émerger de la chambre.

— Mazette ! Mais c'est Cendrillon métamorphosée en princesse !

Comme à chacun de ses compliments, dont il la gratifiait toujours avec un sourire dégagé, la jeune femme sentit s'emballer son incorrigible cœur de fillette. Sa seule présence lui rappelait cette époque lointaine où le monde était pour elle riche de promesses et d'amours faciles à cueillir comme à prodiguer. Elle avait du mal à croire qu'elle ait pu jadis nourrir tant d'espoirs. Et tant d'illusions.

Il lui présenta une cafetière dans une main et un pichet de limonade dans l'autre.

— Que désirez-vous ?

— Un peu de limonade, je vous prie. Mes tribulations m'ont complètement asséché la gorge.

Il lui remplit un verre et le lui tendit.

— Cette couleur vous va bien. Je suis content que vous ayez pu dénicher une tenue à votre convenance. Vous êtes ravissante.

Caroline s'assit sur le sofa dans une envolée de cotonnade jaune.

— Votre belle-mère sait-elle coudre ? demanda-t-elle. Cette robe a tout l'air d'être faite main.

Le vêtement avait une large jupe évasée, la taille cintrée, et le col comme les manches parés de ce type de volants blancs en vogue vers la fin des années cinquante. Caroline, qui affectionnait d'ordinaire les pantalons droits et les vestes de lin flottantes, avait été intriguée, puis séduite par la sensualité désuète de la toilette.

— En matière de vêtements, dit Jack en souriant, ma belle-mère préfère porter ce qui lui va plutôt que de se plier aux exigences de la mode, aussi s'est-elle depuis longtemps improvisée couturière. Beth et moi lui avons offert un ensemble chic à l'occasion d'un de ses anniversaires. Elle l'a mis pour la messe un hiver durant, pour ne pas nous mécontenter, mais je crois bien qu'elle le détestait. Elle estime que l'humanité a atteint le sommet de la civilisation en inventant le polyester. Elle nous répétait toujours, à Beth et moi, que lorsque nous aurions des enfants, nous comprendrions l'intérêt de ce tissu que même un petit diable de sept ans est incapable de déchirer.

Il s'interrompit brusquement et se tourna vers les ténèbres qui s'étendaient au-delà des baies de la véranda.

— Vous pensez à Beth, n'est-ce pas ? articula Caroline après quelque hésitation.

— Oui…

Il s'éclaircit la gorge.

— Elle était enceinte de cinq mois quand elle est morte. Le bébé était un garçon. C'est dingue, mais cet enfant que nous n'avons jamais eu me manque parfois presque autant que Beth elle-même. Dans ces moments-là, je me demande de qui il aurait tenu et ça me donne envie de hurler. Quand je pense que Beth n'aura jamais la joie de prendre son nouveau-né dans ses bras pour mieux le voir, le toucher...

Caroline aurait désespérément voulu le réconforter. Hélas, elle avait perdu la capacité de consoler autrui.

— Les parents de Beth sont-ils au courant pour le bébé ?

C'était le mieux qu'elle pût faire — l'interroger, l'écouter.

— Leur chagrin a dû être d'autant plus atroce lorsqu'ils ont su qu'ils avaient perdu leur petit-fils en même temps que leur fille, n'est-ce pas ?

— Au début, oui, certainement, convint Jack. Mais pas à long terme. La demi-douzaine de petits-enfants qu'ils avaient déjà leur a permis d'assumer ce deuil plus aisément que moi-même. Et puis ils rendent grâce à la Providence que leur dernière image de Beth ait été si merveilleuse. Nous les avions invités à dîner pour leur montrer les films de l'échographie qui venait juste d'être faite. C'était au cours de la semaine précédant la mort de Beth. Ils n'ont plus jamais revu leur fille vivante.

Caroline ne pouvait se représenter que trop bien cette ultime réunion. Remarquant qu'elle avait les larmes aux yeux, elle les refoula d'un clignement de paupières.

— J'ai du mal à imaginer qu'ils aient pu accepter si aisément la perte d'un enfant...

Et la douleur revint aussitôt, menaçant de rompre à tout instant la digue qu'elle lui avait opposée durant près d'un an.

— Comment ont-ils pu supporter de reprendre leur train-train quotidien alors que leur fille et leur futur petit-fils leur avaient été enlevés tous les deux ?

— Ils ont été fous de douleur, mais comme ce sont des gens d'une piété remarquable, ils ont réussi à se persuader que Dieu avait ses raisons et qu'ils auraient peut-être la grâce de les connaître un jour.

— Et vous, Jack, partagez-vous cette foi ? Pensez-vous que la sagesse de Dieu dirige le monde ?

Il laissa échapper une grimace.

— En tant que prêtre, je suis censé vous répondre par l'affirmative. Malheureusement, je n'ai pas la sérénité innée de mes beaux-parents ni moins encore leur aptitude à la résignation. Je m'emporte contre le Seigneur à tout moment. Par bonheur, Il semble jusqu'à présent m'avoir pardonné. Mais je n'en cesse pas moins de me poser des questions et de me demander, par exemple, pourquoi certains enfants paraissent voués au malheur dès le berceau, ou encore pourquoi le mal est parfois si prisé. Et qu'on ne vienne pas me clamer que tout se justifiera au paradis. Oh non ! Avant cela, chacun de nous dispose de quatre-vingts années et des poussières pour arrêter par lui-même le massacre ; et j'aimerais de temps en temps que les braves gens montrent un peu plus souvent les dents. La seule solution acceptable à mes yeux est donc de m'obstiner à éclairer autrui avec le peu de lumière dont je dispose. Désirer du pain et la paix pour tous est une tâche sans fin, je ne l'ignore pas. Je n'ai même pas la capacité d'enrayer la guerre des gangs dans les villes. Mais peut-être suis-je en mesure de contribuer à ce que les alentours de ma paroisse soient un peu plus sûrs la nuit. Et si nous prenons tous soin de notre propre famille, de notre propre rue et de notre propre quartier, alors n'aurons-nous sans doute plus besoin de prier pour qu'un Sauveur vienne remédier à notre négligence du haut de son nuage blanc.

Il s'empara de sa tasse et avala une gorgée de café.

— Désolé, Caroline. Le sermon est terminé. Heureusement que mon évêque n'était pas là pour l'écouter, d'ailleurs. Il lui arrive de nourrir de sérieuses suspicions quant à l'orthodoxie de mes conceptions théologiques.

— Au diable la théologie ! s'exclama Caroline, plus émue que jamais. Vous êtes un honnête homme, Jack Fletcher, saviez-vous ça ?

— J'ai beaucoup de fautes à racheter, répliqua-t-il.

Puis, avant qu'elle pût se reculer, il prit son visage entre ses mains et essuya doucement ses larmes.

— A vous maintenant de vous confier à moi, Caroline. Parlez-moi d'Andrew.

« Andrew… » Le nom explosa en elle dans un mélange d'euphorie et de souffrance. Comment, se dit-elle, comment pourrait-elle jamais expliquer à qui que ce fût, même à Jack, combien la simple existence d'Andrew avait comblé le moindre vide de son cœur et nimbé sa vie d'une aura d'allégresse ? Et que ce miracle n'était pas dû à la personnalité adorable, vive et enjouée de son fils, mais à l'amour qu'il lui vouait sans restriction, avec une confiance absolue, ainsi qu'elle avait toujours souhaité être aimée — uniquement pour elle-même ?

Dehors, les derniers instants mauves du crépuscule s'évanouissaient dans les ombres indigo de la nuit. Les chants des grillons s'élevèrent soudain avant de se fondre en une mélopée apaisante. Un jour, pensa-t-elle, quand Andrew et elle seraient de nouveau réunis, elle pourrait recommencer à apprécier des bonheurs humbles et innocents comme celui de s'asseoir ainsi sous la véranda pour prêter l'oreille aux rumeurs du soir.

A condition, toutefois, qu'il y eût des grillons en Nouvelle-

Zélande… L'un des prix les plus durs à payer pour avoir volé Andrew à Joe serait incontestablement de ne plus jamais pouvoir rentrer aux Etats-Unis. Existait-il au moins un seul endroit sur terre où elle serait en sécurité avec son fils ? Même la Nouvelle-Zélande, à plusieurs milliers de kilomètres de là, lui paraissait encore trop proche d'Atlantic City.

La naissance d'Andrew lui revint alors à la mémoire avec une clarté limpide, aiguë.

Ce jour-là, elle s'était éveillée dès l'aube, les reins meurtris par une douleur sourde qui, rapidement, avait pris l'ampleur et le rythme régulier du travail de l'enfantement. Elle s'était fait admettre au New York Hospital à 7 heures du matin, à la fois transie de peur et rayonnante à l'approche de l'événement tant attendu.

L'accouchement s'était prolongé sur neuf heures harassantes. Elle aurait juré qu'elle vivait là la plus éprouvante mise au monde de toute l'histoire de l'humanité. L'obstétricien de service, une espèce de monstre aux gants verts qui était auparavant parvenu à déguiser sa vraie nature sous une courtoisie de façade, n'arrêtait pas de lui seriner en s'esclaffant que, pour un premier enfant, c'était du nanan. Si elle avait pu détourner du travail ne fût-ce qu'une once d'énergie, elle lui aurait assené l'uppercut qu'il méritait.

A 3 h 20 de l'après-midi, enfin, Andrew était né. Le médecin l'avait informée que non seulement son fils était en parfaite santé, mais qu'il était également à croquer et pesait huit bonnes livres.

— Joli boulot, Caroline, avait-il ajouté, recouvrant du même coup à ses yeux sa personnalité affable.

Puis il lui avait posé le bébé emmailloté dans les bras.

— Allez, déballez-moi ça, lui avait-il lancé. Rincez-vous l'œil tout votre soûl.

Au cours de sa grossesse, elle avait cru lire à peu près l'intégralité des ouvrages traitant de l'accouchement et de la délivrance. Pas un auteur n'avait manqué de lui décrire le ravissement inouï de la mère étreignant pour la première fois son nouveau-né. Et, jusqu'au moment de serrer à son tour le petit corps frétillant et sanguinolent de son fils au creux de sa poitrine, elle pensait avoir saisi la substance de ses lectures. Cependant, quand elle prit Andrew des mains du médecin, elle comprit qu'aucun livre ne lui avait vraiment communiqué l'émerveillement ni la joie de ce moment indicible.

Phillip avait assisté de bout en bout à son combat pour la vie, quoiqu'il eût refusé de suivre avec elle des cours destinés à l'y préparer. Il avait rassemblé son courage et, contrevenant au diktat de son père, qui avait décrété que ce « job-là » ne regardait que les femmes, l'avait rejointe dans la salle d'accouchement.

Phillip était immédiatement tombé en extase devant leur fils. Caroline revoyait encore ses traits virils et altiers brouillés par l'émotion, ses lèvres au dessin parfait frémissantes de bonheur. Il avait admiré religieusement ce poupon tout rose et vagissant qui était la chair de sa chair.

Avec une délicatesse extrême, il avait touché la peau translucide d'Andrew tandis que, de l'autre main, il caressait les cheveux de Caroline.

— Il est superbe, avait-il chuchoté. Il est magnifique. Regardez-moi ces ongles.

Puis, d'une voix brisée :

— Que je t'aime, ma Caro ! s'était-il écrié. Oh, que je t'aime ! Tu le sais, hein ?

Caroline avait eu aussitôt le cœur serré de pitié, pour son mari comme pour elle-même, en entrapercevant ainsi l'homme que ce dernier aurait pu devenir s'il avait été élevé dans un autre milieu.

— Oui, avait-elle répondu en se permettant d'espérer encore. Je sais que tu m'aimes, Phillip.

Evidemment, cette tendresse subite n'avait pas duré longtemps. Trois semaines après cet aveu touchant et pathétique, Phillip avait exigé qu'elle remplît de nouveau ses devoirs conjugaux. Comme elle se plaignait d'être trop lasse pour s'y soumettre, il l'avait battue en la traitant de mule entêtée et frigide et de garce de bourgeoise. En une nuit, leurs rapports avaient retrouvé leur dépravation habituelle. Néanmoins, le drame de Caroline était de savoir désormais que Phillip s'était montré totalement sincère envers elle à l'hôpital : il l'aimait réellement — dans la stricte mesure, du moins, où il était capable de chérir un autre adulte que lui-même, c'est-à-dire en reproduisant le comportement de son père, qui lui avait enseigné par l'exemple que le mariage requérait l'usage de la terreur et de la coercition à l'égard de l'épouse.

Aimer son fils lui était nettement plus accessible que d'aimer sa femme, Andrew ne symbolisant pour lui aucun des dangers que sa fragile estime de soi encourait systématiquement auprès de Caroline. Il avait ainsi pu gratifier son fils, non seulement de cadeaux variés, mais également de son attention. C'était lui qui lui lisait les comptines avant le coucher, lui qui édifiait des tourelles en Lego pour lui donner ensuite le plaisir suprême de les chambouler, lui encore qui le hissait sur ses genoux afin de l'initier aux programmes pédagogiques télévisés pour enfants.

Andrew répondait à l'attention de son père avec un bel allant et une égale spontanéité. Il adorait les tourelles en Lego ainsi que les comptines et, bien qu'il sût à peine parler — encore moins compter ou chanter —, il gazouillait toujours durant les quatre ou cinq premières minutes des émissions avant de s'assoupir paisiblement dans les bras de son père.

L'une des autres activités récréatives prisées par Phillip était les promenades en famille dans Central Park. Il se plaisait autant à y exhiber Caroline dans la nouvelle création de haute couture qu'il lui avait choisie qu'à y promener ostensiblement Andrew dans sa charmante poussette italienne, le corps repu et potelé de son fils soigneusement calé sur des oreillers et enveloppé dans des couvertures brodées main.

De temps à autre, au cours de ces longues déambulations dans le parc, Caroline arrivait à se prendre à cet étalage de bonheur domestique et pouvait presque oublier la jalousie morbide ainsi que la violence abjecte qui hantaient la face cachée de son mariage.

De crise en crise, sa vie de couple se détériora durant les dix-huit premiers mois suivant la naissance d'Andrew. Jusqu'au jour où, Phillip ayant perdu patience avec ce dernier au point de vouloir le frapper à son tour, elle déserta leur foyer. Elle n'y revint jamais, malgré les menaces haineuses de Joe, et Phillip se plia à sa décision de demander le divorce, de même qu'à son désir d'élever seule leur enfant. Sans doute fut-ce là le seul acte louable de toute sa pathétique existence. Quand il mourut, fusillé dans une ruelle d'Atlantic City, elle le pleura plus qu'elle s'en serait crue capable. Elle conçut même l'espoir qu'au fond de son subconscient, Andrew garderait de lui l'image d'un père aimant.

Jack lui effleura doucement la joue.

— Mauvais souvenirs ? s'enquit-il. Vous avez l'air triste. Andrew serait-il décédé ?

— Non, il n'est pas décédé, répondit-elle sèchement.

Elle dut attendre quelques instants avant de pouvoir rouvrir la bouche. L'amertume de la séparation était encore si forte qu'elle la tétanisait de rage.

— Non, répéta-t-elle, il n'est pas décédé. Il vit avec son grand-père, Joe Rossi.

— Avec Joe ! s'exclama Jack. Comment est-ce possible ?

— Mon ex-beau-père m'a contesté la garde d'Andrew devant les tribunaux après la mort de Phillip. Et il a obtenu gain de cause.

Jack parut atterré.

— Il doit avoir un avocat du tonnerre. C'est la première fois qu'à ma connaissance un grand-père parvient à arracher un enfant à sa mère légitime. Et vos droits de visite ? Combien d'heures par semaine vous est-il permis de rester en compagnie de votre fils ?

— Pas une seule, depuis le début de l'été dernier.

Jack secoua la tête.

— Je ne vous suis plus.

— Le juge m'a déchue de ma capacité et de ma dignité de mère.

Comme chaque fois qu'elle évoquait l'ordonnance de destitution prise à son encontre, Caroline sentit son estomac se crisper. Et sa colère comme son chagrin étaient d'autant plus puissants qu'elle ne pouvait absolument rien changer au verdict.

— J'ai été interdite de visite jusqu'à ce que Joe et sa femme, Angela, me jugent de nouveau apte à élever mon enfant.

— Il vous faut un autre avocat, repartit aussitôt Jack sur un ton assuré. Aucun magistrat ne saurait décemment vous empêcher de voir votre fils. Eh quoi, même les mères incarcérées pour mauvais traitements peuvent prétendre à voir régulièrement leurs enfants !

— Certes, mais elles n'ont pas Joe pour adversaire, rétorqua-t-elle. Mon défenseur m'a soutenu que j'avais déjà eu beaucoup de chance d'éviter la prison au vu des dépositions recueillies par la cour.

Elle était certaine qu'un deuxième procès serait inutile, le premier ayant amplement suffi à la convaincre de son impuissance.

Au début, lorsque Joe l'avait prévenue qu'il lui ôterait la garde d'Andrew, elle avait éprouvé de la rage, non de la frayeur. Après tout, comme Phillip lui-même ne la lui avait pas disputée au cours de la procédure de divorce, elle disposait déjà d'un premier jugement en sa faveur. Et quand, finalement, ses parents adoptifs avaient offert de lui payer les services d'un avocat expérimenté, elle s'était autorisée à croire la partie gagnée d'avance.

Leur aide se révéla en outre essentielle d'un point de vue non seulement financier, mais aussi affectif. Caroline s'était toujours réjouie que son fils eût pu s'attacher les cœurs austères de M. et Mme George V. Hogarth IV aussi aisément et complètement qu'il avait séduit tous les autres membres de son entourage. Quand elle avait quitté Phillip pour venir se réfugier dans leur résidence de Chicago, ses relations jusqu'alors houleuses avec eux avaient semblé trouver une forme d'équilibre. Elle leur avait pardonné de ne pas être des parents gâteaux et eux, de leur côté, l'avaient excusée de se comporter comme une écervelée irresponsable et une souillon de basse extraction qui, à trop rêver de devenir top model, avait au bout du compte rejoint les rangs des putains et des ivrognes.

Grâce au labeur acharné de l'as du barreau que ces derniers avaient embauché, elle avait passé le cap de l'audience préliminaire avec une certaine appréhension, mais sans panique. Sa vie avait beau avoir connu des hauts et des bas, elle pouvait se vanter d'avoir correctement élevé son fils. C'était un enfant à l'intelligence précoce, bien portant et, par-dessus tout, heureux. Ses nourrices étaient prêtes à jurer devant la cour que sa mère lui prodiguait des soins attentifs, et ses grands-parents disposés à fournir la preuve qu'elle gagnait de quoi subvenir à ses besoins, ainsi que la garantie de leur soutien indéfectible en cas de nécessité. Son employeur comme son propriétaire étaient également de son côté.

Bien que ses années de mariage l'eussent renseignée sur la malignité de son beau-père, Caroline vouait encore une foi naïve au système judiciaire américain. La bataille à venir allait lui apprendre une dure réalité : la justice et les tribunaux étaient souvent en froid.

Sans y paraître, Joe avait d'emblée faussé le jeu à son avantage. Quand la procédure s'engagea dans les méandres longs et tortueux de l'audience préliminaire, il s'abstint d'en entraver le cours. Puis l'affaire fut portée devant le juge Long, ce dont se félicita l'avocat de Caroline. Ce magistrat était un protecteur notoire des droits des femmes et des mères, qui ne laissait jamais la question des revenus respectifs des plaignants entamer ses convictions.

Tout innocente fût-elle alors, Caroline s'inquiéta néanmoins de voir Joe accepter que sa cause fût aussi compromise sans presser son équipe d'avocats de requérir l'arbitrage d'une autre cour. Elle demanda à son défenseur si le juge Long était vraiment incorruptible. Il poussa les hauts cris en protestant de la probité de ce dernier et lui conseilla d'abandonner les craintes paranoïaques que lui inspiraient la chimérique omnipotence de son beau-père ainsi que la prétendue vénalité de la justice américaine.

Le procès avait à peine débuté qu'elle s'apercevait bientôt de la raison pour laquelle Joe n'avait pas pris le risque de soudoyer un magistrat si réputé pour son intégrité : il avait tout bonnement acheté les témoins. La machinerie judiciaire enregistra leurs déclarations et opta finalement pour un verdict qui, tout en lésant gravement Caroline, mettait en danger le bien-être et la vie même de son fils.

Elle se rendit brusquement compte qu'elle tremblait, de la tête aux pieds. Jack la prit dans ses bras et la serra contre lui pour la réconforter. Caroline savait qu'elle devait se raidir. Il était exclu qu'elle devînt dépendante de l'affection de Jack. Cependant, au lieu de le repousser, elle posa la tête sur son épaule et appuya les mains contre sa poitrine. En entendant les battements réguliers de son cœur, elle comprit en un instant combien sa solitude avait été terrible au cours de l'année précédente.

— Pourquoi le juge vous a-t-il déchue de votre capacité de mère ? murmura Jack.

— De ma capacité *et* de ma dignité, le corrigea-t-elle douloureusement.

— Soit, mais pourquoi le juge s'est-il montré si sévère ? Les témoignages contre vous ont dû être plus qu'accablants.

— En effet. Il a été dupé par une bande de menteurs tous plus talentueux les uns que les autres.

— Mais qui étaient ces gens ? Que disaient-ils ? Et d'où venaient-ils ?

— Voyons voir... Il y avait d'abord la bonne de Joe, qui a affirmé qu'elle m'avait surprise plus d'une fois en train de battre mon fils dans un accès d'éthylisme ; puis un psychiatre qui a soutenu que je l'avais consulté pour une dépression post-natale et que je souffrais de pulsions meurtrières à l'égard de mon bébé depuis que j'avais grossi après l'accouchement. Il a même rapporté le détail d'une séance durant laquelle je me serais plainte comme une hystérique de ne plus pouvoir rentrer dans mon ancien jean.

— Avez-vous réellement consulté ce psychiatre pour une dépression ? s'enquit Jack. Loin de moi l'idée que vous auriez maltraité ou négligé Andrew, mais n'étiez-vous pas effectivement affligée par ces kilos en trop ? Je me souviens que, d'après mes profs de fac, ce genre de stress est bien plus fréquent qu'on le croit d'ordinaire. L'accouchement embrouille sacrément le système hormonal, vous savez.

Elle secoua la tête.

— Ecoutez, Jack, je vous assure que ce type m'était totalement inconnu avant qu'il se présente à la barre ! Je n'ai pas éprouvé le moindre abattement à la sortie de l'hôpital et les quelques mois où j'ai pouponné Andrew sont peut-être les seuls de toute mon existence où j'ai perdu du poids sans même y songer. Mes jeans ne me sont jamais aussi bien allés depuis ! Quant à la bonne de Joe, je doute qu'elle m'ait jamais vue en compagnie de mon fils en dehors des réunions de famille. Tout ce que ces personnes ont pu raconter au juge est de la pure et simple affabulation.

Jack fronça les sourcils.

— Pourquoi votre avocat n'a-t-il pas réagi pendant l'audition ? D'accord, il devait ignorer que le psychiatre était parjure, mais pourquoi n'a-t-il pas soulevé d'objection à son témoignage dès qu'il a appris sa qualité ? Comment les avocats de Joe eux-mêmes ont-ils pu contourner la loi réglementant le secret professionnel ? Et pourquoi le psychiatre a-t-il été autorisé de son côté à l'enfreindre impunément ?

Caroline ressentit une sorte de satisfaction perverse en constatant que même un homme aussi avisé que Jack était incapable de concevoir l'étendue du pouvoir détenu par Joe pour fausser et corrompre les esprits.

— Jack, arrêtez pour un temps de tout appréhender dans les strictes limites de la légalité et de l'éthique. Le psychiatre n'a eu qu'à produire les formulaires, paraphés de ma main, aux termes desquels je lui permettais de traiter mon cas. Je n'ai évidemment jamais signé de tels papiers, mais il aurait fallu une armée de graphologues pour éventer la supercherie. Et quand bien même mon avocat aurait argué de dix rapports d'experts à l'appui de ses objections, Joe aurait eu les moyens d'en recruter onze autres qui en auraient contredit les conclusions.

— Et vos propres témoins ? Outre les nourrices d'Andrew, nombre de vos amis et collègues ont bien dû certifier au juge que vous étiez une mère irréprochable, non ?

Elle haussa les épaules.

— Ils ont essayé, répondit-elle.

Elle aimait mieux ne pas repenser au soutien mitigé de ses parents adoptifs qui, ébranlés par l'avalanche des dépositions à sa charge, lui avaient manifesté une hostilité croissante au cours de l'audience.

— Chaque point acquis par mon défenseur était noyé sous les flots de calomnies proférées par les créatures de Joe, poursuivit-elle. Neuf hommes prétendirent même avoir couché avec moi — quoique « coucher » fût un euphémisme pour désigner les privautés que je leur aurais concédées. On n'en était qu'à la quatrième de ces histoires salaces que mon propre avocat devait regretter d'avoir pris la défense d'un être aussi dépravé que moi. A la cinquième, le juge déclara forfait. Je dus moi-même admirer son endurance. De mes neuf « amants », plus de la moitié avaient révélé que j'étais une adepte aussi fervente qu'insatiable du sado-masochisme ainsi que des rapports oraux. Les autres étaient également prêts à l'attester sous serment.

— Je n'aurais pas le front de vous demander si vous aviez entretenu une relation quelconque avec l'un d'entre eux. Néanmoins, en connaissiez-vous certains ?

— Non, aucun. Du reste, qui se serait soucié d'un détail si infime ? Personne. Mes parents eux-mêmes étaient trop assommés par la narration de toutes ces frasques pour y prêter garde. Sans compter que j'aurais en outre perpétré celles-ci en présence de mon fils — ce qui, aux dires de mes partenaires, avait finalement eu raison de leur complaisance. Manier le fouet passait encore, mais se vautrer dans la luxure devant un bambin de deux ans, c'était assurément trop pour leur âme de jeune fille…

Caroline s'interrompit, le cœur soulevé par la même nausée qu'alors. Le seul souvenir de ces auditions lui était intolérable et, malgré tous ses efforts, une année entière n'avait pas suffi à les refouler complètement de sa mémoire. Elle écarta Jack et courut dans la salle de bains vomir sa détresse et son dégoût.

Lorsqu'elle en ressortit, Jack lui tendit un verre de soda et une assiette de crackers.

— Rien ne vous oblige à évoquer ces pénibles instants si vous ne vous y sentez pas encore disposée, lui dit-il. Nous pouvons procéder plus lentement.

— Non, répondit-elle, ses dents claquant sur le bord du verre. Même si ça me rend malade d'en parler, j'ai besoin de tout vous confier pour que vous compreniez enfin pourquoi je dois suivre impérativement mon plan pour être sûre de récupérer Andrew.

— Très bien. Je suis tout ouïe. Je tenais seulement à ce que vous vous exprimiez librement et sans contrainte, car il me semble que vous avez déjà subi assez de pressions comme ça.

Il lui posa un bras sur les épaules et la guida vers le canapé du séjour.

— Repartez d'où vous le désirez, Caroline. Rappelez-vous surtout que vous pouvez vous arrêter à votre guise et que je suis entièrement avec vous.

Elle esquissa un sourire. Un sourire tremblant, mais un sourire quand même.

— Je crois que tout a commencé avec Phillip Rossi, reprit-elle. C'était le plus bel homme que j'avais jamais vu. Il était diplômé de l'école de droit de Harvard, avait les yeux d'un brun profond et le menton creusé de la plus mignonne fossette du monde. Anna Marie, ma camarade de chambre, était une de ses lointaines cousines du côté de sa mère. Il est venu un soir à l'improviste partager notre dîner et je suis immédiatement tombée amoureuse de lui. Il m'a demandée en mariage six mois après notre premier rendez-vous. Je lui ai dit oui, impatiente de le répéter devant l'autel. Anna Marie, qui savait à quoi s'en tenir sur les Rossi, m'a adjuré de réfléchir, mais Melissa, mon autre camarade de chambre, m'a prévenue ensuite que si je ne l'épousais pas en quatrième vitesse, elle me le soufflerait aussi sec. Depuis, je me console en me disant que je n'étais pas la seule oie blanche de tout le secteur.

— Et vous vous êtes mariés rapidement ?

— Deux mois plus tard, avec Anna Marie et Melissa en demoiselles d'honneur, devant trois cents invités et dans une robe garnie d'une traîne de trois mètres de long — le tout obligeamment fourni par les parents de Phillip. Les miens ont assisté à la noce bon gré, mal gré, en toisant les Rossi.

— Mais Joe, lui, vous avait adoptée comme bru, puisqu'il avait couvert les frais du mariage, n'est-ce pas ?

Elle hocha la tête.

— Au début, il était ravi que son fils, le juriste de Harvard, épouse une femme dont le nom était inscrit sur la liste des donateurs de l'université. Quant à moi, j'estimais que son épouse et lui étaient tout ce qu'il y avait de plus sympa. Sitôt après nos fiançailles, Phillip m'avait conviée à déjeuner chez eux. Il avait trois sœurs, toutes casées, et une foule de petits neveux et nièces. Assise à leur table, ce dimanche-là, je n'ai vu que ce que j'ai bien voulu voir : une grande et bruyante famille de prolétaires italiens d'Atlantic City qui jouissaient honnêtement du fruit de leur labeur. L'incarnation du rêve américain, en somme.

Caroline se tut un instant. Malgré le recul, cet aveuglement volontaire lui paraissait encore invraisemblable.

— Je suis ressortie de chez eux convaincue que j'allais m'allier à la famille à laquelle j'avais toujours aspiré, conclut-elle, si bien que certaines remarques de mes parents n'ont eu aucun effet sur moi.

— Devant l'amour, les parents n'ont pas grande chance de l'emporter, déclara Jack avec un sourire contrit. Compatibilité de caractères, intérêts partagés, buts communs : ils n'ont que ces mots-là à la bouche. Or comment sauraient-ils se faire entendre au-dessus des battements de cœur de deux jeunes tourtereaux qui viennent juste de goûter à la volupté ?

Caroline sourit de nouveau.

— Ah, si seulement vous aviez pu voir la tête de ma

mère lorsque je leur ai présenté Phillip ! Puis, redressant le menton :

— « Ma chérie, reprit-elle d'une voix distinguée, nous étions bien loin de supposer que ce jeune homme était si… italien. Et catholique, comme de bien entendu, ce qui implique une kyrielle de bébés et le relâchement dans le foyer. »

Jack ne put s'empêcher de rire.

— Ainsi donc leurs réticences ne se fondaient pas sur une analyse de la personnalité de Phillip mais sur de purs préjugés ?

Elle écarquilla les yeux avec une épouvante feinte.

— « De purs préjugés ? répéta-t-elle en détachant les syllabes à l'anglaise. Croyez-moi, très cher, le caractère d'un homme se jauge à sa mise et vous avez assurément noté, très cher, que le costume porté par Phillip au dîner était franchement voyant. Tenez, c'est bien simple, il y avait des *diamants* sur ses boutons de manchettes. »

Elle avait prononcé ce terme comme s'il désignait une maladie honteuse. Jack eut une grimace entendue.

— Ouais, je vois le topo. Non contents de débarquer tout droit du *Mayflower*, vos parents se figurent qu'il n'existe de vertu en ce bas monde que dans la stricte observance des canons du puritanisme.

— Je doute que M. et Mme George V. Hogarth IV aient eu des ascendants aussi humbles que nos premiers colons, repartit Caroline. Je pense plutôt que leurs ancêtres *possédaient* ce satané *Mayflower*, et qu'une des branches de leur famille veillait au grain en Angleterre tandis que le reste fendait les flots dans un yacht privé pour aller acquérir le monopole des passerelles de débarquement au Massachusetts.

Jack poussa un rire tonitruant. Caroline en fut singulièrement réconfortée.

— En résumé, dit-il, vous avez épousé Phillip contre l'avis de vos parents.

— Et pour leur donner une leçon. Ils avaient mené leur petite enquête sur leur futur gendre et, un matin, mon père m'avait convoquée dans son cabinet de travail pour m'en communiquer les résultats. Phillip Rossi, m'apprit-il, venait juste d'être engagé par un cabinet d'avocats connus pour ses accointances avec la pègre. Quant au père dudit, il n'était autre que Joe Rossi, *capo* en titre du New Jersey ou, pour l'exprimer autrement, premier adjoint du parrain qui contrôlait tout le Crime Organisé de la région.

— Je croyais que c'était lui, le parrain.

— Maintenant, oui. Il a su se frayer un chemin jusqu'au sommet.

Jack lui pressa amicalement la main.

— Laissez-moi deviner la suite. Vous n'avez pas été impressionnée par ce réquisitoire ?

— Si. J'étais furieuse. J'ai hurlé, tapé du pied et averti mon père que, s'il se mêlait encore de nos oignons, Phillip et moi le traînerions en justice pour diffamation.

— Et sur ce, vous avez claqué la porte et épousé l'élu de votre cœur.

— Mouais, en quelque sorte. Seigneur ! Quand j'y pense, je suis sidérée d'avoir été assez téméraire pour vouloir ce mariage malgré les révélations, pourtant décisives, au sujet de Phillip.

— Je peux admettre que vous ayez rechigné à céder à vos parents, mais n'avez-vous pas éprouvé quelques craintes en votre for intérieur ? Ne serait-ce que le désir de vérifier par vous-même ces allégations ?

Elle secoua la tête.

— Je n'avais que vingt-trois ans, je ne connaissais rien de la vie, alors que mes parents, eux, étaient sexagénaires, ce qui à mes yeux reléguait dans les brumes de la sénilité le peu de sagesse qu'ils avaient pu tirer de leur propre expérience. Par ailleurs, j'étais éperdument amoureuse et cela n'avait jamais été leur cas. S'étant mariés dans l'intérêt de leurs familles respectives, comment leur aurait-il été possible de comprendre la folle passion qui me liait à Phillip ?

» Bref, ajouta-t-elle d'un air désolé, j'étais aussi mûre qu'une courge gâtée et résolue coûte que coûte à n'obéir qu'à mes seuls sentiments. Allons, pensais-je, il serait insensé qu'un gars si charmant avec un diplôme en poche, de si beaux yeux et une telle fossette soit un mauvais mari. Quant à ses parents, à supposer que Joe Rossi fût *vraiment* un mafioso — ce qui était encore plus absurde à mes yeux —, eh bien, ce n'étaient pas eux que je devais épouser, voilà. Les miens n'étaient que d'horribles snobs bourgeois qui avaient un guide des convenances à la place du cœur. Mais moi, je n'étais pas snob, oh non, et leurs principes d'un autre âge n'étaient pas près de régenter ma conduite. Phillip et moi, poursuivit-elle avec une forfanterie ironique et grotesque, nous suivrions nos propres règles et mènerions tout seuls notre petit bout de chemin, main dans la main, yeux dans les yeux.

— Et au bout de combien de temps vous êtes-vous aperçue de votre erreur ?

— Un mois, ou peu s'en faut, marmonna-t-elle. Nous avions été à l'arbre de Noël du cabinet de Phillip. L'un de ses collègues m'avait complimentée pour ma robe. Dès que nous sommes rentrés, il me l'a reproché avec véhémence. Il en bavait littéralement de rage.

— Et il vous a molestée ? s'enquit Jack à voix basse.

— Oui. Mais cette partie de ma vie est d'une banalité affligeante, Jack. Votre job vous a certainement amené un jour ou l'autre à jouer les conseillers conjugaux. Vous devez déjà savoir les tourments que Phillip et moi nous sommes réciproquement infligés, les récriminations, les promesses rompues, les réconciliations, les tentatives de chantage…

Elle prit une brève et frémissante inspiration.

— Je crois tout de même avoir eu plus de chance que la plupart des autres femmes battues. J'avais un travail qui m'intéressait et me garantissait une autonomie financière en cas de besoin. De plus, je comptais réellement quitter mon mari.

— Qu'est-ce qui vous en a retenue ?

Caroline se tint coite un moment, le regard perdu sur les eaux ténébreuses de sa mémoire.

— J'ai su que j'étais enceinte, déclara-t-elle enfin. A cause d'une grippe que j'avais attrapée, j'avais cessé de prendre la pilule pendant deux ou trois jours… Mais peut-être la grippe n'a-t-elle été qu'un prétexte. Phillip me suppliait depuis des mois de lui donner un enfant. Evidemment, il a accueilli la nouvelle avec une joie extatique, me promettant que tout allait changer désormais, qu'il chercherait un travail honnête et s'efforcerait de juguler ses accès de colère. J'avais tellement envie de croire que l'heureux événement ouvrait une ère nouvelle dans la vie de notre couple que j'ai renoncé à le quitter.

Elle contempla ses mains et, voyant que ses doigts étaient mêlés à ceux de Jack, elle fut étonnée de ce contact, si naturel qu'elle ne l'avait pas remarqué auparavant. Elle s'obligea à relever les yeux et ne lut dans les siens aucune réprobation, mais de la compréhension et une compassion tacite.

— A chaque moment crucial dans l'histoire de mes rapports avec Phillip, je savais comment j'aurais dû agir, et pourtant, j'ai toujours fait le mauvais choix.

Jack se rapprocha d'elle et la serra tendrement contre lui.

— Caroline, votre vie est ce qu'elle est. Rien ne sert de regarder constamment en arrière. Et puis, si vos erreurs passées vous pèsent trop, souvenez-vous que, sans votre mariage avec Phillip, Andrew n'aurait jamais existé.

— S'il est condamné à grandir auprès de Joe Rossi, alors peut-être aurait-il mieux valu pour lui n'être jamais né, répliqua-t-elle.

Sa gorge se serra de douleur quand elle eut exprimé tout haut cette pensée désespérante.

— Vous ne diriez pas ça si vous étiez moins fatiguée ou si vous n'aviez pas aussi peur, repartit Jack en lui prenant le visage au creux des mains. Regardez-moi bien, Caroline, pour que vous puissiez juger par vous-même si je vous mens ou non : nous allons récupérer Andrew. Et vite. Je vous le promets.

Elle ne savait pas pourquoi elle le croyait, mais ses paroles dénouèrent en elle le nœud de chagrin et de rancœur mêlés qui l'avait jusqu'alors étouffée. Il y avait si longtemps que personne ne s'était ainsi proposé de l'aider, si longtemps que personne ne l'avait estimée à même de prendre soin de son enfant, qu'elle en avait oublié le soulagement qu'on éprouve à recevoir ainsi le soutien d'autrui. Elle contempla Jack en silence, paralysée par la force de ses propres émotions.

Devinant les sentiments qui la submergeaient, Jack lui donna une pichenette sur le bout du nez pour alléger l'atmosphère.

— Cette expression de gratitude béate flatte mon ego,

admit-il. Ce serait cependant malhonnête de ne pas vous préciser que je ne saute les gratte-ciel à pieds joints qu'un mardi sur deux. En conséquence, nous devons élaborer un plan infaillible si nous voulons réussir ce sauvetage. Et ce ne sera pas du gâteau, je vous en préviens.

« Nous devons élaborer un plan… nous voulons réussir ce sauvetage… » Caroline ne pouvait rien lui répondre, ni même lui sourire, car sitôt qu'elle desserrerait les lèvres, elle était certaine de se mettre à pleurer sans fin.

Jack lui caressa les pommettes du pouce.

— J'ai toujours jugé que parler était encore la meilleure façon de communiquer, mais nous pouvons nous contenter d'un simple contact physique, si pour l'instant cela vous est plus commode.

Elle essaya de forcer les muscles tétanisés de sa bouche. En vain. Elle se pencha alors vers lui, le souffle court, envahie par un trouble aussi impérieux qu'indescriptible.

— Caroline…, chuchota Jack sur un ton rauque, le regard soudain sombre.

Il se recula en tremblant tandis que ses mains, d'ordinaire si douces, se refermaient avec une vigueur inattendue sur les bras de la jeune femme pour contenir son mouvement.

— Caroline, mon petit, je ne crois pas que le moment soit bien choisi.

Le moment de quoi ? s'interrogea Caroline dans un demi-vertige, les yeux rivés sur les lèvres de Jack. Ce dernier se redressa. Elle tendit les bras pour le ramener contre elle.

— Non, murmura-t-elle en recouvrant aussitôt la voix. Ne pars pas, je t'en supplie. J'ai besoin de te sentir près de moi.

Quand elle comprit ce qu'elle venait de dire, son estomac se contracta et sa gorge s'assécha, exactement comme lorsqu'elle repensait aux manigances ourdies par Joe pour lui enlever son fils. Cette fois-là, néanmoins, la sensation n'était pas totalement désagréable.

Jack se rassit d'assez mauvaise grâce et la scruta d'un air renfrogné.

— Ces derniers jours ont été très durs pour vous, Caroline. Nous ne sommes ni l'un ni l'autre en état de prendre des décisions importantes. J'ai trop envie de vous pour avoir les idées claires…

Il avait envie d'elle !

Du désir, pensa Caroline avec stupeur. Voilà ce que Jack ressentait pour elle. Et ce qu'elle ressentait aussi pour lui. Il y avait tant d'années qu'elle n'avait éprouvé quoi que ce fût d'approchant qu'elle n'avait su nommer d'abord cet émoi. Elle cilla et plongea ses yeux dans ceux de Jack, trop abasourdie pour user de ses manœuvres d'esquive habituelles.

Cette brusque conscience de la réciprocité de leur sentiment avait dû se trahir sur son visage. Jack, en tout cas, demeura parfaitement immobile, comme s'il redoutait que le moindre geste de sa part précipitât une incommensurable catastrophe. Caroline ne bougea pas non plus. Elle se permit néanmoins de lever de nouveau les yeux vers ses lèvres, toute brûlante encore du souvenir de leur premier baiser. Elle n'aurait jamais cru que ce dernier eût été gravé dans sa mémoire avec tant d'acuité, de sensualité. Ni encore moins qu'elle souhaiterait si intensément renouveler l'expérience.

Elle s'humecta les lèvres du bout de la langue, émoustillée, affolée et, en même temps, bizarrement interdite. Elle avait séduit Dayton Ames en appliquant toutes les recettes que lui avait enseignées sa vie avec Phillip. Mais, face à Jack, elle ne pouvait même pas trouver la hardiesse de s'incliner pour franchir les quelques centimètres qui les séparaient et l'embrasser. Comment arriverait-elle jamais à enjôler un homme qui avait été marié à une femme aussi parfaite que Beth ? D'ailleurs, elle n'était pas certaine de savoir encore embrasser avec sincérité, sans déployer une maestria uniquement motivée par la cupidité. S'ils faisaient l'amour ensemble, Jack ne serait-il pas écœuré par sa virtuosité de demi-mondaine ? Comment saurait-il oublier qu'elle avait couché avec Dayton Ames ? Il fallait au moins qu'il lui adressât quelque signe lui prouvant qu'il concevait à son égard un peu plus qu'une concupiscence apitoyée.

Jack rompit cette attente crispée d'une voix basse et soigneusement posée.

— Caroline, je désire vous aimer, mais je ne le peux pas. Ce serait malvenu, pour vous comme pour moi-même. Vous êtes actuellement vulnérable et je doute qu'aucun de nous deux soit en mesure de démêler ce qui, hors la gratitude, vous motive réellement. Je ne suis certes pas votre confesseur, mais je tiens à rester votre confident et votre guide.

Le cerveau en déroute et le cœur en ébullition, Caroline se sentait inapte à fournir une réponse logique au sermon de Jack. Pouvait-elle y ajouter foi ? Etait-il possible qu'il hésitât seulement par considération pour elle et non parce qu'il la jugeait avilie et corrompue ? Elle rassembla le peu de courage qui lui restait et mit un terme à la discussion de la seule façon sensée qui fût, en l'embrassant.

Elle avait anticipé l'ivresse ; elle s'était préparée à l'extase. Elle s'était même attendue à être la proie d'une flamme si vorace qu'elle l'engloutirait tout entière, lui embraserait les sens et consumerait sa raison. Toutefois, alors que c'était elle qui avait accompli le premier pas, Jack chercha avec une insistance non moins pressante et irrésistible à forcer le barrage de ses lèvres. Elle redressa la tête, s'arc-bouta contre son ventre et constata avec un frémissement de plaisir qu'il partageait bien son ardeur. Des mains, il lui caressa le dos et la plaqua contre son corps avec une sorte de convoitise âpre, inquiétante et suprêmement exaltante à la fois.

Elle se colla contre lui en remuant des hanches, non par volonté de l'aguicher, mais par réaction instinctive aux exigences croissantes de sa chair. Trois ans durant, elle avait subi les affres d'un mariage déserté par l'amour. Pendant six mois elle avait singé une relation intime avec Dayton Ames. Or ce n'était que maintenant qu'elle se rendait compte de tout ce à quoi elle avait dû renoncer afin de pouvoir supporter ces deux viols de son âme.

Jack l'embrassait si fort qu'elle en tremblait, qu'elle en perdait la mémoire. Il l'embrassait comme si elle était la seule femme au monde qu'il voudrait jamais embrasser. Il l'embrassait… comme s'il l'aimait.

Elle savait pourtant qu'elle n'avait aucun droit d'accepter son affection. Son existence était trop risquée pour être vécue à deux, trop souillée pour offrir la chance d'un nouveau départ. Ses défenses étaient cependant anéanties et Jack ne lui laissait pas une minute pour les reconstruire. Elle lui rendit donc son baiser avec toute la fougue et l'appétit accumulés au cours de cette année d'amère désolation qu'elle venait de vivre.

— Ça ne me suffit pas, murmura Jack d'une voix haletante. Je veux t'emmener au lit et te faire l'amour comme il se doit. Toute la nuit, sans interruption.

Caroline avait beau ne plus être très lucide, elle savait qu'il y avait des douzaines de raisons — voire des centaines — pour qu'elle se refusât à lui. Il fallait dire non tout de suite. Dès qu'elle en aurait le souffle. Ou plutôt le pouvoir.

Jack retrouva alors pour elle ce regard tendre qui éveillait en elle un désir extrême, et elle sentit sa volonté s'évanouir aussitôt.

— Oui, murmura-t-elle. Emmène-moi au lit, Jack. Fais-moi l'amour.

Sans prononcer un mot de plus, il la prit dans ses bras et la porta jusque dans la chambre. Après avoir retiré le dessus-de-lit en patchwork, il la coucha au milieu des draps et, les doigts légèrement frémissants, entreprit de déboutonner sa toilette au charme suranné. Otant ensuite ses chaussures d'un coup de pied, il s'étendit à côté d'elle, sans aucune gêne ni hésitation. Son corps épousait le sien comme s'ils avaient été façonnés d'un même tenant, telles les deux moitiés d'un être unique miraculeusement réunies.

Caroline était nue sous sa robe. Jack l'embrassa encore. Puis il lui caressa les seins, avant de courber la tête pour en suivre lentement l'aréole. Electrisée, elle cambra les reins et noua convulsivement les bras autour de son cou.

Elle se renfonça contre l'oreiller, les joues en feu, et ferma les poings pour s'empêcher de retenir la bouche de Jack contre sa poitrine. Elle ne voulait pas lui révéler l'ampleur de sa félicité, craignant de passer pour une espèce de Marie-couche-toi-là prête à succomber au premier attouchement.

Pour rien au monde elle ne se le serait permis.

L'absurdité de sa situation lui donnait envie de rire. Sinon de pleurer. Quelle ironie, songea-t-elle. Après avoir rendu son mari à moitié fou par son indifférence au lit, voilà qu'elle se tordait de frustration dans un effort désespéré pour dissimuler son émoi ! C'était grotesque.

Jack releva les yeux vers elle. Les muscles fermes de son torse agacèrent au passage la pointe de ses seins. Elle sursauta à ce contact.

— Laisse-toi aller, mon ange, l'encouragea-t-il. Tu es si belle. Je veux te voir fondre de bonheur.

Il lui tourna la tête pour mieux la dévisager. Caroline sentit son visage s'empourprer. En partie de honte — mais surtout de pur et simple plaisir. Son souffle se précipita, sa vue se brouilla. Sa peau chatouillait et brûlait à la fois sous les doigts de Jack, qui s'était mis à effleurer doucement sa poitrine, son ventre, avant de se couler furtivement entre ses cuisses.

Elle serra les jambes dans un mouvement instinctif, mais il la gratifia de baisers encore plus appuyés, plus profonds, et elle oublia bientôt la raison même de cette subite répulsion. Quand il eut momentanément cessé de l'embrasser, elle se rappela, mais un peu tard, qu'elle s'était juré de ne pas se comporter comme une fille facile. Las ! Jack était déjà en train de recueillir la preuve de son désir. Elle gémit alors et se tortilla frénétiquement sous sa main, l'implorant silencieusement de mettre fin à ses tourments.

— Oh oui, chuchota-t-il. Oh oui, ma douce, oh oui…

Abdiquant toute fausse pudeur, Caroline lui agrippa les épaules et lui rendit ses baisers avec un abandon douloureux et passionné.

— Jack, je t'en prie, dit-elle en se pressant contre lui. Je te veux en moi.

Essoufflé, la peau luisante de sueur, il reposa son front contre le sien.

— Une minute, Caroline. Il faut d'abord penser à nous protéger.

Elle était transportée, palpitante, étourdie, avide de sombrer dans la jouissance. Elle pouvait à peine respirer et moins encore réfléchir. Elle se pendit au cou de Jack, attendant avec impatience qu'il eût enfilé son préservatif. Puis ses doigts la pénétrèrent de nouveau, toujours plus intimement. Elle secoua la tête, effarée par ses propres sensations. Oh, Seigneur, c'était divin ! Non, c'était alarmant. Mais que lui arrivait-il ? Euphorie et désir culminaient en elle…

— Attends, marmonna Jack. Attends un peu, ma chérie. Tu n'as encore rien vu.

Il se glissa en elle. Caroline bloqua ses jambes autour de sa taille et oscilla sous sa poussée. Des yeux étincelants de joie se posèrent sur elle.

— Tu es magnifique, Caroline. Encore plus magnifique que je me l'imaginais.

— Jack ?

— Hum ?

— Je…

L'énormité qu'elle était sur le point d'avouer la réduisit à un silence apeuré.

— Je n'ai jamais ressenti cela auparavant, dit-elle enfin.

— Moi non plus.

Sa voix était si faible qu'elle ne fut pas sûre de l'avoir bien entendu. Il accentua le rythme tandis qu'elle l'étreignait avec un surcroît de vigueur.

Il émit bientôt un long cri rauque de volupté.

Quand ce fut son tour, Caroline demeura la bouche ouverte, muette, abasourdie et pétrifiée d'allégresse par le tout premier orgasme de son existence.

14.

Caroline flottait dans les airs, redescendant sur terre avec une lenteur bienheureuse. A vingt-neuf ans passés, ce n'était tout de même pas rien de découvrir qu'on n'était pas frigide. Elle comprenait enfin pourquoi le reste du monde se pâmait devant l'amour. Et il y avait effectivement de quoi, pensa-t-elle avec fatuité. On pouvait même en devenir accro, de ce truc.

Durant quelques secondes bénies, elle demeura blottie dans les bras de Jack, la tête au creux de son épaule, ses jambes toujours mêlées aux siennes. C'était ça, être aimé, se dit-elle. C'était ça, la véritable intimité.

Jack remua sur le lit pour la caler plus confortablement contre sa poitrine et écarta une mèche de cheveux de ses yeux. Elle se pelotonna contre lui… et aperçut alors sur les draps un sachet brillant et déchiré.

La brume chaude de leur étreinte, qui l'avait jusqu'alors enivrée, se condensa aussitôt en une pointe dure, lisse et nettement plus familière à son esprit : la souffrance occasionnée par la fourberie d'autrui. Seigneur Dieu, comment avait-elle pu ignorer l'évidence ? se demanda-t-elle. Quelle folie de s'imaginer que Jack la chérissait vraiment pour elle-même ! S'il l'avait amenée ici, c'était dans l'intention arrêtée de l'entraîner au lit. Pourquoi, autrement, le prêtre qu'il était aurait-il eu un préservatif dans sa poche ?

Elle eut un sursaut de dégoût — même si, honnêtement, elle n'avait aucune raison d'être surprise : elle avait trop bien joué la putain durant ces six derniers mois pour que Jack ne soit pas mystifié par sa comédie. Il avait dû supposer qu'elle était à sa disposition et qu'elle serait plus qu'encline à le rétribuer en nature pour son aide. C'était bien un homme, en somme, aussi peu clairvoyant que les autres mâles. Et elle-même avait été stupide d'espérer qu'il devinerait la vraie femme dissimulée derrière l'image convenue qu'elle donnait ainsi d'elle-même.

Elle se dégagea de ses bras et s'assit sur le lit, les genoux serrés contre la poitrine.

— C'était super, s'exclama-t-elle en chassant ses cheveux de son visage. Bravo pour ton éblouissante prestation, Jack. Tu es un amant talentueux. A ce propos, combien te reste-t-il de préservatifs ?

Il resta un moment sans souffler mot.

— Quatre, répondit-il enfin sur un ton cassant.

Il s'assit à son tour et tendit la main vers elle. Elle s'écarta vivement, incapable de supporter l'idée que son corps la trahirait de nouveau si elle permettait encore une fois à Jack de la toucher.

— Caroline, laisse-moi au moins t'expliquer…

— Encore quatre cartouches, hein ? le coupa-t-elle sèchement, craignant d'être amadouée par ses belles paroles. Eh bien, puisque tu as eu la précaution de t'armer en conséquence, je m'en voudrais de te décevoir. Mieux vaut du reste reprendre les hostilités sans plus tarder. Tu dois te prendre pour le Rambo de la chambre à coucher, n'est-ce pas ? Ou comptes-tu seulement sur mon expérience d'ancienne combattante pour t'enseigner quelque stratagème inédit ? Par exemple, comment savoir transformer sa vieille pétoire en fusil à répétition !

Il lui saisit le visage entre ses mains et l'obligea à le regarder.

— Arrête, Caroline, je t'en prie. Je comprends que tu puisses être blessée. C'est ma faute, je sais, mais je ne veux pas que tu tournes en dérision ce que nous venons de partager.

— Nous avons couché, point à la ligne. Et je te félicite d'avoir pensé au préservatif. Avec une femme comme moi, c'est la plus élémentaire des prudences. Dieu seul sait ce que j'aurais pu te refiler comme maladie.

— Nous n'avons pas « couché », nous avons fait l'amour. Et nous l'avons fait *ensemble*, j'en suis plus que certain. Nous avons communié dans le même désir. Quant aux préservatifs, je me suis simplement rappelé que j'en avais dans ma poche.

Elle eut un rire moqueur et incrédule.

— Ben voyons, révérend ! Chacun sait qu'on donne des capotes à tous ceux qui ont prononcé leur vœu de chasteté ! Je suis sûre que votre évêque apprécierait le paradoxe. Je serais d'ailleurs curieuse de savoir comment vous allez pouvoir justifier nos petites galipettes à confesse.

— Tu confonds chasteté et célibat, répliqua Jack. Cela étant, je t'accorde que mon évêque ne me donnerait pas aisément l'absolution. Je n'ai plus à ce sujet qu'à m'en remettre à la miséricorde de Dieu. Maintenant, pour en revenir à l'instrument de mon péché, je t'informe que c'est un cadeau de Marcus.

Elle le toisa avec indignation.

— C'est *ça*, ton explication ? Tu as demandé une poignée

de capotes à un gamin de quinze ans dont tu es précisément censé surveiller la conduite ?

— Mais non…

Il se passa avec irritation la main dans les cheveux.

— Bon, espérons que Marcus ne me tiendra pas rigueur si je trompe sa confiance pour te rassurer… Il se trouve que nous avons eu une petite discussion entre hommes après être rentrés de la piscine. Nous étions assis à la table de la cuisine pendant qu'Antoine regardait la télé dans le séjour. Il m'a confié que ce dernier se moquait de lui parce qu'il était encore puceau, et qu'il avait donc résolu de se munir de l'équipement requis pour rattraper ce retard avec la première partenaire venue. J'ai naturellement approuvé cette sage précaution, avant d'ajouter que le seul motif sérieux pour commencer à entretenir des rapports sexuels était l'affection sincère qu'on ressentait envers sa partenaire. Marcus a fini par convenir qu'il n'était pas encore prêt à assumer la responsabilité d'une relation officialisée par des fiançailles. Aussi m'a-t-il cédé sa réserve de préservatifs. Au moment précis où je les fourrais dans la poche de mon jean, Frank Donohoe sonnait à ma porte… Tu connais la suite de l'histoire. En résumé, si j'ai ces préservatifs sur moi, Caroline, c'est par pure coïncidence, non parce que je serais assez mufle pour avoir voulu te tendre un traquenard.

Soit, pensa Caroline, mais il ne pouvait aucunement prouver ce qu'il avançait — pas plus qu'elle-même ne pouvait prouver qu'elle n'avait pas assassiné Dayton Ames ou qu'elle ne s'était pas offerte à une ribambelle d'amants sous les yeux d'Andrew. Cependant, il fallait parfois croire autrui sur parole si l'on ne voulait pas tuer tout espoir et toute amitié.

Elle avait cessé d'accorder sa pleine confiance à qui que

ce fût depuis que Phillip, jour après jour, avait tranché les liens sacrés de leur mariage. Au cours de l'année précédente, le peu de foi qu'elle gardait encore dans la bonté humaine avait achevé de s'étioler. Néanmoins, elle était curieusement disposée à donner sa chance à Jack.

— Encore quatre préservatifs, hein ? répéta-t-elle en souriant.

Il la considéra avec lassitude.

— Oui.

— Désolée de m'être emportée, murmura-t-elle en lui prenant la main. J'étais si effrayée par mes propres sensations que je me suis défoulée sur toi.

Elle était ébahie de pouvoir ainsi admettre ses faiblesses sans en éprouver une fragilité et une vulnérabilité intolérables.

— Moi aussi, j'étais effrayé, reconnut-il. M'éprendre si vite de toi, avec une telle fièvre, me semblait une défection inadmissible à la mémoire de Beth.

— Je sais combien tu l'aimais, ajouta Caroline en ravalant sa jalousie. Je ne t'en veux pas, Jack. Je suis consciente que nous ne parviendrons jamais à vivre ensemble le même bonheur.

— Certes, mais uniquement parce que notre bonheur à nous sera un bonheur différent, non une pâle copie de ce qui n'existe plus. Tu n'es pas Beth Warzaks et je ne suis assurément plus moi-même l'homme qu'elle avait jadis épousé. Je chérirai toujours le souvenir de notre union, mais celle-ci n'a rien à voir avec tout ce qui peut nous rapprocher toi et moi, ici et maintenant. Dix ans se sont écoulés depuis et les êtres ont changé.

Caroline se mit à froisser le drap blanc amidonné qui recouvrait ses cuisses. Elle s'éclaircit la gorge.

— Et… hum… qu'est-ce qui nous « rapproche », selon toi ?

— Bonne question, admit Jack en lui adressant une grimace comique. Pour ma part, je dirais que c'est de l'amour.

Il lui souleva le menton du bout des doigts et planta ses yeux d'un bleu sidérant dans les siens.

— Et toi ?

Caroline s'efforça de dissiper l'enchantement étourdissant qui l'avait saisie.

— Allons, Jack, soyons réalistes, nous venons juste de nous rencontrer ! Et puis je traîne un trop lourd passif derrière moi. L'amour entre nous est impossible. Comment as-tu pu envisager le contraire ?

— Oh, je suis loin d'être affirmatif, rétorqua-t-il en esquissant un nouveau sourire. Cependant, j'estime que les efforts qu'il me coûte pour me retenir d'aller abattre Joe Rossi sur-le-champ sont révélateurs. De même que mon impatience de voir ton fils. Ou encore ceci…

Il porta la main de Caroline à sa bouche et lui embrassa le bout des doigts.

— Ouais, poursuivit-il sur un ton voilé, je crains fort que l'envie de t'étreindre qui me prend à ton contact confirme indubitablement que je suis fou amoureux de toi.

Caroline essaya d'ignorer l'ardent bien-être que cet aveu avait allumé au plus profond d'elle-même.

— Veuillez pardonner mon impertinence, révérend, mais en dépit de tous les conseils que vous pouvez dispenser à Marcus, le désir et l'amour ne vont pas toujours ensemble.

— Je te l'accorde. Ce coup-ci, pourtant, c'est bien le cas.

Elle redoutait qu'il se trompât et plus encore, peut-être, qu'il eût raison.

— Jack, comment saurons-nous jamais… Enfin, tu es prêtre ! Et puis mon existence est déjà si chaotique…

— Plus pour longtemps. Nous allons précisément arranger tout ça. On va lui régler son sort, à ce Joe Rossi, tu vas voir. Quant à l'inculpation pour meurtre, c'est une pure vétille. D'abord parce que nous nous aimons et ensuite parce que j'ai déjà ma petite idée pour te sortir de ce pétrin.

Le plus tragique de l'histoire, songea Caroline, c'était qu'elle le croyait. En outre, Jack devait la deviner sur le point de fléchir, prête à souscrire en dépit du bon sens à sa certitude de pouvoir remédier au monstrueux gâchis de sa vie.

Il retourna délicatement sa main pour déposer un léger baiser au creux de sa paume.

— Nous pouvons y arriver, Caroline.

Elle ferma les paupières sous la pulsation sensuelle qui courut aussitôt dans ses veines.

— Vaincre Joe Rossi est un songe délirant.

Jack se pencha en avant pour effleurer ses lèvres des siennes et glissa une main dans ses cheveux emmêlés.

— Chaque chose en son temps, dit-il. Nous devons sérier nos impératifs. Et, d'abord, si nous refaisions l'amour ? Penses-tu que nous pourrons réitérer notre ébouriffante performance ?

Elle secoua la tête, certaine qu'il était impossible de revivre de pareilles sensations.

— Tentons le coup quand même, lui proposa-t-il d'une voix douce. Je parie qu'on ne le regrettera pas.

Elle s'agrippait toujours aux draps comme à une protection contre Dieu savait quoi — l'intensité de ses propres rêves, sans doute. Jack la découvrit. Elle frissonna sous la fraîcheur de l'air nocturne. Il lui ouvrit les bras et l'embrassa avec une ardeur qui réchauffa son âme et attisa ses désirs. Elle répondit à son baiser avec fièvre tandis qu'ils retombaient mollement sur le lit, se demandant pourquoi, avec Jack, tout ce qui dans le passé lui avait paru si complexe et difficile semblait soudain si aisé et naturel.

Il la jucha sur lui tout en lui répétant qu'elle était belle, qu'il avait encore et toujours envie d'elle, et la caressa partout. Elle-même le caressa en retour, explorant son corps et lui offrant le sien avec une jubilation croissante qui engloutissait ses dernières inhibitions.

Cette fois-ci, lorsqu'il plongea en elle, elle laissa échapper un cri. Puis, quand elle atteignit le faîte de la volupté, il lui prit la tête entre ses mains et l'embrassa avec une avidité qui décupla la puissance bouleversante de son propre plaisir. Enfin, voyant qu'il ne saurait accroître encore son émoi, Jack connut lui-même la félicité.

Caroline comprit alors qu'il n'y avait qu'une seule explication à cette capacité qu'avait Jack d'enflammer ainsi tous ses sens : elle était irrémédiablement et désespérément amoureuse.

Ils se réveillèrent avec l'aube et admirent bientôt qu'à l'euphorie de la nuit précédente devaient succéder des préoccupations à plus long terme. Après avoir opéré un raid dans le garde-manger, Caroline prépara du café et un petit déjeuner instantané aux céréales qu'elle versa dans des bols ornés de gros tournesols en fleur. Ils s'installèrent sous la véranda où, à cette heure de la matinée, l'atmosphère était d'une tiédeur rafraîchissante.

Un cardinal fusa devant eux dans un éclair rouge et noir avant de se fondre dans les ramures environnantes. Y avait-il des fenêtres dans les cellules du pénitencier pour femmes de l'Etat ? s'interrogea brusquement Caroline tout en sirotant son café. A quand remontait donc la dernière exécution capitale dans l'Illinois ?...

Elle se mit à trembler et reposa sa tasse par peur de renverser du café.

Jack posa sa main sur la sienne en un geste fugace et quasi machinal de réconfort.

— Bon, dit-il, je crois que nous ne reprendrons les festivités que dans deux ou trois jours. Il est temps de nous atteler au boulot. Quel est donc ton fameux plan pour sauver Andrew des mains de Joe Rossi et quel rôle était censé y jouer Dayton Ames ?

« Deux ou trois jours » ? Caroline faillit sourire de l'optimisme béat de Jack, même si elle savait qu'au fond, il n'escomptait guère non plus venir à bout de son ex-beau-père aussi rapidement.

— Je projette de soudoyer l'un des gardes du corps d'Andrew, répondit-elle. Joe s'imagine que l'argent suffit à lui garantir la loyauté de ses sbires. Or la vénalité est une arme à double tranchant.

— Soit. Et à combien s'élève selon toi la loyauté du bonhomme ?

— Un million de dollars saurait m'attirer ses bonnes grâces, je pense. En outre, j'ai besoin d'un demi-million supplémentaire pour me procurer les papiers qui nous permettront, à Andrew ainsi qu'à moi-même, de quitter le pays et de nous installer ailleurs.

— Je vois..., marmonna Jack.

Il s'abstint de lui faire remarquer que son plan ne le prenait nullement en compte. S'il s'y était risqué, bien sûr, elle n'aurait pas manqué de rétorquer qu'il lui était impossible d'abandonner ainsi ses ouailles du jour au lendemain pour partir vivre avec elle à l'étranger sous un nom d'emprunt. Néanmoins, et paradoxalement, elle fut chagrinée qu'il n'eût même pas suggéré de l'accompagner.

— As-tu déjà choisi le garde du corps que tu voulais corrompre ? se contenta-t-il de lui demander.

Elle contempla les arbres. Le cardinal demeurait invisible et le soleil s'était caché derrière des nuages.

— Oui. Sa complicité m'était même acquise. Mais Joe l'a démasqué. Il s'appelait Lionel. Mon ex-beau-père a ordonné son élimination.

— Du moins est-il mort avant de toucher l'argent, repartit Jack.

Caroline fut étrangement soulagée de le voir adopter un point de vue aussi froid et pragmatique. Quand elle-même parlait de Joe, elle ne pouvait se permettre la moindre compassion.

— C'est là que Dayton Ames entrait en jeu, reprit-elle du même ton détaché. Il était mon trésor de guerre.

Jack se tint coi un bref instant.

— Dayton Ames t'a payée un million et demi de dollars pour que tu deviennes sa maîtresse ?

— Il ne m'a rien payé du tout. Il m'a donné beaucoup de cadeaux dispendieux, certes, mais jamais je n'ai accepté d'argent de sa part.

Elle haussa les épaules d'un geste qu'elle voulut désinvolte.

— Ou du moins, ajouta-t-elle, j'aimerais pouvoir affirmer que, puisqu'il ne me couvrait pas de billets de banque, je n'étais pas exactement une prostituée.

Elle leva la main pour prévenir l'objection de Jack.

— Non, tais-toi. Il n'est pas nécessaire que tu me répliques que je ne trompais personne, pas même moi…

— C'est toi qui te trompes, mon cœur. Je souhaiterais d'ailleurs que tu cesses de te flageller pour ce qui s'est passé entre toi et Dayton Ames.

— Me flageller ? Bah, tu as peut-être raison. En tout cas, dès que je serai en sécurité avec Andrew dans notre nouveau foyer, je saurai bien dégoter un psy qui me réglera ce problème.

— Super. Mais tu pourrais t'épargner des milliers de dollars en ayant des entretiens réguliers avec mon Patron, sais-tu ? Enfin, j'espère au moins que la somme prévue pour les émoluments de ton complice ne viendra pas du testament de Dayton. Car si tu es en passe d'hériter plus d'un million de dollars de M. Ames, le procureur va en faire ses choux gras.

— Oh, à mon avis, Dayton ne m'a même pas légué sa montre. Non, vois-tu, mon plan est bien plus simple que ça. Il consiste à voler directement l'argent dont j'ai besoin sur le compte numéroté que Dayton a ouvert dans les îles Caïmans.

Jack s'étouffa avec son café.

— Pardon ? Aurais-tu l'obligeance de répéter ?

Elle se leva pour se camper devant la moustiquaire.

— Dayton avait accumulé cinq millions de dollars en bons au porteur dans un coffre d'une banque de Grande Caïman. Et ce sont ces titres que je désire négocier. Sitôt que je pourrai obtenir des faux papiers pour mon fils et moi-même, je graisserai la patte d'un autre des gorilles de Joe et nous décamperons aussitôt tous les trois. Quant aux devises qui me resteront une fois que nous serons à l'abri, j'ai prévu de les reverser à diverses associations d'aide à l'enfance en détresse.

— Et c'est à ça que se résume ton « plan » pour récupérer Andrew ?

— Oui.

Jack vint se poster derrière elle et la prit par la taille.

— Chérie, tu es une fine stratège, je n'en disconviens pas, et je déteste jouer les empêcheurs de tourner en rond, mais je ne puis malgré tout approuver ton intention de dépouiller Dayton Ames, d'autant que ce pauvre gars est désormais six pieds sous terre.

— Oui, mais en l'occurrence il s'agit uniquement de recouvrer des fonds que ce « pauvre gars » a auparavant détournés, expliqua Caroline. Non content de blanchir les bénéfices de Joe, il a carotté celui-ci du confortable pécule qui est actuellement planqué dans les îles Caïmans. A mes yeux, sauver Andrew avec de l'argent dérobé à Joe n'est que justice.

— Ce serait effectivement un plaisant retour de manivelle, reconnut Jack. J'ignorais qu'Ames avait amassé son bas de laine sur le dos de la mafia.

Il la força à se retourner.

— C'est donc pour cela que tu l'as séduit ? murmura-t-il. Parce que tu étais au courant de ses accointances avec Joe et que tu le jugeais par là même susceptible de te renflouer ?

— Grosso modo. Après avoir perdu la garde d'Andrew, je serais devenue folle si je n'avais été farouchement déterminée à découvrir comment Joe était parvenu à produire autant de fausses dépositions à ma charge. J'avais l'espoir insensé qu'en prouvant qu'il avait acheté les témoins, je pourrais d'une manière ou d'une autre interjeter appel de la décision du juge Long. J'étais une comptable aguerrie, habituée à déceler les transferts frauduleux. J'ai donc entrepris d'éplucher les comptes de mes prétendus « amants ». Le seul indice que j'y ai repêché était leur lien avec Dayton Ames, ce qui m'a étonnée, vu que ce dernier était alors considéré comme un pilier de la bonne société.

— Il est *encore* considéré comme un financier éminent du Tout-Chicago, lui rappela Jack. A titre posthume, bien sûr, mais pour l'heure incontesté.

— Evidemment : il était assez intelligent pour soigner sa réputation. Néanmoins, plus mon enquête avançait, plus j'étais convaincue que c'était par son intermédiaire que Joe avait stipendié les témoins et que, par conséquent, sa respectabilité était pour le moins usurpée. Bref, je tenais une piste et, après l'avoir un peu creusée, j'ai fini par repérer plusieurs irrégularités dans le fonctionnement de sa société d'investissements.

— Comment es-tu arrivée à ce résultat toute seule, en l'espace de quelques semaines, alors que le FBI et le contrôle des changes n'ont jamais eu vent de ces détournements ?

Elle haussa les épaules.

— J'étais désœuvrée. J'avais dix-huit heures par jour pour affiner mes recherches et mettre à plat les montages financiers de la société de Dayton. De plus, au cours de mon mariage avec Phillip, j'avais pu observer Joe Rossi et apprendre ainsi à détecter les mille et une filières du blanchiment des recettes de la Famille. Mais mon principal atout était encore qu'Ames se croyait au-dessus de tout soupçon. Or j'avais, moi, des raisons de le suspecter, et cela a signé sa perte.

— Mais, dans ce cas, pourquoi n'as-tu pas transmis tes

conclusions au procureur ? La subornation de témoins est un délit majeur.

Elle secoua la tête avec lassitude.

— Après toutes ces années vécues auprès de Phillip, j'ai dû développer un sixième sens pour identifier les auxiliaires de la pègre. Dayton Ames était aux ordres du Milieu, j'en étais persuadée, mais aucune de mes présomptions à son encontre n'aurait su éveiller ne fût-ce qu'un début d'intérêt chez le procureur, ni *a fortiori* l'inciter à ouvrir une instruction. J'ai donc résolu d'approcher moi-même Dayton. Après m'être renseignée sur son emploi du temps, je me suis présentée à l'un des bals de charité auxquels il devait assister. Et comme je m'y attendais, le gredin s'est empressé de me faire du plat.

— Et il ne t'a jamais soupçonnée d'arrière-pensée ? Voilà qui était inconsidéré de la part d'un homme qui avait été l'instrument du grave préjudice porté contre toi.

— Pas inconsidéré, non. Pervers, plutôt. Entretenir la femme dont il avait permis à Joe de ruiner l'existence devait l'amuser au plus haut point. Que nul ne devinât sa vraie nature était pour lui une secrète source de contentement, un petit plus qui pimentait sa vie.

— Et toi, sachant qu'il était un schizoïde affligé de nettes tendances criminelles ainsi que d'antécédents financiers douteux, tu as naturellement décidé de te jeter dans ses bras et de devenir sa maîtresse.

— Je pensais n'avoir plus grand-chose à perdre, repartit-elle calmement. J'avais d'ores et déjà renoncé à récupérer Andrew par des voies légales et songé que le chantage était désormais ma meilleure arme. Je voulais pousser Dayton à défendre ma cause en menaçant ses clients de révéler l'origine des fonds brassés par sa société d'investissements.

Jack l'embrassa doucement.

— Tu es complètement dingue, ma chérie. Ignorais-tu ce que tu risquais toi-même en t'engageant au beau milieu d'un affrontement entre truands ?

— Non, répondit-elle d'une voix atone. C'est ainsi que mon mari est mort.

— Oh… Je suis désolé, mon cœur, vraiment désolé.

Il la serra par la taille et la tint un moment contre lui.

Caroline commençait à apprécier de se sentir ainsi dorlotée, choyée, consolée. Un peu trop d'ailleurs, jugea-t-elle en se raidissant aussitôt. Sa relation avec Jack ne pouvait connaître de lendemain.

Elle se recula, souhaitant que cette distance l'aidât à ne pas oublier l'impérieuse obligation de se défier de ses propres sentiments. Elle pouvait aimer Jack, non s'abandonner corps et âme à cet amour.

— J'étais et suis encore un expert-comptable diplômé, reprit-elle sur un ton qu'elle voulut cinglant. J'ai travaillé au service des banquiers de New York et de Chicago, et j'ai une solide expérience dans l'analyse des données financières. Comme les difficultés cardiaques de Dayton le rendaient parfois somnolent, chaque fois qu'il venait à s'endormir dans mes bras, j'entreprenais de décortiquer ses dossiers personnels. Il ne m'a pas fallu longtemps pour m'apercevoir qu'il écrémait systématiquement de vingt pour cent les bénéfices acquis avec les sommes que lui confiait Joe. J'ai eu plus de mal en revanche à savoir où il stockait son magot et ne suis tombée sur le numéro de son coffre à Grande Caïman que la semaine précédant son décès.

— Attends un peu, s'exclama Jack en se retournant d'un bond, le regard acéré. Qui d'autre connaissait ce numéro ? Sa femme ? Ses associés ?

Elle secoua la tête.

— C'est peu probable. Je suis pratiquement sûre d'être désormais la seule personne au monde à posséder ce renseignement.

— Et Joe ? demanda Jack à voix basse. Crois-tu qu'il est au courant de ce compte ouvert par Ames dans les îles Caïmans ? Se doutait-il que ce dernier le filoutait ?

Pressentant la conclusion à laquelle il était sur le point d'aboutir, Caroline se mit à gigoter avec embarras sur le canapé en rotin.

— Oui, murmura-t-elle, il le savait. J'ignore cependant depuis quand. Jusqu'à présent, je supposais qu'il ne l'avait appris que tout récemment. Mais maintenant… maintenant je n'en suis plus si certaine.

Elle s'éclaircit la gorge.

— Dayton a été assassiné, après tout. Or, comme c'est de cette manière que Joe règle ordinairement ses problèmes, on peut vraisemblablement en déduire qu'il se savait depuis longtemps pigeonné par le bonhomme.

— Bien. Résumons-nous. D'abord, Dayton Ames a subtilisé plusieurs millions de dollars à Joe Rossi, qu'il a reportés sur un compte secret *off-shore*, compte dont ton ex-beau-père connaît l'existence. Puis celui-ci l'a éliminé et, en bout de course, tu te retrouves l'unique détentrice de l'information qui lui manque encore pour récupérer sa mise.

Caroline contempla ses pieds nus.

— Euh… oui, c'est à peu près ça.

— Bon, déclara Jack, notre ligne de conduite est donc toute tracée. Nous devons immédiatement appeler la cavalerie à la rescousse pour qu'elle te mette à l'abri dans la première cellule de QHS disponible.

— *Hein* ? s'écria-t-elle en se relevant brusquement. Mais

tu déraillles, Jack ! Pour l'amour du ciel, tu ne peux tout de même pas demander aux flics de me coffrer… Tu m'avais promis de m'aider à gagner les îles Caïmans ! J'ai absolument besoin de cet argent pour acheter l'un des gardes du corps d'Andrew…

— Caroline, l'interrompit-il, c'est de la pure folie. Comment veux-tu berner à la fois Joe, la police, les fonctionnaires de l'immigration, les douaniers de Grande Caïman et les banquiers d'Ames — et ce, non seulement à l'aller, mais aussi *au retour*, quand tu essaieras de rapatrier les titres ?

Résolue à ne pas se laisser décourager, Caroline préféra donner libre cours à sa colère et fit volte-face, le regard étincelant de rage.

— Je me débrouillerai, rétorqua-t-elle. Garde tes avertissements pour toi, Jack, et contente-toi de me déposer dans le premier avion à destination des îles Caïmans.

— D'accord, à ta guise. Juste un dernier mot, cependant : en admettant que par miracle tu réussisses à revenir saine et sauve avec le fric, puis à dissuader ton gorille de te fausser compagnie pour filer à Hawaii, et enfin à quitter le pays avec Andrew, comment va réagir Joe selon toi ? Je ne pense pas qu'il te donnera son absolution, et tu ne le penses pas non plus. Il usera au contraire de tous les moyens à sa disposition pour vous traquer. Il aura même la loi de son côté, puisque au regard des autorités tu es une inculpée en fuite et qu'en outre, ne l'oublions pas, il est toujours le tuteur légal de son petit-fils.

— Que me conseilles-tu alors ? grommela-t-elle — détestant Jack parce qu'il avait raison et se détestant elle-même parce qu'elle ressentait soudain toute la détresse à laquelle elle s'était jusqu'alors juré de ne pas s'abandonner. Veux-tu que je baisse les bras et me résigne à ce qu'Andrew soit élevé par un monstre ?

— Non, répliqua-t-il posément. Je veux que tu te rasseyes et que tu écoutes *mon* plan.

15.

Il était près de 16 heures lorsque Jack revint au cottage.

— Voilà, le tour est joué, annonça-t-il d'un air fatigué mais triomphant. Donohoe a transmis ma proposition à son capitaine qui en a lui-même informé le préfet. Ils sont désormais tous les trois au courant de mes intentions et m'ont assuré de leur soutien.

— Bien, approuva Caroline en arpentant nerveusement la pièce. Donohoe est-il certain de pouvoir faire confiance à son capitaine ?

— Absolument. Il connaît son supérieur ainsi que le préfet depuis des années et m'a certifié que, si d'autres fonctionnaires de police pouvaient éventuellement être vénaux, eux ne l'étaient pas.

— J'ai toujours du mal à croire que le préfet de police soit disposé à nous aider…

— Disons plutôt qu'ils sont d'accord pour nous laisser étayer nos accusations. Ils ont tout à y gagner, du reste. Pour eux, le risque est relativement minime. Ils tiennent déjà avec toi leur suspect numéro un dans l'affaire Dayton Ames et je leur ai par ailleurs signalé ta présence en ces lieux. Ils ne voient aucun inconvénient à ce que, une fois que tu te seras rendue à la justice, j'essaye de leur livrer l'un des pivots du Crime Organisé tandis qu'ils poursuivront de leur côté la procédure à ton encontre.

Caroline eut un sourire crispé.

— Sont-ils au moins convaincus que je pourrais être innocente du meurtre de Dayton ?

— J'en doute, répondit Jack laconiquement. Mais cela importe peu pour l'instant. Ils sont prêts aussi bien à cuisiner Felicity qu'à chercher des indices prouvant que les autres bouteilles de vin étaient bel et bien empoisonnées. C'est suffisant pour un début. Nous ne pouvions escompter qu'ils requièrent d'emblée l'ouverture d'une instruction contre la veuve d'Ames.

— Et Joe Rossi ? Envisagent-ils de solliciter son inculpation ?

— Pour cela, il nous faut seulement l'aval du préfet, et ce dernier me l'a garanti. Avec un peu de chance, Joe se trahira lui-même. Frank a pris soin de préparer le terrain pour provoquer la première fuite. La plupart des flics ignorent tout, hormis qu'un indic vient de te repérer. Nous nous sommes arrangés pour que seuls les deux officiers que nous soupçonnons d'être de mèche avec la pègre apprennent que je suis la balance en question.

Caroline continua ses allées et venues, trop anxieuse pour demeurer assise.

— Si Joe a au sein de la police de Chicago ne serait-ce que la moitié des contacts qu'il possède dans celle d'Atlantic City, il saura avant ce soir que j'ai été dénoncée par le révérend Jack Fletcher.

— Espérons-le, lâcha Jack lugubrement.

Caroline se retourna vers lui.

— Que me caches-tu, Jack ? Tu es à cran.

Il lui saisit les mains et les serra dans les siennes.

— La police doit bientôt arriver, Caroline. Au moment où je quittais le bureau du préfet, Donohoe s'était déjà entendu avec ses collègues du centre-ville chargés de l'enquête pour venir t'appréhender à 5 heures.

Elle déglutit avec peine.

— Si tôt ?

— Ils préféraient opérer en plein jour. Je me suis abstenu de les en dissuader. Ils redoutent qu'un bleu perde les pédales dans l'obscurité et nous canarde à bout portant — ou descende par erreur l'un de ses potes.

— C'est effectivement à craindre, admit-elle. D'un autre côté, je serai probablement à la une des journaux locaux dès demain matin.

Jack soutint son regard avec calme et fermeté.

— J'y compte bien, dit-il.

— Jack, penses-tu réellement que ton plan puisse marcher ? s'enquit-elle.

Malgré tous ses efforts pour paraître confiante et courageuse, sa voix était faible, tremblante.

— Nous y veillerons, répliqua-t-il. Et puis, rappelle-toi que dans cette partie, c'est nous qui détenons la majorité des atouts.

— Oui, mais Joe n'a jamais respecté aucune règle. Si jamais il s'aperçoit qu'il n'a pas en main les meilleures cartes, il te coupera tout simplement les bras pour t'empêcher d'abattre tes as.

— Ecoute, ma chérie, nous ne pouvons de toute manière imaginer un autre moyen de nous en sortir. Alors cessons de nous tourmenter, veux-tu ?

Il la prit dans ses bras et lui donna un long et fiévreux baiser.

— Joe Rossi est un être cupide, poursuivit-il. Il sera incapable de décliner notre offre. Il tombera à pieds joints dans notre piège et nous n'aurons plus qu'à tirer la ficelle. Ce sont ses propres faiblesses qui le perdront et nous allons en tirer avantage.

En sentant ainsi Jack tout contre elle, ses bras autour de ses épaules et la chaleur de son baiser encore présent sur ses lèvres, Caroline pouvait presque croire qu'ils seraient en mesure d'anéantir leur terrible adversaire. Elle savait cependant qu'elle en serait moins assurée le lendemain, après avoir passé vingt-quatre heures dans une cellule et subi tout le poids de la machinerie judiciaire.

— Ne t'inquiète pas, mon cœur, murmura Jack en lui caressant les cheveux. Ce coup-ci, ce seront les bons qui l'emporteront, je te le promets.

Elle perçut alors dans le lointain le vrombissement ténu d'un moteur. Elle jeta à Jack un coup d'œil interrogateur. Celui-ci traversa la pièce, souleva le coin d'un des rideaux imprimés de tournesols et hocha la tête.

— Nous y voilà donc, marmonna-t-elle en se recroquevillant sur le canapé.

— Oui, le dénouement est pour bientôt. Tu n'as que deux jours à patienter, ma chérie. Tout sera fini d'ici là.

Il l'embrassa de nouveau, avec plus de douceur encore, et sa langueur passionnée étreignit douloureusement la jeune femme. Quand elle rouvrit les paupières, le grondement distant de l'engin s'était fondu en un silence inquiétant. Néanmoins la peur qui venait de la paralyser s'était quelque peu atténuée.

— Je t'aime, Jack.

Cet aveu lui avait échappé sans qu'elle l'eût aucunement prémédité.

Jack lui sourit en retour, ses traits d'une beauté ahurissante empreints d'une chaleur irrésistible, ses charmants yeux turquoise tout voilés de tendresse. Caroline se demanda comment elle avait pu, ne fût-ce qu'un instant, lui trouver la moindre ressemblance avec Phillip.

— Je t'aime aussi, lui répondit-il. J'adore prononcer ces mots. Oh oui, j'adore ça. Je t'aime, ma chérie.

Il y eut un bruissement de feuilles, puis un craquement de brindilles. Une nouvelle fois, Jack écarta subrepticement le rideau.

— La police est là, chuchota-t-il. Et une fourgonnette de la télé est garée un peu plus loin sur la route. Apparemment, Frank a invité les chaînes locales à filmer en direct ton arrestation.

Caroline se frictionna les bras, déconcertée de devoir ainsi sans transition sortir de sa cachette pour affronter délibérément les feux de l'actualité.

— Peut-être vaudrait-il mieux feindre la surprise, suggéra-t-elle.

— Bonne idée. Et si tu allais préparer nos valises ? Débrouille-toi pour que nous ayons l'air sur le point de filer.

De fait, à ce moment précis, la fuite semblait à Caroline une solution extrêmement tentante. Elle se retint cependant de proposer à Jack de s'esquiver jusqu'à l'aéroport tant qu'ils en avaient encore la possibilité, et se rendit dans la chambre d'une démarche somnambulique. Alors qu'elle entreprenait de fourrer des sous-vêtements et des T-shirts dans le premier bagage venu, Jack lui rapporta son sac et sa trousse de maquillage de la salle de bains.

— Tu as toujours sur toi la clé du coffre, Jack, n'est-ce pas ?

Il farfouilla dans la poche arrière de son jean avant d'en extirper la clé qu'elle lui avait confiée.

Caroline acheva de parfaire sa mise en scène et ferma le bagage.

— Ça y est, murmura-t-elle. Ils se déploient autour du cottage. Tu les entends ?

— Oui.

Il passa un bras autour de ses épaules.

— Pense à Andrew, l'exhorta-t-il. Souviens-toi que vous serez de nouveau ensemble dans quelques jours.

Un poing heurta rudement la porte.

— Au nom de la loi, ouvrez ! Nous avons un mandat d'arrêt contre vous !

Les policiers ne leur donnèrent même pas le temps d'accéder à cette requête. Jack et elle venaient tout juste de se rapprocher de l'entrée, lorsque le fer d'une hache fracassa le battant, dont des échardes atterrirent jusqu'à leurs pieds.

— Hé ! protesta Jack avec une indignation remarquablement simulée. Qu'est-ce qui vous prend ? Que signifie cette intrusion ?

Trois officiers armés déboulèrent dans la pièce.

L'un d'entre eux braqua son fusil d'assaut sur Jack tandis que les deux autres mettaient en joue Caroline.

— Ne tirez pas ! hurla-t-elle en levant haut les bras, tétanisée par la frayeur.

— Mais qu'est-ce qui vous prend ? répéta Jack, le souffle court. Vous êtes dans une propriété privée. De quel droit pénétrez-vous par effraction dans cette…

— La ferme, révérend Fletcher, intervint Frank en entrant à son tour dans le cottage, une liasse de papiers à la main. Vous hébergez une fugitive recherchée par la police, et vous le savez très bien. Alors tenez-vous à carreau ou on vous embarque aussi pour entrave à la justice et complicité de meurtre.

Le sergent Donohoe n'avait plus rien de l'Irlandais débonnaire qu'avait naguère connu la jeune femme au commissariat.

— Caroline Hogarth, continua-t-il en s'adressant à cette dernière, vous êtes inculpée d'homicide volontaire sur la personne de Dayton Ames.

— C'est faux ! rétorqua-t-elle, envahie malgré elle par la panique. Vous vous trompez lourdement, sergent...

Elle se débattit tandis qu'un des officiers lui passait les menottes.

— Jack, ne les laisse pas m'emmener ! Oh, Seigneur, ce n'est pas moi qui ai tué Dayton. Dis-leur que ce n'est pas moi !

Jack agrippa par le bras l'officier qui la maintenait.

— C'est scandaleux. Je ne...

— Suffit, révérend Fletcher ! le coupa Donohoe sur un ton impérieux. Je ne veux plus vous entendre.

Puis il fit volte-face et toisa Caroline du regard qu'il devait selon elle réserver à la lie de l'humanité. Etait-ce pure comédie de sa part ? Ou la croyait-il encore coupable, en dépit des déductions que lui avait communiquées Jack au sujet de Felicity et du vin ?

— Mademoiselle Hogarth, voici une liste de vos droits : d'abord, vous avez le droit de garder le silence. Toute déclaration pourra être retenue contre vous. Vous avez également le droit de réclamer l'assistance d'un avocat. Si vous n'en avez pas les moyens, l'Etat de l'Illinois vous en commettra un d'office...

— Je sais quels sont mes droits, sergent, l'interrompit-elle d'une voix frémissante.

Du coin de l'œil, elle vit les policiers fouiller la maison à la recherche d'un hypothétique indice de ses activités criminelles. Son estomac se noua, et elle se sentit blêmir. « Mon Dieu, songea-t-elle, pourvu que le plan marche ! » Si elle et Jack échouaient à confondre Joe Rossi, comment parviendrait-elle jamais à prouver son innocence ? Il lui était intolérable de penser que cet infâme personnage pourrait remporter la victoire finale et lui imputer l'assassinat de son propre acolyte. Et, Seigneur, que deviendrait Andrew si elle était accusée de ce forfait ?

Sa gorge était si sèche qu'elle dut déglutir par deux fois avant de pouvoir rouvrir la bouche.

— Qui vous a appris que j'étais ici ? Comment l'avez-vous su ?

— Nous en avons été informés par un citoyen conscient de ses devoirs, repartit Frank en la poussant à travers le chambranle de la porte démantibulée, sans un seul regard en direction de Jack.

Elle se retourna vers le cottage.

— Jack ! cria-t-elle avec effroi. Jack, je t'en supplie, empêche-les ! Dis-leur la vérité !

Les cameramen se ruèrent vers elle, ravis d'assister à une arrestation aussi mélodramatique. A la différence de la plupart des suspects, Caroline n'avait même pas eu la présence d'esprit de rabattre sa veste sur son visage : à leurs yeux, c'était assurément un reportage du tonnerre.

Frank Donohoe écarta du bras la meute des journalistes.

— Pas de commentaire, lança-t-il en réponse à leur avalanche de questions. Le préfet vous livrera de plus amples renseignements en fin de journée.

Juste à temps pour le journal du soir, pensa Caroline,

brusquement saisie d'une folle envie de s'esclaffer. Ah ça, elle allait leur en donner, du spectacle ! Un véritable morceau de choix à livrer en pâture aux publics du 18 et du 22 heures.

Elle fut coincée entre deux officiers à l'intérieur d'une voiture de patrouille. Sa dernière vision fut celle de Jack, debout devant le cottage, entouré de policiers, proclamant devant les objectifs des caméras qu'elle était une femme merveilleuse, victime d'une terrible erreur judiciaire et qu'il était entièrement convaincu de son innocence.

Si cette allégation maladroite ne la condamnait pas pour toujours aux yeux des téléspectateurs, songea Caroline avec lassitude, ce serait uniquement parce que ces derniers auraient déjà changé de chaîne…

A 9 heures tapantes, le lendemain matin, Jack téléphonait à Clive Reese Burroughs.

— Burroughs, Greenaway & Handerson, déclara une voix féminine dans l'écouteur. Bonjour.

— Salut, ma belle. Bien le bonjour à vous aussi. J'aimerais parler à M. Burroughs.

— *Maître* Burroughs ne reçoit aucun appel ce matin, repartit la secrétaire d'une voix assez glaciale pour pétrifier le péquenot qui avait osé ainsi l'appeler « ma belle ».

— Ben voyons, mon cœur. Dites simplement à votre boss que je ne suis pas du genre à poireauter. Vous pouvez même lui préciser que s'il ne me prend pas sur-le-champ, je raccrocherai aussitôt pour appeler la police.

La menace eut l'effet escompté sur la standardiste qui, visiblement, savait que ses patrons ne lui payaient pas son salaire avec les seuls émoluments acquis au service de la veuve et de l'orphelin.

— Me Burroughs est en conférence. Il m'a instamment priée de ne pas le déranger.

— Allons, un peu d'initiative, ma douce. Autrement, voyez-vous, je crains que le digne M. Burroughs vous envoie terminer votre carrière sur le pavé. Glissez-lui que c'est en rapport avec l'un de ses bons clients, le sieur Joe Rossi, il comprendra.

— Mais qui…

— Vous avez une minute pour lui faire la commission, ma grande. Montre en main.

Le combiné resta muet un long moment. Jack commençait à suer, lorsque résonna enfin à ses oreilles une voix aussi distinguée qu'irritée.

— Qui êtes-vous ? Que me voulez-vous ? J'imagine que vous avez un sérieux motif pour m'importuner de la sorte.

— Très sérieux, maître. Mon nom est Jack Fletcher. Le révérend Jack Fletcher, de l'Eglise épiscopale St. Luke. Je désirerais rencontrer Joe Rossi. Disons… à 15 h 30 aujourd'hui même, entre la réunion du conseil paroissial et les vêpres.

Il y eut un silence ahuri à l'autre bout de la ligne. Puis Clive Burroughs émit un rire tonitruant.

— Vous ne manquez pas de toupet, révérend Fletcher, je dois le reconnaître ! Cela étant, vous avez sonné à la mauvaise porte. Je ne sais absolument pas qui est ce dénommé Joe Rossi et ne puis donc, à plus forte raison, vous obtenir avec lui un rendez-v…

— Contentez-vous de lui signaler que je suis un ami

de Caroline Hogarth et que je serais enclin à lui servir de guide dans les îles Caïmans.

— Révérend Fletcher, je suis très occupé. Et nul doute que ce M. Rossi l'est aussi…

— Oh, je vous l'accorde volontiers, très cher maître. C'est précisément pour cela que je veux que vous le préveniez à l'avance. Je n'ai pas très envie, voyez-vous, que ses gardes du corps m'abattent sans sommation. Alors… 15 h 30 à son domicile, compris ?

Jack raccrocha avant que Burroughs ne pût ajouter un mot et s'adossa contre le mur de son séjour, les membres tremblants, tandis que lui revenaient à la mémoire les pires moments de sa détention. Rien de tel que de négocier avec un avocat marron pour se rappeler qu'on avait été soi-même de la chair à procédure, se dit-il. En tout cas, il avait intérêt à garder la tête froide au cours de l'entretien, s'il ne voulait pas que Joe Rossi lui arrache les entrailles.

Il alla se plonger la tête sous le robinet de la salle de bains afin de recouvrer le contrôle de lui-même et décida de revêtir son habit au grand complet : col romain, soutane, surplis, étole, crucifix d'argent et le toutim. Il soupçonnait que peu de méfaits au monde sauraient plus réjouir Joe Rossi que de soudoyer un ministre du culte. Et si cette perspective mettait le brigand de bonne humeur, il pourrait se montrer moins méfiant.

Du moins Jack priait-il le Ciel qu'il en fût ainsi.

Le parrain en titre du New Jersey était entré dans un tel accès de fureur en apprenant l'arrestation de Caroline que son confrère de Chicago l'appela en personne au téléphone pour s'excuser de l'incompétence de Steve et Gerry. Joe ne crut pas une seconde à sa sincérité, mais comme il agissait sur le territoire d'autrui, il dut ravaler sa rage et adopter un profil bas. Il était inutile, sinon dangereux, que ses pairs fussent avertis qu'une femme — une *fille*, un membre de sa *propre* famille — défiait son autorité au point de le rendre incapable de la retenue la plus élémentaire.

Mais il n'en avait pas moins sa claque de l'Illinois ainsi que de cette paire de bons à rien dont on lui avait alloué les services. Il aspirait grandement à repartir dans ses foyers, à Atlantic City, au milieu des siens, sur *son* territoire. Deux contrats juteux pour la construction d'autoroutes avaient déjà été adjugés par les autorités du New Jersey au cours du mois précédent, et aucune de ses entreprises de BTP n'en avait reçu la moindre miette. Doux Jésus, il lui fallait impérativement rentrer chez lui botter quelques derrières !

Enfin, il y avait plus urgent.

Entre Dayton Ames et cette petite garce qui avait mis le grappin sur son fils, il avait vraiment été entourloupé dans les grandes largeurs. Seigneur, à la seule idée que Caroline était l'unique personne sur terre détenant encore le numéro du compte sous lequel Dayton Ames avait planqué son argent, il sentait ses tripes danser la sarabande. Et voilà maintenant qu'elle était en prison ! Comment diable allait-il désormais pouvoir lui extorquer ce renseignement ? Ce problème le rongeait jusqu'à l'os, nuit et jour, et troublait invariablement la sérénité de son esprit.

Il déboutonna les manchettes amidonnées de sa chemise et consulta sa Rolex.

— 15 h 30… Mais qu'est-ce qu'il peut bien foutre, ton satané curé ?

Clive Burroughs toussota.

— Ce n'est pas un curé, Joe, mais un prêtre. Et ce n'est

pas le mien. Je vous ai seulement rapporté ses paroles, à savoir — je cite — qu'il était un ami de Caroline Hogarth et qu'il était enclin à vous servir de guide dans les îles Caïmans.

— Tu t'es tuyauté sur lui ? s'enquit Joe. Il est vraiment prêtre ?

Quoique ayant déjà appris par ses contacts dans la police que le révérend Fletcher était bien celui qui avait balancé sa bru aux flics, il n'oubliait jamais de recouper les informations dont il disposait.

Le savoir — voilà quelle était aujourd'hui la clé du pouvoir. En ces temps où le muscle n'était plus de mise, il s'enorgueillissait d'avoir été le premier parrain du pays à avoir intégralement informatisé ses services. Désormais, chaque branche de son organisation fonctionnait à la manière d'une filière d'entreprise dont les opérations visaient à la réduction des coûts de revient. Ce que Phillip n'avait justement pas su comprendre, pensa Joe avec tristesse. Il était trop attaché aux anciennes méthodes pour avoir entraperçu les potentialités offertes par les nouvelles technologies. Andrew, en revanche, était déjà au parfum. Pour son troisième anniversaire, Joe lui avait offert son propre ordinateur. Ainsi le gamin n'aurait-il pas que l'intelligence, mais aussi la formation nécessaire pour assumer la direction de la Famille au début du troisième millénaire.

— Oui, confirma Burroughs, Fletcher est prêtre. Pas un prêtre catholique, cependant, mais un ministre du culte protestant. Diplômé de la fac de théologie il y a huit ans de cela, juste après sa libération du pénitencier de l'Etat.

— Il a été en tôle ? Pour quelle raison ?

— Homicide. Il a battu à mort un camé.

Joe émit un grognement perplexe.

— Et maintenant il donne dans la soutane ? Ça lui a pris d'un coup ?

— Je n'en sais pas beaucoup plus que vous, Joe. J'ai juste eu le temps de procéder à une vérification succincte. Il dirige depuis six ans la paroisse de l'Eglise épiscopale St. Luke. Il y a fondé un paquet d'associations de prévention de la délinquance et soutient activement les campagnes municipales de lutte contre le Sida.

— Ouais, je vois, fit Joe avec humeur. Encore un pédé. Un prêtre devrait pourtant dire aux gens que la meilleure manière de se protéger du Sida, c'est de mener une vie normale. Mais non, voilà qu'on met des distributeurs de capotes dans les lycées et qu'on serine aux jeunes filles qu'elles n'ont plus besoin de rester vierges avant le mariage. Et on s'étonne après ça que ce pays foute le camp…

Le bourdonnement de l'Interphone interrompit sa diatribe. Il enfonça rageusement le bouton d'appel.

— Oui ?

— J'ai le révérend Fletcher en face de moi, monsieur Rossi. Les gars en bas l'ont fouillé et je l'ai palpé moi-même. Il est O.K. Ni micros, ni arme, ni rien sur lui.

— Envoyez-le-moi.

Le prêtre entra dans la pièce peu après, et l'estomac de Joe se contracta aussitôt sous le coup d'une douleur aussi atroce que fugitive. Jack Fletcher avait si fière allure que, n'eussent été sa haute taille et son teint clair, il aurait pu être un grand frère de Phillip. Comme Joe continuait de le dévisager, Clive Burroughs avança d'un pas.

— Vous avez cinq minutes de retard, révérend Fletcher.

Le prêtre cilla légèrement et posa un regard presque méprisant sur l'avocat.

— Il y avait beaucoup de circulation, dit-il.

Burroughs s'éclaircit la gorge.

— M. Rossi a accepté de vous recevoir, bien qu'il ne voie pas ce qui vous autorise à le croire intéressé par un voyage dans les îles Caïmans.

— Ah bon ?

Il salua Joe d'un hochement de tête et celui-ci cessa aussitôt de lui trouver une ressemblance avec Phillip. Contrairement à son fils, comprit-il, ce gars-là était un malin et un dur qui savait exactement ce qu'il voulait.

— Je suis heureux que vous ayez pu m'accorder un peu de votre temps, monsieur Rossi.

— Ouais, alors autant ne pas le gaspiller, répliqua Joe, estimant inutile de finasser avec un crâneur de cette trempe. Me Burroughs prétend que vous fréquentez Caroline.

Fletcher sourit.

— Je puis même affirmer qu'elle me considère comme un très bon ami, monsieur Rossi.

Cette simple assertion contenait un sous-entendu explicite. Joe riva son regard dans celui du prêtre. Un éclair de compréhension mutuelle passa entre eux. Le révérend Jack Fletcher avait livré Caroline à la police — ça, Joe le savait déjà. Et Fletcher savait qu'il le savait. Néanmoins, Caroline avait encore confiance en son « ami »... Oh, oui, songea Joe en réprimant un frisson d'excitation, ce type était vraiment un sacré malin.

Clive Burroughs joignit les mains et scruta le prêtre par-dessus la monture de ses demi-lunes.

— Il se peut que Caroline Hogarth soit votre amie, révérend Fletcher, mais je suis au regret de vous rappeler qu'elle est également une putain et une meurtrière notoire — en d'autres termes, une compagne peu convenable pour un serviteur de Dieu.

Fletcher eut un sourire si cynique que Joe ne put s'empêcher de l'admirer.

— Précisément, maître. En tant que serviteur du Seigneur, j'ai pour mission de frayer avec les putains et les meurtriers du monde entier pour les mener vers la repentance.

— Hmm, oui, certes, convint Burroughs, qui s'efforça derechef de prendre la contenance d'un juriste reçu dans les meilleures maisons du pays. Révérend Fletcher, je ne saisis toujours pas le véritable motif de votre appel de ce matin. Pourquoi souhaitiez-vous rencontrer M. Rossi ?

— Parce que j'ai un marché à lui proposer. Question suivante ?

— Quel marché ?

Fletcher se tourna vers Joe.

— Monsieur Rossi, je pense que cette entrevue serait plus fructueuse pour nous deux si vous priiez votre avoué de retourner à ces tâches administratives que vous lui confiez et qui lui valent ses appointements.

Joe lança un bref coup d'œil au juriste.

— Me Burroughs est justement payé pour veiller sur mes affaires, rétorqua-t-il.

— Les cinq millions de dollars détournés par Dayton Ames de sa société d'investissements et stockés à l'heure qu'il est sur un compte numéroté dans une banque de Grande Caïman sont-ils donc un sujet indigne d'une certaine… confidentialité ?

Cette fois-ci, Joe ne prit même pas la peine de consulter Burroughs du regard.

— Retourne donc à ta paperasse, Clive, lui ordonna-t-il. Je te sonnerai en cas de besoin.

— Joe, il est de mon devoir de vous avertir que le révérend Fletcher ne m'inspire aucune...

Mon Dieu, s'interrogea Joe, pourquoi donc était-il condamné à vivre entouré de pareils crétins ?

— Du balai, Clive !

— Bonsoir, monsieur Burroughs, déclara Jack d'une voix polie. Merci d'avoir organisé cet entretien.

L'avocat quitta la pièce sans mot dire, ses épais sourcils froncés de colère contenue. Joe invita Fletcher à le rejoindre près de la fenêtre et lui désigna le lac d'un ample geste de la main.

— Profitez donc du panorama, révérend. Il a dû me coûter près d'un million de dollars à lui seul, vu qu'il n'y a que ça de bien dans cet appartement.

Fletcher se dirigea vers la fenêtre et se campa résolument dos au paysage. Joe apprécia cette bravade.

— Monsieur Rossi, susurra le prêtre en courbant le buste, cette discussion n'a déjà que trop traîné en longueur. Si je suis venu jusqu'à vous, c'est pour vous parler de cinq millions de dollars déposés sur un compte des îles Caïmans. Cela vous intéresse-t-il ou dois-je m'adresser ailleurs ?

— N'essayez pas de me bluffer, révérend. Vous avez d'emblée dévoilé vos batteries en me réclamant cet entretien. Vous n'irez donc vous adresser nulle part ailleurs. Et si, à partir de maintenant, il vous prend l'envie ne serait-ce que d'éternuer, je vous conseille de m'en demander d'abord la permission.

— Je vois que la situation présente vous égare, monsieur Rossi. J'ai cru comprendre que vous vouliez encore plus que moi mettre la main sur cet argent. Or, il n'existe actuellement que deux personnes au monde qui sauraient vous y conduire. La première est Caroline Hogarth, et nous savons tous deux que vous risqueriez de la tuer avant même qu'elle ait eu l'occasion de vous parler. La deuxième de ces personnes, c'est moi. Aussi devriez-vous plutôt vous assurer qu'il ne m'arrive rien de fâcheux au cours des prochains jours, monsieur Rossi, sinon vous pourriez tirer un trait définitif sur le magot.

Joe lui décocha un coup d'œil acéré.

— Seriez-vous donc disposé à vous montrer plus bavard que Caroline, révérend Fletcher ?

— Je l'envisage effectivement, monsieur Rossi, mais moyennant garanties. Et rétributions.

Joe avait trop d'expérience et de jugeote pour se précipiter tête baissée dans le premier panneau venu.

— Soyons clairs, révérend. Visiblement, vous avez eu vent des cinq millions de dollars que m'a carottés Dayton Ames avant de les planquer sur Grande Caïman. Et vous n'ignorez pas non plus que Caroline Hogarth détient le numéro du compte. Tout cela, je suis prêt à vous l'accorder. Mais n'espérez pas me persuader que vous connaissez en plus le nom de la banque, voire le moyen de récupérer ces fonds. Au cours des deux années qui viennent de s'écouler, Caroline n'a même pas daigné révéler à qui que ce soit le nom de son coiffeur. Alors vous pensez bien que ce n'est pas demain la veille qu'elle trahira un secret susceptible de lui rapporter un tel pactole.

— *Vincent's*, State Street.

— Pardon ?

Jack desserra lentement les lèvres en un large sourire.

— C'est le nom du coiffeur de Caroline, monsieur Rossi.

Joe émit un rire grinçant.

— Bon, d'accord. Mais ça ne prouve rien au sujet de la banque.

— Ce n'est pas mon opinion.

— Ah tiens ?

— Eh non. Voyez-vous, monsieur Rossi, par un pathétique concours de circonstances — dont je vous épargne les détails —, Caroline semble être tombée amoureuse de moi. Et, du coup, elle me voue une confiance aveugle.

— Ta-ta-ta, révérend. Ça ne prend pas. J'imagine mal mon ex-bru perdre à ce point la tête, même pour vos beaux yeux.

Jack haussa les épaules.

— Bah, elle est comme toutes les femmes : il suffit de les titiller au bon endroit pour qu'elles rampent à vos pieds.

Il s'était exprimé avec une telle désinvolture que Joe en fut impressionné.

— S'il est vrai que Caroline vous a transmis le numéro du compte, ce serait bien la première grosse bévue de toute son existence.

— Non, monsieur Rossi. En tout état de cause, ce sera la dernière.

Seigneur, pensa Joe, mais c'est qu'il lui donnerait en plus la pétoche, ce calotin !

— Si vous savez où est caché le fric, pourquoi n'allez-vous pas le chercher vous-même ? A quoi bon venir m'en parler ?

Fletcher soupira.

— Je suis conscient de mes limites, Joe — vous permettez que je vous appelle Joe, n'est-ce pas ? Pour moi, ce sera Jack. Si, si, je vous en prie… Eh bien, Joe, je vous avouerai que je n'ai pas les compétences nécessaires pour négocier les titres en bons vieux dollars made in USA. Et que je serais encore moins en mesure de procéder à leur liquidation sans attirer l'attention de la police ni celle du fisc.

— Qui s'en soucierait avec cinq millions de dollars à la clé ?

— Et vingt ans de tôle en guise de bonus si je suis pris en flagrant délit de transferts frauduleux ? Très peu pour moi, Joe. Nous avons un drôle de système judiciaire, vous savez. Vous tuez un pauvre type et on vous colle quatre à cinq ans dans une prison — dont vous ressortez d'ailleurs très vite pour bonne conduite. Mais ne vous avisez pas de troubler le breuvage des gros requins, car vous écoperiez d'une peine si sévère que vous en deviendriez gaga avant qu'on vous octroie votre première visite. J'en ai moi-même digéré des vertes et des pas mûres quand j'étais l'hôte du pénitencier d'Etat, alors je préfère désormais envoyer les autres au charbon et compter tranquillement mes bénef à l'abri.

— Et pourquoi diable penses-tu que je serais disposé à me salir les mains pour ta poire ?

Fletcher envoya une bourrade amicale dans l'épaule du parrain.

— Parce que je suis sûr et certain que vous mourez d'envie d'être le seul à mettre vos paluches sur le butin, pardi !

Joe s'abstint de protester plus avant. Si Fletcher pouvait lui indiquer où était dissimulé l'argent, il l'empocherait sans coup férir. Si au contraire il mentait… eh bien, il vivrait juste assez longtemps pour apprendre ce qu'il en coûtait de blouser Joe Rossi.

— Tu veux quoi en échange ? s'enquit-il en reculant d'un pas.

Fletcher sourit.

— En théorie, 50-50 serait un arrangement correct.

Mais je suis quelqu'un de raisonnable, Joe. Et puis je me rends bien compte que le rapatriement des bons va vous occasionner pas mal de frais. En conséquence, l'un dans l'autre, j'opterai pour un million de dollars tout rond.

Joe s'esclaffa d'un air faussement scandalisé. Il avait déjà en tête maintes manières d'empaumer ce débutant sans rien lui verser du tout.

— Un million ! Aurais-tu fumé un joint avant de venir, *Jack* ? Même si je ne te filais qu'une avance de cent mille dollars, mes associés me traiteraient de cinglé ! Un million ? Allons, soyons sérieux…

Le prêtre se redressa de toute sa taille. Décidément, pensa Joe, le gaillard avait vraiment une sacrée carrure.

— Très bien, Joe. Je vais nous épargner du temps et de la salive. Inutile de nous épuiser dans de vains marchandages. Ce sera deux cent cinquante mille dollars à mettre immédiatement sur mon compte personnel en Suisse, à Zurich, et deux cent cinquante mille autres qui suivront le même chemin dès que vous aurez revendu les titres. C'est mon dernier mot. Je n'en démordrai pas.

— Tu plaisantes ! s'exclama Joe, indigné. Un demi-million dont la moitié d'avance ? Mais tu débloques complètement ! Entre les bakchichs, le salaire du passeur et le reste, encore heureux si je retire trois millions de toute l'opération ! Et puis c'était *mon* pognon au départ, nom de Dieu !

Il frappa sur le plateau du bureau, sincèrement outragé malgré sa ferme intention de ne respecter aucun des termes de leur marché.

Fletcher secoua la tête avec une feinte commisération.

— On a eu dernièrement de gros revers financiers, hein ? Faut dire aussi que la société de Dayton Ames paraissait si réglo…

Joe ne se contint plus et menaça Jack du poing.

— Ecoute-moi bien, petite crevure, tu auras deux cent mille dollars en fin de course, pas un sou de plus ! Et mieux vaut pour toi que tu me balances sur-le-champ le numéro du compte ou j'appelle immédiatement mes gars pour qu'ils viennent te mettre un peu de plomb dans…

Il s'arrêta net, abasourdi.

— Mais où diable crois-tu aller comme ça ? hurla-t-il.

— J'ai un autre rendez-vous, répondit Fletcher. Désolé, Joe, mais vous n'êtes pas le seul à saliver devant cinq millions de dollars faciles à gagner. Dommage pour vous que vous refusiez de l'admettre.

— Pas si vite, l'ami. Tu crois réellement que je vais t'autoriser à te tirer ?

Fletcher s'appuya contre la porte et croisa les bras avec la plus parfaite nonchalance.

— Vos sbires peuvent me tabasser autant qu'ils le voudront, Joe. Jamais je ne cracherai le numéro du compte. Et ce, parce que je ne le sais pas. Pas encore, du moins. Vous ne m'avez pas laissé terminer.

Joe sentit une petite boule de tension exploser derrière son œil gauche.

— Mais pourquoi alors m'as-tu affirmé…

— J'ai seulement dit que je pouvais me procurer ce renseignement, Joe. Et j'en ai en effet la possibilité. Mais je ne le possède pas encore. Si je sais dans quelle banque sont planqués les fonds, je ne dispose toujours pas du numéro du coffre.

— Mais… mais comment diable comptes-tu l'obtenir, sacré nom ?

Fletcher se remit à sourire.

— Par Caroline. Bien sûr.

Joe fut amèrement déçu. Au bout du compte, ce prêtre était aussi stupide que tous les autres imbéciles avec lesquels il était forcé de travailler…

— Tu peux faire une croix dessus, mon joli, marmonna-t-il. Pourquoi Caroline te donnerait-elle le numéro, d'après toi ? Parce que tu le lui aurais demandé avec des fleurs, peut-être ? Crois-moi, va, si balèze sois-tu, tu ne l'es pas encore assez pour lui soutirer ce genre de confidences.

— Oh que si, Joe, et pour une bonne raison, une raison qui n'a rien à voir avec la manière dont je lui poserais la question ni avec l'intérêt qu'elle peut me porter.

— Ah ouais ? Tu peux te montrer plus clair ?

— Je vais la voir dès demain dans sa cellule pour lui annoncer que vous êtes prêt à lui rendre Andrew en échange du fameux numéro.

— Lui rendre mon petit-fils ?

Soudain, Joe s'apercevait combien l'âge, la fatigue et le découragement lui pesaient.

— Pas question, articula-t-il d'une voix lasse. Caroline sait très bien que je ne lâcherais pas Andrew pour cinq malheureux millions de dollars. Eh quoi, on pourrait m'aligner tous les biftons de la terre que je le garderais toujours avec moi ! Tu te retrouveras le bec dans l'eau, Jack. Jamais Caroline ne gobera de pareilles sornettes.

Il s'apprêtait à tendre la main vers le bouton d'appel de l'Interphone, lorsque Jack lui saisit le bras pour prévenir son geste.

— Caroline sait qu'elle ne récupérera pas Andrew pour cinq millions de dollars. Elle n'est pas idiote, Joe, c'est entendu. Mais durant notre dernier tête-à-tête, hier au soir, elle m'a révélé qu'elle détenait une information encore plus précieuse à vos yeux que le numéro du compte de Dayton Ames.

— Oublie ça, te dis-je. Mon petit-fils n'est pas à vendre.

— Même contre le nom du meurtrier de votre fils ?

Joe se tint coi un moment, encaissant sans broncher la nouvelle que Fletcher venait de lui assener. Se pouvait-il que Caroline connût réellement l'identité de l'assassin de Phillip ? se demanda-t-il. Il avait prodigué maintes promesses de récompenses, déboursé maints pots-de-vin, proféré maintes menaces sans que nul ne lui eût jamais rapporté le nom du tueur ni celui du commanditaire. Nombre de rumeurs couraient bien à ce propos dans le Milieu comme dans la rue, mais toutes étaient aussi peu fondées les unes que les autres.

Des larmes lui montèrent aux yeux. Il les refoula férocement. Du diable s'il permettait à ce foutu prêtre de deviner sa peine ! Et pourtant, doux Jésus, Phillip lui manquait autant que si sa disparition datait de la veille... Il fixa le paysage du lac Michigan, le dos tourné à son interlocuteur.

— Comment puis-je être sûr qu'elle ne me donnera pas un nom bidon ? grommela-t-il enfin. Est-ce qu'elle peut prouver ce qu'elle avance ? Comment saurais-je que ce n'est pas une entourloupe pour m'arracher le petit ?

— Elle a des preuves, lui promit Fletcher. Des preuves qu'elle vous échangera contre Andrew.

Joe était un négociateur aguerri. Et son intuition lui soufflait que la proposition de Jack était parfaitement sérieuse. Avec un tel argument, il saurait vraiment convaincre Caroline. Comme il venait de le convaincre lui-même. Autrement dit, il lui fallait désormais faire d'une pierre deux coups et réussir dans le même mouvement à rapatrier les cinq millions de dollars *et* à obtenir ces fameuses preuves évoquées par Jack. Le tout, naturellement, sans rendre Andrew.

En conséquence, dans une première phase, il devait accepter le marché sans se montrer trop exigeant.

— Tu remues beaucoup d'air, Jack, mais jusqu'à présent, tes prétendues preuves, je n'en vois pas la queue d'une.

Fletcher porta une main à son crucifix. Durant un horrible instant, Joe crut qu'il s'apprêtait à prier. Ses doigts durent cependant actionner un mécanisme à l'intérieur de l'objet, car ce dernier s'ouvrit brusquement en deux.

Une mince clé de cuivre reposait dans le logement. Jack Fletcher la prit et la présenta à la lumière de l'immense baie vitrée avant de la plaquer dans la paume de Joe.

Celui-ci la retourna gauchement entre ses doigts.

— Qu'est-ce qu… ?

— Une preuve… de bonne volonté, Joe, répondit Fletcher en arborant un de ces sourires qui avaient le don de glacer Joe jusqu'à la moelle des os. Ceci est la clé du coffre où Caroline a entreposé les documents relatifs à l'assassinat de son mari — votre fils.

— Caroline te l'a confiée ?

Fletcher opina silencieusement.

— Et à quoi ça va me servir si je n'ai pas le nom de l'établissement où se trouve ce maudit coffre ? s'enquit Joe en brandissant la clé.

— Ça ne vous servirait à rien même si vous le connaissiez, repartit le prêtre. Caroline en est la titulaire exclusive. Si vous voulez les papiers, vous devrez l'accompagner à la banque.

— Mais elle est en prison ! s'écria Joe qui, à sa grande consternation, se rendit compte qu'il avait une fois de plus perdu le contrôle de la situation.

Fletcher eut un sourire réjoui.

— Tout à fait, Joe. Et c'est justement pour ça que vous allez enjoindre notre cher Me Burroughs d'aller la délivrer. Mais pas avant que nous ayons mis au point notre stratégie, bien sûr… et revu le montant de mes gages.

Burroughs n'aurait aucun mal à sortir Caroline de prison, admit Joe en lui-même. Ce procédurier retors aurait été capable d'escamoter une perruche de la gueule d'un tigre affamé ! Mais pourquoi n'avait-il pas songé plus tôt à recourir à ses services ? Les tribulations de ces derniers jours avaient-elles donc épuisé toute sa vivacité et sa perspicacité d'antan ? Ou bien Fletcher était-il trop rusé pour lui ? Enfin, il n'avait rien à perdre à écouter le plan du bonhomme. Lorsqu'il aurait déballé son sac, il saurait bien lui ficeler un mignon petit traquenard à sa façon. Ou, en désespoir de cause, mettre un contrat sur sa tête auprès des paumés de la banlieue de Chicago : « Un mois de crack gratuit pour la peau du Révérend ! »

Il reposa la clé au centre du bureau et considéra Fletcher avec un sourire complice.

— O.K., Jack. Je t'écoute. Qu'est-ce que tu nous mijotes ? J'ai hâte d'entendre ça.

16.

Si des dizaines de journalistes s'étaient pressés autour du cottage pour filmer son arrestation, il sembla à Caroline qu'il y en avait des centaines qui l'attendaient sur l'escalier du palais de justice pour recueillir ses premières impressions après sa libération sous caution. Clive Burroughs, auquel son costume dispendieux et sa coupe de cheveux à deux cents dollars conféraient l'allure d'une star du petit écran, ne la poussa pas à l'arrière de sa BMW garée le long du trottoir, mais se campa fermement sur les marches, prit sa cliente par l'épaule et plongea un regard grave dans l'objectif des caméras. Caroline le soupçonna de savoir de longue date que les téléspectateurs ne prisaient guère les juristes à l'air trop arrogant.

— Mlle Hogarth vous remercie de votre soutien ainsi que de vos témoignages de sympathie, déclara-t-il en ignorant souverainement les sondages qui, à quatre-vingt-dix pour cent, donnaient la jeune femme pour une meurtrière sans scrupule. Comme vous devez vous en douter, ces dernières vingt-quatre heures ont été pour elle fort éprouvantes. Elle n'aspire pour l'heure qu'à rentrer chez elle et prendre un peu de repos.

L'une des reporters parvint à couvrir de sa voix le tumulte

environnant. Caroline reconnut en elle l'enquêteuse vedette de la principale chaîne de Chicago.

— Le procureur ne s'est pas opposé à la relaxe provisoire de l'inculpée, maître. Etant donné que celle-ci a refusé de se rendre de son plein gré à la police lors de sa saisie au corps, sauriez-vous nous dire pour quelle raison le ministère public a jugé opportun de prendre ce risque ?

Burroughs encaissa l'insinuation sans un haussement de sourcils.

— Il ne me revient pas d'interpréter les décisions du procureur, répondit-il d'une voix bien timbrée. Je puis néanmoins vous informer que nous avons su le convaincre de l'intérêt des nouveaux éléments que nous avons portés à sa connaissance dans le cadre de l'affaire Dayton Ames.

Son éclatant et imperturbable sourire se fit soudain plus malicieux.

— Mais je vous conseillerais de poser à l'avenir vos questions à Mme Felicity Ames, ajouta-t-il. Je crois que la police compte vivement sur cette personne pour éclairer sa lanterne. Mesdames, mesdemoiselles, messieurs, ce sera tout pour aujourd'hui. Merci.

Les journalistes parurent frappés de stupeur. Tandis qu'ils hésitaient entre harceler la maîtresse du défunt et se rabattre sur sa veuve, Clive Burroughs entraîna Caroline jusqu'à la voiture dont le chauffeur, expert en l'art d'échapper à la curiosité des chroniqueurs judiciaires, démarra avant même d'en avoir reçu l'ordre.

La jeune femme se pelotonna dans le coin de la banquette de cuir gris souris. Quoiqu'elle eût dû être reconnaissante envers Burroughs de l'avoir si brillamment libérée, tout en détournant l'attention des médias sur Felicity, elle éprouvait quelque répugnance à remercier un homme qui avait autant de sens moral que le dernier des cloportes.

— Où m'emmenez-vous ? demanda-t-elle, sachant pertinemment que Burroughs obéissait aux ordres de Joe et qu'elle n'avait aucune chance de l'en dissuader.

— A mon cabinet, dans le centre-ville.

— Je vois…

Ayant jeté un coup d'œil au chauffeur, elle décida qu'elle pouvait se risquer à parler en sa présence. D'une part, rien de ce qu'elle voulait dire ne saurait se retourner contre elle et, d'autre part, elle désirait savoir jusqu'à quel point son ex-beau-père s'était confié à son avocat.

— Pourquoi Joe vous a-t-il demandé de me sortir de prison ? s'enquit-elle. Après tous les efforts qu'il a déployés pour me coincer, cette brusque mansuétude me laisse perplexe.

— Remerciez-en votre toutou de prêtre, repartit Burroughs.

Manifestement, songea Caroline, il ne paraissait pas porter Jack dans son cœur. Mais cela ne lui indiquait toujours pas dans quelle mesure il était au courant du marché que ce dernier avait conclu avec Joe Rossi.

— Votre révérend est parvenu à persuader Joe que vous lui seriez plus utile en liberté que derrière des barreaux, poursuivit-il. Alors on a lancé la police aux trousses de Felicity pour vous donner du champ.

— Soit, mais je ne vois toujours pas ce qui a pu inciter la police à présumer que Felicity est liée d'une quelconque manière au meurtre de Dayton.

Clive Burroughs esquissa un sourire mauvais.

— Mme Ames a un penchant pour les beaux corps musclés. Les corps féminins, s'entend. Ce que son mari a découvert le mois dernier et qui n'a pas vraiment eu l'heur de le réjouir.

Caroline écarquilla les yeux.

— Felicity avait une relation ? Avec une autre femme ? Je n'aurais jamais imaginé…

— De multiples relations avec de multiples femmes, la corrigea Burroughs. Joe l'a tenue à l'œil dès l'instant où il a investi dans la société d'Ames. Cette surveillance lui a fourni un tas de clichés fort édifiants qu'il a transmis à la police, tout en notifiant à cette dernière qu'Ames projetait d'entamer une procédure de divorce pour réclamer la garde de leur fille. Il a également averti les autorités que le pharmacien qui prétend vous avoir vendu de la digitaline était cocaïnomane au dernier degré et que donc son témoignage était peu sûr. En d'autres termes, ajouta-t-il sur un ton badin, votre ex-beau-père a proprement réglé son cas à la veuve de Dayton Ames.

Caroline éprouva un fugace sentiment de compassion pour cette malheureuse Felicity.

— Voilà une leçon qui lui coûtera cher, murmura-t-elle. Elle saura désormais que, lorsqu'on veut se débarrasser de son époux, mieux vaut ne pas requérir les services de la pègre.

— A moins d'assurer solidement ses arrières, répliqua sèchement Burroughs. Mais oublions ce sujet. La police finira bien par apprendre toute seule que Felicity Ames n'est pas vraiment la femme dévouée et éplorée qu'elle semble être. M. Rossi m'a prié de vous signaler qu'il s'était arrangé pour ramener son petit-fils d'Atlantic City à Chicago. Andrew sera ici dans la soirée. J'ai cru comprendre que le révérend Fletcher et M. Rossi étaient encore en pourparlers afin de déterminer exactement selon quelles modalités et à quelles conditions vous sera restituée la garde de votre fils.

Caroline ferma les yeux, submergée par un torrent d'émotions si violentes qu'elle n'osait ouvrir la bouche ni même regarder dans la direction de l'avoué. Andrew ! Seigneur Dieu, le revoir si vite était un bonheur si inespéré qu'elle craignait de devenir folle d'impatience ! Elle prit deux longues inspirations pour recouvrer l'usage de la parole avant que son silence la trahît.

— Joe aurait tort de me croire stupide, déclara-t-elle enfin. Je ne suis pas disposée à lui donner l'argent avant d'avoir réellement récupéré mon fils.

— Il a préféré se passer de mon assistance dans les négociations qu'il a menées avec Jack Fletcher, répondit Burroughs avec une rancœur marquée. Néanmoins, au vu de leurs résultats, je dirais que votre prêtre a remarquablement bien défendu vos intérêts.

— Il m'aime et tient à moi, voilà tout, décréta Caroline.

Elle savait que l'avocat rapporterait cette conversation à Joe et qu'elle devait impérativement paraître éperdument éprise de Jack : plus elle aurait l'air de vouer à celui-ci une confiance aveugle, plus Joe se délecterait à la perspective du tour que son amant était censé lui jouer.

Elle adopta une expression rêveuse.

— Après toutes ces terribles années sous la coupe de Phillip, il m'a fallu un certain temps pour admettre qu'on pouvait être adoré et chéri pour soi-même. Jack m'a enseigné la véritable signification de l'amour.

— Très touchant, repartit Burroughs. Pour un peu, j'aurais moi-même envie de partir courir le guilledou. Mais je pense qu'il va me falloir pour l'instant me consacrer à des questions plus pratiques : nous voici rendus à mon cabinet.

Ils se garèrent dans le parking en sous-sol et empruntèrent l'ascenseur express pour gagner le trentième étage. Burroughs conduisit Caroline à travers la salle d'attente jusqu'à son bureau privé, où Jack les attendait. Elle se précipita aussitôt dans ses bras et s'accrocha à lui, les larmes aux yeux, en proie à un trouble délicieux qu'elle n'avait nul besoin de simuler.

Jack la serra contre lui.

— Oh, ma chérie, que c'est bon de te retrouver ! Tu m'as tellement manqué. Ces deux derniers jours ont dû être affreux pour toi.

Elle se recula tout en s'essuyant les joues du plat de la main.

— Horribles, convint-elle avec une grimace. J'ai hâte de prendre une douche. Je pue le désinfectant.

— Tu pourras prendre ta douche tout à l'heure, mon amour. Mais j'aurais auparavant deux mots à te dire. Maître, auriez-vous l'obligeance de nous octroyer quelques minutes d'intimité ?

— Je vous en prie, répondit Burroughs sur le ton du vieux gentleman au cœur tendre ne souhaitant que le bonheur des deux jeunes tourtereaux. Je vais demander à ce qu'on nous monte quelques rafraîchissements. Vous avez une demi-heure devant vous.

— Parfait.

Jack referma la porte et reprit Caroline dans ses bras pour l'embrasser sans plus aucune retenue. Il la garda ensuite contre lui.

— Ecoute, mon ange..., murmura-t-il.

— Chut, Jack ! Les murs ont des oreilles. Cet endroit doit

être truffé de micros pour que Burroughs se soit montré si complaisant. Joe est probablement assis dans un bureau à l'étage en train de suivre notre conversation.

— Non, ma chérie, la rassura-t-il. Il n'y a aucun micro en activité dans cette pièce, je te le certifie. Je l'ai moi-même vérifié.

Caroline lut dans son regard qu'il tentait de la prévenir du contraire. Elle hésita une fraction de seconde, puis renonça à simuler une naïveté qui pourrait sembler suspecte.

— Jack, tu n'as pas idée de la perfidie de Joe et de ceux qui acceptent de travailler pour lui. Burroughs ne nous aurait jamais laissés seuls ensemble s'il n'avait eu la possibilité de nous épier. La moindre de nos paroles est en cet instant même enregistrée sur bande magnétique. Crois-moi, Jack, Joe et cette vipère de juriste sont à l'affût de tous nos propos.

— Pour preuve de leur loyauté, ils m'ont promis de débrancher le système d'écoute, lui rétorqua Jack en l'entraînant vers le bureau. Regarde…

Il souleva un presse-papiers et lui désigna le micro fixé à sa base.

— Tu vois ? Il est éteint. Le voyant rouge n'est pas allumé. Il y en a un autre derrière ce tableau, là, éteint lui aussi.

Caroline fit semblant d'être convaincue.

— Bon. Puisque j'ai ta parole…

— Tu l'as, Caroline. Alors n'en parlons plus, veux-tu ? Crois-moi, cette pièce est sûre et nous avons mieux à faire que d'y chercher d'éventuels micros. Bien mieux à faire…

Il tendit les bras et la plaqua contre lui avec une vigueur singulière. Puis, pressant ses lèvres contre les siennes, il se mit à lui baiser fiévreusement le cou.

— Souris, tu es filmée, lui chuchota-t-il. Œuilletons de

minicaméras dans les angles droit et gauche, près de la porte et du bureau…

Puis il poussa un grognement et entreprit de déboutonner le haut de sa robe, tout en veillant à présenter son dos aux deux objectifs. Il ramena ses mains sur les hanches de la jeune femme et les glissa ensuite par l'échancrure de sa toilette. Sentant un objet froid et dur contre sa poitrine, cette dernière comprit qu'il suspendait un petit émetteur à la bretelle de son soutien-gorge.

— Demain…, reprit-il dans un souffle, sans remuer les lèvres, tandis qu'il achevait de fixer l'appareil. N'oublie pas d'appuyer sur le bouton.

— Hum ! Oh, oui, Jack. Encore !

— Micro à déclenchement vocal, murmura-t-il.

— Autonomie des piles ? s'enquit-elle sur le même ton.

— Deux heures.

Il se pencha vers ses seins.

— Oh, Caroline, grommela-t-il. Je n'y tiens plus. Aimons-nous, vite !

Elle releva la tête et lui mordilla l'oreille.

— FBI ? marmonna-t-elle.

Elle lui saisit les cheveux et ploya la nuque en gémissant sous ses baisers.

— Ah, Jack, je ne suis plus la même dans tes bras ! Je brûle littéralement…

Il se redressa et ne put s'empêcher d'écarquiller les yeux en l'entendant exhaler un soupir particulièrement torride.

— Hmm, moi aussi, mon amour. Je suis… je suis en feu !

A son tour, il entreprit de lui agacer l'oreille.

— Les agents fédéraux seront en faction à la banque…

Il s'interrompit pour émettre un cri rauque et enfouit son visage dans le cou de Caroline tout en gigotant de manière suggestive.

— Traîne-moi jusqu'au canapé et joue pour moi les vierges pudiques, dit-il à mi-voix.

Elle ôta prestement ses escarpins et le fit reculer en direction du sofa, juste à la limite du champ des caméras. Jack la propulsa fougueusement contre la banquette de cuir. Elle succomba une vingtaine de secondes à son ardeur avant de le repousser des deux mains.

— Non ! protesta-t-elle. Jack, non ! Je te veux, mais pas ici ! Burroughs va bientôt revenir. Il va nous *voir.* Discutons, plutôt. C'est peut-être la dernière fois que nous pouvons être ensemble.

— Plus tard, répliqua Jack sur un ton passionné. Nous discuterons plus tard.

— Non, Jack, répéta-t-elle. Il faut que nous cessions tout de suite.

Elle se débattit farouchement et, après quelques minutes supplémentaires d'une empoignade entrecoupée de suppliques et de refus, Jack se résigna à être plus sage.

— Je suis désolé, ma chérie, dit-il. Je ne voulais pas être si brutal, mais dès que je suis avec toi, mon amour est plus fort que tout.

— Oh, Jack tu es un homme merveilleux, si attentionné. Si doux, si prévenant…

Elle tendit la main pour lui caresser la joue, mais il arborait une mimique si exagérément empreinte de dignité et de noblesse qu'elle fut secouée par un début de fou rire. Elle se colla contre son épaule pour juguler son hilarité cependant que Jack lui caressait le dos en lui susurrant des câlineries sans suite.

— Tu avais raison pour Joe Rossi, lui déclara-t-il solennellement quand elle eut reconquis assez de sang-froid pour se rasseoir. C'est vraiment un être diabolique. Il faut que nous définissions avec le plus grand soin les termes de notre accord avec lui, sinon il risque de nous fausser compagnie avec l'argent sans te rendre Andrew.

— Jamais je ne lui permettrai, repartit Caroline avec une entière détermination. As-tu bien suivi mes instructions, au moins ? Lui as-tu clairement expliqué sur quelles bases notre marché devait être conclu ?

— Oui. Et il a accepté à peu près toutes nos exigences.

— *A peu près* ? s'écria-t-elle. Qu'est-ce qui ne lui convient pas ?

— Il a insisté pour être accompagné de ses gardes du corps durant l'échange.

— Mais, Jack, c'est tout à fait exclu ! objecta-t-elle, sincèrement affolée. C'est un piège, tu ne le vois pas ? Il veut nous doubler. Ses gorilles enlèveront Andrew à la première occasion.

— Non, mon ange, car ils seront trop loin pour ça, affirma Jack en lui étreignant la main. Nous sommes convenus qu'ils resteraient à l'extérieur de St. Luke. J'ai fait valoir à ton ex-beau-père qu'en tant qu'homme de Dieu, je ne saurais tolérer la présence de sbires armés au milieu de mon église.

— Mais qu'est-ce qui te garantit qu'ils n'y pénétreront pas quand même ?

— Ecoute, Caroline, je te concède que Joe doit assurément projeter de nous doubler, mais il ne le pourra pas. Les termes de notre arrangement sont en béton. Angela, la femme de Joe, m'amènera Andrew à St. Luke demain matin. Clive Burroughs t'y conduira à ton tour à 8 h 30. Vous aurez cinq minutes pour fêter tous deux vos retrouvailles.

Ensuite, Angela et moi demeurerons à l'église avec le petit tandis que toi et Joe vous rendrez à la banque du centre-ville où tu as déposé la clé et le numéro du coffre de Dayton à Grande Caïman ainsi que les documents dénonçant le meurtrier de ton mari…

— Non, Jack, le coupa-t-elle. Il est hors de question que j'abandonne Andrew aux hommes de Joe qui seront postés autour de l'église. Ils n'auraient qu'à passer te le reprendre dès que je serais repartie avec son grand-père. Je ne vois strictement pas comment tu pourrais leur résister.

— J'y ai déjà songé, figure-toi, répliqua-t-il avec douceur. Caroline, mon amour, quand tu arriveras à la banque, tu m'appelleras sur le téléphone de voiture de Joe et tu n'ouvriras le coffre qu'après que je t'aurai confirmé qu'Andrew est toujours avec moi. Joe aura les mains totalement liées. Et sitôt que documents, clé et numéro de compte seront en sa possession, il contactera ses gardes du corps pour leur ordonner de me laisser quitter l'église avec Andrew. Ainsi, tout le monde sera satisfait, toi parce que ton fils sera en sécurité avec moi et Joe parce qu'il pourra enfin rapatrier les fonds détournés par Dayton Ames. Et venger l'assassinat de son enfant.

Caroline savait que ce plan alambiqué était absurde, puisque ni elle ni Joe n'avaient l'intention de s'y conformer. Malgré tout, elle fut prise de panique en envisageant les innombrables obstacles qui ne manqueraient pas de se dresser sur le chemin de la victoire. Si elle revoyait Andrew pour qu'il lui fût ravi encore une fois, elle ne s'en remettrait pas.

— Je ne sais pas, Jack, bredouilla-t-elle d'une voix hésitante. Tout semble réglo, mais…

Jack posa un doigt sur ses lèvres.

— Ne te tracasse pas. Ça marchera. Ecoute, Joe me

confiera à la garde de sa femme et de ses sbires pour m'empêcher de fuir. De ton côté, tu sauras que je suis auprès d'Andrew pour retenir Angela et ses gardes du corps de te l'enlever de nouveau. Joe peut compter sur son épouse et toi sur moi. De cette façon, toi et Joe partirez l'esprit tranquille à la banque.

— Oui, mais Joe est tellement roublard, tu sais…

Elle s'appuya contre le dossier du canapé de cuir, subitement épuisée.

— Bon, c'est d'accord. Je prie seulement le ciel pour qu'il n'y ait pas d'anicroche, Jack.

Il l'aida à se relever avant de la prendre par les épaules. Ils revinrent au centre de la pièce et se plantèrent en plein dans le champ des caméras.

— Aie confiance en moi, l'exhorta-t-il en lui souriant de toutes ses dents.

Caroline en eut instinctivement la chair de poule. Jack campait les félons avec une telle maestria que c'en était effrayant.

Il l'embrassa gentiment sur le bout du nez.

— Il te suffit de croire en moi, mon cœur, et l'échange se déroulera sans aucun probème.

Joe riait encore lorsque Jack apparut dans la pièce où le parrain et son avocat avaient suivi sa conversation avec Caroline sur l'écran du circuit interne de télévision.

— « Il te suffit de croire en moi, mon cœur, et l'échange se déroulera sans aucun problème. » Bon Dieu, Jack, je pense sérieusement à t'embaucher à plein temps ! Que dirais-tu d'aller exercer pour moi tes charmes sur quelques femelles de la magistrature et de la politique qui me cassent les pieds au New Jersey ? Hein ? Ça te tenterait pas d'être nommé par ton évêque dans une paroisse de chez moi dès qu'on aura réglé cette embrouille ?

— Je souhaitais plutôt prendre une retraite anticipée, répliqua Jack. Il paraît qu'on vit très bien au Mexique, de nos jours, avec un demi-million de dollars en poche.

— Ne tire pas trop de plans sur la comète, l'ami. Tu n'as pour l'instant mérité que la moitié de ton salaire. Et puis, diable ! tu es encore trop jeune pour penser déjà à la retraite. En outre, je sais repérer les gars à la redresse. Et t'en es un, pas de doute là-dessus.

— Je vais réfléchir à votre proposition, Joe. A ce propos, un premier versement sur mon compte en Suisse me mettrait dans les meilleures dispositions — en attendant le second, naturellement.

— Te bile pas, va. Mes gars sont justement en train d'alimenter ton coffre à Zurich. Tu n'auras qu'à téléphoner à tes banquiers dans une heure ou deux pour t'en assurer.

— Bien.

Jack se mit à arpenter la pièce, refusant d'un geste le verre qu'on lui tendait.

— Et Caroline ? Où va-t-elle dormir cette nuit ?

— Tu veux la ramener chez toi, hein ? s'enquit Joe avec un clin d'œil salace. Serait-on partant pour une petite partie de jambes en l'air loin des caméras indiscrètes, révérend ?

— Oh, caméra ou pas, ça m'est égal. J'aimerais bien rester quelques heures avec elle, voilà tout.

— Elle prend actuellement sa douche, intervint Clive Burroughs. Ma secrétaire est allée lui acheter des vêtements neufs. Joe, j'estime qu'il serait plus avisé de la garder avec nous jusqu'à demain matin. Qui sait quel coup fourré elle nous réserve maintenant qu'elle est sortie de prison ?

Joe se massa la nuque d'un air songeur.

— Ouais, je te le concède, Clive : Caroline est un as de l'esquive. De plus, il serait dangereux de lui donner l'occasion de suspecter la loyauté de son « très bon ami ». A force de le bombarder de questions, elle finirait par s'apercevoir que son seul atout dans cette histoire est sa parole — ce qui est maigre.

— Je crois être capable de lui jouer la comédie quelques heures encore, déclara Jack. Mais, bon… Une de perdue, dix de retrouvées, n'est-ce pas ?

Joe eut un gloussement appréciateur.

— Ça m'étonne quand même que cette garce t'ait pas déjà refroidi la queue. D'après mon fiston, elle était aussi accueillante qu'un glaçon…

Jack se dirigea vers la fenêtre dans l'intention apparente d'admirer le paysage. Quand il eut refoulé sa colère, il se retourna vers le malfrat.

— Quand doit arriver Andrew ? demanda-t-il sur un ton égal. J'aurai beau baratiner Caroline, elle ne bougera pas de St. Luke avant d'avoir revu son fils.

— Angela sera avec lui dans une heure à l'aéroport. D'ailleurs, je compte aller moi-même les y accueillir. Ah ! Andrew est vraiment un gamin épatant. Mon ex-belle-fille aura au moins réussi ça dans sa saleté de vie : me donner un super petit-fils… Tu viendras avec moi, Jack ?

Celui-ci était conscient que Clive Burroughs le fixait toujours avec une intensité embarrassante. Il avait le désagréable pressentiment que l'avocat était plus sagace que son patron.

— Non, merci, répondit-il.

Il préférait ne pas courir le risque de confirmer les soupçons encore vagues de Burroughs en manifestant trop d'empressement à rencontrer le fils de Caroline. De manière plus générale, il avait intérêt à ne témoigner à ce dernier qu'une attention distraite, même si le succès de l'opération reposait pour une bonne part sur la confiance qu'il saurait obtenir de lui.

Il s'efforça d'afficher une moue cynique.

— Je crois que mes ouailles se languissent de moi, dit-il. Tous ces vieux croulants se sont donné rendez-vous ce soir à la maison paroissiale pour un concours de morpions. Mon arbitrage leur est indispensable.

— Un concours de morpions ? répéta Joe, ahuri. Serait-ce… ?

— Si vous l'ignorez encore, l'interrompit Jack en se levant, tant mieux pour vous, Joe. Partez donc à l'aéroport embrasser votre bambin sur les deux joues et remerciez le Seigneur pour tous Ses bienfaits. Vous n'avez encore jamais connu la prison, vous n'avez donc jamais eu non plus à subir de concours de morpions.

Il tapota l'épaule du parrain.

— Dieu vous aime, mon fils.

Joe s'esclaffa.

— Demain, à la même heure, tu seras plus riche d'un demi-million de dollars, fripouille ! Comme quoi, Dieu doit t'aimer aussi.

— Je l'espère bien, Joe. Prenez seulement garde à ne pas contrecarrer Sa volonté…

Clive Burroughs retroussa la manche de sa chemise amidonnée brodée à ses initiales et consulta sa montre Mondavi.

— Prenez garde de votre côté à ne pas contrecarrer celle de M. Rossi, révérend. Toutes les personnes qui se sont crues plus malignes que lui ont jusqu'à présent terminé leur carrière au cimetière. Montrez-vous plus intelligent qu'elles et contentez-vous de respecter honnêtement les termes de notre marché.

— Je suis prêtre, lui rappela Jack. Si je cesse moi-même d'être honnête, qui le sera ?

Caroline avait à peine dormi de toute la nuit. Des frissons la secouaient chaque fois qu'elle songeait à l'imminence des retrouvailles avec Andrew. Par bonheur, nul ne l'avait surveillée jusqu'ici, et elle avait pu fixer sur elle l'émetteur pendant qu'elle était dans la salle de bains. Elle avait même déniché du sparadrap sous le lavabo, qui lui avait permis d'assujettir le micro dans l'échancrure de son soutien-gorge. Pour l'instant, se dit-elle, tout allait bien. Comme ils semblaient estimer que toute duperie ne pourrait venir que d'eux seuls ce matin-là, Joe Rossi et Clive Burroughs n'avaient même pas daigné la fouiller soigneusement. Pour autant, ils n'étaient pas si idiots qu'ils ne se fussent munis d'une puissance de feu plus que redoutable.

Caroline se tenait assise sur le bord de la banquette, frémissante à l'idée de rencontrer son fils. Quand Burroughs engagea enfin la BMW sur l'asphalte du parking de St. Luke, elle était trempée de sueur froide — et à deux doigts de défaillir. Si Joe l'avait bernée et que ni Jack ni Andrew ne se trouvaient à l'intérieur de l'église, elle mourrait sur-le-champ d'un arrêt cardiaque.

Elle descendit de la voiture à la suite de l'avocat tout en s'exhortant au calme. Les hommes de Joe s'étaient déjà alignés devant l'imposant porche néogothique de l'édifice. Ils étaient au nombre de trois, remarqua-t-elle au moment où elle gravissait les marches de pierre, un quatrième étant probablement en faction près de l'entrée latérale. Quatre gardes du corps, plus le chauffeur de Burroughs, et tous à l'évidence armés : apparemment, Jack n'aurait guère de chance de s'échapper avec Andrew. Toutefois, les sbires de Joe ignoraient l'existence du couloir souterrain reliant l'église à la maison paroissiale…

Curieusement, la grosse Lincoln noire de Joe garée le long du trottoir avec son moteur tournant au ralenti paraissait susciter peu de curiosité. Sans doute était-il encore trop tôt pour que les gamins du voisinage fussent déjà en train de flâner dans les rues, ou peut-être croyaient-ils que la limousine faisait partie d'un convoi funéraire.

Les gardes du corps s'effacèrent devant Burroughs et la jeune femme avant de resserrer aussitôt leur rang. Le juriste poussa la lourde porte de chêne qui ouvrait sur l'entrée de l'église. Les gonds d'acier couinèrent sur leur paumelle puis, avec un nouveau grincement, le battant se referma sur les bruits de la rue et l'éclat du soleil. Caroline dépassa le bénitier et pénétra dans la nef, Burroughs sur ses talons. Les projecteurs éclairant ordinairement le chœur avaient été éteints. La lumière du matin filtrée par les vitraux nimbait d'émeraude et de saphir les quelques personnes assises sur les premiers bancs devant l'autel.

Il y avait là Joe, sa femme Angela, Jack… et un petit garçon aux cheveux bruns et bouclés auréolés par les reflets carmin de l'aurore.

Oh, mon Dieu ! pensa Caroline. Joe avait réellement amené Andrew à Chicago ! Il était bel et bien là, en chair et en os.

Son cœur manqua un battement. Le silence du lieu l'assourdissait. Son champ de vision se rétrécit autour de l'unique silhouette d'Andrew. Son fils. Son bébé — qui n'en était plus un désormais.

Jack se leva et entraîna Andrew par la main jusqu'au centre de la nef. Le premier avait revêtu sa soutane ; le second portait une chemise de sport blanche, un short bleu ainsi que des tennis et des socquettes neuves. Ils l'attendirent tous deux devant l'autel, sans mot dire.

Le cœur de Caroline repartit à une si vive allure que la puissance de son pouls la propulsa d'un bond vers son fils. Elle courut vers lui et se jeta à ses pieds pour le prendre dans ses bras. Des larmes dévalaient le long de ses joues et s'accrochaient en perles scintillantes à la chevelure du garçon. Elle était plus heureuse, plus exultante qu'elle ne l'avait jamais été de toute son existence. Et, en même temps, le regret des jours perdus loin l'un de l'autre l'étreignait si douloureusement qu'elle craignait de mourir de chagrin.

— Andrew…, murmura-t-elle en le berçant contre elle. Oh, Andrew, tu m'as tellement manqué. Oh, Seigneur, comme tu m'as manqué !

L'enfant se tenait coi. Elle le serra encore plus fort contre elle tout en lui chuchotant combien elle l'aimait et désirait vivre de nouveau avec lui. Puis Jack lui effleura doucement l'épaule.

— Tu devrais le laisser respirer un peu, Caroline. Il a le visage tout rouge.

— Hein ?

Elle relâcha légèrement Andrew et s'avisa que son fils était raide et qu'il ne répondait pas à ses caresses. Les bras ballants le long du corps, il la considérait de ses grands yeux bruns avec un mélange de curiosité et d'appréhension.

Il ne la reconnaissait pas.

La jeune femme se sentit devenir folle de rage. Elle

parvint cependant à ne pas s'emporter contre Joe pour lui reprocher avec véhémence cette infamie. Elle se rappela qu'Andrew était la seule victime innocente de tout ce drame et qu'elle devait pour lui surmonter sa rancœur. En outre, si elle donnait libre cours à sa colère, elle se l'aliénerait encore plus.

Luttant pour recouvrer la maîtrise d'elle-même, elle se mit à croupetons et, tout en tenant la main d'Andrew, autorisa son fils à se reculer de quelques centimètres.

— Si je t'ai effrayé, j'en suis vraiment désolée, Boubou. J'étais tellement contente de te revoir que j'ai oublié tout le reste.

Elle lui toucha le haut du crâne d'une main tremblante.

— Mazette, comme tu as grandi ! Tu n'étais encore qu'un poupon quand…

Elle ne put achever sa phrase. Andrew la contemplait avec perplexité.

— Je… je ne suis pas ce que vous dites.

— Comment ça ? Tu n'es pas grand ? Ou tu n'es plus un poupon ?

— Non, non. Je ne suis pas… Boubou. Je m'appelle Andrew Phillip Rossi. Et j'aurai bientôt quatre ans.

Il brandit quatre de ses doigts potelés pour souligner son propos.

Les yeux rivés sur son adorable petite main, Caroline se demanda comment elle avait pu supporter d'être séparée de lui durant ces trois cent vingt jours de désolation. Elle pressa tendrement ses doigts, s'efforçant de réprimer le besoin urgent de le cajoler encore une fois.

— Bien sûr, excuse-moi, je sais bien que tu t'appelles Andrew Phillip Rossi. C'est un très joli nom. Je te donnais celui de Boubou il y a longtemps de cela, quand tu étais encore bébé.

Il la dévisagea un moment en silence, puis il lui présenta un de ses pieds.

— T'as vu mes tennis ? Elles sont toutes neuves. Elles brillent dans la nuit. C'est toi, ma maman ?

Certaines questions ne devraient jamais être posées, songea Caroline. Elle ravala péniblement son chagrin.

— Oui, Andrew, je suis ta maman. Et je t'aime beaucoup.

— Alors qu'est-ce que tu penses de mes tennis ?

Caroline réussit à garder le sourire, mais sa voix se brisa.

— Elles sont très jolies.

Il eut l'air de soupeser sa réponse.

— Tu es partie, lâcha-t-il enfin.

Elle ne le corrigea pas, mais lui caressa la joue. Ses pommettes, quoique moins rebondies, plus anguleuses que jadis, étaient toujours d'une finesse sidérante.

— Pardonne-moi, Andrew. Je te jure que tu étais vraiment le seul être au monde qui m'importait. Je ne voulais pas… partir.

— C'est Mamie et Papi qui se sont occupés de moi.

Il jeta un coup d'œil inquiet à ses grands-parents, comme s'il n'était pas sûr de pouvoir parler à cette inconnue sans leur permission. Caroline se consola en constatant qu'il ne lui avait pas retiré sa main ni cherché à la fuir.

Elle prit une inspiration frémissante.

— Mamie et Papi vont devoir te laisser, Andrew. A partir de maintenant, tu vas venir habiter avec moi, avec ta maman, comme tous les autres petits garçons.

— Avec toi ?

Il réfléchit un instant.

— Tu es bien ma maman, hein ? demanda-t-il, visiblement soucieux de clarifier tous les détails qui lui étaient encore obscurs.

Caroline se répéta qu'il n'avait même pas encore quatre ans et qu'en conséquence, il ne pouvait savoir toute la peine que sa suspicion lui infligeait.

— Oui, répondit-elle en le serrant de nouveau dans ses bras. Je suis ta maman, Andrew, et je veillerai sur toi pour toujours.

— Est-ce que Mamie et Papi habiteront aussi chez nous ?

Heureusement pour Caroline, Joe finit par s'irriter de cette discussion qui, de son point de vue, était totalement grotesque, vu qu'il n'avait nulle intention d'honorer sa part du marché.

— Andy, mon grand, il est temps pour ta mère…

Il manqua s'étouffer en prononçant ce mot.

— Caroline et moi avons un saut à effectuer dans le centre-ville, poursuivit-il sur un ton impatient. Mamie restera avec toi, Andy, ne t'inquiète pas. Bien, allons-y, Caroline.

Il posa son regard tour à tour sur sa femme et Clive Burroughs.

— Vous n'avez pas oublié ce que je vous ai dit, tous les deux, n'est-ce pas ?

Caroline sursauta.

— Que signifie ceci, Joe ? J'espère vivement que vous ne me réservez pas une entourloupe…

— Mais non, l'interrompit-il avec agacement. Je veux juste qu'Angela et Clive gardent un œil sur le petit, c'est tout. Nous n'en avons que pour un quart d'heure. Jack, tiens-toi prêt.

Jack fouilla dans la poche de sa soutane et en sortit un téléphone cellulaire.

— J'attends votre appel.

Caroline prit son fils contre elle pour un ultime baiser.

— Le père Jack est un ami, Andrew. Je te confie à lui. Maman va revenir bientôt.

Elle supplia le Ciel qu'il en fût bien ainsi, puis échangea un regard navré avec la femme de Joe qui s'était docilement assise à l'écart sur le banc, aussi muette, prostrée et soumise qu'à son habitude.

— Adieu, Angela. Je ne pense pas que nous aurons l'occasion de nous revoir un jour.

— Adieu, Caroline, murmura-t-elle en détournant aussitôt les yeux.

Cependant, avec une bravoure étonnante de sa part, elle osa peu après les relever pour croiser ceux de la jeune femme.

— Andrew est un enfant charmant, dit-elle. J'ai essayé…

Voyant l'expression courroucée de son mari, elle baissa promptement la tête.

— J'ai essayé de l'élever du mieux que je pouvais, reprit-elle dans un souffle.

Joe se dirigea à grandes enjambées vers la porte de l'église. Caroline lui emboîta le pas. Le parrain s'arrêta sur les marches du porche pour héler ses sbires.

— Bon, les gars, je compte sur vous pour ramener le révérend Fletcher à la raison si jamais il tente de partir avec mon petit-fils, d'accord ? C'est bien compris ?

— Oui, patron. C'est compris. Personne ne rentrera dans l'église et le prêtre n'a pas le droit d'en sortir.

— Y a quelqu'un à la porte latérale ?

— Oui, patron. Vic la surveille.

— Et il n'y a que deux entrées à cette église, n'est-ce pas ?

— Tout à fait, patron. Deux entrées seulement. C'est une vieille bâtisse, vous savez. A l'époque, on se fichait pas mal des issues de secours.

Joe plissa les paupières avec méfiance. Caroline retint sa respiration. Puis son ex-beau-père grommela un vague salut et la jeune femme émit un soupir inaudible.

Jack avait prévu de n'attendre que deux ou trois minutes avant de donner un prétexte quelconque à Angela pour emmener Andrew dans la sacristie, laquelle communiquait avec une archaïque salle de chauffe. De là, un corridor souterrain conduisait à la maison paroissiale qu'avait investie la police. Sitôt Andrew et Jack réfugiés sous leur protection, les officiers iraient procéder à l'arrestation des gardes du corps pour port d'arme dissimulée. Le passage secret entre l'église et l'édifice mitoyen était donc l'élément clé de toute l'opération.

Certes, une fouille un peu plus scrupuleuse aurait permis de le découvrir mais, grâce au Ciel, pensa Caroline, les sbires de Joe s'étaient contentés d'une visite sommaire des lieux.

Joe la poussa dans la limousine.

— Monte, lui ordonna-t-il.

Alors qu'elle se glissait sur la banquette arrière, elle inséra un doigt sous son chemisier et appuya sur la commande de l'émetteur. Désormais, chacune de leurs paroles serait automatiquement enregistrée sur les magnétophones du FBI.

Joe plongea la main dans la poche intérieure de son veston pour en extirper la clé que Jack lui avait donnée la veille.

— Parfait, Caroline. Voici la clé de ton coffre. Le moment

est venu pour toi de respecter notre contrat. Indique au chauffeur notre destination.

Caroline se pencha vers ce dernier.

— A la Fourth Federated Bank of Chicago, s'il vous plaît. C'est à l'angle de Michigan Avenue et Pearson, près de la Loyola University.

— Et ne traîne pas en chemin ! ajouta Joe avant de presser un bouton sous l'accoudoir.

La vitre de séparation se releva. Le caïd se renfonça contre la banquette avec une feinte nonchalance. Cependant ses yeux brillaient et son corps était tout tendu de plaisir anticipé.

— Vous paraissez avoir grandement besoin de cet argent, Joe. Seriez-vous harcelé par de féroces créanciers ?

Il se renfrogna.

— Dayton Ames m'a volé cette saleté de fric. Cinq satanés millions de dollars. Il est normal que je veuille les récupérer.

— Ce fric n'est pas si sale que ça, Joe. Il respire même l'innocence. Dayton ne l'a-t-il pas déjà intégralement blanchi pour vous ?

— Ben voyons ! Il a lessivé le pognon dans sa société d'investissement avant de me lessiver tout court, voilà la vérité. Je ne lui ai pas filé la sueur de mon front uniquement pour qu'il puisse s'engraisser avec.

— La loyauté que vous ne cessez de supposer à vos complices est vraiment touchante, Joe. Voleur d'un jour, voleur toujours, dit pourtant le proverbe. Or vous n'ignoriez pas que Dayton était un escroc, puisqu'il a bien voulu travailler pour vous. Lui accorder une telle confiance était insensé.

— Je n'ai pas de leçons de morale à recevoir d'une putain, rétorqua Joe.

Il frappa du poing contre la vitre blindée.

— Alors, qu'est-ce qui te prend de traîner comme ça ? hurla-t-il. Sors-nous de ce bouchon, et fissa !

Le chauffeur se mit à slalomer entre les voitures qui roulaient au pas, contourna laborieusement un camion et se retrouva bloqué une centaine de mètres plus loin.

— Angela n'a pas bonne mine, déclara soudain Caroline, surprise elle-même de s'entendre aborder ce sujet.

— Bah, ça lui arrive de temps à autre, répondit Joe tout en battant impatiemment la mesure sur ses genoux. Elle ne s'est toujours pas remise de la mort de Phillip. Personne dans la famille ne s'en est vraiment remis, d'ailleurs.

Caroline reporta son regard sur la rue, interdite. Cette soudaine pitié pour Angela était absurde, songea-t-elle, plus absurde encore que la compassion qu'elle avait naguère pu éprouver envers Felicity Ames…

Elle se sentit délivrée en voyant la circulation redevenir fluide. Ils approchaient de la banque.

— Que comptez-vous faire lorsque je vous aurai appris le nom de l'homme qui a tué votre fils ?

— Rien, parce que tu mens, repartit Joe d'une voix glaciale. Le lendemain du décès de Phillip, j'ai promis publiquement un million cash à toute personne qui me révélerait l'identité du tueur et celle du commanditaire. Cette offre n'a suscité aucune réaction. Pas un mot, pas une information, pas la moindre allusion. Et tu posséderais, toi, ce renseignement qu'un million de dollars n'a pas su m'acheter ? Tu bluffes. Point à la ligne.

— Non, je ne bluffe pas, répliqua-t-elle calmement. Ma source n'est autre que Phillip lui-même.

— Tu déraillles. Comment Phillip aurait-il pu te rapporter le nom de celui qui l'a assassiné ? Tu as parlé à son fantôme, peut-être ?

— Oh, ce fut moins rocambolesque. J'ai simplement reçu une lettre de lui.

Joe eut un reniflement incrédule.

— Ouais, c'est ça : tu peux même me montrer cette lettre, etc. Je connais la chanson. Si Phillip avait pressenti qu'il y avait un contrat sur sa tête, il m'en aurait d'abord parlé, figure-toi.

Il lorgna un bâtiment par la vitre.

— C'est ici ? s'enquit-il. Je commence à en avoir ma claque, de cette balade.

— Oui, c'est bien la banque. Prêtez-moi votre téléphone, Joe. Je ne bougerai pas de cette voiture avant que Jack m'ait assuré qu'Andrew est toujours à côté de lui.

— Mais je t'en prie…

Joe lui tendit l'appareil sans parvenir à contenir sa jubilation. Ah, pensa Caroline, comme ce sagouin se délectait par avance du mauvais tour que Jack était censé lui jouer !

— Voici le numéro, ma douce.

Jack décrocha à la deuxième sonnerie. La voix du prêtre retentit dans l'habitacle.

— Allô ?

— C'est moi, Jack, Caroline. Nous sommes devant la banque. Andrew est avec toi ?

— Oui. Ne t'inquiète pas, Caroline. Tout marche comme prévu.

Joe esquissa un sourire amusé. Caroline se déplaça légèrement pour lui cacher son visage.

— Pas de problème avec les gardes du corps ? demanda-t-elle.

— Aucun. Ils sont restés bien sagement sur le parvis. Andrew et moi avons pris du bon temps en explorant l'église. Il a beaucoup apprécié les curiosités que recèle cette vieille bâtisse.

Etre plus explicite eût été dangereux — néanmoins la traduction était claire : ils avaient d'ores et déjà emprunté le passage souterrain. Caroline en ressentit un intense soulagement.

— Bon, je vais conduire Joe jusqu'au coffre. Reçu ?

— Cinq sur cinq. Sois prudente, Caroline.

— Ne quitte pas Andrew, Jack…

Joe lui arracha le combiné des mains et raccrocha.

— Ça ira comme ça. On n'est pas dans une série B. Tu as eu ce que tu voulais, non ? Alors, en avant, ma belle. Les gars que j'ai dépêchés à l'aéroport ont hâte de s'envoler pour moi vers Grande Caïman. Tiens, j'entends déjà cet argent qui réclame son petit papa !

Ils pénétrèrent dans la banque et gagnèrent directement l'entrée de la chambre forte. L'employée entre deux âges et à la silhouette élancée qui était de faction derrière le comptoir les salua d'un sourire las.

— Bonjour. Que puis-je pour vous ?

— Je désirerais accéder à mon coffre, lui annonça Caroline.

Joe lui en remit la clé, qu'elle transmit elle-même à la préposée.

— Veuillez signer ce formulaire, s'il vous plaît, et me donner votre numéro de sécurité sociale.

L'employée regardait à peine la jeune femme, et encore moins Joe. Elle prit le formulaire paraphé par Caroline, en compara distraitement la signature avec celle de la carte de crédit de sa cliente reproduite sur ses fiches et déverrouilla à distance la porte livrant accès à la salle blindée.

Joe se dirigea aussitôt vers l'ouverture.

— Monsieur ! Un instant ! Il vous est interdit de franchir l'enceinte de la chambre forte. Seuls les dépositaires y sont autorisés.

Joe toisa la préposée et se mit à jurer. Caroline s'empressa de poser une main sur son bras pour le calmer.

— Voyons, Joe, il n'y a aucune raison pour que cette dame nous fasse bénéficier d'un traitement de faveur. Et un esclandre serait vraiment malvenu…

Elle se tourna ensuite vers l'employée avec un sourire crispé.

— Je suppose que vous avez un endroit où nous pourrions examiner le contenu de mon coffre à loisir ? Monsieur est mon beau-père et je souhaiterais lui présenter certains des papiers qui y sont entreposés.

— Oh, naturellement. Je vais vous arranger ça. Vous avez la possibilité de retirer tous les documents de votre choix et de les transférer dans ce vestibule, là-bas, juste sur votre droite. Suivez-moi, mademoiselle — euh, madame. Quant à vous, monsieur, si vous voulez bien patienter un instant, je serai bientôt en mesure de vous laisser seul avec votre belle-fille, dans la même pièce, sans avoir à enfreindre le règlement de cet établissement.

— Et vous lui permettrez d'y apporter l'intégralité de son dépôt ?

— Oui, monsieur. Cependant, je dois d'abord l'accompagner à l'intérieur du périmètre de sécurité. Il faut nos deux clés, la sienne et la mienne, pour désactiver la serrure du coffre. Nous n'en aurons que pour quelques minutes tout au plus, rassurez-vous.

Joe fronça les sourcils et maugréa, mais se résigna finalement à obtempérer. Caroline s'engagea dans la salle aveugle et sans fenêtre dont les parois blindées renfermaient les séries de cassettes en acier renforcé. Sitôt qu'elle y fut entrée, l'employée lui mit discrètement sous les yeux un insigne argenté.

— FBI, chuchota-t-elle. Agent fédéral Kirsch. Etes-vous toujours disposée à ouvrir ce coffre ?

— Absolument, dit Caroline.

Que les forces de l'ordre fussent comme promis venues l'épauler lui procura un tel soulagement que ses genoux flageolèrent.

— Y a-t-il d'autres agents dans le secteur ? demanda-t-elle. Quand Joe Rossi verra le contenu de ce coffre, il sera capable de me tuer sur-le-champ. Et quand il s'avisera de ce qui y manque, il coupera mes restes en menus morceaux.

— Mon coéquipier est juste à côté du vestibule où nous attend actuellement M. Rossi. Votre émetteur est-il branché ?

Caroline hocha la tête.

— Oui, enfin je le crois. Je n'ai jamais porté de micro-espion jusqu'à présent.

— Voyons ça…

L'agent Kirsch inspecta rapidement l'appareil.

— Tout est en ordre, mademoiselle Hogarth. Mon coéquipier pourra ainsi entendre tous les propos que vous échangerez avec M. Rossi et venir vous couvrir au moindre pépin. Ouvrons cette cassette, maintenant. Nous n'avons déjà que trop tardé.

Elle introduisit sa clé dans l'une des deux serrures du verrou magnétique. Caroline inséra la sienne dans l'autre. L'opercule pivota sur ses charnières, révélant une longue cassette étroite que la jeune femme roula hors de ses coulisses.

— Vérifiez-en le contenu et présentez-le-moi afin qu'il me soit possible de l'énumérer sous serment devant un tribunal, murmura l'agent Kirsch.

Caroline souleva le couvercle de la boîte en acier. A l'intérieur se remarquaient deux lettres, l'une griffonnée sur du papier quadrillé, l'autre écrite sur plusieurs feuilles épaisses et luxueuses dont l'en-tête se résumait à trois initiales : PJR. Caroline effleura du doigt l'estampille, déconcertée par l'intensité de son propre chagrin.

— Pas le temps de les lire, intervint l'agent fédéral. Sept pages en tout, c'est bien cela ?

— Sept, oui, confirma Caroline avec un sourire tendu. Sept pages de pure dynamite. Ramenez-moi vers Joe, s'il vous plaît. Je ne voudrais pas éveiller ses soupçons.

Ce dernier se leva dès qu'elle pénétra dans la pièce aux vitres dépolies qui jouxtait la chambre forte.

— Ah, tu l'as enfin ! s'exclama-t-il avec une vive satisfaction en la voyant se décharger de la cassette sur la table mise à la disposition des clients. Où est la préposée ?

— Elle est retournée derrière son comptoir. Elle ne peut pas nous entendre de là.

— Parfait, parfait…

Il prit subitement un air suspicieux.

— La clé est toujours dans cette boîte, au moins ?

Malgré la présence des deux agents du FBI à proximité, Caroline eut un frisson de terreur. Les balles étaient nettement plus véloces que les personnes et Joe risquait fort de s'emporter au point de tirer sur elle sans réfléchir.

Elle prit une profonde inspiration.

— Quelle clé, Joe ?

— Mais celle du coffre de Dayton, pardi !

— Je ne l'ai pas.

Pour une fois, Joe ne cria ni ne haussa la voix. Il la scruta simplement du regard.

— Où l'as-tu cachée, alors ?

— Nulle part. Les fonds volés par Dayton ne sont pas dans un coffre, Joe, mais sur un compte, lui rappela-t-elle. Un compte numéroté. Vous auriez déjà dû en déduire que je n'avais pas besoin de clé pour récupérer cet argent. Si tel avait été le cas, je ne serais pas allée directement à l'aéroport O'Hare pour tenter de m'envoler vers Grande Caïman : je serais d'abord passée par cette banque.

— Bon, alors donne-moi le numéro du compte, répliqua-t-il en soupirant.

— 19-384-227.

— Et le code…

— J'y viens. Pour le code d'accès, bien que sa banque le lui ait déconseillé, Dayton s'est contenté de choisir sa date de naissance : 17-11-48.

— Comment puis-je être sûr que ce n'est pas encore un bobard ?

— Vous ne le pouvez pas. Mais si je vous avais délivré une clé, vous n'auriez pas été non plus à même de savoir si c'était la bonne. Du reste, je n'ai jamais prétendu en détenir une.

— Ce n'est pas ce que j'ai cru comprendre.

— Je m'en doutais. Et je me suis bien gardée de vous détromper à ce sujet. M'auriez-vous amené Andrew de Chicago si vous aviez su que numéro et code d'accès vous suffisaient pour empocher les titres ?

Comme Joe demeurait silencieux, Caroline esquissa un sourire lugubre.

— C'est bien ce que je pensais, Joe. Vous n'auriez pas hésité à me torturer à mort pour m'extorquer ces renseignements.

— Pourquoi me les donner maintenant ?

— Parce que désormais j'ai Andrew. C'est tout ce que je désirais, Joe. Rien d'autre. Ni revanche ni dédommagement. Seulement mon fils.

Il balaya sa repartie d'un revers de main. Caroline supposa qu'il devait se consoler à l'idée que sa bru, en dépit de toutes ses manigances, n'était toujours pas près de revoir son fils et qu'en ce moment précis, grâce à la trahison de Jack, Angela raccompagnait le garçon à l'aéroport pour le rapatrier dans le New Jersey.

— Si ce n'est pas la clé du coffre de Dayton, reprit-il en désignant la cassette, que peut-il bien y avoir là-dedans ?

— Des documents, Joe. Des documents très importants...

Elle marqua une pause.

— Dont vous devinez déjà la teneur, ajouta-t-elle. Et notamment...

Elle sortit de la boîte la feuille quadrillée et la lui tendit.

— La confession signée du tueur de Phillip.

— Balivernes ! rétorqua Joe, le visage livide.

Puis il devint cramoisi de rage et arracha finalement le papier qu'il parcourut d'une traite.

— Lionel Silva ? Peuh ! s'écria-t-il avec dédain avant de réduire la confession en miettes. Voilà ce que j'en fais de ton « document très important », ma jolie. Ce type était complètement braque, de toute façon. Comment as-tu pu croire à de pareilles sornettes ?

— Parce que c'est l'entière vérité, répondit Caroline,

heureuse de pouvoir enfin exprimer tout le ressentiment qu'elle refoulait depuis plus d'une année. Allons, Joe, bas les masques. L'assassin de Phillip était bien Lionel Silva. Et celui qui l'a engagé n'était autre que *vous*. C'est vous qui avez commandité le meurtre de votre propre fils, nous le savons tous les deux.

Joe restait fermement campé au milieu de l'étroit vestibule. Seule la veine qui battait furieusement à sa tempe révélait son émotion.

— Tu as vraiment perdu la boule, lâcha-t-il. Pourquoi aurais-je voulu tuer Phillip ? Il était mon fils unique. Je l'aimais plus que n'importe qui au monde.

— Oui, vous l'aimiez... à votre manière, hélas. Une semaine avant sa mort, poursuivit-elle en brandissant la lettre de son mari, Phillip m'a écrit ceci pour me dire que notre séparation lui avait ouvert les yeux et qu'il souhaitait recommencer sa vie loin de l'influence tentaculaire de votre organisation. Il m'a promis de mener à l'avenir une existence honnête si j'acceptais de vivre de nouveau avec lui. Mon plus grand remords est de ne lui avoir jamais répondu. Vous l'avez éliminé avant que j'aie eu le temps de me décider.

Joe s'empara de la lettre, n'en lut que la première page et la rejeta avec hargne dans la cassette.

— C'était *ta* faute ! vociféra-t-il d'une voix frémissante de colère. Tu as monté Phillip contre moi ! C'était un bon fils, respectueux de ses parents jusqu'à ce qu'il te rencontre. Après le divorce, il n'a plus jamais été le même. Ça l'a tellement déboussolé qu'il en est arrivé à me menacer, moi, son propre père ! Il m'a hurlé à la gueule que si je ne me rangeais pas des voitures, il allait me balancer aux fédés et leur refiler toutes les informations qui leur manquaient pour m'accuser de racket et d'extorsions de fonds !

Ses épaules s'affaissèrent. Il s'appuya à la table, la face contractée par la douleur et la haine.

— Alors, oui, j'ai dû m'en débarrasser, Caroline. Mais c'était *toi*, la responsable. C'est *toi* qui as voulu la mort de Phillip, pas moi. Oui ! Toi ! Tu l'as tellement farci de tes grands principes à la noix qu'il ne savait plus où il en était. Il m'a raconté qu'il voulait prendre le premier boulot venu dans une entreprise « convenable » dans l'espoir que tu lui pardonnes… que tu lui pardonnes *d'être mon fils*, catin !

Submergé par son courroux, il cracha à la figure de la jeune femme.

— Tu n'es qu'une traînée, Caroline. Une traînée qui a brisé ma famille et tué mon petit.

Elle sortit un mouchoir de son sac pour s'essuyer la joue.

— Non, je ne suis pas une traînée, Joe. Je suis seulement une épouse qui a vu son mari corrompu par la perversité de son propre père. Et une mère résolue à ce que son enfant ne connaisse pas le même sort.

— Eh bien, tu peux oublier Andrew, sale garce. Ton petit cureton t'a jobardée d'un bout à l'autre. Et je n'ai même pas eu à l'en convaincre : il m'a tendu la patte de lui-même.

— Vous faites erreur, Joe, mais peu importe. C'est ici que nos chemins se séparent. Je compte obtenir d'ici peu la révision du jugement qui m'a spoliée de la garde de mon fils. Andrew vivra désormais avec moi. Quant à vous, le pénitencier vous attend.

— Le pénitencier ? répéta Joe en s'esclaffant. Ah ! La bonne blague !

— Riez donc, Joe, ne vous gênez pas, repartit Caroline en se dirigeant vers la porte du vestibule. Peut-être les fédéraux qui nous écoutent apprécieront-ils eux aussi la plaisanterie. Car, voyez-vous, je porte un émetteur sur moi et vous venez à l'instant même de reconnaître votre culpabilité dans l'assassinat de Phillip.

Joe poussa un gémissement furieux et, jurant et sacrant, se précipita sur elle pour l'étrangler — ou lui arracher son micro, Caroline ne le savait pas trop. Elle comprit cependant ses intentions en sentant ses doigts lui comprimer la trachée.

— Voilà comment j'ai buté mon premier homme, grommela-t-il. Et voilà aussi comment je buterai ma première femme. Pas besoin de pétard. Du travail propre et rapide. Trente secondes et le tour est joué. Tu ne seras plus qu'un cadavre quand les fédéraux débarqueront ici, Caroline.

La jeune femme vit des étoiles sanglantes danser devant ses yeux ; sa langue lui parut brusquement trop grande pour sa bouche. Elle perçut confusément des cris. Des voix. Des bruits de pas. Seigneur, elle étouffait ! Les mains de Joe bloquaient sa respiration telles les mâchoires d'un étau. Le malfrat resserra alors vicieusement son étreinte.

Andrew… Jack… Leurs visages familiers, leurs visages chéris s'imposèrent soudain à sa mémoire. Elle sut aussitôt qu'elle ne laisserait pas Joe la supprimer. Pas maintenant. Alors qu'elle était si proche du bonheur.

Elle dégagea son bras gauche et décocha un terrible swing au menton du truand. Celui-ci relâcha suffisamment son étreinte pour qu'elle pût inhaler une précieuse goulée d'air.

Puis son visage grimaçant disparut complètement de son champ de vision.

L'agent Kirsch la retint in extremis de tomber.

— Ne vous évanouissez pas tout de suite, lui dit-elle. Vous n'auriez pas le plaisir de regarder ce salaud écouter ses droits menottes aux poings.

Caroline réussit immédiatement à recouvrer ses esprits. Joe la fusillait du regard.

— Tu n'auras pas Andrew, salope ! éructa-t-il en roulant des yeux fous. Tu ne le retrouveras jamais ! Jack l'a déjà rendu à mes gardes du corps !

Caroline sourit.

— Vous avez toujours été un piètre juge de l'âme d'autrui, Joe. Adieu.

Elle quitta le vestibule, traversa la banque et grimpa dans une voiture de patrouille garée devant le trottoir.

— A l'Eglise épiscopale St. Luke, lança-t-elle au chauffeur. Et hâtez-vous, je vous prie. Mon fils m'attend.

17.

Andrew monta sur le lit pour se faufiler entre les deux dormeurs. Ni l'un ni l'autre ne bougèrent. Il sauta alors à plusieurs reprises sur le ventre de sa mère au cas où celle-ci n'aurait vraiment pas remarqué sa présence. Elle finit par ouvrir les paupières et le gratifia d'un sourire ensommeillé. Elle souriait beaucoup et de mille façons — il adorait ça.

— Salut, Andy, marmonna-t-elle d'une voix pâteuse. Quelle heure est-il ?

— Tard. J'ai faim.

Le soleil s'étant déjà levé, il avait estimé qu'il ne servait à rien de rester couché plus longtemps. Il brandit son dessin devant les yeux de sa mère.

— C'est un dinosaure. Il s'appelle Max et il veut manger des crêpes.

Son nouveau papa se haussa sur un coude pour contempler son œuvre.

— Il est superbe, Andrew. Superbe…

Il consulta la pendule entre ses cils et laissa retomber sa tête sur l'oreiller en gémissant.

— 6 heures du matin ! Tu me tues, gamin.

Il ébouriffa la chevelure du garçon.

— Hmm, écoute, poussin. Je suis une personne du soir,

vois-tu ? Et quand on me réveille avant 8 heures un jour de congé, ajouta-t-il en découvrant légèrement les dents, je grogne et je me transforme en ours !

— J'aime bien les ours, repartit l'enfant en riant.

Au vrai, il aimait à peu près tout dans sa nouvelle existence. Il appréciait surtout la bonne humeur qui régnait entre ses parents. Son papi, lui, criait toujours après sa mamie. Il lui arrivait même de la battre. Certes, il disposait chez eux de sa propre salle de bains, d'une chambre à lui et d'une pièce supplémentaire exclusivement réservée à ses jouets. Mais il se plaisait mieux dans cet appartement-ci qui, bien que petit, lui donnait une plus grande impression de chaleur et de sécurité. Partager sa salle de bains avec Marcus ne le dérangeait pas et, désormais, une seule chambre lui suffisait, puisqu'il avait moins de jouets qu'avant.

Cela non plus ne le chagrinait guère, d'ailleurs. Marcus était toujours disponible pour le distraire. Et puis il allait maintenant à la maternelle, où il s'était trouvé plein de petits camarades en compagnie desquels il n'avait pas beaucoup de temps pour s'ennuyer.

Il ne savait pas encore ce qu'était un « mec bien », mais plus tard il voulait ressembler à Marcus. Ainsi qu'à son nouveau papa.

Constatant que sa mère menaçait de se rendormir, il sauta au bas du lit et mit en action son deuxième stratagème. Après avoir farfouillé un instant sur le plancher, il ramassa l'une des feuilles du journal qu'il avait traîné depuis la porte d'entrée. Les images sur le papier n'avaient aucun attrait pour lui, mais il était sûr que ses parents seraient intéressés par les articles.

— Hé ! cria-t-il. C'est pour vous !

*
* *

Caroline serra son fils contre elle, éprouvant comme toujours une secrète allégresse à le sentir près d'elle, simplement près d'elle. Son regard fut attiré par la une du quotidien : « Joe Rossi condamné. » Elle avait déjà appris le verdict par les informations télévisées de la veille au soir, mais elle ne se priva pas de lire le reportage d'un bout à l'autre, Andrew confortablement blotti contre elle, ses petits pieds lui chatouillant les orteils.

Les journalistes rapportaient que Joe Rossi, patron d'un des plus puissants syndicats du crime du New Jersey, avait été reconnu coupable de meurtre avec préméditation dans l'affaire Dayton Ames. Le juge avait félicité les jurés d'avoir répondu par la fermeté aux menaces et aux tentatives d'intimidation perpétrées à leur encontre par divers complices de l'inculpé. Ce dernier avait été transféré à la prison d'Etat dans l'attente du procès que comptait lui intenter la Cour Fédérale pour extorsions de fonds, fraudes fiscales et évasion de capitaux.

Caroline présenta le journal à Jack.

— Felicity est d'ores et déjà derrière les barreaux et Joe ne devrait pas tarder à l'y rejoindre, lui annonça-t-elle. Comme quoi, tu avais raison : parfois ce sont les bons qui gagnent. Grâce au Ciel, nous allons enfin pouvoir tourner définitivement la page sur tous ces mauvais souvenirs.

Jack parcourut l'article à son tour, puis reposa le quotidien par terre et prit Caroline dans ses bras sous les gloussements étouffés d'Andrew.

— Nous ne sommes pas encore totalement au bout de nos peines, lui murmura-t-il. Un problème demeure toujours en suspens. Je sais que ce que je vais te dire risque de te hérisser, Caroline, mais je souhaiterais que tu y réfléchisses sérieusement…

Caroline le considéra en fronçant les sourcils.

— Je déteste quand tu prends cet air-là, Jack. C'est généralement le signe que tu espères de moi une réaction noble et édifiante.

Il sourit.

— Moins noble que généreuse, répliqua-t-il.

— J'en frémis d'autant plus. Allez, déballe ton sac.

— Je voudrais que tu permettes à Andrew d'appeler sa grand-mère.

Elle le dévisagea avec épouvante.

— Non ! Tu n'as pas le droit de me demander ça.

Jack pressa ses doigts contre les lèvres de Caroline.

— Ma chérie, c'est une vieille dame épuisée par la vie, affligée d'un asthme chronique et n'ayant plus d'autre perspective d'avenir que la maladie, la souffrance et la solitude. Elle vient de découvrir que son mari a assassiné son propre fils et il lui faudra affronter jusqu'à la mort cette terrible vérité. Tu es mieux placée que n'importe qui pour comprendre le fardeau que cela peut représenter. Elle aime Andrew, Caroline, et s'est occupée de lui de son mieux après le décès de Phillip. Sois charitable, je t'en prie.

Caroline fixait obstinément les tendres boucles brunes de son fils, déterminée à refouler en elle toute pitié.

— Voilà des années qu'elle aurait dû quitter cet ignoble individu. Elle n'a que ce qu'elle mérite, même si je dois admettre que son sort est peu enviable.

— Je te le concède, mais là n'est pas la question. Andrew lui manque et tu en as conscience. Tu es vraiment résolue à ne plus jamais lui parler ? Ne serait-ce qu'une fois par mois, juste pour qu'elle puisse entendre la voix de son petit-fils ?

Elle se redressa dans le lit en soupirant.

— Bon sang, Jack, ne m'oblige pas à ça. Je ne désire franchement pas compatir aux malheurs d'Angela…

— C'est pourtant bien le cas, non ? chuchota Jack avec un sourire complice.

Il l'embrassa légèrement sur le bout du nez.

— Repenses-y, veux-tu ?

Elle émit un vague grommellement.

— Je ne peux rien te promettre encore, répondit-elle.

Elle savait Jack trop avisé pour hâter inconsidérément cette demi-victoire. Il se mit à chatouiller Andrew, pour leur plus grand plaisir mutuel, et, avec force éclats de rire, dégringola avec lui sur le plancher pour une mémorable bataille de polochons.

— Mais vous voulez sa peau, à ce môme, ou quoi ? s'enquit Marcus depuis le seuil de la chambre, les yeux bouffis de sommeil.

— On y songeait, justement, rétorqua Caroline avec une grimace comique tout en se coulant jusqu'au menton sous les couvertures.

— Et si tu allais aider cet enfant à enfiler ses vêtements, Marcus ? suggéra Jack.

— O.K.

Il agita l'index en direction d'Andrew.

— En avant, gamin. Papa et Maman ont envie de faire la grasse matinée.

Comme d'habitude, au premier mot de son idole, le garçon trotta obligeamment vers la porte. Marcus lui tendit une main qu'il saisit en toute confiance.

— Oh, à ce propos, reprit le jeune homme, grand-mère

a téléphoné l'autre soir pendant que vous étiez de sortie. Evonne a eu son bébé. Il se porte bien et c'est une fille.

Caroline sourit.

— Mais c'est merveilleux ! Combien pèse-t-elle ? Evonne a déjà choisi son nom ? Alors, c'est Tonya ou Marie ?

Marcus afficha une mine perplexe.

— Je n'en sais rien, déclara-t-il. Jamal doit les ramener de l'hôpital cet après-midi. Pour les installer chez sa sœur, précisa-t-il, manifestement soucieux de rattraper son précédent aveu d'ignorance. Vous n'aurez qu'à les appeler là-bas pour discuter layette, biberon et… et le toutim.

— D'accord, à tout à l'heure, lança Caroline avec un signe de la main à l'adresse de son fils.

Quand ils furent sortis, elle contempla Jack avec inquiétude.

— Tu crois que ça peut marcher ? La sœur de Jamal et son mari ont déjà deux enfants. Le bébé d'Evonne va engloutir une bonne part de leur temps et de leurs revenus.

— La sœur de Jamal s'est elle-même proposée d'en assumer la charge, ce qui est encourageant. Quant à son mari, il a applaudi des deux mains sa décision — ce qui est encore plus rassurant. Leur confier temporairement la garde du nouveau-né était de loin la meilleure solution.

Il recueillit les oreillers gisant sur le plancher et s'assit sur le bord du matelas.

— Enfin, Jamal a son bac en poche et Evonne va bientôt le décrocher — chaque jour qui passe augmente ses chances de l'obtenir. En outre, il lui reste encore près de neuf semaines pour se préparer à l'examen.

Des rires en provenance de la salle de bains leur indiquèrent qu'Andrew abusait de la pâte dentifrice.

— Allons bon, marmotta Caroline, je pressens que mon intervention est requise.

Elle avisa la pendule avec lassitude.

— Seigneur, je crois que je ne m'habituerai jamais à être fraîche et pimpante à 6 h 30…

Jack eut un grand sourire.

— Ma chérie, je puis t'affirmer que nul ne te reprochera jamais d'être fraîche et pimpante dès le début de la journée.

Il s'allongea sur le lit et l'embrassa avant qu'elle pût protester.

— Nous sommes tous les deux en congé et la pluie tombe dehors. Pourquoi n'irais-tu pas préparer pour Andrew les crêpes qu'il t'a réclamées ? Comme ça, Marcus pourra le conduire à la maternelle et, nous, nous recoucher.

— Quand j'aurai fini de préparer le petit déjeuner et d'habiller Andrew, je n'aurai certainement plus sommeil.

— Moi non plus, et c'est tant mieux. Je suis sûr que nous saurons tirer profit de tout ce temps libre… Pas toi ?

Caroline feignit de bâiller, s'étira, puis joignit les mains avec un sourire malicieux.

— Non, révérend, mais j'ai hâte que vous m'enseigniez la conduite qui convient en ces circonstances à un couple uni depuis six mois par les liens sacrés du mariage.

— Ah oui ? susurra Jack, les yeux brillants. Eh bien, venez un peu par ici que je vous montre, ma fille.

Ce mois-ci

Jeux macabres - Erica Spindler • N°310

A La Nouvelle-Orléans, les meurtres se succèdent dans l'entourage de Léo Noble, inventeur fortuné d'un célèbre jeu de rôles. Pour Stacy Killian, ancienne inspectrice dont l'une des amies compte parmi les victimes, il ne fait aucun doute que le meurtrier s'inspire de ce jeu pour commettre ses crimes. Et qu'elle devra se plier à ses règles pour réussir enfin à l'arrêter...

L'Ecorcheur - P.D. Martin • N°311

A l'âge de huit ans, Sophie a brutalement eu la vision du meurtre de son petit frère. Ce drame l'a marquée à jamais. Devenue flic, elle est repérée par le FBI pour son flair hors-normes, et s'installe à Quantico pour exercer ses talents de *profiler*. Mais un jour, le cauchemar recommence quand elle « ressent » les meurtres commis par l'Ecorcheur de Washington, un monstrueux tueur en série traqué par le FBI. Et qu'elle découvre que ces crimes atroces la touchent de beaucoup plus près qu'elle ne l'imagine...

Hantise - Heather Graham • N°312

Une jeune guide de La Nouvelle-Orléans, un agent du FBI : tous deux sont retrouvés morts le même jour d'une overdose d'héroïne. Coïncidence ? Nikki DuMonde, qui dirige une agence touristique, est persuadée du contraire. Car les deux victimes viennent hanter sa vie, comme pour réclamer justice et l'avertir qu'elle court un grand danger. La police, sceptique, ne prend guère au sérieux sa déposition... à l'exception de Brent Blackhawk, un flic qui, découvre-t-elle, a les mêmes dons de médium qu'elle.

Souviens-toi du passé - Laurie Breton • N°313

L'ambitieuse Kate Winslow est chargée de la vente de l'une des plus belles demeures de Boston. Mais lorsque le client avec qui elle a rendez-vous s'introduit dans les lieux, c'est pour découvrir que Kate a mystérieusement disparu, laissant derrière elle sa mallette, son portefeuille – et le cadavre d'un inconnu, tué à coup de revolver.

Le pavillon d'hiver - Susan Wiggs • N°314

Suite à l'incendie de sa maison, Jenny s'installe au pavillon d'hiver du camp Kioga où, adolescente, elle passait ses étés... Là, elle est assaillie par un flot de souvenirs : le premier baiser de Rourke et, plus tard, la douleur muette dans ses yeux quand Joey, son meilleur ami, l'avait demandée en mariage... Rourke avait alors renoncé à la conquérir, et depuis la mort de Joey, il multipliait les conquêtes éphémères et faisait tout pour l'éviter... Pourtant n'avait-il pas promis de veiller sur elle durant son séjour au pavillon... ?

Lady Sapphire - Rosemary Rogers • N°315

Martinique et Angleterre, 1831

A dix-huit ans, Sapphire découvre qu'elle n'est pas la fille d'un riche planteur de Martinique comme elle le croyait, mais le fruit des amours d'une prostituée de La Nouvelle-Orléans et d'un lord anglais. Contraint par sa famille de rompre, ce dernier a regagné l'Angleterre après avoir épousé en secret sa maîtresse enceinte. Pour lui permettre de survivre, il lui a laissé un somptueux pendentif en saphir qu'elle n'a pourtant jamais vendu et a confié aux parents adoptifs de Sapphire avant de mourir. Décidée à retrouver son géniteur, Sapphire embarque pour l'Angleterre...

En lettres de sang - Meg O'Brien • N°316 *(réédition)*

Qui pouvait haïr Marti Bright au point de l'avoir assassinée de la manière la plus effroyable ? Car son bourreau n'a pas seulement dessiné « Menteuse » en lettres de sang sur le corps de la victime. Il l'a crucifiée. Et ce crime porte la signature d'un meurtre rituel. Sous le choc, Abby, son amie d'enfance, va peu à peu découvrir, en enquêtant sur les derniers jours de Marti, une femme qu'elle croyait connaître et dont elle ignorait la part d'ombre...

Faux diagnostic - Gwen Hunter • N°317 *(réédition)*

Rhea est l'amie de toujours de Marisa. Elle est aussi médecin urgentiste. Le jour où Marisa est victime d'un accident, Rhea met tout en oeuvre pour sauver sa vie. Tout, y compris une enquête secrète et illégale dans le service de son propre patron. Mais en cherchant à percer le mystère qui entoure Marisa, Rhea a orienté sur elle la cible qui va faire d'elle la victime d'une atroce machination.

Composé et édité par les
éditions Harlequin
Achevé d'imprimer en décembre 2007

BUSSIÈRE
GROUPE CPI

à Saint-Amand-Montrond (Cher)
Dépôt légal : janvier 2008
N° d'imprimeur : 71932 — N° d'éditeur : 13292

Imprimé en France